KB047858

캥거루가 있는 사막

캥거루가 있는 사막

해이수 소설

문학동네

내 소설 최초의 독자,
내 인생의 산타클로스,
萬에게

차례

몽구 형의 한 계절

나는 품에 안은 항아리를 여자의 엉덩이마냥 정성스레 손바닥으로 쓰다듬으며 수박처럼 두 쪽으로 쫙 갈라지는 상상을 해보았다. 어쩌면 삐루 고뿌보다 몇 배나 힘들지 모를 일이었다. 그리고 몽구 형의 목소리를 한번 흉내내보았다. 어쩌면 한국문단으로 하여금 또다른 죄를 짓게 만드는 시작의 순간일지도 몰랐다.

"그래서 니 했나? 안 했나?"

형은 내 말을 중간에 끊더니 직접적으로 물었다. 유난히 짧고 강한 어투였다. 자질구레한 설명 따위는 집어치우고 결론만 말하라는 식이었다. 이런 말투로 그런 내용을 직접 묻는 일은 상대방을 거북하게 한다.

"물, 물론 했지요. 키스는 했다구요."

"키스 말고 말이다. 그거 했나, 안 했나?"

따지듯 눈동자에 힘을 주고 바싹 다가드는 형에게 나는 눈살을 찌푸렸다. 조금 전만 해도 내 입을 열기 위해 은근히 꼬셔대던 분위기와는 달리 이젠 완전히 추궁조였다. 며칠 동안 계속된 형의 교묘하고도 집요한 물음—여자와 자본 적이 있냐는—에 지친 나머지 나는 그만 호기롭게 그런 적이 있다고 대답해버린 것이다.

"그거라뇨? 아, 애무요? 물론 했지요. 가슴도 만졌다니까요."

"니 내 말 모르나? 빨리 불어라. 했나, 안 했나?"

형은 아예 짜증을 냈다. 마치 죄인처럼 몰아붙이는 태도에 기분이 상한 나는 신경질적으로 소리쳤다.

"그게 그렇게 궁금해요, 형은? 그리고 그게 뭐가 그렇게 중요해요!"

"궁금하다, 내는! 그리고 그게 안 중요하면 이 세상에 뭐가 중요하나? 어서 불어라."

애초에 거짓말을 하리라는 다짐을 바꿔 나는 솔직히 불어버리고 말았다.

"에이 씨, 하긴 뭘 해요. 임신할지도 모른다며 징징거리는데…… 게다가 콘돔도 없었다구요……"

형은 눈살을 찌푸리며 한숨을 내쉬고는 뒤로 물러났다. 니놈이 그러면 그렇지, 하는 표정이었다.

"이눔아, 콘돔이 없다구 못 하나? 니는 그래서 바로 아마의 틀을 못 벗어나는 거다. 봐라, 프로는 말이다, 그 어떤 도발적 상황이 닥치더라도 물러서지 않고 적의 고지를 향해 필사적으로 밀고 들어가 바로 깃발을 꽂을 줄 알아야 하는 거다. 알았나, 이 빙충아!"

몽구 형의 입에서 '아마'와 '프로'라는 단어가 나오는 순간, 나는 질색했다.

"큰소리치지 말라구요. 형이 저였어도 분명히 할 수 없었을 거라구요. 쳇!"

"내는 한다. 왜? 내는 프로니까."

"아무리 프로라도 그렇지, 도대체 아무런 방비책도 없이 어떻게 하냐구요? 그러다 애라도 덜컥 들어서면 어쩌려구."

"짜슥아, 내는 말이다, 콘돔이 없으면, 거시기를 랩으로 싸가지고 참

기름을 발라서라도 한다. 그것이 바로 프로와 아마의 지대한 차이다. 알았나? 내는 프로! 니는 아마!"

나는 형의 '프로 론(論)' 이 시작될까봐 눈살을 찌푸리며 고개를 돌렸다. 아홉 살이나 터울이 지는 형에게 내가 갖는 딱 하나의 콤플렉스가 있다면, 그건 형에겐 직업이 있고 나에겐 직업이 없다는 사실이었다. 형은 그 구분을 언제나 '프로' 와 '아마' 라고 표현했다.

형의 직업은 그야말로 위대하고 숭고해서 웬만한 사람들이 물어오면 아예 입도 뻥긋하지 않았다. 그러나 어찌 된 셈인지 내 앞에서는 달랐다. 호박을 심기 위해 똥지게를 날라 텃밭에 뿌릴 때나 김장독을 묻기 위해 삽질을 할 때, 산에 올라가 칡을 캘 때도 내가 약간 서투르기만 하면 형은 침을 튀겨가며 얼토당토않게 '프로와 아마의 지대한 차이' 를 갖다붙이곤 했다. 아무리 우리 둘뿐이어서 보는 사람이 없다지만 하루에도 몇 번씩 내 자존심을 팍팍 짓밟으며 오만방자를 다 떨어대는 꼴을 보면 속에서 울화가 치밀어오르곤 했다. 그래도 꾹꾹 참을 수밖에 없었다. 형은 그야말로 위대하고 숭고한 직업을 가진 프로니까.

"계세요? 계세요?"

이때 마침 밖에서 낯익은 여인의 음성이 들려왔다. 그 소리를 듣자마자 형은 갑자기 근엄한 표정으로 돌변하더니 책상 앞 의자에 올라앉았다.

"니, 잘 듣거라. 내는 없다. 그리고 모레 중요한 손님이 오기로 했으니까 읍내 나가서 장 좀 봐와라."

이건 완전히 시자승을 부리는 말투였다. 나는 시큰둥하게 대답하고는 미닫이를 열고 방을 나섰다. 죽부인이 마루 끝에서 왜가리마냥 목을 쭉 빼고 열린 문틈으로 방 안을 훔쳐보고 있었다. 무슨 일로 왔냐는 나의 냉담한 물음에도 아랑곳 않고 그녀는 미소를 지으며 인사를 건넸다.

"마른반찬하고 나물 좀 싸왔어요."

죽부인은 들고 있던 반찬 보자기를 마루 위에 올려놓았다. 나는 속으론 기쁘면서도 애써 무뚝뚝한 태도로 응했다.

"저번에도 얼마나 혼났는데요. 형님이 다시는 이런 거 받지 말라고 했는데……"

"괜찮아요, 부담 갖지 마세요. 제가 좋아서 하는 일인걸요, 뭐."

그녀는 그렇게 말하며 다시 환하게 웃었다. 반찬 걱정 안 할 일도 좋았지만 오늘따라 죽부인의 웃는 얼굴이 너무 해사했다. 유난히 정성들여 화장을 했는지 봄 햇발도 잘 받았고 화사하게 차려입은 정장에서는 그야말로 봄처녀의 싱그러운 내음이 물씬 풍겼다. 서른이 훌쩍 넘은 노처녀라는 사실이 믿어지지 않았다.

"그런데 몽구씨는……"

"형님은 지금 없는데요."

이토록 어여쁜 죽부인에게 거짓말을 한다는 게 내키지 않았지만 몽구 형의 명이니 어쩔 수가 없었다. 분명 그녀도 알고 있을 것이다. 창호지 문 밖으로 새어나온 형의 목소리를 들었을 테고, 눈앞에 버젓이 놓인 형의 신발만 봐도 뻔하지 않은가.

"혹시 언제쯤 돌아오는지……"

"잘 모르겠네요."

나는 고개를 숙이며 말을 얼버무리고는 얼른 언덕 쪽으로 자리를 피했다. 아무래도 안 되겠는지 죽부인은 몽구 형 방을 향해 몸을 구부리고는 두어 번 애타게 불렀다. 아무 대답이 없자 그녀는 박힌 못처럼 자리에 선 채 움직이지 않았다.

완연한 봄 햇살이 따스하게 주위에 번져 있었다. 산철쭉 위에도, 노랗고 보송보송한 산수유 꽃술 위에도 속속들이 봄빛은 스며 있었다. 마치 수채화 한 폭 속으로 녹아들어와 소요하는 듯한 아늑함에 젖어 나는 눈꺼풀을 살며시 닫았다. 그리고 예민한 애연가처럼 부드러운 바람의 결만을 들이마시며 천천히 걸음을 옮겼다. 사방에서 꽃봉오리 터지는 소리가 들려오는 듯했다. 코끝에 감기는 은은한 향기를 따라갔다. 그곳에 무엇이 있는지 뻔히 알면서도 눈을 떴을 때 나는 아! 하고 탄성을 내질렀다. 주변이 온통 환했다. 만개한 매실수 한 그루가 눈부시게 빛나고 있었다. 눈처럼 분분한 꽃잎이 바람을 타고 점점이 흩어져나갔다.

작년 봄 이곳에 처음 왔을 때도 제일 먼저 눈에 들어온 것이 이 나무였다. 나무에 감격해보기는 이십육 년의 삶 동안 그때가 처음이었다. 아니, 감격하고 나서 자세히 들여다보니 그것이 나무였다. 나는 매화꽃 그늘 아래 넓적한 바위에 걸터앉아 담배를 한 대 피워물었다.

공익근무를 마치고 복학했을 때 졸업 한 학기가 남아 있었다. 나는 단지 불어불문학과에 적을 두었을 뿐 실상 불어사전을 언제 잃어버렸는지조차 감감한 날라리 대학생이었다. 나중에는 내가 왜 불문과에 들어갔는지 그 이유를 찾아내느라 몹시 고민했을 정도였다. 복학을 한 뒤에도 빌빌거리는 일은 변함이 없었다. 그러다가 학보사에서 주최하는 문학상 공모에 글을 냈는데 덜컥 산문 부문 '가작'을 받고 말았다. 학보사에서 전화연락을 받은 아버지는 그 사실에 침을 튀겨가며 몹시 흥분했다. 소설적 재능 운운하며 그 치열한 경쟁률을 뚫고 그 힘든 관문을 통과한 걸 보니 과연 타고난 핏줄이라는 둥, 자신의 못다 이룬 꿈을 펼쳐달라는 둥 하며 졸업과 동시에 나를 이곳, 삼주(三州)로 데려온 것이다. 나는 차마 응모작이 네 편밖에 안 되었다는 말과 소설이 아니라 수필 부문에서 가작을 받았다는 사실을 입 밖으로 꺼낼 수 없었다. 아직도 이해할 수 없는 것이 당시 나는 분명 소설을 썼고 소설 부문에 투고를 했는데 말이다.

삼주는 경기도 인근의 소도시이다. 국도를 따라 달리다보면 '인삼, 배, 온천의 도시 삼주에 오신 걸 환영합니다' 라는 푸른색 간판이 지루하게 공중에 걸려 있다. 아버지는 삼주 읍내에서도 꽤 떨어진 이 오두막에 나를 데려와 몽구 형에게 인사를 시켰다. 몽구 형은 과일가게 도매상인 아버지를 난데없이 선생님이라 불렀다. 알고 보니 아버지는 몽구 형의 후원자였다. 후원이라고 해서 뭐 거창한 게 아니라 오래 전 사두었던 과수원의 빈 오두막에 머물도록 하면서 굶어죽지 않을 만큼 쌀 몇 말이나 가끔 팔아다주는 정도의 일이었다.

아버지는 과일 궤짝을 가득 실은 트럭에 나를 태우고 오면서 몽구 형에 대한 자랑을 엄청 늘어놓았었다. 종합해보면, 몽구 형이야말로 자신이 어렵사리 발견한 천리마라는 것과 높은 이상을 품은 지식인 청년이니 '글쓰기' 에 대해 많은 것을 묻고 배우라는 내용이었다. 그렇게 형을 만났고 그렇게 만난 형과 어느덧 일 년을 함께 빈둥거렸다.

나는 어깨에 내려앉은 말벌 한 마리를 손가락으로 튕겨낸 뒤 자리에서 일어났다. 매화꽃잎 떨어지는 소리가 속삭임처럼 들려왔다. 곧 있으면 꽃이 진 자리마다 초록의 열매가 맺힐 것이다. 그것이 메추리 알만

하게 커지면 어느덧 여름이 성큼 다가와 있을 테고, 형과 나는 아담한 항아리 여럿 술을 가득 채운 뒤 열매를 따서 매실주를 담글 것이다. 입구를 잘 봉해 지하실에 묻은 다음 좋은 빛깔과 향이 우러나올 때까지의 기다림과 설렘이란……

이 나무는 칠 년 전, 그러니까 몽구 형이 처음 이곳에 왔을 무렵 마리아 수녀님과 함께 심었다고 한다. 간단히 말하자면 마리아 수녀님은 형의 잊혀지지 않는 첫사랑이다. 대학 선배인 그녀를 형은 일방적으로 쫓아다녔는데, 군복무를 마치고 돌아와 애타게 찾아보니 수녀가 되어 있었다 한다. 형은 그녀가 수녀복 벗기만을 서른여섯인 지금까지 눈이 빠지게 기다려온 셈이다. 이런 형이 답답하고 한심해서 나는, 그건 '수영복'이 아니라 '수녀복'이라니까요! 하고 부르짖고 싶은 적이 한두 번이 아니었다. 어쨌든, 이런 기다림은 몽구 형처럼 무지몽매한 사람이 아니면 누구도 할 수 없는 짓이다.

그런 사연에서인지 형은 이 매실수를 몹시 애지중지했다. 작년에 내가 나무를 타고 올라가 매실을 따다가 가지를 부러뜨리며 떨어졌는데, 형은 내 상처 따위는 거들떠보지도 않은 채 내 다리도 부러뜨려야 한다며 삼켜버릴 듯 고래고래 소리를 질러댔었다. 죽부인이 매실수 근처에 어른거리는 모습만 봐도 신경질을 냈다. 아마도 수녀님과 함께 삽질하고 흙을 다독이고 물을 뿌려주던 당시의 소중한 추억이 서려 있는 장소에 다른 여인이 비집고 들어올까봐 경계하는 모양이었다. 몽구 형이 죽부인을 만나지 않으려는 것도 다 이런 이유에서였다.

오두막 쪽으로 고개를 돌려보니 죽부인은 여전히 마루 끝에 걸터앉아 있었다. 곱게 차려입고 뜨락 가득한 햇살을 하염없이 바라보는 그 모습이 왠지 처연했다. 나는 도대체 몽구 형을 이해할 수가 없었다. 죽부인 정도면 형에겐 과분한 상대였다. 아무리 위대하고 숭고한 직업을 가진 형이라지만 벌써 몇 년째 땡전 한푼 못 버는 노총각을 어느 여자가 평생 배필감으로 거들떠보겠는가. 반면에 죽부인은 읍내에 있는 전복죽 가게를 아버지와 함께 운영하고 있는데, 아버지는 벌써 몇 년째 몸져누워 있어서 실은 그녀가 사장이나 마찬가지였다.

헌데 하필이면 묘하게도 그녀의 아버지가 매실주를 몹시 좋아해서, 아니 정확히 말하면, 매실주를 몹시 좋아한다는 이유를 내세워 저렇게 사흘이 멀다 하고 형을 찾아오는 기이한 일이 벌어지게 된 것이다.

게다가 형은 무슨 까닭인지 죽부인에게는 죽어도 매실주를 내주지 않았다. 마리아 수녀님이 수녀복 벗기를 기다리는 몽구 형도 약간 맛이 간 물건이지만, 그렇게 맛이 간 몽구 형을 기다리는 죽부인도 제정신이 아님에 분명했다. 나이 서른이 넘었으면 인생의 절반을 산 셈인데 저들의 사랑이라는 게 어찌 저토록 철없는 집착에 불과한 건지…… 나는 아연한 기분에 고개를 설레설레 저으며 오두막을 둘러싸고 있는 야산의 둔덕으로 천천히 발길을 옮겼다.

처음 이곳에서 시간을 보내는 일은 언덕 아래로 구르는 돌처럼 자유로웠다. 봄에는 마른 잡풀이 덤불을 이루는 곳에 불을 놓아 채마밭을 일구었다. 이랑을 만들어 갖가지 푸성귀 씨앗을 뿌리고 다독이다보면 흙냄새에 취해 해가 떨어지는 줄도 몰랐다. 여름에는 고추 모종에 말뚝을 박아주거나 오이 넝쿨에 울타리를 세워주었다. 저물녘 마을 어귀에서 들려오는 교회 종소리를 들으며 오종종하고 하얀 고추꽃과 샛노랗고 별처럼 빛나는 오이꽃을 보고 있노라면 가슴 한복판으로 슬며시 만월(滿月)이 들어차는 느낌이었다. 가을이 오면 모과를 따서 꿀에 재워 차를 만들고 산수유 열매를 주워 술을 담갔다. 그것들만 하기에도 하루하루가 바빴다. 그런 나날들이 얼마나 행복했던지 자다가도 벌떡 일어나 과일 도매상인 나의 아버지께 무릎 꿇고 새벽기도를 드린 적도 여러 번이었다.

"아버지여, 이토록 젖과 꿀이 흐르는 곳으로 저를 인도하여주셔서 감사하고 감사하나이다. 바라옵고 바라옵건대 제가 부디 단 한 줄의 문장에라도 마침표를 찍게 하소서!"

시간이 흐를수록 나는 제법 촌놈 티를 내며 이 깡촌에서의 빈둥거림을 즐길 줄도 알게 되었지만, 사실 한편으로 '글쓰기'에 대한 부담감에 조금씩 주눅이 들고 있었던 것이다. 생각이 '글쓰기' 쪽으로 가면, 내가 왜 느닷없이 이 짓을 하려는지 그 이유를 찾아내느라 오랫동안 두통에 시달려야만 했다.

이런저런 상념에 잠겨 오두막이 정면으로 뵈는 둔덕에 이르렀을 때, 갑자기 들려온 소리에 나는 걸음을 멈췄다. 어긋난 돌쩌귀에 겨우 매달린 나무문이 바닥을 긁는 듯한 낯익은 소리였다. 곧이어 세차게 물줄기 쏟아지는 소리가 들려왔다.

나는 본능적으로 발소리를 죽이고 몸을 잣나무 뒤로 숨겼다. 턱 아래 위치한 변소가 눈에 들어왔다. 콘크리트 블록을 대충 쌓아얽어 만든 변소의 한 아름도 넘는 창틀을 통해 한 여인의 반나신이 보였다. 풍성하고 야들야들하면서 눈부신 엉덩이를 본 순간 나는 그만 숨이 덜컥 막혀버렸다. 죽부인이었다. 허리 아래로 백자처럼 둥글게 휘어진 그 곡선이 얼마나 부드럽고 탐스러웠는지 그녀가 변소를 나간 후에도 나는 한동안 변기 구멍에서 눈을 떼지 못했다.

*

형은 요 며칠 밤을 새워가며 뭔가에 몰두하고 있는 눈치였다. 그야말로 치열한 직업정신이 아니면 도저히 발휘할 수 없는 고도의 집중력과 인내력을 쏟아붓고 있는 듯했다. 몽구 형의 위대하고도 숭고한 직업이란, 다름아닌 '대한민국 소설가'였다.

"소설은 재능과 노력이 아니야! 천재 아니면 광기야!"

작년에 나를 처음 보자마자 몽구 형은 선사(禪師)처럼 냅다 소릴 질러댔었다. 그리고 제법 무섭게 엄포도 놓았다.

"쓰지 않음은 곧 죽음이야, 할!"

그렇지만 내가 지난 일 년간 관찰한 형의 생활은 몇 개의 문장부호로 표현할 수 있을 만큼 단순—(· 똥) (? 독서) (…… 잠) (" " 말하다)—했다. 글을 쓰는 모습은 눈 씻고 찾아보려야 볼 수가 없었다. 그야말로 무늬만 소설가였다. 그래서 간혹 내가 그 위대하고도 숭고한 직업일랑 대수롭지 않게 비웃을 기미라도 비치면, 형은 두 팔을 앞으로 내뻗으며 절규하듯이 외치곤 했다.

"니 말이다, 그거 아나! 한 명의 위대한 대한민국 소설가가 탄생하기까지 봄부터 얼마나 많은 소쩍새가 피를 토하며 울부짖어야 하는지, 니는 정말로 아나 이 말이다."

하지만 요 근래 몽구 형은 자신의 삶을 업그레이드시키기 위해 분투하는 눈치였다. 마음의 샅바를 단단히 틀어쥐고 소설과 한판 들배지기를 벌이는.

"니 내가 어떻게 소설가 됐는 줄 아나?"

며칠 전에는 글을 쓰다 말고 제법 감동적인 일화도 들려주었다.

"내가 삐루 고뿌 깬 얘기 해주까."

형의 일화는 대충 이랬다. 어느 해 신춘문예를 준비하다 실제 일어난 일이었다 한다. 투고작을 쓰다가 잘 안 될 때는 책상 한켠에 있는 삐루 고뿌를 쳐다보곤 했는데, 신춘문예 마감 전날 밤, 글쎄 얼마나 노려보았던지 물이 담겨 있는 고뿌가 그냥 대쪽 갈라지듯 빡! 하고 쪼개졌단다. 물이 사방으로 튀었단다. 그때 형은 심한 탈진상태였음에도 불구하고 그 소리에 너무 놀라 잠시 손가락 하나 까닥 못 했는데, 책상 위에서 물이 번져가는 것을 물끄러미 보다가, 삐루 고뿌가 빡! 하고 깨지는 순간 불현듯 어떤 세계가, 유리벽 같은 어떤 세계가, 저쪽이 보이긴 보이는데 도저히 다가갈 수는 없었던 어떤 세계가 홍해 갈라지듯 쫙 펼쳐지는 느낌이 들었단다. 그 느낌이 얼마나 흥분되고 벅찼던지 아랫도리가 부러질 듯 빳빳하게 곤두서 있었다고도 했다. 시간이 얼마나 됐을까, 하고 시계를 보았더니 어느덧 마감 날 아침 여덟시였다고. 책상에 앉은 때가 저녁을 먹고 난 뒤였으니까 무려 열두 시간을 내리 오줌도 한 번 누지 않고 앉아 있었다는 사실을 비로소 자각했단다. 그러고 나서 미친 듯 타이프를 두들겼더니 그 글이 신춘문예에 당선됐다는 내용이었다.

이야기를 다 들은 나는 미친 말처럼 마구 웃어댔다. 워낙 어이없는 말을 많이 하니까 어디까지가 진짜인지 가늠하고 싶지도 않았다. 형은 그럴 줄 알았다는 표정으로 나의 웃음이 끝나기를 기다렸다가 책상 서랍을 열었다. 그리고 남성 화장품 '미스터 쾌남' 상자를 꺼내어 책상 위에 조심스레 올려놓았다. 상자를 열어보니 그 안엔 놀랍게도 두 조각으로 갈라진 맥주잔, 아니 삐루 고뿌가 들어 있었다. 그것은 정말이지 어떤 도구를 사용하여 인위적으로 갈라놓았으리라고는 상상할 수 없을 만큼 적당한 이등분으로 자연스런 선을 그리며 쪼개져 있었다.

*

저녁때가 되어 나는 밥상을 차려 몽구 형의 방 안으로 들어갔다. 며칠 전부터 밥상을 들이지 말라고 했지만, 낮에 죽부인이 가지고 온 반찬 덕에 풍성한 상차림이어서 혼자 먹기가 미안했던 것이다.

"니, 상은 저짝으로 치와놓고 거기 잠시 앉거라."

예상대로 형은 밥상엔 관심조차 없었다. 나는 형이 손가락으로 가리킨 곳에 앉았다.

"이 세상의 모든 소설은 두 가지로 나뉜다. 니 아나?"

"모르겠는데요."

"니가 그러고도 무슨 소설을 쓰겠다는 거냐? 소설이 어떻게 나눠는지도 모르면서 말이야. 그러고도 밥이 어떻게 목구녕으로 꾸역꾸역 넘어가냔 말이다!"

형은 의자 위에 앉아 나를 깔아보며 엄숙하게 꾸짖었다. 그러고는 목에 힘을 주고 거들먹거리며, 너는 기본이 안 되었느니, 몰라도 한참을 모른다느니, 도대체 시작이 안 보인다느니 한참 동안을 빈정거렸다. 나는 꾹꾹 참았다.

"좋다, 아직 아마니까 이 프로가 용서하는 거다. 이 세상의 소설은 두

가지로 나눌 수 있다. 그게 뭐냐면…… 아, 근데 왜 이리도 목이 칼칼하지. 중요한 이야기를 할라 카니 목이 다 마르네, 큼, 큼."

나는 자리에서 일어나 냉장고로 가서 물을 한 대접 갖다주었다.

"캬, 시원하니 좋네. 이 세상의 소설은 두 가지로 나눌 수 있는데 그게 뭔가 하면…… 야, 야, 니 인마 지금 뭐 하노? 니, 지금 이 이야기가 얼마나 중요한 이야긴데 모가지나 득득 긁고 있나? 내 얼굴 똑바로 못 보나?"

나는 손톱에 낀 살비듬을 비벼서 털어내고는 마지못한 얼굴로 몽구 형을 쳐다보았다.

"니 한눈팔지 말고 잘 새겨들어라. 이 세상의 소설은 얄짤 없이 두 가지로 나뉜다. 그것이 뭔가 하면, 잘 쓴 소설과 못 쓴 소설! 이 바로 그것이다."

나는 심드렁하게 고개를 끄덕였다. 이런 식의 말도 안 되는 말에 하도 익숙해져서 이제는 아무렇지도 않았다. 나는 감탄하지도 않고 실망하지도 않은 무덤덤한 표정으로 물었다.

"어떻게 그런 걸 그렇게 잘 알고 계세요?"

"어느 종교학자가 말했다. 신(神)이 있다는 사실을 알아서 믿는 것이 아니라 믿다보면 알게 된다고. 소설도 마찬가지다. 알아서 쓰는 것이 아니라 쓰다보면 이런 것들도 자연스레 알게 되는 것이니라. 그리하여 소설이야말로 오늘날 인문학이 마지막으로 기대를 걸어야 할 삶의 총체적 양식, 혹은 완성된 장르의 하나가 되는 것이다. 이해가 가나? 좀 어렵제?"

형은 스스로 한 말에 아주 감탄한 얼굴이었다. 나는 오늘 충분히 냉

소적으로 변하리라 마음먹었다. 몽구 형을 한번 비아냥거리고 싶었던 것이다.

"그런데 끼니도 거르고 그렇게 며칠씩 씻지 않아야지 인문학의 총체가 완성되나요?"

"닌 그런데 신경 쓸 꺼 없다. 닌 그냥 신경 끄고 가만히 니 할 일만 하면 된다."

"너무 상투적인 짓 같아서요. 배가 고프면 집중력이 떨어지잖아요. 그리고 머리카락이 기름에 쩔어 떡이 됐는데……"

형은 얼굴에 인상을 쓰며 내 말을 급히 잘랐다.

"니는 내가 미친년 빤쭈를 머리에 뒤집어쓰고 생난리 부르스를 추건 훌라춤을 추건 그냥 가만히 있으면 된다. 알았나? 니 같은 아마가 이해 못 할 준엄한 프로의 세계가 있느니라. 어서 밥상이나 들고 썩 꺼져라."

나는 밥상을 들고 방에서 나와 부엌으로 돌아왔다. 기분이 몹시 언짢았다. 혼자 부엌에 서서 밥을 몇 술 뜨면서도 약이 올라 견딜 수가 없었다. 처음에 몽구 형은 소설에 집중했을 것이다. 그러나 불행하게도 그것은 점점 집착으로 발전했을 것이다. 집중과 집착은 몰두한다는 점에서는 유사하지만 상당히 다른 결과를 낳으니까. 집중할 경우엔 진보하지만 집착할 경우엔 진부해지니까. 몽구 형의 집착은 곪을 대로 곪다가 끝내 도착(倒錯)에 이른 것이다. 맞다, 소설 도착증! 이건 성도착증보다 더욱 위험하고도 무서운 증상이다. 예술이라는 허울을 뒤집어쓰고 있으니까. 나는 숟가락을 개수통에 힘껏 팽개치며 그 동안 참고 참았던 분풀이를 하듯 형의 방을 향해 신경질적으로 내뱉었다.

"에잇, 이 도착쫑아!"

*

"똑, 똑, 똑……"

꿈속인지 아닌지 분간할 수 없는 곳에서 나무를 두드리는 손기척이 계속해서 들려왔다. 나는 잠이 덜 깬 눈을 부비며 창호지 문을 열었다. 마루 끝에 누군가 서 있었다. 그는 눈부신 이른 아침 봄빛을 등지고 얼굴 가득 미소를 짓고 있었다. 나는 그가 누구인지 알면서도 매우 낯설어서 한참 동안 눈을 찡그린 채 바라만 보았다. 먹을 것이 가득 담긴 비닐봉지를 손에 쥔 채 그는 너털웃음을 흘리며 큰 소리로 몽구 형을 불렀다. 아버지였다.

"한국문단으로 하여금 두 번씩이나 소설에 대하여 죄를 짓지 않게 하기 위하여 이 우거(寓居)를 마련했노라."

처음 오두막에 온 지 얼마 안 되었을 무렵, 내가 어쩌다가 이런 장소를 만드실 생각을 다 했느냐고 묻자 아버지가 답한 '설립 취지'는 그러했다. 그럼 한국문단이 소설에게 저지른 첫번째 죄란 무엇일까.

아버지는 속칭 '전당포족(族)'이었다. 사람의 어떤 부류 중에는 자신이 '예술적 감각'을 갖고 태어났다고 믿는 경우가 있다. 게다가 그 부류의 어떤 사람들은 젊었을 적 너무 헐벗고 굶주린 나머지 자신의 예술적 능력을 저당잡혀 가족을 부양할 빵과 옷가지로 바꾼 뒤 어느덧 인생의 황혼기로 내몰렸다고 아쉬워한다. 이들이 갖는 신념 중의 하나는, 자신의 능력을 전당포에서 찾아오지 못했을 뿐이지 분명 마음만 먹으면 당장 찾아올 수 있으리라 여기는 것이다.

아버지가 그런 늙다리 딜레탕트였다. 유명 문장들을 암기하여 시도 때도 없이 시장 사람들에게 훈계하며 콧대를 세우고, 때론 얼굴이 벌겋게 달아올라 작가나 정치인 들을 난도질하거나, 간혹 자신의 의견이 무시당할라치면 역시 저잣거리 사람과는 말이 안 통한다고 가슴을 치며 억울해했다. 그리고 이 모두를 가난한 문청 시절 자신을 받아들이지 않은 한국문단의 죄 탓으로 돌렸다.

아버지의 말이야 언뜻 들으면 뭔가 많이 알고 의미심장한 듯했지만, 자세히 들여다보면 그 무엇도 바로 알고 있지 못하거나 자신의 것이 아니었다. 웅장하고 근사하게 들렸던 그 '설립 취지' 또한 나중에 알고 보니 '아테네 사람들로 하여금 두 번씩이나 철학에 대하여 죄를 짓지 않게 하기 위하여 피신하노라' 했던 그리스 철학자의 말을 슬쩍 바꿔치기한 것에 불과했다. 그 까닭에 나는 때때로 아버지가 한국문단이 저지른 첫번째 죄에 대한 보복의 칼날을 나에게 전가시키지 않을까 내심 두려운 것이다.

저녁 무렵에 몽구 형은 지하실에서 잘 익은 매실주 한 동이를 꺼내왔다. 나는 아버지가 사오신 반찬거리로 상을 차리고 고기를 구웠다. 듣고 보니 오늘은 아버지의 생신이었다.

"왜 더 들지 그러냐?"

몽구 형은 한 그릇을 채 비우지 못하고 숟가락을 내려놓았다. 두 그릇을 가뿐하게 먹어대는 형의 식성을 뻔히 알고 있는 아버지는 더 먹을 것을 권했다. 그런데 갑자기 형은 미간에 힘을 잔뜩 주고 낮게 깔린 음성으로 무언가를 주절주절 외워대기 시작했다.

"자왈 군자는 식무구포하고 거무구안하며 민어사이신어언이라 했습니다."

나는 형의 갑작스런 변화가 우스웠다. 무슨 사극의 대사를 읊는 것 같았다. 더욱 이상한 일은 이에 질세라 아버지 역시 낮고 굵은 목소리로 응대하기 시작한 것이었다.

"옳거니, 취유도이정언이면 가위호학야이[1]니라. 헤헴, 그렇지, 논어(論語)의 학이(學而)편에 나오는 문장이지."

"이 계포[2]와 같은 생활을 곧 청산하겠습니다."

"음, 그래야지. 그래, 너는 요즘 하루 일과를 어찌 보내고 있느냐?"

"후목이었고 분토지장이었습니다."

"겸사(謙辭)인 줄 내 알겠다만, 후목은 불가조야이고 분토지장은 불가오야[3]라 하여 성현께서도 심히 나무라신 뜻을 깊이 새겨야 할 것이다. 그래, 앞으로 어찌 생활할 셈이냐?"

"군자 치기언이과기행(君子 恥其言而過其行). 즉, 군자는 말함에 있어 감히 그 뜻을 다하지 아니하나 행함에 있어서는 하고도 남음이 있어야 한다고 했습니다. 말로써 행동하지 않고 행동으로 말하겠습니다. 이젠 다만 부끄러울 따름입니다."

"도리불언 하자성혜(桃李不言 下自成蹊)라 하여 맛과 향이 좋은 복

---

1) 子曰 君子 食無求飽 居無求安 敏於事而愼於言 就有道而正焉 可謂好學也已 : 군자는 먹음에 배부름을 구하지 아니하고 거함에 편안함을 구하지 아니하며 일함에 있어서는 민첩하고 말함에 있어서는 삼가며 도(道) 있는 곳으로 나가는 데 바르게 하면 가히 배움을 좋아한다 이를 수 있다.

2) 繫匏 : '매어달린 바가지' 라는 뜻으로 하는 일 없이 세월만 보냄을 일컬음.

3) 宰予晝寢 子曰 朽木 不可雕也 糞土之墻 不可杇也 於予與 何誅 : 宰予—공자의 제자 중 한 사람—가 어느 날 낮잠을 자매 공자께서 말씀하시기를 썩은 나무에는 그림을 새겨넣을 수 없고 더러운 흙으로는 흙손질을 할 수 없다 하시며 宰予를 심히 꾸짖으셨다.

숭아와 오얏은 스스로 뛰어나다 말하지 아니하여도 그 나무 아래로 사람들이 몰려와 길을 만든다 하였다. 또 청향자원(淸香自遠)이라 하여 난의 향기는 멀리까지 풍긴다 하였으니, 이는 낭중지추(囊中之錐)가 가리키는 뜻과 크게 다르지 않음을 잘 알 것이다. 훌륭한 글은 언제 어디서 누구라도 알아보는 것이니 너무 조급한 마음으로 연연해하지 마라. 대기만성(大器晩成)이란 말도 있지 않느냐."

아버지와 몽구 형의 대하사극은 점점 절정으로 치달았다. 그야말로 첩첩산중(疊疊山中)이요, 점입가경(漸入佳境)이었다. 게다가 두 사람의 술잔 기울이는 속도를 나로서는 도저히 따라잡을 수가 없었다. 일찌감치 취해서 나는 아버지의 허벅지를 베고 잠이 들었다. 아니, 졸리는 척했다. 글쓰기에 대한 화살이 언제 어떻게 날아올지 알 수 없어서 내 딴에 기껏 생각해낸 모면책이었다. 그러다가 정말 깜빡 잠이 들었다 깨었다를 몇 번 하다가, 이윽고 술에 완전히 잠긴 아버지의 목소리가 귀에 들어왔다.

"야, 짜샤, 너 벌써 이 짓거리 몇 년째냐. 너 올해는 뭔 일이 있더라도 꼭 쇼부를 봐야 해. 그 동안 썼던 거 잘 오사마리해가지고 문단에 카운터 완빤치 한 방 멕이는 거야. 너 인마 이대로 야코 죽으면 네 인생의 후까시는 그야말로 뽕빨나는 거다. 뭥구야, 너 나이가 몇개냐. 너 이러다가 완전히 좆되버릴까봐 난 벌써부터 심장이 후달거려. 내 맘 알겠냐……"

나는 정말이지 듣지 말아야 할 프로의 피로한 이면을 듣고 말았던 것이다.

*

몽구 형의 방 안에 불이 환하게 켜지고 창호지 문에 두 사람의 그림자가 어른거렸다. 저녁식사를 마치자 두 사람의 대화는 더욱 흥겹고 정겨워지기 시작했다. 나는 몽구 형의 목에서 저토록 부드러운 음성이 나올 수 있다는 사실에 놀라지 않을 수 없었다. 마루에 앉아 엿듣고 있는 내가 다 간지러울 지경이었다.

그 간지러운 목소리로 형은 전혀 실현 불가능한 썰을 장황하게 풀어내고 있었다. 여러 유명 출판사에서 하도 책을 내자고 졸라대서 고민이라느니, 세상 사람들이 자신의 문학세계를 진정 이해해줄지 의문이라느니, 정말 원하지 않지만 베스트셀러가 터지면 좀 바빠질 것 같다느니, 얼마 전 영화감독을 만났는데 스토리를 듣더니 영화로 만들자고 제안했다느니…… 듣고 있는 내가 짜증이 나서 당장 방 안으로 뛰어들어 형의 목을 졸라버리고 싶은 심정이었다.

그런데 신기하게도 상대방은 그 모든 어이없는 말들을 때론 웃어가며 때론 고개를 끄덕이며 맞장구를 쳐주는 것이었다. 차분한 음성으로 응대하는 소리를 듣고 있노라면, 몽구 형의 실현 불가능한 썰은 정말 금방이라도 이루어질 사실처럼 여겨지기도 했다. '울림이 있는 여자'란 어떤 사람인지 나는 어렴풋이 느낄 수 있었다. 아침에 아버지가 돌아가자마자 형은 대뜸 내게 물었다.

"니, 그거 아나? 이 세상의 모든 여자는 두 부류로 나뉜다."

"예, 알죠. 예쁜 여자와 못생긴 여자."

"아니다."

"그럼, 잘 자빠지는 여자와 잘 안 자빠지는 여자?"

"틀렸다."

몽구 형은 언제나 자신만 해답을 알고 있는 문제만 내기 때문에 나는 형이 답을 말할 때까지 기다릴 수밖에 없었다.

"이 세상의 여자는 '떨림이 있는 여자'와 '울림이 있는 여자' 이렇게 두 부류로 나뉜다."

"떨림과 울림이요?"

"그렇다, '떨림'이 있는 여자는 첫눈에 남자들을 휘까닥 현혹시키지. 웬만한 사내놈들은 누구나 아랫도리의 '들림'을 감출 수가 없다. 그러나 '울림'이 있는 여자는 좀 다르다. 남자들의 눈보다 가슴속을 천천히 파고들지. 그런 여자는 말이다, 뭐랄까, 남자들의 영혼을 '걸림' 없이 키워준다고나 할까."

"그럼 떨림도 없고 울림도 없는 여자는 뭐라고 해요?"

자신의 이론에 질문하는 것을 싫어하는 형은 인상을 쓰며 짜증스레 대답했다.

"그런 여자는 조물주가 부실공사한 '날림'이니까 여기선 논외다!"

형의 말엔 약간 도식적인 냄새가 났지만 그래도 이제까지 한 말 중에선 아주 그럴듯한 축에 속했다. 내가 고개를 끄덕거리자 형은 팔을 걷어붙이며 이렇게 말했다.

"오늘 그 울림이 있는 여자가 온다. 청소하자."

형과 나는 지난 일 년 동안 한 번도 하지 않은 대청소를 했다. 그 여자는 다름아닌 마리아 수녀님이었다. 알고 보니 수녀님은 일 년에 한 번 정도 이 오두막에 들르곤 하는데, 몽구 형은 그때마다 가장 잘 익은 매실주를 대접하며 자신이 쓴 소설을 선보이는 듯했다. 형이 요 며칠 왜 그토록 밀린 방학숙제 하듯 책상에 붙어 있었는지 짐작할 만했다. 따지고 보면 수녀님 덕에 형은 그나마 일 년에 최소한 단편 하나씩은 쓸 수 있었던 셈이다.

두 사람의 두런거리는 대화를 들으며 나는 마루 끝에 걸터앉아 저물어가는 하늘과 뜰을 바라보았다. 선선한 바람이 불어왔다. 낮에서 어둠으로 접어들 때 풍기는 봄밤의 독특한 향기가, 뭔가를 그립게 하고 가슴을 울렁이게 만드는 까닭 모를 불안한 설렘이 그 바람 속에 진하게 섞여 있었다. 나는 천천히 심호흡을 하며 뜰 앞의 젖빛 목련이 막걸리빛으로 사위어들기 전에 어서 빨리 글을 한 줄이라도 시작해봤으면 좋겠다는 생각을 했다.

"뭐요? 비놀리아요? 비놀리아엔 왜 가요?"

그때, 불쑥 몽구 형의 놀란 목소리가 창호지 문 밖으로 튀어나왔다.

"비놀리아가 아니고 볼리비아. 일이 예정보다 빨리 그렇게 되었어."

"아니 도대체 뭘 하려고 거기까지 간단 말입니까?"

몽구 형은 심하게 떨리는 음성으로 억울한 듯 따져물었다.

"쉽게 말하면 봉사활동이지. 이곳보다 그곳에서 나를 더 필요로 하니까."

볼리비아라…… 남아메리카에 있는 덴가? 아니면 아프리카? 나는 볼리비아가 도대체 세계전도의 어디쯤 붙어 있을까를 곰곰이 어림잡아 보았다. 편지나 전화가 닿을 수 있기나 한지. 왠지 천국이나 지옥보다 더 막연한 느낌이 드는 땅이었다. 한동안 침묵 속에서 술잔 기울이는 그림자만 창호지 문 위에 어른거렸다.

"이제 다시는 네가 담근 이 매실주 맛을 못 보겠구나."

포옥, 바닥이 꺼지는 듯한 몽구 형의 한숨 소리가 무겁게 들려왔다.

"네 글도 한동안 못 읽을지 몰라."

그림자 하나가 일어섰다. 나는 얼른 자리에서 일어나 몸을 숨겼다. 마리아 수녀님은 마루를 딛고 내려와 어두워지는 뜰을 쓸쓸히 바라보았다. 그리고 천천히 뜰을 가로질러 걸어갔다. 나는 어둠 속으로 사라지는 수녀님의 뒷모습을 바라보았다. 봉사활동을 위해 그 먼 곳까지 마다 않고 간다니…… 일면 존경스러워 보였고 일면 서글퍼 보였다.

그런데 그녀가 어디를 향하여 가고 있다는 것을 눈치채자마자 나의 심장이 불안하게 뛰기 시작했다. 야릇한 호기심이 온몸으로 삽시간에 불타들기 시작했다. 나는 나도 모르게 어느덧 숨을 거칠게 몰아쉬며 집 뒤로 돌아가는 길을 더듬어 뛰기 시작했다.

채마밭을 지나서 작은 도랑을 건너 얕은 둔덕으로 빠르게 기어올라갔다. 흥분해서 급하게 뛴 나머지 슬리퍼가 몇 번씩이나 벗겨져도 아픈 줄을 몰랐다. 조금만 더 가면 변소 안이 환히 들여다보이는 곳이 나오리라. 아, 수녀의 엉덩이를 훔쳐보는 일이란! 키득키득. 저만치 변소 창으로 새어나오는 불빛이 보였다. 숨이 금세 턱밑까지 차올랐다. 그런데 너무 감격한 탓인지 아니면 빌어먹을 슬리퍼 때문인지 그만 돌부리에 걸려 엎어지고 말았다. 오른쪽 엄지발가락이 부러진 듯 아팠다. 신음 소리가 혀뿌리까지 치고 올라왔지만, 나는 찍소리 하나 낼 수 없었다.

글쎄, 눈앞에는 어느새 왔는지 몽구 형이 창 앞에 쪼그려앉아 안을 들여다보고 있는 게 아닌가! 화장실 창 밖으로 새어나오는 알전구 불빛 덕에 몽구 형의 얼굴은 또렷이 보였는데, 어떻게 표현할 수 없을 만큼 이상야릇한 표정이었다. 그 얼굴은 정말이지 갑자기 옆구리를 쑤시고 들어온 칼날의 통증을 어떻게 참아야 할지 모르는 듯한, 천천히 오만상이 찌푸려지는 듯한, 금방 무슨 고함이라도 질러댈 듯한, 그러면서도 보는 사람에겐 거짓말 같고 우스운 장난질처럼 여겨지는 비애를 담고 있다고나 할까. 하여튼 형은 그 얼굴을 하고는 처량히 쪼그려앉아 들키면 어쩌려고 하염없이 그 안을 들여다보고 있었다.

몽구 형은 매년 저렇게 마리아 수녀님의 엉덩이를 보며 무슨 생각을 했을까. 그렇게 한 번 훔쳐보는 것으로 다음해까지의 희박한 기다림을 다짐했을까. 그리고 여자의 엉덩이를 보며 왜 그토록 불쌍한 표정을 지었던 걸까. 비닐 랩에 참기름을 바를 엄두조차 내지 못한 채 견뎌온 지난 세월이 서러워서일까. 한쪽 슬리퍼 끈이 떨어져 절룩거리며 오두막으로 돌아오는 동안 무수한 생각이 머릿속에서 들끓었다. 그 생각의 끄트머리에서 왜 몽구 형의 지난 말이 떠올랐는지 알 수 없다. '프로는 말이다, 그 어떤 도발적 상황이 닥치더라도 물러서지 않고 적의 고지를 향해 필사적으로 밀고 들어가 바로 깃발을 꽂을 줄 알아야 하는 거다. 알았나, 이 빙충아!'

그야말로 나는 보지 말아야 할 프로의 쪼그림, 아니 한 외로운 수컷의 쓸쓸한 쪼그려앉음을 보고야 만 것이다.

*

아침에 일어나 미음사발을 챙겨 몽구 형의 방으로 들어갔다. 죽부인이 어젯밤에 직접 쑨 미음이었다. 일어나 앉는 기세로 보아 형은 그래도 기력을 많이 회복한 듯 보였다.

수녀님이 떠나가자마자 형은 매화나무 아래 주저앉아버렸다. 형이 앉아 있는 바위 옆엔 톱이 한 자루 놓여 있었다. 아무래도 무슨 일을 낼 것 같아 말을 건넬까 싶었지만 끝내 나는 못 본 척 고개를 돌리고 말았다. 형은 그렇게 종일을 나무 아래 앉아 있다가 날이 저물면 머리와 어깨에 쌓인 꽃잎을 털어내지도 않고 방으로 기어들어와 카세트를 틀어댔다. 매일 밤 똑같은 노래가 수십 번씩 몽구 형의 방에서 흘러나왔다. 정말이지 다른 가사 없이 오로지 '하나'로 시작해서 '하나'를 부르짖다가 '하나야' 하고 애타게 절규하며 끝나는 곡이었다. '하나'라는 단어가 무려 스물한 번이나 반복되는 희한한 노래였다.

그렇게 닷새쯤 되던 날 밤 잠결에 이상한 소리가 들려왔다. 앓는 소리 같기도 하고 곡(哭)하는 소리 같기도 했다. 자세히 들어보니 쉰 목소리로 상여가를 부르듯 흐느끼고 꺾어지는 노랫가락이었다. 몽구 형이 저러다 몽달귀나 되지 않을까 덜컥 겁이 들었다. 방문을 열고 마당에 내려서니 안개비가 자욱하게 내리고 있었다. 소리는 아니나 다를까 매실수 밑에서 흘러나오고 있었다.

몽구 형은 비에 흠뻑 젖은 채 바위 위에 길게 널브러져 있었다. 나는 형을 부축해 일으켰다. 형은 물 먹은 가마니때기처럼 축축했다. 나는 형을 업어서 방으로 옮겨 이부자리 위에 뉘었다. 그 순간에도 형은 주문처럼 '하나이었는데, 하나이었소……'라는 노래를 부르며 낮게 신음했었다.

다음날 여느 때처럼 죽부인이 반찬 보자기를 들고 오두막을 찾아왔고, 나는 어쩔 수 없이 그간의 일들을 죽부인에게 사실대로 말했다. 내 말이 미처 끝나기도 전에 죽부인은 몽구 형의 방으로 뛰어들어갔다. 이부자리 위에 축 늘어진 형을 보자마자 죽부인은 나를 힐끗 쳐다보았는데, 마치 자기 남편을 왜 이 지경으로 만들었냐는 듯한 속상한 눈흘김이었다. 그렇게 지난 사흘 동안 죽부인은 가게와 오두막을 바삐 오가며 몽구 형을 극진히 간호했던 것이다.

"형, 이 말을 해야 할지 말아야 할지 잘 모르겠는데요."

형은 미음을 한 숟가락 후루룩 들이켜더니 천천히 눈을 들어 나를 바라보았다. 아주 고요하고도 깊은 눈동자였다.

"저 있잖아요…… 죽부인 아버님이 어제 새벽 돌아가셨다는데요. 조금 전에 요 앞에서 이장님 만나서 들었어요."

형은 숟가락을 힘없이 내려놓으며 눈을 질끈 감았다. 나는 어딘가 죄스러워 자리에서 일어나 방을 나왔다.

점심 무렵 내 방문을 두드리는 소리에 문을 열었다. 형은 어느새 검은 양복을 말쑥하게 차려입고 두 개의 작은 항아리를 품에 안고 있었다. 그 중 하나는 마지막 남은 술단지였다. 면도를 하고 머리를 감아 정성스레 빗어넘겨 용모가 제법 단정해 보였다. 어디 외출하냐는 나의 물음에 형은 희미하게 웃더니 안고 있던 항아리 하나를 느닷없이 내게 건넸다.

"이건 왜요?"

받아보니 속이 텅 빈 항아리였다.

"김치 담가놓으라구요?"

형은 고개를 가로저었다.

"술 담가놓으라구요?"

형은 또 고개를 가로저었다.

"그럼 뭐 하라구요. 요강으로 쓰라구요?"

그것도 아니라는 듯 형은 무겁게 머리를 좌우로 흔들었다.

"그럼 왜요?"

몽구 형은 마루를 내려가 구두를 꿰어신고는 서서히 발길을 옮겼다. 그리고 마루 끝에서 항아리를 안고 멀거니 서 있는 나를 돌아보지도 않은 채 낮고 힘있게 말했다.

"깨라!"

형이 울타리 밖으로 사라진 뒤에도 나는 한참을 그렇게 서서 뜰 하나 가득 고여 있는 봄볕을 바라보았다. 무슨 뜻일까? 항아리를 깨라는 것은. 맨발로 토방을 내려와 까치발을 하고 갸웃거려보니, 언덕 아래 촘촘히 모가 심어진 논두렁을 가로질러 죽부인네 집으로 가는 몽구 형이 보였다. 매실주 항아리를 품에 안고 꾸불텅한 논둑길을 비척비척 걸어가는 형의 뒷모습을 한참 보고 있으려니 아득한 현기증이 몰려왔다. 이제 곧 여름이 오려나. 그만 방으로 돌아갈까 해서 내가 막 돌아설 즈음, 형은 허리를 구부려 두둑가의 풀인지 꽃인지 모를 잎새를 매만지고 있었다.

나는 품에 안은 항아리를 여자의 엉덩이마냥 정성스레 손바닥으로 쓰다듬으며 수박처럼 두 쪽으로 쫙 갈라지는 상상을 해보았다. 어쩌면 삐루 고뿌보다 몇 배나 힘들지 모를 일이었다. 그리고 몽구 형의 목소리를 한번 흉내내보았다. 어쩌면 한국문단으로 하여금 또다른 죄를 짓게 만드는 시작의 순간일지도 몰랐다.

"깨라!"

돌베개 위의 나날

"하, 참, 시드니에서 사는 게 참 똥 같다. 지난 삼 년간 맨날 먹고 싸기만 했어. 뭔가 큰 뜻을 세우거나 남을 위해 좋은 일 한 번 한 적 없어. 그래도 예전에는 말이야, 민족을 생각하고 사회를 생각하고, 이런 말 하면 이젠 웃길지도 모르지만 민중을 생각한 적도 있었는데 말이야. 서른세 살이라는 나이가 참 덧없다. 한국으로 치면 서른넷인가?"

"서른셋이면 예수님 죽을 때 나이네요."

고향은 항시 喪家와 같드라.
父母와 兄弟들은 한결같이 얼골빛이 호박꽃처럼 누러트라.
그들의 이러한 體重을 가슴에언고서
어찌 내가 金剛酒도 아니먹고 外上술도 아니먹고
酒酊뱅이도 아니될수 있겠느냐!
—서정주, 「풀밭에 누어서」 중에서

D-3

퐁, 퐁, 퐁, 하는 소리가 연이어 들려왔다. 사내는 신경질적으로 이불을 머리끝까지 뒤집어썼다. 잠시 소리가 들리지 않아서 사내는 잠깐 안도했다. 그러나 이불 안에서 정말 소리가 들리지 않는지 귀를 기울이자 곧 조그맣게 퐁, 퐁, 퐁, 거리며 다시 들려오기 시작했다.

사내는 짜증을 내며 이불을 홱 걷어차냈다. 그리고 침대에서 일어나려고 베개에서 머리를 떼는 순간 귀에 찌릿한 통증을 느꼈다. 엉거주춤 몸을 일으킨 채 사내는 오른쪽 귀에 손을 급히 갖다댔다. 미간을 찌푸린 사내는 요즘 자신의 귀가 왜 이리 아픈지를 잠시 더듬어봤다. 누구한테 한 대 세게 얻어맞았는지, 귀에 물이 들어가 염증이 생긴 건 아닌지, 혹시 잠버릇에 문제가 있는지…… 이리저리 짚어봤지만 선뜻 납득될 만한 원인이 떠오르지는 않았다.

사내의 그 법석에도 불구하고 사내의 아내는 아무 말 없이 등을 돌린 채 화장을 하고 있었다. 책상다리를 하고 앉아 포봉, 퐁, 퐁 소리를 내며 스킨을 바르고 포봉, 퐁, 포봉 소리를 내며 로션을 바르고, 포보봉, 퐁 여러 가지를 손바닥에 따라내어 얼굴에 문지르고 있었다. 화장대라고도 할 수 없는 종이박스 위의 손바닥만한 간이 거울에 얼굴을 요리조리 비춰가며 아내는 화장에 열중이었다.

여전히 한 손을 귀에 댄 채 아내의 뒷모습을 바라보던 사내는 다시 자리에 벌러덩 드러누워 이불을 뒤집어썼다. 오른쪽 귀가 아픈 탓에 이번에는 왼쪽으로 돌아누워 눈을 감았다. 잠을 제대로 못 자서인지 정신이 멍했다. 최근 들어 사내는 지독한 불면증에 시달리고 있었다. 이 모두가 최씨 탓이었다. 밤잠을 못 이루는 일이 어쩌면 최씨와 무관할지도 모르지만, 사내는 은연중 이 모두를 최씨 탓으로 돌려버렸다. 최씨의 얼굴이 떠오르자 사내는 어느새 끓어오른 화를 억누르며 낮게 신음했다.

"최씨, 그래, 어디 누가 이기나 보자, 끙……"

사내는 최씨를 만나면 무조건 주먹부터 한 방 날려버리리라 다짐했다. 최씨가 코를 움켜쥐고 비명과 함께 나동그라지는 상상을 하자 주먹에 불끈 힘이 들어갔다. 쓰러진 최씨의 아랫배를 발로 힘껏 걷어찬 뒤, 그가 용서해달라고 애원하며 건네는 돈봉투를 받아야지 분이 풀릴 것만 같았다.

아내가 일어나 방을 나가는 소리가 들렸다. 멀리서 현관문 닫히는 소리까지 들리자 사내는 부스스 몸을 일으켜 침대 위에 걸터앉았다. 머릿속이 몽롱하고 뿌연데다가 눈을 깜박일 때마다 눈동자가 뻑뻑했다. 밤잠을 설친 지 어느덧 한 달이 넘어가고 있었다.

며칠 전, 아내에게 아침에 일어나면 정신이 멍하다고 하소연하자, 아내는 눈 하나 깜짝 안 하며 '일을 하지 않기 때문'이라고 차갑게 대꾸했다. 맞는 말이었다. 일을 하지 않는데다가 '쓸데없는 잡생각이 많기 때문'이라고 더 차갑게 덧붙이기까지 했다. 옳은 말이었다. 너무 맞고 옳은 말들이 싸늘하게 귀전을 때리는 바람에 위로를 구하려던 사내는 속이 불편하기까지 했다. 그러나 방학을 맞아 아침부터 밤늦게까지 눈코 뜰 새 없이 일하는 아내 앞에서, 일 안 하고 잡생각이 많은 사내는 그저 힘없이 고개를 끄덕일 수밖에 없었다.

방 한쪽의 커다란 창으로부터 아침 햇살이 들이치고 있었다. 얼마나 눈이 부신지 창 쪽으로 눈을 돌리지도 못할 지경이었다. 사내에게 있어 아침은 하루 중 가장 고통스런 시간이었다. 씻고 차려입은 뒤 돈벌이를 위해 꼭 대문을 나서야 할 것만 같았다. 특히 아침 햇살은 사내에게 불편한 칼날로 다가왔다. 더는 잠을 이룰 수 없도록 눈자위를 노려볼 뿐만 아니라 젊은 놈이 대명천지에 방구석에 틀어박혀 무위도식할 수 있냐는 듯 마음까지 들쑤셔놓았다. 커튼을 쳐도 항상 창 밖에 도사린 채 저물녘까지 사내를 주시하며 괴롭히는 햇살. 불행하게도 그런 아침은 매일매일 찾아왔다.

흐릿한 눈동자를 손등으로 비비던 사내는 문득 방 안을 휘 둘러보았다. 자신이 걸터앉은 침대가 있고, 옆에는 작은 책상이 있고, 맞은편에는 벽 모서리를 끼고 톱밥을 눌러 만든 조악한 옷장이 있었다. 이것들이 방 안의 가구 전부였다. 이어서 사내의 눈에는 아내가 화장대로 쓰는 종이박스와 그 옆의 쓰레기통, 옷장 위에 올려진 두 개의 여행가방이 보였다. 한두 걸음 안에 그것들 모두가 손에 닿을 정도로 방은 비좁았다.

무엇을 할까, 잠시 생각하다가 사내는 옆으로 한 걸음을 옮겨 책상 앞에 앉았다. 책상 위에는 성경책이 펼쳐져 있고 옆에는 쪽지가 한 장 접혀 있었다. 아내가 일하러 가기 전에 남기고 간 쪽지였다. 들여다보지 않아도 내용을 뻔히 알지만 사내는 습관적으로 접힌 것을 펴보았다.

'D - 3'

별다른 말 없이 그저 영어 알파벳 한 글자와 부호 하나, 숫자 하나가 전부였다. 쪽지를 구겨서 휴지통에 던져버리고는 사내는 아침도 먹지 않은 채 성경을 읽기 시작했다. 이웃에 사는 호주인 목사가 전도 목적으로 남기고 간 영어 성경책이었다. 어젯밤 읽다 만 곳에는 노란 형광펜이 그어져 있었다. 별다른 흥미 없이 읽어가던 중 유독 마음을 끄는 구절이 있어 사내는 형광펜을 그었던 것이다. 지난밤에도 수십 번 암송하던 그 구절을 사내는 목청을 가다듬고 소리내어 읽었다.

"내가 너희에게 이르노니 너희는 삶에 대해 걱정치 말라. 먹을 것과 마실 것, 입을 것을 걱정치 말라. 삶이란 음식과 옷가지보다 더 중요하지 않더냐. 하늘을 나는 새를 보라! 그들은 심지도 아니하고 곡식을 거두지도 아니한다. 그들은 곡식을 헛간에 저장치도 아니한다. 하물며 날아다니는 새도 염려치 아니하는데, 너희는 새들보다 더 가치 있는 존재가 아니더냐. 걱정이 너의 삶을 연장케 해주더냐."

또박또박 읽고 나자 불현듯 아내의 날카로운 음성이 사내의 귓속으로 꼬챙이처럼 날아들어와 박혔다. 사내는 얼른 손을 들어 오른쪽 귀에 갖다댔다.

"등록금 마감이 사흘 뒤예요. 그렇게 넋 놓고 앉아 있으면 어떡해요? 당신 내 말 듣고 있는 거예요?"

귀에 박힌 아내의 음성을 끄집어내려는 듯 사내는 머리를 도리질쳤다. 그리고 물이라도 한잔 마실까 하여 자리에서 일어났다. 방문을 열고 나서자 주인할머니인 산나와 눈이 마주쳤다. 방문 바로 옆에 붙어 있는 화장실에 들어가려는 모양이었다. 산나는 느릿느릿한 이탤리언 억양으로 사내에게 인사를 건넸다.

"하우 아르 유, 빠스타르?"

"낫 투 배드, 쌩큐. 디듀 슬립 웰 라스트 나이트?(나쁘지 않아요. 지난밤 잘 주무셨어요?)"

산나는 퉁퉁 부어오른 양쪽 눈두덩 사이로 팥알만한 검은 눈동자를 끔벅이더니 천천히 되물었다.

"유브 갓 어 건?"

"해브 유 에버 신 파스타 캐리스 어 건?(목사님이 총 들고 다니는 거 본 적 있어요?)"

사내가 농담으로 받아치며 지나치자 산나는 화장실 안으로 들어갔다. 물에 젖어 뒤틀린 화장실 문이 삐걱거렸다. 곧 끄응, 하는 고통스런 신음과 함께 쥐어짜는 듯 물줄기 새는 소리가 들려왔다. 산나는 오래전부터 신장병을 지독하게 앓고 있었다. 지난밤 잘 잤냐는 사내의 아침 인사에 그녀는 간혹 '유브 갓 어 건?' 이라고 반문하곤 했다. 그 말은 잘 자기는커녕 병이 너무 고통스러워 권총이라도 있으면 차라리 자신을 쏴달라는 뜻의 농담이었다.

물을 마시고 방으로 돌아와 성경을 두어 시간 읽던 사내는 산책을 나가기로 했다. 성경을 보다가 진력이 나면 산책이랄 것도 없이 주변을 배회하는 일이 요즘 그의 하루 일과였다. 사내는 잠옷 바지를 갈아입으며 동전을 챙겨서 호주머니에 넣었다.

건물의 현관문을 나서자마자 햇살이 눈으로 쳐들어왔다. 저편에서 누군가 벽거울로 햇빛을 반사시켜 사내의 얼굴에 조준하며 다가오는 것처럼 눈을 뜨지 못할 정도였다. 고개를 숙인 사내의 발길은 습관적으로 공원을 향했다. 걸음을 옮기자 오른쪽 귀에 다시 통증이 도지기 시작했다. 며칠 사이 증세가 부쩍 심해지고 있었다. 어제는 귀 부근에 편두통까지 몰려들어 페나돌을 두 알이나 삼켰었다. 사내는 천천히 발을 떼며, 왜 이리도 귀가 아픈지를 곰곰이 생각했다. 새삼 '고막' 이니 '달팽이관' 이니 '유스타키오관' 이니 하는 단어들이 떠올랐고, 그중 어디에 문제가 있을까 짚어보는데, 어디선가 난데없이 아내의 울먹거리는 소리가 들려왔다.

"사흘 안에 등록금을 못 구하면 우린 여길 떠나야 한다구요!"

동시에 사내는 돌연 불에 덴 듯 주먹을 쥐며 소리를 질렀다.

"최씨, 너 이 새끼, 잡히기만 해봐라!"

유모차를 끌고 지나가던 백인 여자가 사내를 힐끔대더니 걸음을 재촉했다. 사내는 아내의 쪽지 'D-3'을 상기하며 빨리 최씨를 만나 무조건 담판을 지어야겠다고 이를 악물었다. 그리고 싫지만 어쩔 수 없이 백선배에게 다시 일자리를 부탁해야겠다고 생각했다. 사내의 발길은 자동적으로 근처 공중전화로 향했다. 만에 하나 최씨와의 일이 사흘 내에 해결되지 않으면 우선 백선배에게 아내의 등록금을 부탁하는 수밖에 없었다. 선배가 도와줄까? 쉽지 않은 일인 줄 알면서도 발등에 불이 떨어졌으니 일단 말이라도 넣어봐야겠다고 사내는 마음먹었다. 공중전화부스가 저만치 보이자 사내의 머릿속에는 그날이 떠올랐다.

*

그날은 호주에 와서 처음 일을 하던 날이었다. 사내가 처음으로 한 일은 운동장 청소였다. 백선배와 함께였다. 일이 끝나고 집으로 돌아오는데 관절 마디마디 쑤시지 않는 곳이 없었다. 무려 일곱 시간을 단 한 순간도 쉬지 않고 중노동을 했던 것이다. 평소 운동과는 거리를 둔 책상물림으로 살아와서 그랬는지 모르지만, 스무 살에 경험했던 군대 훈련소와는 비교할 수 없을 만큼 험하고 혹독한 작업이었다. 호주에 도착하고 육 개월간 죽어도 청소만큼은 하지 않으리라 버티고 버텼는데 어쩔 수 없이 찾아나설 정도로 생활이 곤궁해지던 상황이었다. 돈을 받는다는 사실 때문에, 먹고살아야 한다는 일념에 사내는 그 시간을 정신없이 버틸 수 있었다.

백선배와 함께 럭비 리그전이 끝난 스타디움에 도착했을 때는 해가 이미 지고 난 후였다. 그라운드를 사방으로 둘러싼 관중석을 보자 눈알이 핑 돌아버릴 것만 같았다. 선배와 사내는 관중석을 반으로 갈라 각자의 구역을 정한 뒤 커다란 비닐봉지를 허리띠에 열 개씩 찼다. 관객들이 버리고 간 쓰레기를 줍고 곳곳에 있는 쓰레기통을 비우는 일이었다. 청소 경력 삼 년의 백선배는 빠르고 정확했으나 사내는 힘이란 있는 대로 쓰면서 허둥지둥 느렸다.

한 시간쯤 지나자 땀방울이 이마에서 후드득 떨어지고 몸을 계속 구부린 채 쓰레기를 줍느라 허리 부근이 뜨거워지기 시작했다. 찌그러진 음료수 깡통, 뭉개진 케이크, 상품 포장지, 플라스틱 물통, 칩스며 햄버거 조각, 각종 음식 찌꺼기, 깨진 병 조각, 쏟아진 커피, 밟혀 으스러진 과자 부스러기, 종이컵, 녹은 아이스크림, 과일 껍질, 찢어진 신문지, 담배꽁초 등 백인들이 버리고 간 쓰레기는 의자 위아래 사이사이 구석구석 틈과 틈 길바닥에 끝도 없이 널려 있었다. 겉보기와는 달리 교양이라곤 눈곱만큼도 없는 놈들이었다. 한국 프로야구 경기장은 깨끗한 축에 속했다. 알 수 없는 욕지거리가 자꾸 혀를 차고 튀어나왔다.

두 시간쯤 지나자 몸이 둔해지면서 허리 아래가 빠져 달아난 듯 감각이 없어졌다. 선배가 어느덧 자신의 구역을 끝내고 블로어(blower)로 자잘한 티끌들을 쓸어낸 뒤에도 사내는 절반 정도를 간신히 넘기고 있었다. 아무리 주워담아도 쓰레기가 줄어들기는커녕 까마득하기만 했다. 널려 있는 그것들이 '달러'였다 해도 사내는 당장 모든 걸 내팽개치고 그 자리에 쓰러지고 싶은 심정이었다. 보다 못했는지 선배는 아무 말 없이 다가와 사내의 구역을 도와줬다.

관람석 청소가 끝나자 사내의 키만한 검은 쓰레기봉투 스물몇 개가 나왔다. 그것들을 질질 끌다시피 하여 처리장에 버릴 때, 선배가 특유의 쏘는 말투로 사내에게 물었다.

"내가 왜 너보다 빠른지 알아?"

사내는 숨을 몰아쉬며 겨우 대답했다.

"짬밥이 다르잖아요."

"그것도 그렇지만 너는 고무장갑을 끼고 있잖아. 그래서 쓰레기가 잘 안 집히는 거라구."

선배의 손 쪽으로 눈길을 돌린 사내는 속으로 적잖이 놀랐다. 시간 절약을 위해 쓰레기 집게 따위는 애초에 사용하지도 않았지만, 선배는 그 더러운 것들을 모두 맨손으로 처리한 것이었다.

"쓰레기 치우는 데 평소보다 한 시간이나 더 걸렸어. 늦게 한다고 돈 더 주는 거 아니다. 이러다가는 밤새겠어. 빨리 끝내려면 그 장갑부터 벗어라."

"늦어져서 미안해요."

"됐다. 처음엔 다 그래. 빨리 끝내자. 오늘은 물 한 모금 마실 새도 없구나. 자, 이젠 화장실로 가자."

그라운드의 일층 선수용 남녀 화장실과 관람석인 이삼층 남녀 화장실, 장애자 전용 화장실, 귀빈실의 남녀 화장실을 통틀어 소변기와 대변기가 무려 백여 개에 달했다. 청소 중에서 가장 신경을 써야 하는 부분이 바로 화장실이라며, 선배는 사내에게 엉뚱하게도 스펀지 수세미와 걸레 한 장, 약품이 들어 있는 분무기를 들려주었다. 그러면서 심각한 얼굴로 말했다.

"변기에 밥을 비벼먹을 수 있을 정도로 닦아야 해. 특히 일층 선수용 화장실과 귀빈실의 변기는 당장 밥을 물 말아 먹을 수 있을 정도로 광까지 내야 된다."

설거지를 하라는 듯한 착각이 들어 어이없는 표정으로 웃고 있는 사내에게 선배는 다시 한번 강조했다.

"농담 아니다. 그 정도로 닦지 않으면 컴플레인 나오니까 꼭 신경 써."

변기 청소를 하려면 자루 달린 솔이 있어야 하지 않느냐고 사내는 물었다. 선배는 귀찮은 표정을 짓더니, 솔로 일일이 문지르면 잘 닦이지도 않을뿐더러 두 시간 안에 그 많은 변기를 다 청소할 수도 없다며 성급히 화장실로 들어갔다.

변기를 닦기 전 선배는 시범을 보이며 몇 가지 규칙과 요령을 알려주었다. 첫째, 물부터 내리고 '위에서부터 아래로(물통에서부터 뚜껑, 변기 순으로)' '안에서부터 밖으로(변기 안에서 밖으로)' 순서를 지키며 닦을 것. 둘째, 변기 안을 닦을 때는 허리를 굽히지 말고 쪼그려앉아서 닦을 것. 셋째, 똥 자국이 말라붙어 남은 경우에는 약을 먼저 뿌려서 충분히 불린 뒤 닦을 것. 부가사항으로는, 주로 오줌이 튀는 곳을 포인트로 잡아서 닦을 것과 마무리로 물을 내린 뒤 다음 칸으로 잽싸게 이동할 것 등이었다. 사내는 잊지 않으려고 선배가 가르쳐준 규칙과 요령을 몇 번씩 입으로 중얼거렸다.

사내는 분무기로 약품을 뿌려 변기 뚜껑이며 주변에 튄 노란 오줌 자국 등을 차례차례 지워나갔다. 선배의 지시대로 똥 자국이 남아 말라붙은 것들은 미리 약을 뿌려 불려놓은 뒤 수세미질을 하자 쉽게 닦였다.

사내의 손이 지나갈 때마다 사기로 만들어진 변기들은 금세 뽀얀 빛을 발했다.

그러는 동안 선배는 세면대와 벽면 거울, 휴지통을 청소했다. 사내가 대소변기를 닦고 화장실을 빠져나올 때쯤이면 선배는 마무리로 타일 바닥에 마포걸레질을 했다. 뱀처럼 구불구불거리며 구석구석을 하나도 놓치지 않고 훔쳐내는 선배의 마포질 솜씨는 거의 묘기에 가까웠다. 바닥에 찍힌 발자국들과 얼룩들이 순식간에 지워지고 자잘한 티끌들이 거짓말처럼 선배의 걸레를 따라다녔다. 난생처음 보는 희한한 장면이었다. 그 넓은 화장실 바닥을 닦아내는 데 삼 분이 걸리지 않을 정도로 신속하기까지 했다. '청소는 힘이 아니라 기술로 한다'는 말에 고개를 끄덕일 만했다. 그렇게 두 시간 가까이 일이삼층의 남녀 화장실을 하나하나 거쳐갔다.

사내에게서 이 첫날을 잊을 수 없게 만든 일은 마지막 단계의 귀빈 여자 화장실에서 일어났다. 귀빈 남자 화장실 청소를 끝내자 선배는 우주인의 산소통 같은 진공청소기를 어깨에 들쳐메고는 마른침을 삼키며 다급하게 소리쳤다.

"야, 서둘러야겠다. 다른 날 같으면 한 시간 일찍 끝낼 일을 벌써 두 시간이나 초과했어. 내가 카펫 베큠하는 동안 넌 삼 분 내에 화장실 청소 끝내야 한다. 알았지? 딱 삼 분이다!"

사내는 목줄기를 타고 끈적하게 흘러내리는 땀방울을 팔뚝으로 문질러내며 아무 말 없이 고개를 끄덕였다. 선배의 목소리에는, 일을 못하는 너 때문에 괜히 자기까지 늦어졌다는 원망감이 서려 있었다. 청소에 대해 아무것도 모르는 너를 괜히 이곳에 데려왔다는 후회감이 묻어 있었다. 선배가 그걸 의도하지 않았더라도, 시간이 늦어졌다고 말하는 것이 그의 습관일지 몰라도, 사내의 귀에는 그렇게 들렸다.

거의 허공을 걷는 기분으로 사내는 귀빈 여자 화장실로 들어갔다. 이곳만 끝내면 모든 작업이 끝나는 것이었다. 사내의 다리는 거의 풀려 있었다. 걸레질을 쉬지 않고 하느라 어깨와 손목 관절이 망가진 듯 감각이 없었고, 그 동안 변기 앞에서 쪼그려앉기를 거의 일백 회 이상을 하느라 걸음을 뗄 때마다 몸이 후들거렸다. 그토록 열심히 했는데도 예정시간인 다섯 시간을 훌쩍 넘겼다는 게 다만 이해할 수 없었다.

여자 화장실은 귀빈용이라서 조명부터 달랐고 벽면 전체에서 윤이 났다. 손끝 하나 대지 않아도 문제가 없을 만큼 깨끗해 보였다. 네 개의 칸막이 중 첫번째 칸막이의 변기를 물 말아 먹을 수 있을 정도로 광을 내고 일어설 즈음에는 현기증이 일었다. 거의 끝나간다는 사실에 스스로를 격려하며 두번째 칸막이 문을 밀치고 들어선 순간, 사내는 자신도 모르게 욕설이 튀어나왔다.

"오, 쉿트!"

배설물과 뒤섞인 시커먼 것이 변기 안에 가득 차 있었다. 사내는 선배가 가르쳐준 대로 일단 물부터 내렸다. 그런데 어찌 된 셈인지 배설물은 물과 함께 밑으로 빠져나가지 않고 도리어 차오르기 시작했다. 계속 차오르자 사내는 당황하기 시작했다. 이러다가는 곧 넘쳐서 바닥으로 쏟아져내릴 지경이었다. 입으로는 어어 소리를 내면서도 사내는 어찌할 바를 몰랐다. 다행히 넘칠 만큼 찰랑거릴 즈음 물통 안에서 패킹이 닫히는 소리가 났다. 시커먼 부유물들이 천천히 소용돌이치며 아주 조금씩 밑으로 가라앉고 있었다.

"막혔다!"

사내는 소리내어 신음했다. 막혔어! 사내는 중얼거리며 잠시 주위를 두리번거렸다. 막힌 것을 뚫을 만한 기다란 뭔가가 필요했다. 그러나 아무리 눈을 씻고 찾아봐도 그 비슷한 것조차 띄지 않았다. 사내의 손에는 오직 분무기와 스펀지 수세미, 걸레 한 장이 들려 있을 뿐이었다. 쓰레기장에서 선배에게 한 소리 들은 뒤에는 고무장갑마저 벗어던진 상태였다. 문 밖에서는 진공청소기의 소음이 한창이었다. 그 무거운 청소기를 어깨에 짊어지고 카펫 위를 정신없이 뛰어다니고 있을 선배를 생각하니 '빨리 끝내자!' 고 외치던 그의 달아오른 얼굴이 떠오름과 동시에 사내는 털퍼덕 변기 앞에 무릎을 꿇고 앉았다. 그리고 반팔 티셔츠의 오른 소매를 어깨 위까지 걷어올렸다. 시커먼 물 속에 손을 집어넣는데 자꾸만 스스로도 알 수 없는 괴상한 소리가 목구멍을 타고 꾸역꾸역 밀려올라왔다.

깊은 곳에 손이 닿자 분명 뭔가가 막혀 있었다. 그것을 끄집어내려 하자 한꺼번에 쑥 빠지는 것이 아니라 불은 미역처럼 미끈거리며 귀퉁이만 자꾸 뜯겨나왔다. 사내는 왼손으로 변기 한쪽을 짚고는 거의 어깨가 잠길 지경으로 손을 넣어 그것을 단단히 틀어쥐고 있는 힘껏 끌어올렸다. 그러자 꾸르륵, 거리며 물이 빨려들어갔다. 사내는 팔뚝에 수만 마리의 거머리가 들러붙은 것처럼 진저리를 쳤다. 손아귀에 들린 것은 배설물과 뒤범벅된 생리대였다.

사내는 그것을 생리대 통에 처넣고는 세면대로 달려가 정신없이 팔을 닦아내기 시작했다. 스스로에게도 이런 모습을 보이고 싶지는 않았다. 씻으면 그만이었다. 사내는 '이까짓 거 씻으면 그만이지, 씻어내면 그만이지' 빠르게 중얼거리고는 곧바로 세번째 칸막이에 뛰어들어가 청소를 끝냈다. 네번째 칸막이에 들어서자 선배가 화장실로 마포걸레를 가지고 들어오며 큰 소리로 물었다.

"다 끝냈냐!"

"예!"

사내는 큰 소리로 대답하며 크게 소리내어 웃었다. 마지막 변기였다. 마지막 변기 안에는 아기 팔뚝만큼이나 굵고 긴 무언가가 잠겨 있었다. 어느 잘 차려입은 귀빈 백인 여자가 이만한 걸 빼냈을까 상상하니 웃기지 않을 수가 없었다. 사내는 웃음을 참지 못하며 물을 내렸다. 꾸르륵, 하고 물이 쏟아지며 거품이 일어났다. 그러나 그것은 내려가지 않았다. 쏴아, 하며 물통에 물이 다시 채워졌다. 선배는 세면대와 벽거울을 닦아낸 뒤 첫번째 칸에서부터 마포질을 해오고 있었다.

"뭐가 그리 좋냐, 자식아? 끝냈으면 빨리 나와. 이러다가 해 뜨는 거 보겠다, 인마!"

선배의 재촉하는 소리가 화장실을 울렸다. 사내는 대답 대신 다시 레버를 눌렀다. 물이 쏟아지며 거품이 일어났다. 사내는 물거품 아래서 그것이 내려갔기를 간절히 바랐으나 물살에 약간 움찔거리던 그것은 여전히 그대로였다. 이런 상황은 선배가 알려준 규칙과 요령, 부가사항 어디에도 없는 경우였다.

사내는 자신도 모르게 미친놈처럼 웃어댔다. 고개를 절레절레 흔들며 변기 앞에 털퍼덕 무릎을 꿇고는 다시 반팔 소매를 어깨 위로 걷어올렸다. 선배가 빨리 나오라며 문을 두드려댔다. 사내는 한 손으로 문이 열리지 않도록 막은 채 다른 손을 넣어 눈을 질끈 감으며 그것을 움켜쥐고는 끊어버렸다. 자신도 모르게 온몸이 부르르 떨리며 감당할 수 없는 웃음이 터져나왔다. 왠지 자신이 이제껏 잘못 알고 있던 세상의 한켠을 방금 끊어냈다는 알 수 없는 생각과 함께 물을 내렸다. 이어서 정신없이 분무기를 뿌리며 물통서부터 변기 뚜껑 두 장을 차례차례 닦고 오줌 자국을 지우고 변기의 안에서부터 밖으로 걸레질을 해서 도자기처럼 광을 냈다.

네번째 칸막이에서 나오자마자 선배는 사내가 숨 돌릴 틈도 없이 쓰레기봉투를 치우고 청소장비를 차에 실어놓으라고 했다. 손을 씻으려 했으나 세면대는 이미 반짝반짝 윤이 날 정도로 닦여 있어 씻을 수가 없었다. 걸레와 약품 등을 상자에 나누어 정리해서 손에 들고, 청소기를 어깨에 메고 묶인 쓰레기봉투를 질질 끌고 나오면서도 사내는 웃음이 자꾸만 새어나와서 입을 다물 수가 없었다. 그 웃음이 귀빈실의 복도에 울리는 것을 귀로 확인하려는 듯 사내는 자꾸만 과장되게 큰 소리로 웃어댔다.

백선배는 자신의 차로 사내를 집까지 바래다주었다. 차 옆좌석에 앉자 그렇게 온몸이 편할 수가 없었다. 앉는다는 그 일상적인 행위가 그토록 편한 것인지 사내는 이전엔 잘 몰랐었다. 티셔츠와 바지가 온통 땀에 젖어 끈적끈적하고 불쾌했다. 스스로가 푹 젖은 쓰레기 같았다. 온몸이 쑤시는 가운데 특히 아랫배가 아팠다. 무슨 이유인지 모르지만 아랫배가 언짢고 불쾌해서 사내는 허리띠를 풀고 안전벨트가 그 부위에 닿지 않도록 손으로 붙잡고 집까지 가야 했다. 그런데도 당장 앉아 있다는 사실이 너무 편해서 왜 이리 아랫배가 아프고 불쾌한지 생각할 겨를이 없었다.

차에서 내릴 즈음 선배는 사내에게 팔십 달러를 현찰로 주었다. 시간당 십육 달러씩 쳐서 다섯 시간치 임금이었다. 그야말로 외국에 나와 처음으로 번 돈이었다. 유학생들이 보통 하는 청소가 시간당 팔구 달러니 거의 두 배를 받은 셈이었다. 선배는 돈을 주며 많이 주지 못해 미안하다고 했다. 같은 한국 사람들끼리 청소권을 따내려고 치열한 경쟁이 붙어서 일곱 시간에 할 일을 다섯 시간까지 줄여서 하고, 시간당 이십 달러 받으며 할 일을 십팔, 십칠 달러 선으로 단가를 내려 콘트랙을 맺기 때문에 자신도 어쩔 수 없다고 했다.

콘트랙터 역시 자신의 몫을 빼내야 하므로 정작 청소원에게는 시간당 십육, 십오 달러 선으로 임금이 깎여서 지급될 수밖에 없다는 설명이었다. 유학생들이 보통 하는 청소는 중간에 슈퍼바이저가 두세 명씩 끼는 경우까지 있어서 노동단가가 점점 내려간다고 했다. 한국의 조선족이나 동남아시아 노동자들의 착취구조에 대해 듣는 기분이었다.

그렇게 잘못된 구조를 왜 빨리 개선하지 않느냐는 물음에 선배는 피식거리며 헛웃음을 쳤다. 자신도 처음에는 못마땅했지만, 시간이 지나자 빨리 사람을 부리는 콘트랙터나 슈퍼바이저가 되어 쉽게 돈을 떼어먹었으면 하는 욕심이 간절해지더라는 것이다. 그렇게 청소구역을 서너 군데 가지고 있고, 그렇게 시간당 한 사람에게서 몇 달러씩만 떼어먹어도 편히 골프 치며 먹고살 수 있는 곳이 이 땅이라고 했다. 그러더니 선배는 겸연쩍은 얼굴로 사실 자신의 전 파트너였던 유학생에게 칠십 달러 이상을 줘본 적이 없다고 했다. 그래도 그들은 아주 고맙게 여겼다고 했다. 그랬을 것이다. 사내도 십 달러나 더 붙여준 선배가 너무 고마웠다.

집에 돌아와 화장실에서 소변을 볼 때 사내는 왜 그리도 아랫배가 아팠는지 겨우 깨달을 수 있었다. 그곳에 끊어지는 듯한 통증이 왔다. 오 분이 넘도록 오줌발이 끊이지 않고 쏟아졌다. 얼마나 긴장을 하며 청소에 열중했는지 일곱 시간이 넘도록 오줌 한 방울 싸지 못했다는 사실을 그제서야 알았다. 왕복 시간을 포함하니 무려 아홉 시간 만이었다. 백여 개의 변기를 닦고 문지르며 다녔어도 소변 한 번 못 봤다는 생각이 들자 그토록 우둔하고 어이없는 스스로가 못내 비참했다.

그러나 돈을 갖다주자 아내는 몹시 기뻐했다. 사내는 자신이 아내를 이토록 기쁘게 만들 수 있다는 사실에 기뻤다. 고통스럽던 기억들이 변기 속처럼 순식간에 씻겨나갔다. 새벽 두시에 아내는 밥상을 차려줬으나 숟가락을 든 사내의 손은 부들부들 떨렸다. 젓가락질을 할 수조차 없었다.

그날 이후로 두 달 동안 사내는 선배를 따라서 오피스 청소, 슈퍼마켓 청소, 홈청소를 다녔다. 그러는 사이 원하지 않아도 청소업에 종사하는 한국인들을 자주 만나게 되었는데, 대부분 상당한 대학 출신들이었고 한국에서 약학 박사 학위를 가진 사람도 있는데다가 치과의사를 하다가 온 사람도 있었다. 그런 이야기를 들을 때마다 도대체 저 사람들은 저 학력과 경력으로 뭣 하러 이런 데 와서 이런 일을 하냐고 묻곤 했는데, 묵묵부답으로 일관하던 선배는 어느 날 사내가 되묻자 짜증난 표정으로 쏘아붙였다.

"짜식, 넌 왜 그 학벌에 이 짓 하냐? 그래서 세계에서 청소하는 사람들 중 최고학력자들이 바로 한국인이라는 거야. 너 택시 운전하는 사람들 만나면 놀라 자빠지겠구나? 그런데 여기서 이 짓을 해도 행복하다는데 뭐라 할 거냔 말이야!"

하기야 그들은 한결같이 말하기를 남의 나라에서 궂은일을 해도 마음만은 편하다고 했다. 주 오 일 동안 하루 일곱 시간 정도 별 스트레스 없는 일을 하고 이를 제외한 나머지 시간은 여가활동이나 가족과 함께 보내니 언뜻 보기엔 그럴 만도 했다. 그러나 조금만 깊이 들여다보면 한국이든 호주든, 청소업이건 무엇이건 간에 사람을 그렇게 무작정 행복하도록 내버려두는 사회와 분야는 없었다. 낯선 땅까지 날아와 누려야 할 행복의 영역이 침해받을 경우엔 동족간에 아는 사이라도 해괴한 짓들을 서슴지 않았다.

한번은 이런 일이 있었다. 어느 새벽 홈청소를 하러 노스 시드니 지역의 부자 동네 앞에 차를 세웠을 때였다. 집주인은 요트 여행에서 돌아오기 전 집 안을 깔끔히 치워달라는 주문을 며칠 전 특별히 해둔 터였다. 차에서 먼저 내린 선배가 그 집 우체통 앞에 서서 허리를 굽히고 이리저리 살펴보더니 청소장비를 들고 있는 사내에게 말했다.

"야, 장비 거기다 내려놓고, 가서 차 트렁크 열면 조그만 박스 있을 거야. 그것 좀 가져와봐."

선배는 사내에게 차 열쇠를 던져주며 알 수 없는 욕설을 걸쭉하게 내뱉었다. 사내가 차에 가서 종이상자를 찾아내어 트렁크 문을 닫을 즈음, 선배는 길가에 죽 늘어선 집들의 우편함을 찾아서 뛰어다니고 있었다. 게다가 함 속에 손을 넣어 뭔가를 끄집어내고 있었다.

"아니 지금 뭐 하시는 거예요?"

하는 짓이 하도 기이해서 사내는 약간 나무라는 투로 물었다.

"보면 모르냐? 살아남기 위해 투쟁하고 있잖냐?"

선배가 우편함마다 뒤져서 끄집어낸 것은 '브라이트 홈클리닝' 광고 우편물이었다. 이 동네의 삼분의 이를 장악하고 있는 홈클리닝 팀이었고 선배와 알고 지내는 한국 사람임에 분명했다. 봉투서부터 내용물까지 고급종이로 컬러 인쇄하여 제작한 걸 보면 적잖은 돈을 들여 치밀하게 준비했음을 충분히 짐작할 수 있었다. 선배는 우편물들을 그 자리에서 북북 찢어 쓰레기통에 처넣고는, 상자에서 자신의 재생용지 광고전단을 꺼내어 우체통마다 집어넣고 있었다.

"인마, 넌 몰라서 그렇지, 청소는 시간 싸움이야. 이 거리에 늘어선 집들을 우리가 다 먹어서 청소한다고 생각해봐. 이동 시간 줄어들지. 이동 시간 줄면 기름값 절약되지. 그 시간에 일하니 돈 벌지. 게다가 이런 부자 동네는 나중에 청소권 권리금 받고 넘길 때 금액이 배로 뛰는 거야. 넌 새꺄, 석사라는 놈이 그런 쪽으로는 머리가 안 굴러가냐?"

어이가 없어서 멍하니 서 있는 사내를 향해 선배는 침을 튀기며 소리를 질렀다.

"짜샤, 계속 멀뚱히 보고만 있을 거야? 빨리 다른 사람 거 꺼내고 우리 거 넣으란 말이야!"

그날 몇 군데를 돌아다니며 청소를 하는 동안 사내는 아무 말도 하지 않았다. 진작 눈치를 챈 선배는 일을 끝내고 돌아오는 길에 운전을 하며 입을 열었다.

"니가 왜 부어 있는지 내 알겠다만, 너, 인마, 그래도 나는 양반인 줄 알아. 지난주 요 아래서 잘나가는 갈비집 하던 박씨 끌려간 거 너도 알지? 너 이민 경찰이 한국인 불법체류자 잡아갈 때 외국 애들이 신고해서 잡아가는 줄 아냐? 다 서로 잘 아는 한국놈들이 그따위 짓 하는 거야. 듣자 하니 바로 건너편에서 식당하는 이씨가 자기네 장사가 하도 안 되니까 찔렀다고 하더라. 그까짓 광고지 꺼내는 건 아무것도 아냐."

사내는 외국까지 날아와 한국인들 틈바구니에서 아옹다옹대며 쓰레기나 치우는 일에 진력이 나고 있었다. 영어도 좀 쓰면서 현지인들과 어울리며 힘들지 않고 괜찮은 보수의 직업을 갖고 싶었다.

"매일 이렇게 남들이 더럽혀놓은 것만 닦으며 허송세월을 해도 되는지 모르겠어요, 이 아름다운 땅에서 말이에요."

"이 아름다운 땅? 쳇, 너 영문학 석사란 거 티내냐?"

"왜요? 선배는 이 땅이 아름답다고 생각지 않으세요?"

"아름답기는 개뿔! 너 인마, 이 일이 벌써 지겨워졌구나?"

"선배는 좋아요?"

"너, 인간이 하루 잠자고 먹고 싸는 시간 빼놓고 여덟 시간씩 매일 할 수 있는 일이 뭐라고 생각해?"

사내가 생각할 겨를도 주지 않고 선배는 말을 곧바로 이었다.

"여덟 시간씩 매일 술을 마실 수 있기를 하냐, 섹스를 할 수 있기나 하냐, 놀 수 있기를 하냐. 일밖에 없는 거야. 일밖에 없어. 거기서부터 슬픈 거지. 그런데 그 일이 하기 싫을 경우에 비극이 시작되는 거라구."

"제 말은 여덟 시간의 일이 지겹다는 게 아니라, 도대체 매일 여덟 시간씩 할 수 있는 일이 왜 청소밖에 없는 걸까, 하는 것을 묻고 싶은 거죠."

"너, 한국인들이 외국에서 '휩쓸고 주름잡고 누빈다' 는 소리 들어봤냐?"

선배의 말에 사내는 귀가 번쩍 뜨였다.

"우리가 휩쓸고 주름잡고 누빈다구요? 금시초문인데요?"

"그게 인마, 한국인들이 외국 나가면 죄다 하는 일이 청소로 휩쓸고 세탁소에서 주름잡고 봉제공장에서 미싱질로 누빈다는 뜻이야. 그 사람들이 죄다 바보라서 그 짓거리 하는 줄 아냐?"

근사한 이야기를 기대했던 사내는 어이가 없었다.

"지겹네요."

"짜식, 너 청소를 그렇게 나쁘게만 보면 안 돼. 변기를 닦을 때 말야, '백인놈들이 싼 똥 닦는다' 생각지 말고 '세상의 한켠을 닦아낸다' 이렇게 생각해보라구. 이 얼마나 신성한 직업이냐, 안 그래? 그러니까 개뿔따귀 같은 망상 집어치우고 여기 있는 동안만이라도 그냥 마음 편히 가져."

"그냥 그렇게 포기하고 사니까 죄다 청소만 하고 사는 거잖아요? 좀 달라져야죠!"

사내의 목소리에 힘이 들어가자, 선배는 크악 하고 가래침을 뽑아내 차창 밖으로 내뱉더니 사내를 힐끗 날카롭게 쳐다봤다.

"너 한국에서 소위 잘나가던 놈들 여기서 청소하는 거 보고도 아직 머리가 안 돌아가냐? 아무리 명문대 박사 할애비 학위를 따고 와도 그 정도 고학력자에게 적합한 자리를 얘네 백인들이 노랭이들한테 선뜻 내줄 것 같아? 일단 영어가 안 돼. 그리고 영어가 좀 된다 하더라도 중요한 자리로 절대 안 올려. 정서와 문화가 달라서 윗사람이 부리기도 어렵고 아랫사람들이 따르기도 싫어하는데 어떻게 쓸 수 있겠냐? 너 남아프리카 공화국에서 공부 좀 하고 왔다고 한국 기업에서 막 취직시켜주든? 여기서는 차라리 남아프리카인들이 우리보다 더 좋은 직업 갖고 살아. 오히려 세계에서 가장 인종차별이 심한 나라가 한국인 거 너 알기나 해?"

사내는 입을 꾹 다물었다. 구구절절이 맞는 말이어서 달리 할말이 없었다.

"그래도 인마, 여기는 그나마 나은 거야. 그래도 너 여기는 일자리가 있어, 알아? 니가 한국에 있었으면 지금쯤 무슨 좋은 데 취직했을 거 같냐? 너, 한국은 같은 민족끼리 더 심해. 지역 가르고 학벌 가르고 촌수 가르는 거 몰라? 조국 등지고 떠나올 때 다 그 정도는 각오하고 오는 거야. 넌 짜식아, 앞으로 변기물을 몇천 사발 더 들이켜야 정신이 들 놈이구나. 현실에 살고 있으면 현실을 좀 봐라. 그 두 눈 달고 뭐 할래, 개뿔!"

그렇게 두 달 동안 사내는 선배를 통해 '현실'에 대해, 좀더 정확히 말하자면 이민 현실에 대해 조금씩 눈을 떠갔다. 물론 그 길지 않은 시간을 통해 전부를 알 수는 없었지만 어렴풋하게나마 이 낯선 땅에 뿌리를 내리는 과정이 이전에 사내가 머릿속에서 그렸던 청사진과는 꽤나 다른 모습이라는 것쯤은 쉽게 알 수 있었다.

사내가 큰돈을 벌려고 공장 청소를 위해 선배를 떠난 뒤 전해들은 바에 의하면, 그 광고 전단 바꿔치기가 효과가 있었는지 아니면 선배의 성실성과 근면함에 백인 부자들이 감명을 받았는지 모를 일이지만, 선배는 그 거리의 홈청소를 여러 군데 더 따냈다고 했다. 선배는 형수까지 끌어들여 쉼 없이 일하며 거의 '이 분에 원 달러' 정도를 벌어들이느라 즐거운 비명중이라고 했다.

이는 달리 말하면, 선배의 행복과는 반대로 어느 쪽에선가는 청소권을 잃었음을 뜻했고 그 한국인들은 그만큼의 권리금을 선배에게 빼앗겼음을 의미했다. 길거리나 시장 한 모퉁이에서 손바닥만한 좌판을 열어도 자릿세니 권리금이니 하는 명목을 만들어 거래를 하는 한국 사람들이다보니 백인 집주인들은 영문도 모를 나름대로의 질서가 형성되어 있었던 것이다.

*

공중전화부스 안에서 사내는 꼬깃꼬깃 접힌 메모지 한 장을 뒷주머니에서 꺼냈다. 수없이 접었다 펴서 금방이라도 선을 따라 갈라질 듯한 메모지에는 여러 개의 전화번호가 적혀 있었다.

동전 사십 센트를 넣고 사내는 최씨의 집 번호를 눌렀다. 사내는 초조해지기 시작했다. 신호음이 스무 번이 넘어가자 사내는 귀에 통증을 느끼며 수화기를 내려놓았다. 그리고 다시 한번 번호를 확인하며 최씨의 집 번호를 꾹꾹 눌렀다. 신호음이 스무 번쯤 울리자 사내는 수화기를 다시 내려놓았다. 이번에는 최씨가 근무하던 청소회사에 전화를 넣었다. 신호음이 서너 번 떨어지자 걸걸한 사내의 영어 목소리가 들려왔다. 한국인의 발음이었다.

"헬로, 썬샤인 클리닝. 하우 캔 아이 헬프 유?"

사내는 약간 머뭇거리다가 한국말로 물었다.

"거기 한겨레 클리닝 아닌가요? 슈퍼바이저 최씨 좀 부탁드립니다."

"이러언, 썅, 야!"

사내의 목소리를 듣자 저쪽에서는 욕설 섞인 반말부터 내질렀다.

"여기 회사 바뀐 지 보름이 넘었다고 도대체 몇 번을 말해야 알아들어? 가뜩이나 우리도 그놈들 때문에 골치 아파 죽겠는데. 마지막 경고야. 전화 또 걸면 그땐 너 각오해, 알았어!"

걸걸한 목소리의 상대방은 일방적으로 통화를 끊어버렸다.

"개새끼."

사내의 입에서도 저절로 욕지거리가 튀어나왔다. 이번에는 최씨의 모바일폰 번호를 눌렀다. 동전이 떨어지자 신호음만 끝없이 이어지더니 이윽고 사용자가 전화를 받을 수 없다는 안내방송이 나왔다. 사내는 수화기를 팽개치듯 내려놓으며 이를 악물었다.

"최씨, 너 이 새끼, 걸리기만 해봐라. 작살을 내버릴 테니!"

사내는 공중전화부스를 나와 걷기 시작했다. 이젠 백선배에게 전화를 해야 했다. 사내의 걸음은 갈 곳을 정하지 못하고 옮겨지다가 이윽고 공원의 건너편에 있는 다른 공중전화기로 향했다. 사내는 이 동네의 공중전화기를 모두 알고 있었다. 아니, 이 동네의 모든 공중전화기는 거의 매일 수화기를 들고 우물쭈물대다가 자신들에게 화풀이를 하는 이 사내를 알고 있었다. 마치 사내가 대학과 대학원을 졸업하던 해, 사흘에 한 번씩 이력서를 부치기 위해 드나들었던 우체국 창구의 여직원이 그를 알아보았던 것처럼.

건너편 부스에 들어가 사내는 선배의 모바일폰 번호를 눌렀다. 동전이 떨어지자 사용할 수 없는 번호이니 다시 확인하고 이용해달라는 안내방송이 나왔다. 사내는 전화기가 먹어버린 동전을 아까워하며, 이번에는 메모지를 꺼내 자신이 외우는 번호와 일치하는지 확인하며 번호를 눌렀다. 전의 안내방송이 똑같이 흘러나왔다. 사내는 얼른 통화중지

버튼을 눌렀으나 기계가 동전을 삼켜버린 후였다.

"이상하다, 닷새 전까지만 해도 이 번호로 통화가 됐었는데……"

선배의 집으로 전화를 걸어야 한다고 생각하니 겸연쩍고 막연해졌다. 약간을 망설이다가 사내는 선배의 집 전화번호를 천천히 눌렀다. 형수가 아니라 선배가 직접 받기를 기대하는 수밖에 없었다. 그러나 신호가 떨어지자 저쪽에서 들려온 건 형수의 목소리였다. 사내는 정중히 인사를 한 뒤 일부러 소리내어 웃으며 자신이 누군지를 밝혔다. 형수는 별다른 말 없이 선배는 저녁 늦게 돌아오니 내일 아침 일찍 전화를 넣으면 통화할 수 있을 거라고 했다. 사내는 그러냐고, 무조건 알겠다는 식으로 대답을 한 뒤 정중한 인사와 함께 전화를 끊었다.

공중전화부스를 나와 쏟아지는 햇살 아래에서 사내는 한동안 서성댔다. 그리고 큰길 쪽을 향해 천천히 걸었다. 아까운 동전만 날렸을 뿐 아무런 소득이 없었다. 기껏 알아낸 건 내일 아침 선배에게 다시 전화를 해야 된다는 사실뿐이었다.

"하필 형수가 받을 게 뭐람."

사내는 중얼거리다가 지난번 일이 떠오르자 쑥스러워서 뒷머리를 벅벅 긁었다.

그날은 두 달간의 공장 청소가 끝나는 날이었다. 와인 한 병을 사들고 백선배의 집으로 찾아갔었다. 토요일이나 일요일도 아닌 평일의 늦은 저녁시간이었다. 사내는 이미 술에 취해 있었다. 술에 취했기 때문에 자신의 집으로 돌아가지 않고 선배를 찾아갔는지도 몰랐다. 선물용으로 들고 간 와인을 저 혼자 다 마셔버리고, 그 집에 보관하고 있던 술까지 죄다 마셔버린 뒤 사내는 끝내 고래고래 소리를 질러댔었다. 고된 노동을 끝냈다는 일종의 안도감과 고된 노동을 할 수밖에 없었던 자신의 한심한 처지가 결합된 일종의 울부짖음이었을 것이다.

이젠 목에 칼이 들어와도 청소 따윈 안 한다고, 이래 봬도 내가 유수한 대학의 영문과 석사라고, 먼저 온 네놈들이 동족을 우려먹는 착취구조를 만들어낸 걸 알고나 있냐고, 발톱에 낀 때만큼도 양심이 없는 순 양아치 새끼들이라고. 그런 착취구조에 피 빨리는 일도 이젠 진저리가 쳐진다고, 내가 청소부나 되려고 밤새워 책 읽고 논문 쓰고서 태평양까지 건너온 줄 아냐고, 이 3D업종에다 저임금, 부당대우, 노동력 착취를 당하며 타국 땅에서 사느니 차라리 죽는 게 낫다고……

사내가 내지르는 고함 소리에 선배의 어린 딸이 깨어나 울었고, 같은 유닛에 사는 흰둥이며 검둥이 노랭이들로부터 몇 차례나 동시다발적으로 컴플레인이 들어왔다. 선배는 마주 앉아 그저 담배를 피워물며 사내가 제풀에 지쳐 나가떨어질 때까지 기다렸다. 형수는 우는 아이를 달래고 컴플레인하는 사람들을 되돌려보내며, 사내가 어서 빨리 가주기만을 바라는 눈치였다. 그러나 끝내 사내는 다음날 새벽 그 집 거실 카펫 한구석에서 눈을 뜨고 말았다.

인사도 하지 않고 몰래 그 집을 빠져나온 후로 사내는 한동안 선배에게 연락을 하지 않았다. 그리고 자신이 내뱉은 말을 지키려는 듯 청소를 하지 않았다. 청소를 하지 않으니 할 일이 없었다. 신문과 교민잡지의 구인란을 샅샅이 뒤져봐도 해외에서 온 서른 살의 남자가 할 일이란 마땅치 않았다. 할 만한 일은 모두 영주권자 혹은 시민권자라는 자격요건이 붙어 있었다.

아내는 돈 들어갈 걱정이 태산이었다. 그런 아내를 보며 사내는 공장 청소 임금뿐만 아니라 유산이 곧 오니까 걱정 따위는 하지 말라며 자신만만해하곤 했다. 이렇게 일을 하지 않아도 되냐고 아내가 물을 때마다 사내는 좋은 직업이 나올 때까지 기다려보자며 신경질부터 냈다. 사내의 근거 없는 자신감과 과민한 반응에 말문이 막힌 아내는 디데이 쪽지를 남기기 시작했다. 한 달까지는 아무 말 않고 가만있을 테니 알아서 하라는 전제가 깔려 있었다. 그 한 달이 끝닿는 날짜는 등록금 마감일과 겹쳐 있었다. 그 기간이 어느새 줄어들어 사흘밖에 남지 않은 것이다.

그럼 한 달 동안 사내는 무얼 했는가. 사내는 성경을 읽었다. 이곳에 처음 셋방을 얻었을 때 이웃에 사는 호주인 목사가 읽어보고 마음이 움직이면 자신의 교회에 나오라며 주고 간 영어성경이었다. 구약을 삼분지 일가량 읽다가 청소를 시작하며 한동안 던져둔 것을 다시 집어들었던 것이다. 사내는 자신의 인생에서 성경을 이토록 열심히 읽게 될 줄은 꿈에도 생각지 못했다. 무슨 종교를 알거나 구원을 얻기 위해서라기보다 영어 공부도 할 겸 시간 때우기로 책장을 넘겼던 것이다.

하는 일 없이 방 안에 틀어박혀 끼니도 챙겨먹지 않은 채 성경만 소리내어 읽는 사내를 주인할머니 산나는 신학대학 준비생인 줄로 착각하고 있었다. 그래서 사내만 보면 이탤리언 발음으로 '빠스타르(pastor, 목사)' 라고 불렀다. 어쩌다 좁은 방 안에 아내와 둘이 있게 되면 사내는 성경을 읽고 아내는 잠을 잤다. 혹여 눈이라도 마주치면 사내는 조용히 눈길을 성경책으로 돌릴 수 있었다. 아내는 정말 한 달 동안 아무 잔소리도 하지 않았다. 그때마다 사내는 이 책을 다 읽으면 뭘 하지, 하는 두려움이 일곤 했다.

그렇게 뻔뻔한 듯 책이나 들여다보고 있었지만 사내도 지난 한 달간 속으로 어지간히 앓고 있었다. 언젠가 거실에서 산나의 구형 소니 TV 앞에 앉아 테니스 대회의 결승전을 보던 날이었다. 챔피언십 트로피를 놓고 벌이는 세기의 라이벌전 중계에 사내는 눈을 빠뜨리고 있었다. 사내가 자리에서 꿈쩍도 않고 하루 종일 노란 테니스볼이 왔다갔다하는 경기를 지켜보자 산나가 물었다.

"빠스타르, 아이 돈 노우 유 러브 테니스 소 머치?"

사내는 말없이 웃고 말았다. 테니스의 게임 규칙도 모르는데다가 테니스 라켓을 잡아본 적도 없으니 사내가 테니스를 사랑할 리는 만무했다. 사내가 눈이 빠져라 TV 모니터에 시선을 집중시킨 것은 두 선수간의 숨막히는 접전이 아니었다. 사내의 눈에 반짝 불이 들어올 때는 중간중간 공이 네트에 걸릴 경우였다. 그때마다 총알같이 뛰어나가 테니스볼을 집어서 카메라 밖으로 사라지는 '뽈잽이'를 사내는 감탄하며 바라봤다. 사내는 엉뚱하게도 '뽈잽이가 되면 얼마나 좋을까? 저건 시간당 얼마를 받을까?' 하는 쓸데없는 상상에 골몰하던 중이었던 것이다. 간혹 할리우드 영화를 보는 중에 큰 저택이라도 나올라치면 사내는 살인사건이고 베드신이고 나발이고 기껏 한다는 생각이 '우와, 저런 데서 홈청소를 하면 시간당 얼마를 받을까? 중간에서 뜯기지 않고 주인에게서 바로 받으면 이십 불은 족히 될 거야. 그것도 미화로 말이지' 하는 따위들이었다.

그럴 수밖에 없는 것이 방세며 교통비며 식비며 해서 통장에 약간 남아 있던 돈마저 바닥을 드러내는 중이었다. 생활비야 아내가 일을 해서 가까스로 충당이 되었지만 엄청난 액수의 대학원 비용은 떠올리기만 해도 눈앞이 캄캄했다. 아내는 컴퓨터학과의 준석사과정에 적을 두고 있었다. 컴퓨터를 잘 알거나 좋아하기는커녕 컴퓨터도 한 대 없으면서 이 학과를 선택한 이유는, 이쪽 계열이 영주권 획득점수에 가장 높은 가산점이 붙기 때문이었다. 애초엔 사내가 영문학 박사과정을 밟으려 했으나 문학 박사 학위로는 영주권을 따기가 불가능했고, 공부를 마치면 서른이 넘어서 서른 이하만 받을 수 있는 가산점에서 제외되는 탓에 결국 아내에게 기회가 돌아갔던 것이다.

다행히 아내는 랭귀지 스쿨을 마치자 계획한 학과에 무난히 합격했다. 일을 하면서도 악착같이 공부하여 첫 학기를 좋은 성적으로 마친 상태였다. 그러나 그러는 동안 아내의 집안 쪽에서 끌어온 비용도 한계를 넘어서고 있었다. 명절날이나 장인 장모의 생신 때 전화를 넣기가 민망할 지경이었다. 사내가 무위도식하는 동안 처가에서 보낸 돈을 함께 축낸 셈이었다. 그래서 아내가 또다시 어떻게 친정으로 손을 벌려야 할지 걱정할 기색이라도 비치면 사내는 도리어 큰소리를 치곤 했다.

"야, 저번에 공장 청소한 임금 최씨에게서 받기만 하면 니 등록금은 나온다니까 왜 자꾸 걱정이니?"

무능한 남편을 둔 까닭에 생활의 궁지에 몰린 아내도 전처럼 쉽게 져주지 않았다.

"돈 받아오기 전까지 최씨 얘기는 아예 꺼내지도 말라고 했죠. 도대체 그 돈 받을 수 있기나 한 거예요? 벌써 한 달이 되도록 아무 소식도 없잖아요. 그리고 이번 등록금만 내면 모든 게 끝인 줄 알아요? 그 다음을 생각해야죠!"

"걱정 좀 하지 마! 유산이 있잖아. 형이 아버지 집 팔아서 돈 보내준다잖아. 그때까지 좀만 참으라니까!"

사내가 이렇게 바락바락 우기며 슬쩍 넘어가려 하면 아내는 맞서 악을 썼다.

"그 소리 한 지가 벌써 일 년이 다 됐잖아요!"

"야, 지금 한국 경제가 바닥을 친다잖니. 걱정 좀 하지 마라. 집에 발이 달려서 어디 도망가기라도 하니? 알았다구, 생활비며 등록금이며 내가 다 해결해준다잖아! 제발 걱정일랑 하지 마라. 넌 걱정이 존재의 이유라도 되니? 내가 해결해준다는 말을 몇 번이나 해야 넌 알아듣겠니!"

아내도 사내의 말을 믿고 싶었을 것이다. 웬만하면 아내도 사내가 눈을 부라리고 목에 핏대를 올리며 질러대는 소리를 믿어주고 싶었을 것이다.

D-2

다시 아침이 오자 사내는 지겨운 듯 침대에서 일어났다. 평소보다 일찍 일어난 셈이었다. 무얼 할까 생각하다가 사내는 몇 걸음을 옮겨 책상 앞에 가서 앉았다. 노란 형광펜이 그어진 책장이 여전히 펼쳐져 있었다. 사내는 눈을 비비며 그 구절을 다시 읽었다. 그러다가 여전히 침대에서 죽은 듯이 자고 있는 아내에게 눈길을 돌렸다.

지난밤 아내는 방에 들어오자마자 도끼질당한 나무처럼 침대 위로 푹 고꾸라졌었다. 숯불갈비 냄새가 밴 외출복을 벗지도 않은 채 쓰러진 아내가 안쓰러워 사내는 성경책을 손에 든 채 샤워를 하고 자라고 말해줬다. 아내는 가까스로 일어나 샤워를 하더니 간신히 옷가지를 걸치고 다시 침대 위로 쓰러졌다. 조금 뒤 사내는 누워 있는 아내에게 자고 있냐고 물었다. 아내는 눈을 감은 채 왜 그러냐고 되물었다. 사내는 성경에서 흥미로운 구절을 발견했다며 혹시 들어보지 않겠느냐고 물었다. 아무 대답이 없자 사내는 이틀 전부터 읽고 또 읽었던 그 구절을 소리 내어 읽어줬다. 딴에는 아내를 위로하고 싶었던 것이다. 사내는 형광펜이 칠해진 구절을 천천히 또박또박 발음했다.

"I tell you not to worry about your life. Don't worry about having something to eat, drink or wear. Isn't life more than food or clothing? Look at the birds in the sky! They don't plant or harvest. They don't even store grain in barns. Aren't you worth more than birds? Can worry make you live longer?"

아내는 듣고 있는지 아닌지 여전히 눈을 감고 있었다.

"어때, 참 좋지? 그리고 이 부분이 너를 위한 구절이야. 들어봐."

사내가 막 혀를 굴리며 'Don't worry about tomorrow. You have enough to worry about today(내일 일을 걱정치 말라. 너는 오늘 일을 걱정하는 것으로 충분하느니라)'를 읽으려 할 때, 아내는 신음처럼 한마디를 내뱉었다.

"불이나 꺼라!"

지난밤 일을 떠올리다가 사내는 한숨을 쉬며 성경책을 덮었다. 아침 햇살이 다시 방 안으로 들이치기 시작했다. 지난밤 쓰러졌던 그 자세 그대로 아직까지 누워 있는 아내를 보며 사내는 곰곰이 생각했다. 도대체 아내의 잠은 어디서 오는 것일까? 하루 종일 죽은 듯이 잠들 수도 있는 저 피로의 근원. 처음에는 베개에 머리를 대자마자 깊이 잠드는 그녀의 모습을 사내는 건강하게 여겼었다. 최근 불면증에 시달리는 사내에 비해 아내는 열심히 일하고 공부하며 잠까지 잘 잤다. 그런데 언제부턴가 문득 의문이 들었다.

'저 피로는 어디서 오는 걸까?'

아내는 일상생활을 위해 잠을 자는 게 아니라 마치 잠을 자기 위해 일상의 생활을 하는 사람처럼 보였다. 맨 처음 호주에 도착하여 아내가 보인 첫번째 반응은 잠의 탐닉이었다. 아내는 거의 하루의 팔 할을 잠으로 소비했다. 호주는 남반구에 위치한데다가 바다에 둘러싸여 있기 때문에 산소가 부족하여 많은 잠이 필요하다는 얘기를 들은 것은 나중이었다. 그렇더라도 그녀의 경우는 좀 심했다. 간혹 섹스를 하는 도중 사내가 이상한 느낌이 들어 움직임을 멈추면 그녀의 코고는 소리가 언뜻 들려오곤 했다.

입국 초기 영어학교 수업 외에 특별히 할 일이 없었던 사내 역시 아내에게 감염된 듯 잠을 잤다. 어느 연휴에는 둘이 이틀 동안 한 끼만을 챙겨먹고 잠만 잔 적도 있었다. 많은 괴상한 꿈들이 급류처럼 그 수면 속을 휩쓸고 지나갔다. 사춘기 시절 막다른 골목에서 불량배들에게 쫓기는 두려움, 고등학교 교실에서 몽둥이로 두들겨맞는 공포감, 대학시험에 떨어져 낙망하는 모습, 징집영장이 다시 날아와 고통스러워하는 장면, 어머니까지 돌아가셔 흐느끼는 모습 등 한국에서 살 때는 떠올려보지 않았거나 실제로 있지도 않았던 언짢은 일들이 출몰하여 괴성을 지르며 깨어나곤 했다.

게다가 방 옆에 붙은 화장실에서 들려오는 산나의 오줌 싸는 소리, 플라스틱 변기 뚜껑이 내려지는 차가운 소음과 끙, 하며 신장병을 앓는 신음, 변기물이 내려가고 다시 고이는 소리. 간밤 내내 산나가 화장실 문을 삐걱거리며 들락날락거리고 아침이 되어 그녀의 오줌발 소리와 함께 자리에서 일어나면 머릿속이 다 질척질척해지는 기분이었다.

"띠리리 릭, 띠리리 릭!"

갑자기 시계의 알람이 울리자 이제껏 아내를 보던 사내의 눈길은 얼른 성경책으로 돌아갔다. 아내는 손을 더듬거려 머리맡의 알람 스위치를 끈 뒤 자리에서 일어났다. 아내가 샤워실로 향하자 사내는 책상에서 일어나 다시 침대로 기어들어가 이불을 덮고 자는 척했다. 방으로 돌아온 아내는 퐁, 퐁, 퐁, 화장을 시작했다. 숯불갈비집에 출근하기 위해서였다. 요 며칠 아침마다 듣게 되는 퐁, 퐁, 퐁, 소리가 신경에 거슬려 사내는 이불을 머리끝까지 뒤집어썼다.

업종에 따라 다소 차이가 있지만 호주 정부가 정한 근로최저임금은 시간당 십삼점 오 달러였다. 그것이 최저생계비용이었다. 토요일에 일을 하게 되면 대개 시간당 임금의 일점 오 배를 지불하게 되어 있고, 일요일이나 공휴일에는 두 배를 지급하는 경우도 많았다. 그러나 그렇게 돈을 주는 한국 고용주들은 찾아볼 수가 없었다. 평일이고 토요일이고 일요일이고 공휴일이고 초지일관 시간당 칠 달러 내지는 팔 달러였다. 웨이트리스에게 주는 팁마저 빼앗는 주인들까지 있었다. 하기 싫으면 나가라는 투였다. 내보내면 돈에 쪼들린 유학생이 새로 들어왔고 못 견디다 나가면 또다른 유학생들이 밀려들어왔다. 아내가 일하는 레스토랑은 일 년 내내 구인광고를 냈다. 대다수 이민 한국 남성들이 종사하는 청소업, 건축업, 타일업계도 더 거칠다면 거칠었지 크게 다르지 않았다. 그런데도 아내는 그 적은 임금을 받으면서도 아무 말 않고 일했다. 사장에게 부탁하여 얼마 전부터 시간당 오십 센트를 더 받기 시작했다며 기뻐했다. 모처럼 웃는 아내 앞에서 사내도 오랜만에 함께 기뻐했다.

사내의 눈에 비친 시드니의 한국인들은 서로를 좋아하지 않았다. 자신들의 동포를 낯선 땅에서 만나면 고개부터 돌렸다. 드러내든 드러내지 않든 간에 동족에 대한 날카로운 신경과민증세를 은연중 갖고 있었다. 선배의 표현대로 '韓民族'이 아니라 '寒民族'이었다. 성경책을 주고 가던 날 호주인 목사는 이렇게 말했다. 부산에 있는 선교단체에서 일 년간 근무했다던 그는 영어에 곧잘 한국어 단어를 섞어서 이야기했다. 호주에 사는 한국 사람들은 참 이상하다고. 개인적으로 만나면 모두가 많이 배우고 똑똑한데 이상하게도 몇 명만 같이 모이면 서로를 헐뜯는다고. 목사는 '헐뜯는다'라는 단어를 알고 있었다. 그러면서 시드니에 있는 똑똑한 한국인들은 사기를 치고 정직한 사람들은 청소를 하고 아둔한 사람들은 사기를 당한다고 말하기까지 했다. 외국인 주제에 뭐 그렇게 아는 척을 하냐고 힐난하려다가 사내는 그것조차 한국인의 나쁜 기질인 것 같아 꾹 참았다. 마치 너무 적나라하게 발가벗겨져 화를 내는 듯한 기분에 입을 다물고 말았다.

아내가 출근한 뒤에도 사내는 이불을 감고 한동안 더 누워 있었다. 확인하지 않아도 책상 위 성경책 옆에는 'D－2' 쪽지가 놓여 있을 것이었다. 디데이 쪽지를 떠올리자 어제보다 한층 심한 통증이 귓가로 몰려들었다. 손을 귀에 대고 이리저리 뒤척이던 사내의 눈에 마침 아내의 화장대가 들어왔다. 그것은 신라면 박스였다. 교민, 유학생들이 많이 모여 사는 캠시에 가서 박스째 사면 값이 싸니까 기차를 타고 가서 지고 왔던 것이었다.

사내는 이불을 걷어젖히고 침대에서 내려갔다. 좀 전에 아내가 앉았던 간이화장대 앞에 책상다리를 하고 앉았다. 라면박스 위에는 검지손가락만한 샘플들이 빼곡히 늘어져 있었다. 그것을 보자 세수도 하지 않은 사내는 몇 개의 샘플 뚜껑을 열어 손바닥에 두드렸다. 느리게 두드리자 포옹, 포옹, 포옹 소리가 났다. 빠르게 두드리자 퐁, 퐁, 퐁 소리가 났다. 더 빠르게 두드리자 포보보봉 소리가 났다.

손바닥이 빨개지도록 샘플 화장통을 두드려대던 사내는 순간, 울컥 눈물이 솟구쳤다. 사내의 목구멍에서는 어느새 흐느낌이 새어나왔다. 사내는 여러 개의 샘플 뚜껑을 열어 손바닥에 두드려보다가는 갑자기 수십 개의 샘플을 손으로 뭉개버렸다. 방바닥 위로 떨어진 그것은 사방으로 굴러갔다. 사춘기로 접어든 이후 한동안 잊었던 눈물이었다.

화장품들은 이미 다 쓴 것이었다. 이미 바닥을 드러낸 그것을 쥐어짜느라 아내는 아침마다 손바닥에 대고 두드리고 또 두드려댔던 것이었다. 아내가 너무 가여웠다. 눈자위가 쓰라리도록 눈물을 훔쳐낸 사내는 오늘 내로 최씨를 무조건 만나 담판을 짓고 밀린 두 달치 임금을 꼭 받아내리라 이를 악물었다. 그리고 허둥지둥 옷을 갈아입은 뒤 동전과 전화카드를 챙겨들고 방문을 뛰쳐나갔다. 화장실 문을 열다가 깜짝 놀란 주인할머니 산나가 아침인사를 웅얼거리는 소리를 뒤로한 채.

*

그 일은 몇 년 전 폐쇄된 공장과 창고를 청소하는 일이었다. 한국으로 치자면 거의 오지 탄광의 지하갱도에 들어가는 막장일에 해당됐다. 주머니를 까내어 먼지를 털어내듯 버려진 건물 자체를 깨끗하게 뒤집어까서 말끔히 털어내는 작업이었다. 작업 내내 사내는 눈이 따가웠다. 걸음을 옮길 때마다 몇 년 동안 수북이 쌓인 먼지가 일어서 마스크를 착용하고 일을 하는데도 다음날에는 말 한마디 할 수 없을 정도로 목이 잠기곤 했다. 두 달 정도 백선배를 따라 이런저런 청소를 하다가 아내의 등록금을 마련해야 된다며 여러 번 심각하게 중얼거리자, '그럼, 너 한번 화끈하게 쓸어볼래?' 하며 소개를 해준 곳이었다.

오전 열시부터 일이 시작되어 오후 한시면 오전 작업이 끝나고, 오후 세시부터 저녁 여덟시까지 다시 작업이 계속되는 총 여덟 시간짜리 청소였다. 하루 여덟 시간에 두 달짜리 청소는 흔치 않았다. 그곳에 모인 노련한 청소부들은 저희들끼리 수군거렸다. 원래 일인당 다섯 시간씩 두 사람이 투입되는 열 시간짜리 일을 한 사람에게 여덟 시간으로 줄여 배당한 것이라고. 보험도 없고 택스도 돌려받지 못하는 캐시잡(현금 고용직)이었다.

청소가 그랬다. 청소회사측 고용주가 머릿수를 줄여 떼어먹고 시간으로 쳐서 빼먹고 택스로 우려먹는 것을 청소부인 고용원도 눈감고 모른 체하고 있었다. 서로 따지고 들면 서로 뒤가 구리는 불법투성이일 뿐만 아니라 그러는 사이 동족끼리 싸움이 나고 일감마저 타민족에게 빼앗기기 때문에 대충 잘 끝내서 서로 돈이나 벌자, 라는 암묵적인 계약이 깔려 있었다.

아침 여덟시부터 시드니 외곽으로 기차를 타고 나가서 점심시간 두 시간을 제외하고 밤 여덟시까지 작업은 계속됐다. 시간당 무려 십팔 달러를 받았다. 하루 여덟 시간이면 백사십사 달러니, 하루 노동만으로도 일 주일치 방세에 달하는 짭짤한 돈을 벌어들일 수 있었다. 두 달간 일요일과 공휴일을 제외하고 오십여 일간 일하면 칠천 달러가 넘는 수입이 생기는 셈이었다. 그렇게 되면 아내의 등록금은 충분히 만들어줄 수 있어서 사내는 묵묵하게 일을 받아들였다.

이런 공장 청소에는 대형 냉장고만한 기계가 몇 대씩 동원되기에 기계 조작법을 배워야만 했다. 최씨는 이 일의 슈퍼바이저였다. 그를 처음 보았을 때, 키가 작고 짧게 끊어지는 말투에 까무잡잡한 얼굴이 꼭 한국의 변두리 복덕방에서 금방 출입구의 발을 걷어내고 나타난 사람 같았다.

최씨는 첫날 잠깐 입으로만 이렇게 저렇게 기계를 다루는 것이라고 대충 일러주고는, 사내에게 오래된 집기들을 들어서 밖으로 옮겨내는 단순하고 힘든 일을 종일 시켰다. 그러더니 하루 일이 끝날 때가 되어서야 내일부터 사내 혼자 기계를 사용해서 작업을 해야만 한다고 했다. 그건 말도 안 되는 일이었다. 사내는 아직 기계 사용법을 잘 모르니 내일 한번 더 가르쳐달라고 부탁했다. 최씨는 그렇게 하겠다고 했다.

다음날 최씨는 사내가 기계를 사용하는 것을 옆에서 지켜보며 틀리게 조작할 때마다 몇 가지를 짚어주었다. 바퀴가 달렸다지만 냉장고만한 기계를 끌고 다니는 일은 쉽지 않았다. 익숙지가 않아서 힘이 많이 들어갔고 그러다보니 팔목과 허리에 무리가 갔다. 일이 끝날 즈음 최씨는 내일부터 모든 일을 혼자서 할 수 있겠느냐고 물었다. 사내는 할 수 있을 것 같기도 하지만 아직 서투르니 혹시 가능하다면 청소가 끝난 뒤 제대로 했는지 검사만 해달라고 했다. 그 다음날 사내가 청소를 하는 동안 최씨는 느지막이 출근하여 차 안에서 잠을 자다가 일이 끝날 무렵 나와서 한 바퀴를 휘 둘러보더니 고개를 두어 번 끄덕거렸다.

일 주일쯤 되자 함께 시작했던 일곱 명 중 세 사람이 그만뒀다. 그들은 최씨 앞에서 노골적으로 '개새끼, 잘 먹고 잘 살아라' 라며 욕을 해댔다. 일의 시작이니만큼 버리고 치워야 할 것이 많아서 그들은 가장 고생을 한 축이었는데도 그렇게 선뜻 그만두어버리는 게 사내로서는 납득할 수가 없었다.

"아니, 왜 그만두십니까?"

"종쳤시다, 여기는."

장비를 주섬주섬 챙기는 그들을 사내는 우두커니 바라만 봤다. 그들 중 구레나룻을 지저분하게 기른 다부진 남자가 빈정거리듯 대뜸 사내에게 말을 놓으며 지나갔다.

"어이, 거 보니 먹물에다가 뭘 모르고 물 건너온 것 같아 한마디 하겠는데, 나중에 짠물 소매로 찍어내지 말고 얼른 딴 일이나 알아보쇼."

사내는 그가 건넨 말의 뜻보다 그의 투박한 손과 외국 땅에서는 좀처럼 듣지 못했던 낯선 한국 말씨에 어떻게 대꾸할지 몰라 당황스럽기만 했다.

열흘이 됐을 때, 사내는 슈퍼바이저 최씨에게 지난주 임금을 달라고 했다. 최씨는 빠른 말투로 대답하고는 사내를 쳐다보지도 않은 채 제 할 일을 했다.

"자네 뭘 모르나? 일 주일씩 주는 게 아니라 한 달에 한 번씩 웨이지가 나가는 거야."

사내는 그런 사실을 전혀 모르고 있었다. 모든 세금이며 방세의 계산이 주 단위로 끊어지는 이곳에서 한 달에 한 번 임금이 나온다는 것은 좀 심한 처사였다. 그러나 이런 공장 청소는 한 달에 한 번씩, 아주 드물게는 두 달에 한 번씩 임금이 나가는 경우마저 있다는 소리를 백선배에게 들은 터라 조용히 물러났다.

이 주일이 지나자 처음부터 함께 일했던 나머지 세 명마저 그만뒀다. 최씨는 부족한 자리에 사람을 계속 끌어다 썼다. 일할 사람들은 넘쳤다. 시간당 임금 십칠 달러라는 광고만 나가면 무경험자들조차 벌떼처럼 달려들었다. 노련한 경력자들은 그 액수의 그런 분야의 일이 얼마나 고된지 알고 있기에 건드리지도 않았다.

그렇게 한 달이 되었을 때였다. 셰어비가 조금씩 밀리기 시작했다. 주인할머니인 산나는 사내가 일을 하고 있다는 사실을 알자 다행히 방세가 늦어지는 것을 이해했다. 아내는 새벽부터 시험공부를 하랴 밤에는 일을 하랴 사내와 얼굴을 마주칠 시간도 없었다.

"자네, 언제부터 일 시작했더라?"

사내가 한 달 임금을 받으러 사무실로 찾아가자 최씨가 대뜸 물었다. 어이가 없었다. 맨 첫날부터 출근해서 자신이 직접 기계 조작법까지 일러준 걸 기억 못 한단 말인가. 언제부터 일을 시작한지 모르면서 어떻게 돈을 준단 말인가.

"첫날부터 했잖습니까? 지난달 월요일부터요."

사내의 표정이 굳어지자 최씨는 짧게 끊어지는 말투로 어설프게 둘러댔다.

"벌써 그렇게 됐나? 내가 어디에다 적어는 놨는데 갑자기 생각이 안 나서 그런 거야. 여하튼 알았네."

최씨는 하품을 하며 서랍 어디선가 너덜거리는 장부를 찾아 꺼내더니만 사내의 이름을 묻고는 그제야 받아적었다. 그리고 담배를 피워물며 마침 생각났다는 듯 사내를 빤히 쳐다보며 물었다.

"아참, 자네 트레이닝 며칠 받았지?"

"트레이닝이요? 무슨 트레이닝이요?"

"왜 나한테 기계 조작법 배우지 않았나. 며칠 동안 나랑 같이 있었지?"

"같이 있기는 삼 일 있었지요. 그런데 삼 일 동안 저는 모든 시키는 일을 시간 안에 제대로 했는데, 무슨 트레이닝입니까?"

"이런선! 이 사람 지금 무슨 소리 하나? 자네가 기계 조작법을 배우지 않았으면 지금까지 일이나 할 수 있었을 것 같아? 트레이닝 데이는 돈 안 나가는 거 알지? 자네 트레이닝 삼 일 받은 거야."

최씨는 그러면서 볼펜을 깔짝거리며 장부에 뭔가를 적어넣었다. 사내는 최씨의 빠르고 능란한 일처리에 뭐라 대꾸할 말이 떠오르지 않았다.

"아, 그리고 토요일하고 일요일은 여덟 시간으로 쳐주는 게 아니라 여섯 시간인 거 알지?"

사내는 가슴에 확 불이 붙는 것 같았다.

"그게 무슨 말입니까? 평일에는 여덟 시간이고 왜 토요일, 일요일은 여섯 시간입니까? 이제 와서 일방적으로 이렇게 말씀하시면 어떻게 합니까?"

최씨는 담배연기를 사내의 얼굴을 향해 내뿜으며 도리어 의아스러운 표정을 지었다.

"자네야말로 그게 무슨 소린가? 같이 일했던 김씨가 말 안 해주던가?"

"그런 말은 들어본 적도 없습니다. 그리고 광고에도 그런 말은 한마디도 없었잖아요!"

김씨는 일을 그만둔 지가 벌써 보름이 넘어 있었다. 사내의 도전적인 태도에 최씨는 눈 하나 깜짝 않고 위압적으로 인상을 쓰며 대꾸했다.

"이 사람이 어따 대고 큰소리야. 그 작은 광고란에 어떻게 모든 걸 적어놓나? 사람이 생각이 있어야지 말이야. 다른 인부들도 모두 여섯 시간씩 줬으니까 자네도 그런 줄 알라고."

최씨의 단호한 말투에도 불구하고 도저히 그냥 물러설 수 없어서 사내는 목에 힘을 주며 말했다.

"원래 토요일, 일요일은 일점오 배나 더블 페이 아닙니까?"

사실 사내는 일점오 배나 더블 페이 같은 건 바라지도 않았다. 한국인들이 하는 이런 막장청소 따위의 낮고 천한 노동에 그런 합리적 보장은 애당초 없었다. 호주 공장 쪽에서 일을 땄을 때는 분명 그 가격을 포함해서 계약을 했을 테지만 그건 인부들의 몫이 아니었다. 그러나 휴일 임금이 평일보다 못하다는 건 도무지 받아들이기가 어려웠다.

"어라, 이 친구 점점 갈수록, 뭐? 더블 페이? 일점오 배? 염병할, 한국 사람들이 청소하면서 그런 거 주는 거 봤나? 이 사람 무슨 뚱딴지 같은 소릴 해대는 거야? 나, 원 별!"

최씨는 모두에게 들으란 듯 일부러 큰 소리로 말하며 사무실에 있는 다른 동료들을 둘러봤다. 사무실 한구석에 모여 화투를 치고 있던 늙수그레한 슈퍼바이저들이 사내를 한 번씩 힐끗 쳐다보며 피식거렸다.

"주는 곳이 분명 있습니다."

"그럼 거기서 일하지 왜 여기서 일을 했나, 이 똑똑한 양반아!"

사내는 문득 요 전날 구레나룻의 다부진 남자가 비아냥대며 던지고 간 말뜻을 대번에 이해할 것 같았다. 그래도 그냥 이대로 모든 것을 당하고 있을 수만은 없었다. 이런 식으로 나올 때는 같이 세게 나가야만 손해를 보지 않는다는 것을 오래된 청소꾼들로부터 누누이 귀동냥으로 들었던 터였다. 사내는 소리도 제대로 못 지르면서 안간힘을 쓰며 언성을 높였다.

"사람 너무 우습게 보지 말아요. 떼어먹어도 정도가 있어야지 말이야!"

씨팔! 하고 마침표를 붙이려다가 사내는 차마 그것까지는 못 했다. 그런 말투에 익숙하지도 않을뿐더러 최씨는 엄연히 연배가 위인데다가 백선배의 소개로 사내를 받아준 사람이었다. 돌연한 사내의 반응에 이제껏 몰아붙이던 최씨도 약간 멈칫거렸다.

"좋습니다. 다른 건 다 그렇다 쳐도 트레이닝 데이 삼 일 동안 땡전 한푼 못 받는다는 게 상식적으로 말이 됩니까? 어쨌든 저도 하루하루 차비 십 불씩 들여가면서 똑같이 여덟 시간 일한 거 아닙니까? 최소한 밥값까진 안 되더라도 차비는 나와야 되는 거 아닙니까?"

열에 들뜬 얼굴로 사내가 속사포처럼 따지고 들자 최씨는 어느새 목소리를 낮췄다.

"알았네, 알았어. 자네, 그래도 백씨 후배인데다가 김씨가 말한 줄로

만 알고 내가 미리 알려주지 않은 책임도 있으니까, 트레이닝 데이 삼일 중 이틀치는 반값씩 셈을 쳐줄 테니 그런 줄 알라고. 다른 인부들한테는 암말 말고. 이젠 됐나?"

사내는 어느 정도 분을 누그러뜨릴 수 있었다. 한마디 안 했으면 못 받을 돈을 그나마 받아낸 셈이었다. 사내는 뒷주머니에서 종이를 꺼내 지난밤 계산한 수입액에서 트레이닝 데이 금액을 빼고 토요일과 일요일에서 전부 두 시간씩을 빼서 다시 계산했다. 예상한 급료에서 돈이 뭉텅뭉텅 줄어들고 있었다. 최씨도 계산기를 두드려 셈을 마치고 장부에 금액을 기입했다. 그런데 이상하게도 사내의 계산보다 적은 액수였다. 최씨에게 계산이 틀리다고 말하자, 최씨는 다시 사무실이 떠나갈 듯 큰소리를 쳤다.

"아니 이 사람이 보자 보자 하니 정말? 공휴일날 자네 쉬었잖나? 말해보게, 공휴일날 일했나?"

화투패에 끼어 있던 더벅머리의 중년이 화투짝을 세게 내리치며 "거, 해도 해도 너무하는구만!" 하고 소리를 쳤다. 화투가 안 풀려서 내뱉은 건지, 최씨에게 한 말인지, 사내더러 들으라고 한 말인지 몰라도 사내는 더이상 할말이 없었다. 전에 일할 때는 적은 액수라도 공휴일까지 쳐서 돈을 줬었다. 호주는 공휴일을 포함하여 계약이 성사된다는 것쯤은 누구나 알고 있었다. 그러나 사내는 더이상 말다툼을 하고 싶지 않았다. 청소판으로 굴러들어와 그렇게 인간적인 배려를 기대한다는 자체가 웃긴 일이었다. 얼른 돈을 받고 돌아가 아내를 기쁘게 만들고 싶을 뿐이었다. 그런데 최씨는 장부를 덮더니만 자리를 뜨려 했다.

"웨이지 안 주십니까?"

사내가 묻자 최씨는 오히려 이상한 표정으로 사내에게 되물었다.

"아니, 이 큰돈을 지금 당장 어떻게 주나. 나도 결재를 받아야 할 것 아닌가."

"무슨 말씀이세요, 오늘 제가 여기 사무실까지 온 건 임금을 받기 위해서인데."

"거, 사람, 성질 한번 급하기는. 자네 오늘이 여기서 일한 지 딱 한 달째지?"

"그렇죠, 정확하게 한 달째죠."

"이 회사는 말이야, 한 달 임금을 정산해서 삼 일 뒤에나 돈이 돌게 되어 있으니까 그때 주겠다는 거야. 무슨 말인지 알아듣나? 자네 혼자만 임금 기다리는 거 아니네. 나도 아직 한푼 못 받았어. 그러니 삼 일 뒤에 다시 보자구."

최씨는 사무실을 빠져나갔다. 사내는 허탈했지만 그럴 수도 있다고 여겼다. 며칠 밀릴 수도 있다고 생각하면서, 아내를 즐겁게 해줄 날을 삼 일 뒤로 연기하자고 생각했다. 그런데 삼 일을 기다려 다시 찾아갔을 때 최씨는 명령하듯 단호하게 말했다.

"일 주일 뒤에 다시 오게. 일이 그렇게 됐네. 처음 계약을 할 때 콘트랙터가 기계 가동비 일부를 계산에 못 넣었다고 하더구만. 그래서 공장 측과 협상중이니까 걱정 말고 작업에나 신경 쓰게."

"저는 더이상 기다릴 수가 없습니다. 방세도 내야 하고 여기저기 들어갈 돈이 얼만지나 아세요?"

"알아, 알아, 나도 죽겠네. 재계약이 되면 보너스가 더 붙을지 모르겠구만. 아마 자네가 말한 공휴일 급료가 다른 청소회사에서는 지급됐다고 해서 위로비조로 붙어 나갈 것 같으니까 며칠만 더 기다리게. 알았나? 나 지금 다른 데 빨리 가봐야 하니까 나중에 보자구."

사내는 순간 밀려드는 어지럼증에 땅바닥이 출렁거리는 것만 같았다. 어딘가 속고 있는 기분이었다. 최씨를 이대로 보낼 수가 없었다. 사내는 저만치 앞서 걷는 최씨에게 달려가 그의 팔을 콱 움켜쥐고는 우악스레 돌려세웠다. 사내는 자신의 내부에 이런 폭력성이 도사리고 있다는 사실에 스스로가 놀랐다. 최씨 역시 놀란 눈으로 사내의 얼굴을 뚫어져라 쳐다봤다.

"저 위로비니 보너스니 다 필요 없어요. 제가 일한 만큼만 받을 테니 오늘 제 임금 빨리 주세요. 방세가 이 주치나 밀렸다구요. 저 이대로는 도저히 갈 수가 없어요. 못 간다구요!"

최씨는 사내를 노려보며 험악하게 이맛살을 찌푸렸다. 그러더니 쩌렁쩌렁 울리도록 사내에게 호통을 쳤다.

"이 사람이, 이거 제정신이 아니구만! 당장 이 손 못 놔! 아니 당장 없는 돈을 어떻게 주나? 자네 속고만 살았어? 지금 정산이 제대로 안 돼서 사장부터 아랫사람까지 가뜩이나 똥줄이 타고 있는데 자네까지 왜 이러나? 사내라면 좀 진득하니 기다리라구! 이 사람 말이야, 백씨 그 냥반이 하도 괜찮다고 해서 썼더니만 사람 다시 봐야겠구만, 이거!"

최씨는 위아래로 사내를 한 번 부라리더니 금방 잡혔던 팔을 툭툭 털어내며 성큼성큼 복도 끝으로 사라져갔다.

일 주일 뒤, 일을 끝내고 사내는 사무실로 최씨를 다시 찾아갔다. 최씨는 사무실에 들어서는 사내를 보자마자 어색할 정도로 만면에 웃음을 지으며 사내의 옷소매를 잡아끌었다.

"자네 잘 왔구만. 그렇잖아도 기다리고 있었네. 자, 나가세!"

"가긴 어딜 갑니까? 저는 그저 임금……"

이야기는 가면서 천천히 해도 늦지 않네, 하며 최씨는 사내를 자신의 차에 태웠다. 최씨의 차가 도착한 곳은 시내의 이름 있는 한국 숯불갈비집이었다. 갈비를 주문하고 사내의 술잔에 소주를 채워주며 최씨는 적이 정답게 굴었다.

"음식 앞에 두고 그런 뚱한 표정 짓지 말고 자, 어서 한잔 들게. 이 집 갈비가 그래도 여기선 꽤나 유명하지. 그 동안 고생 많았네. 자, 자, 어서."

최씨가 그렇게 말하며 술을 자꾸 권하자 사내는 못 이기는 척 잔을 들어 소주를 들이켰다. 속이 찌르르하며 얼얼한 게 기분이 좋았다. 숯불 위에서 노릇노릇 익는 고기 한 점을 집어 입에 넣으니 금방 입 안에서 사르르 녹았다. 아내의 옷에서 풍기는 냄새만 맡았지 근 일 년간 이런 음식점에서 소주와 갈비를 먹어보기는 처음이었다. 그러자 차를 타고 오며 내내 의심과 불안으로 경직되었던 사내의 마음이 조금씩 풀리기 시작했다.

"맛이 어떤가? 입에 맞나?"

나이 든 최씨의 장난스러운 표정에 사내는 입가에 어색한 미소를 지으며 고개를 끄덕였다.

"남의 나라에서 산다는 게 쉬운 일만은 아니지."

최씨는 사내의 술잔이 빌 때마다 술을 가득 부어줬다. 그리고 '낫 놓고 기역자 모르듯 빨래집게 놓고 A자도 모르던 자신'이 처음 이 땅에 들어와 겪은 타향살이의 어려움과 풍상들을 사내가 묻지도 않았는데 감상에 젖어 줄줄이 풀어냈다. 외국인들과 부대끼며 아침부터 저녁까지 '땡큐' 한 단어로 견뎌야만 했던 이민 초기, 버스 안에서 발을 밟혀도 땡큐, 아시안을 멸시하는 백인들이 '뻑큐!' 하고 욕을 해도 오직 땡큐만을 외쳤던 시절을 회상할 때는 사내도 자못 서글퍼져 고개마저 끄덕였다.

그렇게 소주를 몇 병 비웠을 쯤 해서 최씨의 이야기는 제법 최근으로 거슬러올라왔고, 한때 청소업 사장으로 잘나가다가 최근 슈퍼바이저로 전락해서 겪는 어려움을 하소연할 때는 주름진 눈시울을 붉히며 사내에게 애걸복걸하기까지 했다. 사내도 모처럼 이런 숯불구이 식당에 앉아 고기와 술을 먹다보니 세상 고민이, 각박하기만 했던 현실이 조금씩 부들부들해지고 심지어는 하찮게 보이기도 했다. 그리고 자기 앞에서 이런저런 이야기를 구수하고 애달프게 들려주는 최씨가 작은아버지마냥 정답게 여겨지기까지 했다.

"이봐, 내 자네가 꼭 조카 같고 말이 통할 사람 같아서 이러는 거야. 정말 내가 이렇게 부탁하네. 한 달만 더 참아줄 수 있겠나? 다음달에 말이지 두 달치를 한꺼번에 지급하면 안 되겠나? 정말 눈 한번 딱 감고 내 사정 좀 봐주면 안 되겠나? 다른 인부들이야 열흘이나 스무 날 안팎이니 회사 자금으로 선지급될 수도 있지만 자네나 나 같은 사람은 금액이 커서 당장 그 돈이 빠지면 회사 사정이 어려워지거든. 며칠 전 사장이 내 손을 잡고 간곡히 부탁하더라구. 나도 자네 사정 모르는 거 아니지. 이 땅에 살면서 내가 왜 그걸 모르겠나? 얘기 듣자 하니 자네 아내 등록금도 다음달까지니 급할 건 하나 없지 않은가? 일단 밀린 방세며 급하게 들어갈 돈은 우선 이것으로 막고."

그러면서 최씨는 안주머니에서 봉투를 꺼내 사내 앞에 내놓았다. 봉투 안에는 백 달러짜리 지폐 다섯 장이 들어 있었다. 받아야 할 한 달 임금의 칠분의 일에 불과한 액수였다. 순간 사내는 다시 불편해지기 시작했다. 취중에도 또 한번 말리는 것이 아닌가, 하는 의심이 고개를 쳐들었다. 그래서 봉투를 일단 테이블 위에 놓고 시간을 벌기 위해 화장실에 간다는 핑계로 자리에서 일어났다. 몽롱하게 취한 머리로 오줌을 싸면서도 어떻게 해야 할지 몰라 망설이던 사내는 선배에게 전화를 걸어 물어보는 편이 낫겠다고 생각했다.

자초지종을 들은 선배는, 그 사람 돈을 늦게 주기는 해도 주기는 꼭 주는 사람이라고 했다. 자신도 그렇게 해서 받은 적이 있고 아직 받아야 할 돈도 남아 있다, 돈 떼어먹을 사람이면 왜 너를 소개시켜줬겠느냐, 그 사람 이 바닥에서 십 년 넘도록 뼈가 굵었는데 교민 사회가 하도 좁아서 사기 치면 이 땅에서 살아남지도 못한다는 따위의 말들이 이어졌다. 게다가 통화 끝에 그 사람 아내가 아프다고 하더니만 무슨 일이 있나? 하고 덧붙이기까지 해서 고개를 쳐들려던 사내의 의심은 어느덧 꼬리를 감추고 말았다.

어차피 최씨에게 당장 임금을 받아도 급히 들어갈 것만 제하고 은행에 넣어뒀다가 다음달 임금과 합쳐 등록금으로 들어갈 돈이었다. 타국 땅에서 동족 돕는 셈치고 시간을 조금 늦추는 것도 나쁘지 않을 일이었다.

사내가 돌아와 앉자 최씨는 긴장이 역력한 얼굴로 술잔만 만지작거리며 눈치를 보고 있었다. 식탁 위에 놓인 봉투를 사내가 집어서 안주머니에 넣자, 최씨는 환한 얼굴로 자리에서 일어나더니 사내의 어깨를 힘차게 두드려댔다.

"자네 내 말대로 할 줄 진작에 알았다구! 내 다음에 좋은 일자리 나오면 자네부터 부르겠네! 오늘 아주 기분이 좋아요. 헤, 헤!"

그날 밤 사내는 술에 취해 어둔 골목 어디엔가 최씨와 함께 노상방뇨를 했고, 어깨동무를 한 채 어딘지 모를 노래방까지 끌려갔었다. 거기서 최씨의 〈타향살이〉를 들었고 〈백치 아다다〉를 들었으며 〈사막의 길〉을 듣다가는 그의 강압에 못 이겨 자신도 몇 곡인가의 노래를 불렀다.

그후로도 한 달간 청소는 계속됐으며 마침내 힘겨운 두 달간의 공장 청소도 끝이 났다. 사내는 그사이 최씨를 찾아가 임금을 달라는 말을 하지 않았다. 다른 인부들이 최씨에게 불만을 터뜨릴 때에도 묵묵히 일만 했다. 그야말로 진정한 사내처럼 진득하니 기다렸다. 그리고 두 달이 지나고 정산기간인 삼 일이 더 흐른 약속날짜에 사내는 사무실로 최씨를 찾아갔다.

사내가 자리에 앉자마자 최씨는 담배부터 빼어물었다.

"자네 말이야, 이제 보니까 디펜던트 비자(동반 비자)더구만. 디펜던트 비자는 주당 이십 시간밖에 일을 못 한다는 거 혹시 아나?"

그 동안의 임금을 봉투에 넣어 사내가 앉자마자 척 내어줄 것으로만 알았는데, 최씨는 난데없는 물음을 던졌다. 순간 사내는 관자놀이가 후끈 달아올랐다. 최씨 말대로 임시 동반 비자는 근로시간이 주당 이십 시간 이하로 비자법에 의해 제한되어 있었다. 지난 두 달간 사내의 주당 근로시간은 그 기준의 두 배가 넘는 사십팔 시간 정도였다. 그러나 노동시간을 비자법대로 제한시키려면 고용주 역시 고용원에게 세금 및 보험, 기본 연금을 지급하는 각종 룰을 지켜야만 했다. 지난 두 달간의 노동은 양방 모두 이런 규정들을 접어놓고 시작된 것이었다.

"이제 와서 그게 무슨 상관입니까? 택스로 돌리는 것도 아니고 어차피 캐시잡 아니었습니까?"

사내는 끓어오르는 분을 못 이겨 책상 아래서 주먹을 불끈 쥐었다.

"그래, 알아. 흥분하지 말고. 내가 이런 말 하는 건 자네 돈 떼어먹자는 게 아니네. 자네 돈을 정식으로 못 주고 현찰로 돌리려니까 시간이 좀 필요하다는 뜻 아닌가? 자네도 알다시피 내일은 토요일이고, 월요일은 퀸스 버스데이가 낀 홀리데이 기간이 아닌가? 은행이 다 노는데 어쩔 수 없지 않나 하는 말이지 내 말은."

최씨가 말 한마디를 할 때마다 사내는 신체에 급격한 변화를 느꼈다. 여차하면 자신도 모르게 쌍욕과 함께 주먹이 튀어나갈 것만 같았다. 이곳의 저임금노동자 생활이 자신을 점차 낮고 거칠게 변모시키고 있음을 의식적으로 막아보려 했지만, 순간순간 사내의 몸은 그쪽으로 어설프게 반응하고 있었다.

"지금 사람 갖고 노는 거예요? 도대체 임금을 언제 줄 거예요? 기한 좀 미뤄달라고 애걸복걸할 때는 언제고 이제 와서 무슨 딴소립니까?"

최씨는 지겹다는 얼굴로 손바닥을 들어 말을 막으며 톤을 낮춰 간단히 말했다.

"알았네, 알았어. 나도 뭐 좋아서 이러는 줄 아나? 괜히 이러면 서로 감정만 상하니까 긴말 말고 홀리데이 다음날 이스트우드 커먼웰스 은행 앞으로 한시까지 나오라구. 자네 거기 어딘지 알지? 내가 은행에서 돈 찾아서 바로 줄 테니, 알았지?"

사내는 쥐고 있던 주먹으로 최씨의 책상을 힘껏 내리치며 일어섰다. 양손을 허리에 걸치고 한동안 최씨를 내려보다가 끝내 사내는 돌아설 수밖에 없었다. 당장은 불쾌했지만 모두 사실이었다. 현찰로 돌리는 데 시간이 필요할지 몰랐고 퀸스 버스데이여서 은행이 문을 닫는 것도 사실이었다. 이번 약속은 상당히 구체적이라는 데에 사내는 그나마 위안을 삼고 사무실 문을 발로 힘껏 차고 나오는 것으로 화풀이를 대신했다. 사내는 돌아가서 그 사흘간을 죽음과도 같이 기다렸다.

퀸스 버스데이 다음날 최씨와의 약속장소에 사내가 도착했을 때는 열두시 삼십분이었다. 약속시간은 한시였지만, 사내는 미리 도착하여 최씨를 기다렸다. 비가 추적추적 내리는 춥고 음산한 날이었다. 시드니는 어느새 겨울로 접어들고 있었다. 아무리 옷깃을 여며도 온몸이 으슬으슬 떨려왔다.

최씨는 약속시간 삼십 분이 지나도록 나타나지 않았다. 사내는 은행을 마주한 상점 천막 아래에서 비를 피하며 서서 기다리느라 무릎이 저릴 지경이었다. 모바일폰으로 전화를 넣자 최씨는 지금 이쪽으로 오는 중이라며 미안하다고 했다. 최씨가 나타난 건 무려 한 시간이 지나서였다.

"그런데 정말 하루만 더 참아주면 안 되겠나?"

그렇게 늦은 최씨가 처음 한다는 소리가 고작 이것이었다. 사내는 사람이 많이 지나다니는 그 거리에서 소리를 버럭 질러댔다. 단둘만 있었다면 이대로 최씨를 때려죽일 수도 있을 것만 같았다. 사내의 완강한 태도에 최씨는 뒷머리를 한동안 신경질적으로 긁적거리다가는 마지못한 듯 대답했다.

"알았네, 그럼 내가 당장 사장 만나서 일단 다른 인부에게 줄 돈을 자네 쪽으로 돌릴 테니까 여기서 삼십 분만 더 기다려주게. 사장 집이 바로 이 근처니까 말이야."

그러더니 최씨는 모바일폰으로 어딘가 전화를 넣었다. 낌새로 보아 만나자는 약속이 된 듯싶었다. 일이 제대로 돌아가는 듯한 느낌에 다소 안도가 된 사내는 최씨에게 제법 당당하게 말했다. 앞으로 청소를 하지 않을 테니 다시 만날 일도 없는 사람이었다.

"왜 다른 인부의 돈을 돌려요? 내가 받을 돈이 엄연히 있는데 왜 남의 돈을 돌려서 받냐구요? 그러면 다른 인부도 힘든 거 아닙니까?"

"어이구, 남 걱정하기는. 알았네, 내 웨이지에서라도 일단 돌려서 줄 테니까 삼십 분만 기다리라구. 알았지?"

"그럼 여기서 기다릴게요."

"어디라도 들어가 있지, 왜? 비도 오고 날씨도 추운데."

"아뇨, 이제까지 한 시간도 넘게 여기서 기다렸는데 그까짓 삼십 분을 더 못 기다리겠어요? 얼른 다녀오시기나 하세요."

"그럼 내 번개같이 다녀옴세."

최씨는 우산을 펼쳐 길 끝으로 종종걸음을 치며 사라졌다.

빗줄기가 천막의 끝단을 타고 주룩주룩 쏟아져내렸다. 최씨를 기다리는 동안 사내는 주위를 둘러보다가 바지주머니에 손을 찔러넣은 채 기도를 하기 시작했다. 사내는 아무런 종교도 갖고 있지 않은 사람이었다. 기독교 신자도 아니었지만 그 동안 들춰본 성경 탓인지 가게의 천막 밑에 서서 눈을 지그시 감고 어색하게 서서 기도를 했다.

이 돈을 꼭 받게 해달라고, 이 돈을 꼭 받아서 아내의 등록금만이라도 낼 수 있게 해달라고, 자신은 안 되더라도 아내만은 꼭 공부를 끝마쳐 영주권을 신청하게 해달라고…… 그렇게 기도하자 새삼 피로에 젖은 아내의 얼굴과 지친 모습이 떠올라 사내의 가슴이 뜨거워지고 중얼거림이 조금씩 커지기 시작했다. 사내는 어느새 두 손을 깍지 끼고 모아서 같은 말을 계속 되풀이했다. 사람들이 지나다니지만 않았더라면 사내는 무릎을 꿇고 젖은 바닥에 엎드려 그 어느 수도사보다 더 절실하게 기도를 했을 것이다.

기도를 하며 사내는 언젠가 구약에서 읽었던 야곱 이야기를 떠올렸다. 사내는 자신이 야곱처럼 지금 도망을 가는 도중 잠시 돌베개를 베고 잠든 것이라 생각했다. 서른 살이 되기까지 안이하고 나태하게 보낸 시간들에 대한 응분의 대가를 치르는 것이라 여겼다. 그사이 최씨에게 뺑뺑이를 돌며 속을 태우는 동안 충분한 벌을 받은 것이라 믿었다.

그리고 밀린 임금을 받으면, 야곱이 돌베개에서 깨어나 벧엘에서 서원했던 것처럼 호주인 목사의 교회에 꼭 십일조 헌금을 내리라고 마음먹었다. 액수가 많든 적든 간에 무조건 십분의 일을 떼어내 헌금하리라고 한 번도 불러본 적 없는 신에게 고백했다. 사내는 기도를 하고 또 했다. 삼십 분이 넘어가도 한 시간이 넘어가도 삼십 분이 더 지나가도 너무 오래 서 있어 무릎이 뻣뻣해져오자 주저앉아서도 사내는 기도를 멈추지 않았다.

그러나 최씨는 어디에도 보이지 않았다. 이제쯤 오지 않았을까 하여 기도를 멈추고 기척을 살피면 빗줄기 소리만 귓속으로 차갑게 파고들 뿐이었다. 사내는 이런 현실이 있을 수 있다는 사실을 믿을 수가 없었다. 아니, 가령 이런 현실이 이 지구상 어디에 존재한다 하더라도 바로 자신이 이런 구렁텅이에 내동댕이쳐졌다는 사실을 믿을 수가 없었다. 믿을 수가 없어서, 믿을 수 없는 이 현실을 차마 어떻게 해야 할지 몰라서, 은행문의 셔터가 내려간 뒤에도 사내는 비 내리는 낯선 나라의 길

거리 상점 천막 밑에 쭈그리고 앉아 눈을 감고 두 손을 모은 채 끝없이 뭔가를 중얼거렸다. 중얼거리는 입술 위로 굵은 콧물이 흘러내렸다. 최씨는 그날 이후로 감감무소식이었다.

*

집에서 뛰쳐나와 한걸음에 공원으로 달려온 사내는 공중전화부스에 들어서자마자 최씨의 집 번호와 모바일폰 번호를 연이어 눌렀다. 역시 모두 통화불능이었다. 한 달이 넘도록 통화불능이었으니 오늘이라고 예외가 아니었다. 사내는 수화기를 팽개치듯 내려놓으며 전화기가 최씨라도 되는 듯 고함을 꽥 질렀다.

"최씨, 이 악랄한 자식! 잡히기만 하면 죽여버릴 거야."

사내는 씹어뱉듯이 욕지거리를 하고는 잠시 공중전화 앞에서 망설였다. 햇살이 벌써부터 날카로워 사내는 눈을 찌푸렸다. 그 동안 청소회사 사장을 만나고 콘트랙터를 만나고 사방팔방 뛰어다녔지만 모든 열쇠는 결국 최씨가 쥐고 있었다. 선배를 동원하여 집을 찾아내고 하루종일 잠복을 한 적도 여러 번이었지만 매번 허사였다.

등록금을 구하지 못하면 아내는 제적될 게 뻔했다. 사내는 학생 신분인 아내에게 의존하는 동반 비자이기 때문에 아내가 학생이 아닌 이상 둘 모두는 호주를 떠나거나 불법체류자로 남는 수밖에 없었다. 지금까지 어떻게 버텨왔는데…… 이 상태로 포기할 수는 없었다.

한참을 망설이던 사내는 주머니에서 국제전화 카드를 꺼내어 힘없는 손가락으로 버튼을 누르기 시작했다. 형의 집 전화번호였다. 형도 분명

형편이 좋지는 않지만 사정하면 아내의 학비 전체는 못 되더라도 일부를 감당할 만한 돈을 마련해줄지도 몰랐다. 백선배보다는 형에게 부탁하는 것이 백 번 낫게 생각됐다. 그래도 사내에게 어머니 말고 하나밖에 남지 않은 혈육이었다. 신호음이 떨어지자 꺼칠한 남자의 음성이 들려왔다. 사내는 목청을 가다듬고 활달하게 물었다.

"형, 잘 지냈어?"

"어, 어, 그래…… 잘 지냈다."

사내의 인사에 상대방은 잠시 침묵했다. 전화 건 사람이 누군지 잠시 헷갈리는 듯하더니 이내 눈치를 챈 것 같았다.

"너는 잘 지냈냐?"

건조하고 낮은 목소리로 형이 물었다.

"그럼, 난 잘 지내지. 형 어디 아픈 데는 없구?"

"음, 없다. 너는?"

"나 건강하지. 어머니는 별일 없구?"

"음, 별일 없다. 니들 잘 지내는지 매일같이 걱정하시더라."

"우리야 잘 있지. 형수하고 애들도 다들 잘 지내지?"

"다들 잘 있다. 제수씨는?"

"잘 있지. 지금 아르바이트 갔어."

"그렇구나, 잘 지낸다니 다행이다. 전화세 많이 나오겠다."

잠시 침묵이 흘렀다. 사내는 국제전화를 할 때마다 이렇게 간간이 끼어드는 침묵을 어떻게 견뎌내야 할지 몰랐다. 무엇보다 사내는 돈을 좀 부쳐달라는 말을 어떻게 꺼내야 할지 용기가 나지 않았다. 말을 꺼낼까 말까 하는 줄다리기에서 이리저리 휘청대며 사내는 그 망설임을 침묵으로만 채우고 있었다. 혹시라도 형 쪽에서 먼저 물어와주길 바랐는지도 몰랐다. 그 줄다리기를 견디다 못해 이윽고 사내는 먼저 입을 열었다.

"그래, 형, 그럼 다음에 내가 또 전화할게."

"그래라."

"형, 건강하게 잘 지내."

"너도."

"그래, 나도 잘 있을게. 끊는다."

수화기를 내려놓고 사내는 우두커니 전화부스 안에 서 있었다. 오전의 햇살에 돋아난 자신의 짧디짧은 그림자를 사내는 그저 하염없이 바라봤다. '잘 있다, 잘 지낸다' 외에는 별로 할말이 없는 전화. 어떻게 잘 있고 잘 지내는지 아무런 설명 없이 그저 '잘 지내자'로 마무리하는 전화. 지난 일 년 동안 한 번도 벗어난 적 없는 똑같은 레퍼토리로 사내는 결국 통화를 끝내고 말았던 것이다. 정작 필요한 돈에 관해서는 한 마디도 꺼내지 못했다.

사내는 자기 몫으로 분배될 아버지의 유산이 하나도 없다는 사실을 오래 전부터 알고 있었다. 형이 이미 그것을 모두 처분한 상태라는 것까지. 이런저런 빚을 갚고 여기저기 돈을 메운 뒤 어머니를 모시기 위해 평수를 넓혀 이사 간 아파트 비용을 제하고 나면 남는 것은 조카들 과자값 정도였을 것이다. 그런데도 사내는 아내에게 매번 그런 식으로 거짓 고함을 지르며 어려운 순간들을 회피해왔던 것이다.

D-1

이불 속에서 나오자마자 사내는 성경도 읽지 않은 채 집을 나섰다. 어디 뚜렷하게 갈 곳도 없는 하릴없는 배회가 평소보다 일찍 시작됐다. 사내는 한국의 연립주택 같은 건축구조의 유닛을 아무 뜻 없이 둘러보았다. 사람들은 일을 하러 나갔는지 모든 창문과 베란다가 꼭꼭 잠겨 있었다. 적막하고 쓸쓸했다. 쿠커버러와 로리키트, 카커투의 괴기스러운 새 울음소리만 간간이 들려왔다. 어디선가 커다란 날갯짓으로 날아온 아이비스가 집게처럼 기다란 부리로 쓰레기통을 뒤적거렸다.

길 쪽에는 나이 든 할머니와 할아버지들만이 쉬엄쉬엄 걷고 있었다. 사내는 노인들의 걸음을 흉내내며 큰길 쪽으로 향했다. 아침 여덟시경, 일자리 하나 없이 아침 햇빛 속을 헤매는, 몸은 마르고 잡념으로 머리만 비대해져 느린 속도로 걷던 사내는 문득 외롭다고 생각했다.

큰길로 나서자 초등학생들이 유니폼 차림으로 등교하는 모습이 보였다. 아이들의 발랄한 뒷모습을 시선으로 좇으며 사내는 자신이 마치 '미취학 아동 같다' 라고 중얼거렸다. 생계에 관한 아무런 책임도 지지 않는, 그렇다고 특별히 하는 일이 있는 것도 아닌 미취학 아동. 함께 뛰어놀 친구가 없으니 좀 외로운 아동이라고 할까? 게다가 술과 담배를 이미 알고 있으니 순수하다기보다는 때 묻은 아동이라는 편이 더 나을 것이다. 그러니까 좀 외롭고 때 묻은 미취학 아동이 오늘의 '나' 란 말인가?

사내의 걸음은 습관적으로 공원으로 이어졌다. 선배에게 전화를 거는 일 외에는 급한 일이 하나도 없었다. 형수의 말대로 어제 아침 선배에게 연락을 했지만 그는 아주 급하게 정리할 일 때문에 도무지 시간을 낼 수 없다며 오늘 다시 전화를 달라고 했다.

공원에 이르자 사내는 늘 앉던 벤치에 앉았다. 아침부터 유난히 햇살이 강렬한 날이었다. 벌써부터 얼굴이 화끈거리고, 정수리 부위가 뜨끈뜨끈했다. 사내는 얼마 전까지 이 벤치에 시원한 그늘을 만들어주던 아름드리 무화과나무를 생각했다. 꽃과 잎이 무성하고 탐스러워서 보기에도 아주 좋았던 나무였다.

그런데 어느 날 공원에 나와보니 밑동이 불에 그슬려 있었다. 한밤중에 간혹 공원을 어슬렁거리는 레바논 계의 십대 녀석들이 불장난을 한 모양이었다. 그날 이후로 무화과나무는 시름시름 말라갔다. 윤기 흐르던 잎사귀들은 탈모증 환자처럼 색이 바래서 무더기로 떨어져내렸다. 가지가 부러진 것도 아니고 기둥 어딘가가 심하게 타들어간 것도 아니어서 약간 그슬린 것을 제외하고는 멀쩡해 보였다. 그러나 주위에 있는 같은 수종과는 달리 나무는 때가 지나도 꽃을 피우지 못했다.

사내는 매일 나무 아래 벤치에 앉아 죽어가는 나무의 신음 소리를 들었다. 그러던 어느 날 사내는 이 나무가 생장점을 다쳤다는 사실을 비로소 깨달았다. 뜨거운 불기운이 수피를 뚫고 들어가 내밀한 생장점을 치명적으로 건드렸다는 데까지 생각이 미쳤다. 그러자 나무를 대하는 사내의 눈이 전보다 더욱 안쓰러워지고 알 수 없는 동질감마저 들었다.

이웃 사람이 신고를 했는지 어느 날 카운슬 직원들이 나와 사다리를 타고 올라가더니 전기톱으로 가지를 자르기 시작했다. 가지치기가 어느 정도 끝나면 한국처럼 전문가가 와서 주사를 투입하거나 링거를 매달아놓을 거라고 사내는 생각했다. 아니면 양분이 잘 갖추어진 곳으로 옮겨심을지도 몰랐다. 그러나 그들은 가지치기를 서너 시간 하더니 떨어진 가지를 주워 차에 싣고는 그 자리를 떠났다. 참 괜찮은 직업이었다. 카운슬에 소속되어 있으니 보수도 괜찮을 테고 영어도 많이 사용하지 않으니 자신도 저런 일은 할 수 있을지도 모른다고 사내는 생각했다.

이튿날 왔을 땐, 두 명의 직원이 전기톱에 시동을 걸고 있었다. 그들은 뭔가를 의논하더니 사다리를 타고 올라가 가지를 좀더 쳐냈다. 그다음 사다리를 타고 내려와 전기톱을 기둥에 갖다댔다. 사내는 그들을 향해 뭐라 외치려다가 꾹 참았다. 잠시 후 아름드리 무화과나무는 그 자리에서 땅바닥으로 고꾸라지고 말았다. 사내는 너무 어이가 없었다. 그들은 김밥을 자르듯 기둥을 몇 등분으로 동강냈다. 사내는 보름달처럼 둥근 나무의 나이테를 보았다. 멀쩡한 겉보기와는 달리 나무의 속 부분은 이미 검게 썩어 있었다. 옮겨심지 않고 베어버리기를 잘 했다고 사내는 고개를 끄덕였다. 그중의 괜찮은 부분은 바둑판을 만들거나 테이블로 쓰면 참 좋겠다는 생각도 했다.

다음날에도 직원들은 비슷한 시간대에 왔다. 동강난 기둥을 그들은 전기톱으로 하나씩 반으로 나눴다. 땀을 흘리며 열심히 일정한 크기로 잘랐다. 무엇에 쓸 것인지 사내는 궁금했다. 그들은 여느 날처럼 서너 시간을 일한 뒤 돌아갔다. 일어서 있던 나무는 어느덧 땅바닥에 일정한 간격의 무수한 토막들로 해체되어 있었다. 아무리 많은 시간과 노력을 들인다 해도 저것을 다시 합체시켜 꽃과 잎을 피우던 처음으로 되돌릴 수는 없겠지, 라고 중얼거리며 하릴없는 사내는 오랫동안 토막난 것들을 바라봤다.

다음날 직원들은 반달 모양인 그것들을 다시 반토막을 냈다. 도대체 무엇을 위해 저들은 이 덥고 뜨거운 햇볕 아래서 토막난 나무들을 자르고 또 자르는지 사내는 궁금할 뿐이었다. 한참을 궁리하던 사내는 그제야 저들이 이것들을 땔감으로 사용하려나보다 추측했다. 다음날 직원들이 그것들을 전부 반으로 나누니 완전히 벽난로용 장작 형태가 나왔다. 사내는 자신의 추측이 맞아들어가는 것에 괜히 무릎을 치며 좋아했다. 이곳은 벽난로 있는 집이 많아서 겨울에는 땔감이 많이 필요할 게 당연했다.

다음날 사내는 한 직원이 트럭을 후진시켜 땔감 크기의 토막을 수북이 쌓아놓은 쪽으로 인도하는 것을 보았다. 이제야 땔감을 실어가는구나, 라고 여기며 사내는 흥미롭게 지켜봤다. 그들은 나무토막들을 트럭에 딸린 철통 속에 던져넣기 시작했다. 그러자 기계는 굉음과 함께 토막들을 곧바로 톱밥으로 만들어버렸다. 톱밥가루가 사내가 앉아 있는 곳까지 뿌옇게 날려왔다. 사내는 자리에서 벌떡 일어났다. 일 주일 동안의 작업의 결과가 그것이었다.

아름드리 무화과가 사라진 벤치에 앉아 햇빛을 맞으며 사내는 스스로가 방치되어 있다는 느낌, 내버려졌다는 느낌이 들었다. 이제 겨우 만 서른이 된 사내는 팍삭 늙어버린 기분이었다. 사내가 시드니 공항에 첫발을 딛던 날은 심장이 탐스런 포도송이만했었다. 사내는 약간 일하면서 하던 공부를 계속할 수 있으리라 믿었다. 영문학 박사 학위를 영어권 나라에서 취득할 수 있으리라 믿었다. 그리고 영주권을 받으면 생활이 안정되고 어머니를 모셔올 수 있으리라 믿었다. 자식을 낳게 되면 한국보다 나은 환경에서 교육을 시킬 수도 있으리라 믿었다.

그러나 그것들은 그저 믿음에 불과했다. 시간이 흐르는 동안 사내의 믿음은 견고해지기는커녕 금이 가고 있었다. 쩍쩍 갈라지다 못해 주체할 수 없을 정도로 엇나가서 점차 넓은 간격으로 틈이 벌어지고 있었다. 실패할 계획을 세우는 사람은 아무도 없지만 많은 계획들이 실패하듯 사내가 가졌던 믿음 역시 그저 그렇게 믿고 싶은 망상에 불과했다.

지난 일 년 동안 이곳에서 무엇을 했는가? 사내는 스스로에게 물었다. 사 개월간은 대학원에 들어가기 위해 랭귀지 스쿨에서 공부를 했다. 이 개월간은 청소 외에 다른 직업을 구하려 사방팔방 발버둥을 치며 알아보았다. 그렇게 반년을 보내는 사이 들고 온 돈이 바닥나고 쪼들리기 시작하자 이 개월 동안 백선배를 따라다니며 각종 청소를 했다. 그후 이 개월은 공장 청소를 했다. 지난 한 달간은 그 돈을 받기 위해 배회했다. 현재 그의 수중에 남은 것은 아무것도 없었다.

사내 가슴속의 포도알은 불과 일 년 새에 후드득 떨어지더니 점차 성기어지고 말라비틀어져갔다. 어느덧 돌아보니 메마른 건포도 두세 알이 겨우 매달려 있을 따름이었다. 그것들은 바람이 불 때마다 바르르 떨리며 불안하게 진동했다.

아무리 많은 시간과 노력을 들인다 해도 맨 처음 그 탐스런 포도송이의 심장으로 돌아갈 수는 없겠지, 사내는 비탄조로 중얼거렸다. 머리 위로 쏟아지는 햇볕의 뜨거움을 느끼며 사내는 두 손으로 양쪽 귀를 감싸쥐었다. 하지만, 최씨에게 돈을 받아낼 수만 있다면 그래도 사내는 최소한 아내의 등록금을 마련해주었노라고 자위할 수 있을 것만 같았다. 조금은 덜 허탈할 수 있을지도 몰랐다. 사내는 선배에게 전화를 걸기 위해 벌떡 일어섰다.

*

선배와 만나기로 약속한 곳은 시내와 가까운 스타디움이었다. 스타디움에 들어서자 청소가 일찍 끝났는지 함께 일하던 사람들이 서로에게 인사를 나누며 자리를 떠나고 있었다. 선배는 그새 홀쭉하고 꺼칠해져 있었다. 사내가 졸라서 최씨의 집까지 함께 가보던 날 마지막으로 만났으니 근 보름 만이었다.

"그 동안 뭐 하며 지냈냐?"

사내가 스타디움의 한 좌석에 앉아 있으려니 선배는 어디선가 소주 두 병을 들고 나타나 옆자리에 앉으며 물었다. 선배는 마개를 따서 사내에게 병째 건네주고는 자신이 먼저 병나발을 불었다.

"성인의 도를 걸었죠."

"성인의 도?"

사내는 불이 모두 켜진 스타디움에서 눈을 들어 어둔 밤하늘을 한 번 휘 둘러보며 대답했다.

"무위(無爲), 무욕(無慾), 무지(無知)를 실천했죠. 철저한 삼무(三無)."

"짜식, 난 또 뭐라구. 그게 어디 개뿔, 성인의 도냐, 걸인의 도지. 쳇!"

선배의 쏘는 말투에 사내는 쑥스러운지 병나발을 불었다. 미지근한 액체가 식도를 타고 흘러들어가자 속이 찌르르했다. 둘은 그 쓴맛에 얼굴을 찡그리고 마주 보다가 함께 피식거리며 웃었다. 사내는 몸이 더워지는 것을 느끼며, 조명을 받는 그라운드의 천연색 잔디가 깔끔하고 푹신하게 잘 다듬어졌다고 생각했다. 마치 커다란 진공청소기로 잘 문질러놓은 녹색 양탄자처럼.

"최씨, 이놈을 도대체 어디 가서 잡지요?"

사내가 입 안의 쓴맛을 삼키며 물었다.

"너 아직도 그놈 붙잡을 생각 하냐?"

"붙잡을 생각을 하냐니요? 그걸 지금 말이라고 하세요? 자그만치 칠천 불이라구요! 제가 얼마나 고생한지 몰라요? 다른 것도 아니고 학비라니까요!"

목에 잔뜩 힘이 들어간 사내의 입에서 거친 음성과 함께 굵은 침이 튀었다. 이와는 달리 무표정한 선배는 텅 빈 그라운드를 보다가 낮게 한마디를 내뱉었다.

"아서라."

"자꾸 무슨 소리 하는 거예요! 선배도 못 받은 돈 있잖아요!"

"너 아직도 소식 못 들었구나."

선배는 담배 한 개비를 꺼내더니 불을 붙이고는 연기를 내뿜었다.

"소식이라뇨?"

"그놈 지금 빌라우드에 있어."

최씨가 어디에 있다는 걸 알자 사내의 눈이 번쩍 뜨였다.

"빌라우드요? 거기서 사업 차렸대요?"

"자식, 너 완전 캄캄하구나."

선배는 목이 메도록 연거푸 연기를 깊이 들이마셨다가 내뿜었다.

"그러지 말고 속 시원히 말 좀 해보세요."

"빌라우드 수용소에 잡혀갔다구, 이 자식아!"

소리를 지르는 선배의 눈을 들여다보며 사내는 코웃음을 쳤다. 빌라우드 수용소는 비자법 위반자들을 감금했다가 강제출국시키는 곳이었다.

"말도 안 되는 소리 마요. 그놈이 불법체류자 수용소에 잡혀갈 일이 어딨어요? 버젓이 시민권까지 있는데."

선배는 소주를 벌컥벌컥 들이켜더니 마지막 담배 한 모금을 빨고는 신발 바닥으로 짓이겨 껐다. 이해 못 할 행동이었다. 이미 청소를 다 끝낸 곳에 쓸데없이 그런 짓을 할 사람이 아니었다.

"모두들 그렇게 알고 있었지. 니 사정 알고 나서 나도 수소문 끝에 최씨와 제일 친하다는 사람하고 간신히 줄이 닿아서 얘기를 들어보니까 실은 그게 아니더라. 그놈이 시민권을 샀나봐."

"뭐라구요? 시민권도 팔아요?"

한국 사람들이 별 희한한 것들까지 희한한 이유를 갖다붙여 거래를 한다는 것쯤은 알고 있었지만, 시민권까지 밀거래가 될 줄은 상상도 못한 일이었다.

"그러게, 나도 처음 들었는데 시민권도 파나보더라. 그 브로커 노릇을 했던 이민 대행사가 경찰 습격을 받아서 리스트를 압수당한 모양이더라구. 최씨가 이사를 갔으면 경찰이 찾기 힘들었을 텐데, 리스트에 나와 있는 그 주소 그대로 사니까 바로 걸려들었나봐. 백인 애들 열몇 명이 새벽에 구둣발로 들이닥쳐서는 가족을 싹 쓸어갔대. 최씨 그놈 이리저리 한국 사람들 등쳐먹을 때 보면 꽤 영리한 것 같더니만 불법체류자 주제에 너무 한곳에서 오래 살았어. 그래서 모든 게 붕 떠버린 것 같더라."

사내는 갑자기 가슴속에서 호두알이 빠지직 깨지는 듯한 통증을 느꼈다. 잠에서 미처 깨지도 못한 새벽, 덩치 큰 이민 경찰들이 고함을 지르며 들이닥쳐 자신과 아내를 꽁꽁 묶어 호송차량에 집어넣는 상상을 하자 숨이 막히고 현기증까지 돌았다. 사내는 숨을 크게 쉬려고 가슴을 몇 번 들었다 놨다 했다. 그러자 약간 정신이 가다듬어졌다.

"선배, 그래도 돈은 받아낼 수 있지 않을까요? 일단 가지고 있는 재산을 정리해야 할 테고……"

"아서라, 그놈 갬블에 미쳐서 카지노에 다 꼬라박고 여기저기 깔아놓은 빚만 해도 어지간한데다가 카드빚만 해도 산더미라고 하더라. 잃은 돈 되따오려고 사장 돈도 여러 번 갖다쓴 눈치더라구. 나도 받을 거 있는데 순번이 올 것 같지도 않고 괜히 불난 집에 부채질하는 거 같아 관뒀다."

사내는 다시 가슴이 뻐근한 듯 몇 번 숨을 깊게 들이마셨다가 내쉬었다.

"개뿔, 그놈 벌 받은 거야."

"전형적이군요."

"전형적? 그래, 아주 전형적이지. 그게 진실이야."

이번에는 사내가 벌컥벌컥 소리를 내어 소주를 들이켰다. 그 지루한 뺑뺑이가 끝내 이런 식으로 결말이 나고 말았구나, 생각하니 이상하게도 편해지는 느낌이 들었다. 사내는 소주병을 내려놓고 코를 풀었다. 어쩌면 이런 결말이 다가오리라고 자신도 은연중에 예상을 했는지도 몰랐다.

"그래도 나는 못 받은 돈이 천 불 정도니까, 한국에 있다고 해서 이 정도 사기 한번 안 당했겠냐 하면서 마음을 접었지만서도…… 너는……

니 아내 등록금은 어떻게 될지 생각하니 안쓰러워서 며칠 전에 알고도 말을 못 꺼냈다. 선배라고 도와줄 수도 없고…… 나도 지금 그럴 형편이 아니라서……"

사내의 상황을 의식한 듯 미리 꿔줄 돈이 없다고 입을 막아버리는 선배의 신세한탄이 듣기 싫어 사내는 코를 한번 더 풀고는 간신히 감정을 조절했다. 자신의 혈육에게서도 얻지 못할 돈을 남이 빌려주지 않는다고 야속하게 여길 수도 없는 노릇이었다. 사내는 다만 자신이 더이상 불쌍하게 비치는 게 싫었다.

"등록금 걱정은 선배가 하지 않아도 돼요. 그건 형이 아버지 집 판 돈으로 보내준다고 했으니까."

"다행이구나."

말을 맺는 듯한 선배의 낮은 음성을 들으며 사내는 남아 있는 소주를 모두 들이켰다.

"나 잠깐 차에 좀 갔다 올게."

선배가 자리에서 일어나자 사내는 한동안 텅 빈 스타디움을 바라봤다. 눈동자를 한곳에 고정시킨 채, 그 어떤 생각이나 느낌도 일어나지 않는 텅 빈 어항 같은 자신의 머릿속을 들여다봤다. 바람에 진동하던 건포도 몇 알마저 흔적 없이 떨궈져나간 텅 빈 새장 같은 자신의 가슴속까지 들여다봤다. 그 비어 있음이 허전하면서도 참으로 고요했다.

"야, 여기도 이제 겨울이라고 밤엔 참 춥다. 그치?"

선배는 그새 두꺼운 점퍼를 어깨에 걸치고 맥주를 반 다스나 들고 나타나 쾌활한 목소리로 물었다.

"넌 안 춥냐?"

선배가 어깨를 툭 치며 맥주병을 눈앞에 내밀자 사내는 병을 받아들며 고개를 가로저었다.

"아직 추위를 못 느낀다는 게 니가 여기 생활 초짜라는 증거야. 나도 첫해 겨울은 한국에서 묻어온 열기에 지나갔고, 두번째 겨울은 뭐 이것도 겨울인가 하면서 지나갔지. 기껏 추워봤자 영상 칠 도 안팎이니까. 그런데 이번 겨울은 그야말로 뼛속까지 시리다. 누구는 이게 '이민추위' 라고 하더라만. 자, 링겔 꼽을 시간이다. 건배!"

선배가 건네준 맥주는 빅토리아 비터(Victoria Bitter)였다. 흑갈빛에 링거병 사이즈의 맥주로 호주 노동자들이 가장 즐겨 마신다는 싼 가격의 술이었다. 선배는 고된 작업이 끝날 때면 '링겔을 꼽자' 는 표현으로 이 쓴맛 나는 VB 맥주를 마시며 피로를 달래곤 했다. 그렇다 하더라도 술을 차에 싣고 다닌 적은 없었는데 오늘은 좀 특별했다. 아무 말이 없는 가운데 '링거액' 이 핏줄을 한 순배 타고 돌자 선배가 조용히 입을 열었다.

"내 몸이 꼭 변기 같다. 더러운 것들만 닦다보니 나도 더러워진 거 같아."

"세상의 한켠을 정화하고 있다는 자부심과 사명감은 어디 갔어요?"

"세상의 한켠? 개뿔…… 자고 나면 또 더러워지더라."

"더러운 것들을 닦다보면 자기 자신도 좀 그렇게 닦을 줄 알아야 되는 거 아니에요?"

"그러게 말이다. 그런데 먹고살려고 아등바등대다보니 더러운 욕망만 자꾸 부글부글 끓더라. 사기 치면 금방 돈 번다는 것도 알게 되고. 최씨가 왠지 남 같지가 않아."

선배는 담배에 불을 붙이더니 불이 홀쭉해지도록 필터를 연거푸 빨아대다가는 푸우, 하고 내뱉었다. 사람의 입에서 그토록 긴 연기가 뿜어져나오는 게 신기해서 담배를 간신히 끊었던 사내조차 다시 피워물고 싶을 정도였다. 사내는 기분을 돌리려고 얼른 VB 한 병을 비우고는 다른 병의 뚜껑을 땄다. 조금씩 취하는 느낌이 들었다.

"이 스타디움 꼭 변기 같지 않냐?"

그 말을 듣자 사내는 피식 웃음이 터졌다. 그렇다면 지금 자신은 변기 안 개구리마냥 쓴 오줌을 들이켜고 있는 게 아닌가, 하는 생각이 스쳐갔다.

"하, 참, 시드니에서 사는 게 참 똥 같다. 지난 삼 년간 맨날 먹고 싸기만 했어. 뭔가 큰 뜻을 세우거나 남을 위해 좋은 일 한 번 한 적 없어. 그래도 예전에는 말이야, 민족을 생각하고 사회를 생각하고, 이런 말하면 이젠 웃길지도 모르지만 민중을 생각한 적도 있었는데 말이야. 서른세 살이라는 나이가 참 덧없다. 한국으로 치면 서른넷인가?"

"서른셋이면 예수님 죽을 때 나이네요."

"야, 예수가 내 나이에 죽었냐? 그 사람 어린 나이에 참 고생 많았다. 한 일도 많고. 난 아직 아무것도 한 일이 없는데. 십자가 대신 변기에 코 박고 죽으면 나도 구원 좀 받으려나? 응? 어떻게 생각해, 응?"

선배가 팔꿈치로 툭툭 치며 장난스레 물어서, 그건 그냥 엽기적인 자살행위일 뿐이죠, 하고 사내가 받아치자 둘 사이엔 만나고 처음 웃음소리가 크게 터져나왔다. 둘 다 제법 술기가 돌아 얼굴을 일부러 잔뜩 구긴 채 마주 보며 웃다가 선배가 사내에게 툭 던지듯 물었다.

"너, 나 불자인줄 알고 있었냐?"

"그랬어요? 몰랐어요."

"짜식, 하나도 안 놀라는구나?"

"그게 뭐 놀랄 일이에요?"

사내는 피식 웃으며 VB 한 병을 단숨에 나발을 불었다. 불길이 기름을 삼키듯 자신도 모르게 술을 빨아들이고 있었다. 또 한 병을 집어들자 선배는 엉뚱한 말을 했다.

"나, 노래 한 곡 부를까?"

"좋죠."

"그래, 이왕 부르는 거 분위기 한번 내보자."

선배는 자리에서 벌떡 일어나더니 어디론가 빠르게 걸어갔다. 잠시 뒤 스위치를 내렸는지 순식간에 스타디움이 어둠 속으로 고스란히 묻혀버렸다.

"어때, 좀 분위기가 나냐?"

선배가 다가오며 장난스레 묻자,

"불 꺼진 변기 속이네요, 낄, 낄!"

사내도 과장되게 몸을 좌우로 흔들어대며 웃어젖혔다.

"좋다! 간만에 한 곡조 뽑아보자. 나 요즘 이 노래가 무지 좋아지더라."

선배는 좌석을 밟고 올라가 목청을 가다듬은 뒤 노래를 시작했다. 수천 개의 관중석에 단 한 명의 관객만을 놓고 부른 노래는 조용필의 〈허공〉이었다. 사내는 새삼 귀에 쏙쏙 들어오는 가사와 선배의 구성진 가락을 타고 흘러나오는 그 노래가 마치 모든 진리의 깨달음 끝에 부른다는 오도송(悟道頌) 같다고 생각했다. 마지막 구절인 '스쳐버릴 그날들

잊어야 할 그날들 허공 속에 묻힐 그 나알들'에 이르러서는 악을 쓰듯 감정이 끓어넘쳐서 소름이 끼칠 지경이었다. 점점 차가워지는 밤바람에 문득 추위를 느낀 탓도 있지만 사내는 소름이 돋는 몸을 문지르느라 박수를 칠 타이밍을 놓쳐버리고 말았다. 다시 자리에 앉은 선배는 맥주를 몇 모금 들이켜다가 캬하, 하는 신음을 내더니 중얼거리듯 말했다.

"나 사흘 뒤에 한국 간다."

"무슨 소리예요? 홈클리닝 잘나간다고 비명 지를 때는 언제고."

"얼마 전까지만 해도 그랬지. 그런데 나랑 경쟁하던 '브라이트 홈클리닝' 애들이 내가 불자인 줄 어떻게 알았는지 이민 경찰에 찔러버린다고 자꾸 협박하더라. 그래서 모바일폰도 끊어버린 거야. 청소권도 어제 헐값에 걔네들한테 넘겨버렸다. 이 새끼들 내가 아무리 불자래도 그렇지 거저먹으려 들더라니까."

이제껏 몰랐는데 옆에서 바라본 선배의 눈에는 눈물이 고여 있었다. 어둠 속에서도 분명히 알 수 있을 정도였다. 그제야 사내는 비로소 선배가 말한 '불자'가 '불법체류자'를 뜻하는 것임을 간신히 깨달았다.

"그 동안 깔아놓은 빚 갚고 우리 가족 비행기표 사고 선물 몇 개 사니까 몇 푼 안 남더라. 오죽하면 시드니 뜨기 전 구경도 못 다니고 여기 나와서 이 짓 하겠냐."

사내는 갑자기 콧부리가 빠근해서 한동안 그곳을 쥐어눌렀다.

"한국 가서는 그 노래 부르지 말아요. 누가 들으면 호주에서 몇 년 동안 딴따라만 한 줄 알겠네. 〈허공〉이 그렇게 명곡인 줄 오늘 처음 알았어요."

그리고 애써 태연한 척하면서도 뭐라 대꾸해야 할지를 몰라 방금 부른 노래에 대한 평을 지껄였다. 이제는 꽤 취한 듯 선배는 머리를 크게 위아래로 끄덕거리더니 손등으로 눈꼬리를 찍어냈다.

"아, 썅! 아쉬우면서도 후련하다. 허공이 먼 곳에 있는 것이 아니더라. 바로 내 콧잔등 위가, 눈앞이 허공이지."

"몸은 좀 괜찮아요? 그 동안 고생 많이 했잖아요. 허리는 좀 어때요?"

"허리? 하, 아내하고 그 짓 한 지도 오래다."

"무릎은요?"

"이게 어디 내 무릎인 줄 아냐?"

"엄지손가락 여전히 쑤셔요?"

"그건 예전에 나갔다. 이젠 칫솔질도 못 하겠더라."

하기야 사 개월 정도 청소한 사내가 허리와 무릎, 엄지손가락에 통증을 느낄 정도니 삼 년 넘도록 일한 선배의 상황은 짐작할 만했다. 청소부는 항상 몸을 구부리고 뭔가를 힘주어 닦거나 주워올려야 하기 때문에 대부분 손목 아니면 엄지손가락 관절에 가장 고질적인 타격이 왔다.

"아, 맞다. 너 이거 가져가라."

선배는 잊을 뻔했다는 듯 점퍼 속주머니에서 뭔가를 꺼내 사내에게 건넸다. 은박 봉투였다. 사내가 무슨 물건인지 의아해하자 선배는 은박 봉투를 사내의 손에 쥐여줬다.

"제라늄 씨앗. 짐정리하다 나왔어. 성공해서 말이야, 정원 있는 집 사면 아내랑 딸애랑 심으려고 했는데…… 하이, 썅, 니가 나중에 물이나 잘 줘라. 꽃 피면 내 생각도 한번 하고."

선배는 웃음인지 울음인지 모를 소리로 클클거렸다. 사내는 아무 말

없이 종묘 봉투를 가슴 주머니에 넣었다.

"한국에 가도 부디 행복하게 사세요."

"근데 가면 뭐 하고 살지?"

선배의 목소리가 들썩거렸다.

"근사한 잡지 하나 만드세요. 소원이었잖아요."

"잡지는 개뿔. 잉크 냄새 맡은 지도 까마득하다."

선배는 코를 훌쩍 들이마셨다. 고된 노동에 술까지 들어가서인지 선배의 몸은 조금씩 의자 위에서 풀어지고 있었다. 이제는 병든 청소부에 불법체류자로 전락해버렸지만 선배는 입사하기 꽤나 까다롭기로 알려진 시사잡지의 기자였다. 어학연수를 간다고 했지만 이민을 염두에 두고 잡지사를 나올 때 주위 사람들은 선배의 과단성에 의아함과 부러움이 섞인 시선을 보냈었다.

"우리 같은 먹물이 문제야. 외국에서는 아무짝에도 소용없거든. 내가 한국에서 말이야, 정육점에서 고기 썰다 왔으면 벌써 영주권 받고 시민권까지 받았을 거라구. 뭐 용접을 했거나 자동차 정비기술이 있었으면……"

선배는 어느덧 완전히 대자로 늘어져 관중석 등받이 너머로 목이 꺾여 넘어가 있었다. 뭔가를 애를 쓰며 참으려는지 그는 말끝을 간신히 눌러 말했다.

"그나저나 이 나이에 다시 들어가서 새로 시작할 일 생각하면 눈앞이 깜깜하다 야. 아내 보기도 민망하고."

사내가 큰 숨을 들이쉬며 고개를 들자 얼음을 잘게 빻아놓은 듯한 별들이 까만 하늘에 빽빽하게 떠 있었다. 어딘가를 슬쩍 툭 건드리면 그

차가운 무더기들이 스타디움 안으로 곧 쏟아져내릴 것만 같았다. 스타디움 너머에 늘어선 백인 주택가의 불빛들은 반딧불이떼처럼 따스하게 반짝거렸다. 오직 사내와 선배가 앉아 있는 코앞만이 칠흑이었다. 차가운 밤바람이 거세지자 술병을 든 손이 시려워왔다. 문득 사내는, 여전히 뻗은 자세로 누워 있는 선배에게 식민지 의식이 느껴지지 않느냐고 묻고 싶었다. 혹시 시를 한 편 들어보겠느냐고 묻고도 싶었는데, 마침 조는 듯한 선배의 중얼거림에 이야기가 다른 곳으로 흘러갔다.

"인마, 나도 니 돈 좀 떼어먹었다."

"잘했어요."

"너 알고 있었냐?"

"그럼요, 제가 첫날 했던 럭비구장 청소도 최소 네 명은 들어가는 거였잖아요. 그래서 돈 좀 많이 벌었어요?"

"개뿔이나…… 몸하고 마음만 상했지. 미안하다."

"미안하긴요. 제가 이별주 한잔 사지요. 일어나요."

"됐다, 이놈아. 네 놈 돈 없는 건 이 시드니 사람이 다 안다."

"아니, 선배, 저를 뭘로 보시고 그런 소리 하는 거예요. 외상술이라도 제가 사지요. 자, 가요!"

D-0

공원에 도착하자마자 사내는 몸을 가누기 힘들어 쓰러지듯 풀밭에 누웠다. 백선배와 언제 헤어져 어떻게 여기까지 왔는지 잘 기억할 수 없었다. 언뜻 하버 브리지가 떠올랐고, 다리 난간 앞에서 서로 얼싸안은 채 저 태평양 물에 함께 빠져 죽자며 고래고래 소리를 질러대는 장면이 떠올랐다. 손목을 들어 시계를 보니 오전 두시가 훨씬 지나 있었다.

밤하늘이 참 파랬다. 블루, 블루, 저 색깔이 미드나이트 블루인가? 어쩌면 저렇게 파랄까. 달도 참 크다. 별도 참 크다. 한국의 달보다 별보다 훨씬 크기도 하다. 물이 담겨 있는 푸른 항아리 속에 은가루를 뿌려놓은 것만 같다. 그 항아리 속에 머리를 깊이 담그고 두 눈을 뜨면 저런 모습일까……

그런 생각을 하다가 사내는 누워서 엉덩이를 움찔움찔 위로 쳐들었다. 엉덩이를 허공으로 쳐들고는 손을 뒷주머니에 넣어 뭔가를 찾아 꺼냈다. 꼬깃꼬깃 접힌, 하루 종일 엉덩이 아래 깔려 있느라 땀이 배어 눅눅한 종이를 펼쳐 가로등 불빛에 비춰보았다. 재생지로 만든 교민잡지에서 찢어낸 한 페이지였다. 사내는 거기에 프린트된 글자를 술에 취해 초등학생처럼 소리내어 읽었다.

안해야 너 또한 그들과 비슷하다. 너의 소원은 언제나 너의 껌정고무신과 껌정치마와 껌정손톱과 비슷하다. 거북표類의 고무신을 신은 女子들은 대개 마음도 같은가부드라.

(네, 네, 하로바삐 취직을 하세요) 달래와 간장내음새가 皮膚에 젖은 안해. 한달에도 맷번식 찌저진 白露紙쪽에 이러케 적어보내는것이나, 미안하다, 취직할곳도 성공할곳도 내게는 처음부터 업섯든걸 아러라.

미안하다 안해야. 미안하다. 미안하다.

사내는 시를 읽다가 잠시 쉬었다. 갑자기 바람이 휙, 하고 몰아치자 공원의 블루 검트리 가지들이 일제히 흔들리더니 이파리들이 날려 떨어지기 시작했다. 블루 검트리의 나뭇잎은 화살촉처럼 뾰족했다. 그 이파리들이 새까맣게 하늘에서 떨어져 사내의 얼굴 위로 쏟아져내렸다. 사내는 쏟아지는 잎사귀들을 피하기는커녕 고개를 뒤로 젖혀 목줄기를 허옇게 까보였다. 그러면서 입으로는 '미안하다 안해야. 미안하다. 미안하다'를 중얼거렸다. 한국에서도 이렇게 시를 열심히 읽은 적이 있었던가. 구인란을 살펴보려고 집어든 교민잡지에서 이 글을 발견하고는 얼마나 놀랐던지. 광고전단지와 다름없는 그 잡지에 어떻게 이런 시를 다 실을 생각을 했는지. 이 글을 실은 사람도 자신과 같은 처지였을까.

이 시를 뒷주머니에 넣고 다니며 꺼내볼 때마다 사내의 머릿속에 떠오르는 것은 이상하게도 근거 없는 식민지 의식이었다. 경제개발계획시대에 태어나 식민지 시대의 언저리도 못 가봤으면서 왜 당시 씌어진 이 글에 이리도 절실히 동감이 되는지 알 수 없는 일이었다. 왜 대자연의 나라 호주에서 그 식민지 시절의 냄새와 정서가 코끝에 후끈하게 달려들어오는지 이해할 수 없는 노릇이었다.

그러나

오늘도 北向하는 瞳孔을달고 내 피곤한 肉體가 풀밭에 누엇을때, 내 등짝에 내 脊椎神經에, 담배불처럼 뜨겁게 와닷는것은 그 늘근어머니의 파뿌리 같은 머리털과 누런 잇발과 안해야 네 깜정손톱과 흰 옷을입은무리 조선말. 조선말.

……이저버리자!

이저버리자! 를 힘없이 중얼거리자 감당할 수 없는 잠이 몰려들기 시작했다. 겨울밤에 밖에서 잠이 들면 안 된다는 생각이 한켠에서 들었지만 이렇게 풀밭에 누워 죽을 수도 있을 것만 같았다. 사내의 귀에는 지나가는 겨울바람 소리와 나뭇가지가 서걱이는 소리, 간혹 멀어져가는 자동차의 질주 소리 들이 들려왔다. 자신이 흡사 오랜 과거 속의 만주 혹은 북간도, 니콜리스크나 블라디보스토크의 어느 들판에 내버려진 느낌이었다.

또한 사내는 언뜻 꿈속에서 한국의 풍경을 본 것 같았다. 매화가 환하게 피었겠지, 아니 지금은 여름일 테니 매화는 모두 져버렸지. 사내의 꿈속에서 매화꽃잎이 분분히 흩어져내렸다. 곧이어 빠른 화면처럼 산의 녹음이 짙어지고 강이 깊어지고 들판의 곡식들과 과일들이 단맛을 풍기며 익어가는 광경이 스쳐 지나갔다. 지난 일 년 동안 이곳에 살면서 사내는 언제나 정반대인 두 개의 계절을 함께 껴안고 살아왔다. 시드니가 여름이면 눈이 소복이 쌓이는 한국의 겨울이 떠올랐고, 시드니가 봄이면 한국의 청명한 가을바람 냄새를 그리워했다.

한참을 그렇게 누워 있다가 어느새 화면이 끊어지자 사내는 추위에 몸을 떨며 간신히 자리에서 일어났다. 검트리 잎들이 목덜미와 가슴에 떨어져 있었다. 사내는 비척비척 걸음을 옮겼다. 오로지 돌아가서 깊은 잠을 자고 싶을 뿐이었다.

유닛의 계단을 올라가 열쇠를 꽂고 현관문을 열었다. 거실을 지나 방으로 들어가려는데 방문 앞에서 시커먼 뭔가가 불쑥 눈앞으로 튀어나왔다. 사내는 순간 놀랐으나 그 놀라움을 밖으로 표현할 기력마저 없었다. 주인 할머니인 산나가 화장실 문을 열다 말고 부은 눈두덩으로 사내를 쳐다보고 있었다. 문고리를 잡은 폼이 아마도 오줌을 싸려고 한 모양이었다. 술에 취한 사내를 보자 산나는 낮은 목소리로 인사를 건넸다.

"하우 아르 유, 빠스타르?"

사내는 고통스러운 얼굴로 술내음 섞인 숨을 깊이 내쉬며 침통하게 대답했다.

"유브 갓 더 건?"

산나는 안타까운 목소리로 사내에게 '오, 맘마미아, 마이 디어르!' 하고 속삭였다. 그런 그녀를 지나쳐 방문을 열고 들어선 사내는 잠시 어둠 속에 우두커니 서 있었다. 지나온 하루가 마치 긴 악몽 같았다. 긴 악몽에서 깨고 보니 이 답답하고 좁은 방 안에 다시 되돌아와 갇힌 기분이었다.

창으로 들어온 희미한 불빛에 잠든 아내의 모습이 보였다. 사내가 호주에 와서 사는 동안 제일 많이 본 아내의 모습은 밥 짓는 모습도 아니고 빨래하는 모습도 아니고 영어를 말하는 모습도 아니고 TV를 보는 모습도 아니고 우는 모습도 아니고 웃는 모습은 더더욱 아닌, 오직 잠자는 모습뿐이었다. 눈을 꼭 감고 이불로 온몸을 둘둘 만 모습이었다. 아내가 잠을 그렇게 자는 것은 산소 부족 탓이 아니었다. 이 방법만이 그녀가 가장 싼값으로 가장 용이하게 현실에서 도망칠 수 있는 유일한 길이었다.

사내는 어둠 속에서 흐느적거리며 아무렇게나 옷을 벗었다. 옷을 벗는 도중 어디선가 바스락거리는 소리가 들려왔다. 손으로 더듬어보니 주머니에서 구겨진 은박 봉투가 나왔다. 선배가 남긴 제라늄 씨앗이었다. 사내는 그것을 책상 위로 힘없이 던졌다.

아침이 올까? 이대로 자다가 영원히 날이 밝지 않았으면…… 벗은 옷가지들을 주워 대충 의자 위에 걸쳐놓으려니 벌써 의자 위에는 아내의 옷이 걸쳐져 있었다. 그 옷에서는 역겨운 숯불갈비 냄새가 풍겼다.

침대에 걸터앉은 사내는 아내의 잠자는 모습을 오래도록 바라보았다. 죽은 듯이 자고 있는 아내를 향해 사내는 못내 쓸쓸하게 중얼거렸다.

"미안하다 안해야 미안하다 애시당초 받을 유산이랄 것도 취직할 곳도 성공할 것도 내게는 업섯든 걸 아러라!"

아내의 감은 눈과 밋밋한 콧등, 입을 다물면 유난히 길어 보이는 얼굴을 사내는 한량없이 바라보았다. 가여웠다. 자신이 가여운 것처럼 아내 역시 가여웠다. 길게 한숨을 내쉬고는, 그 애처로운 모습을 더이상 바라볼 수 없어 평상시처럼 습관적으로 아내를 등뒤에 두고 자리에 누웠다. 그러자 베개에 오른쪽 귀가 닿는 순간 벼락을 맞은 듯 찌릿, 하고 통증이 몰려들었다.

출악어기 出鰐魚記

엄마는 옷걸이를 내던지며 마루 위에서 아버지를 향해 몸을 날렸다. 미처 몇 걸음 못 달아나 엄마에게 뒷덜미를 붙잡힌 아버지는 이리저리 버둥대다가 땅바닥에 패대기쳐졌다. 분이 덜 풀렸는지 엄마는 단단히 감아쥔 주먹을 도리깨질하듯, 주저앉은 아버지의 등짝과 옆구리에 사정없이 내리꽂았다. 속옷 밖으로 아예 빠져나온 엄마의 한쪽 젖가슴이 무섭게 출렁거렸다.

범종(梵鐘) 소리에

눈을 떴다. 끊어질 듯 이어지는 그 쇠울림은 희미한 파장으로 귓속에 감지되었다. 젖빛 유리창의 어스름만으로도 벽시계의 바늘이 보였다. 어김없이 새벽 다섯시였다. 옷을 꿰어입고, 책상 위에 펼쳐진 『맹자』를 집어들고는 거실로 나갔다. 거실엔 불이 켜져 있지 않아서 익숙한 집기들이 어두운 윤곽을 드러낸 채 들짐승처럼 웅크리고 있는 듯했다.

당목(撞木)으로 쓰는 나무마치를 들고 서 있는 아버지의 모습이 희뿌윰한 여명 속에서 낯설게 다가왔다. 개기(開起) 타종은 세 번이었다. 이미 세 번이 끝났음에도 아버지는 세 번을 더 쳤다. 작은 절구통을 뒤집어놓은 크기의 범종이지만 오늘따라 제법 웅장하고 긴 여운을 남기며 주위를 공명시켰다. 종을 치는 아버지의 태도가 신중하고 가라앉아 보여서 그렇게 느껴지는지도 몰랐다. 여느 날과 달랐다. 종소리가 아홉 번 울렸을 때 나는 어렴풋이 고개를 끄덕였고, 아버지는 나무마치를 내려놓고 베란다로 발길을 옮겼다.

베란다에 서면 통유리 새시문 밖으로 이 도시의 커다란 호수가 한눈에 들어왔다. 담묵의 수면 위로 뽀얗게 피어나는 새벽 물안개 속에서 흰 물새 한 마리가 게으르게 날아올랐다.

"오늘 강(講)은 어디지?"

물새에서 눈을 떼지 않는 내 어깨를 매만지며 아버지가 말문을 열었다.

"이루장구 · 하(離婁章句 · 下) 마지막 장부터예요. 어제 한 장을 미처 다 못 해서……"

나는 책장을 뒤적거려 공부할 부분을 펼쳤다. 강(講)이라 할 것까진 없으나 아버지와 나는 어둔 길 더듬듯 해석서와 옥편을 짚어가며 지난 이 년간 『논어』와 『맹자』를 읽어왔던 것이다. 옆에서 뭐라고 웅얼거리는 소리가 들려왔지만 나는 개의치 않고 마지막 장을 소리내어 읽었다.

齊人이 有一妻一妾而處室者러니 其良人이 出則必饜酒肉而後에 反이어늘 其妻問所與飮食者ᄒᆞ니 則盡富貴也러라. (……) 吾將瞯良人之所之也호리라ᄒᆞ고……

제나라 사람 중 한 아내와 한 첩을 두고 집에 사는 자가 있었으니 그 남편—良人—이 밖에 나가면 반드시 술과 고기를 배불리 먹은 뒤에 돌아오거늘 그 아내가 남편에게 누구와 더불어 음식을 먹었는가 물은즉, 다 부귀한 이들이었다. (……) 내 장차 남편이 가는 곳을 엿보겠다, 하고는……

반절을 채 읽지 못한 도중 아버지가 나의 한쪽 손을 꼭 쥐었다. 땀이 배어 있어 차갑고 축축했다. 나는 눈을 들어 아버지의 입술을 바라보았다.

"그만 됐다. 이 장(章)은 했다 치고! 오늘은 박인로의 칠언절구 한 수로 대신하자."

千回石徑白雲封　천 굽이 돌사다리길 흰 구름에 덮여 있어라

岩樹蒼蒼晩色濃　바위의 무성한 숲은 저녁빛에 짙어가는데

知有蓮坊藏翠壁　저 푸른 절벽 어디메에 절이 있는가

好風吹落一聲鐘　서늘한 바람 불어 종소리 한줄기 떨어뜨리네

아버지가 읊은 한시는 「연사만종煙寺晩鐘」이었다. 만종(晩鐘)은 저녁 종소리를 뜻하고 연방(蓮坊)은 사찰을 일컬었다. 저물녘 숲속에서 잡힐 듯 잡히지 않는 절간(煙寺)의 종소리에 시름하는 나그네의 여수를 읊은 것으로, 사실 나는 이 시를 달달 외고 있었다. 지난 이 년 동안 아버지는 '했다 치고!'를 한 날엔 거의 어김없이 '燈前萬里心'으로 끝나는 최치원의 「추야우중秋夜雨中」 아니면 이 한시를 낭송함으로써 강(講)을 대신해왔던 것이다.

베란다 창문을 열자 쌀쌀한 초가을 새벽바람이 들이쳤다. 동시에 거실 천장에 매달려 있는 풍경이 뎅강, 뎅강, 쓸쓸하고도 청명한 소리를 냈다. 아니, 소리를 잘 들을 수 없는 나는 풍경이 쓸쓸하고도 청명하게 울리고 있다고 느꼈다.

범종과 풍경, 한문 강독 모두 이젠 그리 유별날 것도 없는 아버지의 정신적 사치였다. 나는 소리를 눈으로 확인하기 위해 고개를 거실 천장으

로 돌렸다. 얇은 금속판으로 만들어진 물고기가 바람결에 꼬리를 너울거리고 있었다. 유별난 것은 물고기 아래에 우두커니 서서 아버지를 뚫어지게 바라보고 있는 엄마의 모습이었다. 언제부터 저러고 있었을까.

"엄마."

내가 불렀는데도 엄마는 아버지 쪽에 고정시킨 시선을 돌리지 않았다. 아버지는 엄마의 곱지 않은 눈초리를 베란다 창 밖으로 넌지시 받아넘겼다. 그러자 엄마는 묵묵히 부엌으로 발길을 옮겼다.

아침밥을 먹는 동안 모두들 아무 말이 없었다. 엄마는 무뚝뚝한 표정으로 상추에 밥을 싸서 볼이 미어지도록 먹었고, 아버지는 드는 둥 마는 둥 조용히 숟가락질을 할 뿐이었다. 그러다 갑자기 엄마가 휴지를 뜯어 내 귓가에 갖다댔다. 나는 아홉 번의 종소리에 대해 생각하는 중이었다. 어느새 귀에서 나온 피고름이 턱밑까지 흘러내리고 있었다. 그것을 휴지로 닦아내며 나는 마침 할말이 생긴 게 다행이다 싶어 웃음을 지으며 말했다.

"요즘 수업을 열심히 듣느라 보청기를 종일 끼고 있어서 그런가봐요. 염려하실 필요 없어요. 그래도 엄마와 아버지의 말소리는 보청기 없이도 똑똑히 알아들을 수 있어요. 신기하죠? 음…… 사실은 익숙한 억양과 입술 모양 때문이겠지만."

나는 대꾸를 듣기 위해 둘의 얼굴을 번갈아 보았다. 그러나 그들은 아무 소리도 듣지 않은 표정이었다.

밥을 반 그릇이나 남기고 아버지가 먼저 자리에서 일어났다. 동시에 엄마는 입 안 가득 상추쌈을 문 채 씹기를 멈췄다. 아버지는 현관 앞에 걸린 두 개의 모자 중 푸른 원형의 모자를 눌러쓰고는 하얀 프로스펙스 운동화를 꿰어신었다. 나는 인사를 하러 나섰다가 그 모습을 보고 기분이 흡족해졌다. 운동화는 내가 대학 입학 후 아르바이트를 해서 번 돈으로 사드린 것이었다.

"안녕히 다녀오세요."

현관문이 열릴 때 꾸벅 고개를 숙이자 아버지는 빙긋 웃으며 손을 들어 답례했다. 아버지의 손바닥은 낮게 드리워진 하늘의 일부분을 잠시 가렸다가 곧 사라졌다. 돌아와 밥상 앞에 앉을 때까지도 엄마는 여전히 상추쌈을 입 안에 물고는 고추장 종지에 시선을 고정시킨 채였다.

"왜 그러세요?"

엄마의 한쪽 팔을 잡고 슬며시 흔들었다. 그제야 엄마는 태엽이 돌아가듯 입 안의 것을 우걱우걱 씹더니 목울대가 불룩해지도록 한꺼번에 삼켰다.

"엄마, 종을 아홉 번 치는 건 무슨 뜻이죠?"

엄마는 그릇의 밥을 숟가락으로 남김없이 긁어모아 상추 위에 얹었다. 나는 내 말소리가 이젠 상대방에게 전달되지 않는 것일까 두려워 큰 소리로 물었다.

"어디 멀리 다녀오겠다는 뜻이죠? 그렇죠?"

엄마는 주먹만한 상추쌈을 두 손으로 받쳐가며 억지로 입 안 가득 우겨넣더니, 몇 번 씹지도 않고 꿀꺽 삼켜버렸다. 보고 있는 나의 명치께가 뻐근해질 정도였다. 그리고 내 귀에 똑똑히 들리도록 말했다.

"개 같은 인간!"

한 달이 지나도록

아버지는 돌아오지 않았다. 안녕히 다녀오세요, 라고 했던 그날 아침의 인사가 민망할 정도로 전화 한 통 없었다. 그새 추석이 지나가고 엄마의 생일이 지나갔다. 아버지는 전에도 여러 번 집을 떠났다가 돌아와서는 엄마 모르게 내게만 슬며시 속삭이곤 했다. '이번엔 폭포를 보고 왔단다.' '배를 타고 나가 고래를 만나고 왔지.' 아버지는 그런 식으로 비 내리는 항구, 달이 환한 황톳길, 눈 내리는 바다, 저물어가는 산등성이에서 겪은 일들을 들려주었다. 분명 집에 돌아와서는 최소한 엄마와 말다툼을 벌였을 법도 하지만 청력이 약한 나로서는 안방에서 무슨 일이 일어나는지 알 수 없었다.

아버지는 트럭을 몰고 나간 게 분명했다. 저물녘이면 나는 가끔 담배를 피워물고 하릴없이 집 앞 공터에서 어슬렁거리곤 했다. 아버지의 트럭이 금방이라도 나타날 것만 같았다. 그렇게 서성이고 있노라면 어릴 적 엄마와 함께 아버지를 기다리며 불렀던 노래들이 입가에서 맴돌거나 아버지가 내게 들려준 많은 이야기들이 떠올랐다.

아버지의 직업은 트럭 운전사였다. 대학을 졸업하던 해 일 년 동안 근무했던 한문교사 시절을 제외하고 그의 삶은 줄곧 트럭 바퀴 아래로 흘러갔다. 높은 시트 위에 앉아 때론 어둡고 때론 축축하며 가끔은 자욱했던 세상사들을 그는 차창 너머로 바라보았을 것이다.

삼십 년 가까운 길 위의 질주는 그의 머릿속에 그 누구보다 정교한 지도를 만들어놓았다. 그는 실타래처럼 얽힌 이 나라의 도로망을 가장 빠르고 쉽게 풀어낼 수 있는 해결사임과 동시에 가장 맛있고 유쾌한 통로를 선택할 줄 아는 길의 감식가였다. 또한 이 땅의 도로가 언제 무슨 이유로 어떤 곡절을 거쳐 완공되었는지 제 몸의 흉터가 생긴 연유보다 더 잘 알고 있었으며, 그 길에서 일어난 장엄한 행렬의 나팔 소리와 끔찍한 참사의 울부짖음, 꽃처럼 피어나던 정담과 오싹한 싸움질들을 속속들이 기억하고 있었다.

그가 처음 운전대에 손을 댄 건, 교편을 잡은 채 더이상 미룰 수 없어 쫓겨들어간 군(軍)에서였다. 1968년 당시는 베트남전이 한창 가열된 해였고, 한국은 미국의 요청에 따라 병력을 대규모로 투입하고 있었다.

훈련소를 나오자마자 그는 수송학교에 배속되어 삼 주 만에 트럭을 몰고 거리로 나왔다. 파병부대 장병들을 이 땅의 선착장까지 나르는 일이 맡은 바 임무였다. 이후 군복을 벗는 날까지 그는, 수송트럭의 천막 안에서 악다구니로 군가를 부르던 병사들의 두려운 절규에 몸을 떨어야만 했다.

제대를 한 그가 트럭을 몰고 길 위로 나선 것은 순전히 임시방편 호구지책이었다. 그러나 자리가 난 뒤에도 그는 한문교사로 되돌아가지 않았다. 그런 전직(轉職)이 상식적으로는 선뜻 이해되지 않는 일이지만, 그의 표현대로라면 '길'이 그를 놓아주지 않았고 그 역시 길을 굳이 피하거나 벗어나려 하지 않았다고 한다.

그길로 트럭의 짐칸에 실렸던 화물의 역사가 곧 그의 역사가 되었다. 새마을 구호를 따라 슬레이트를, 산업화의 물결을 따라 전자부품을 싣고 당시 '근대산업의 대동맥'이라 환호하던 경부·영동·동해고속도로를 그는 동분서주했다. 밖으로 나돌다보니 가정에는 상대적으로 무관심했는데, 다섯 살 된 첫째아들이 교통사고로 사망했을 때도, 억척스런 아내가 둘째를 낳느라 몸부림칠 때도 그는 섬유원단을 초과적재한 채 구마고속도로변의 레몬빛 네온등을 뒤로뒤로 훑어내고 있었다.

우여곡절은 많았지만 80년대가 벌이는 좋았다고 그는 곧잘 되뇌었다. 신형 트럭을 구입해서 백화점 납품 물건과 건축자재를 하루에도 두세 번씩 서울과 영호남을 가로지르며 날랐다. 어느 날엔가 대도시에서 자취를 접고 귀향하는 대학생의 이삿짐을 옮겨준 일이 있었는데, 부피 큰 박스 하나가 짐칸에 남아 있었다. 가는 도중 아무 데나 버려달라는 학생의 부탁대로 쓰레기장 앞에서 상자를 열어봤더니, 어느덧 빛바랜 구호와 맥빠진 함성의 책들이 먼지를 뒤집어쓴 채 빼곡하였다.

그 책상자가 미련 없이 버려지면서 많은 것들이 빠르게 변모하기 시작했다. 먼 대륙에서 나부꼈던 이념의 깃발이 뜯겨나가는 소리를 들음과 동시에 가까운 곳에서 새로운 소비가 형성되는 것을 지켜보았다. 화려하게 번쩍이는 그곳으로 그는 노래방 기기와 룸살롱용 소파, 뷔페용 식탁과 샴페인 등을 줄기차게 실어날랐다.

그러나…… 이제 그의 짐칸은 여느 트럭 운전사보다 비어 있는 날이 많다. 경제환란 이후로 그에겐 일거리가 쉽게 들어오지 않았다. 옛날에 비해 턱없이 깎인 운송료에 물건을 옮겨줘야 하는 잡부 역할까지 겸해야 됐기 때문이다. 쉰 살을 훌쩍 넘긴 그에게 그런 일들은 몹시 힘에 부쳤다. 그래도 그는 매일 아침 트럭을 몰고 길을 나섰다. 어느새 그 일은 오랫동안 삶을 유지시킨 생존의 수단을 넘어서 이젠 자신을 지탱하는 해묵은 습관과도 같았으므로.

"악어야!"

누군가 뒷덜미를 잡아당기는 느낌에 돌아보니 엄마가 손나팔을 만들어 나를 부르고 있었다. 엄마는 현관문 앞에 서서 입뻐끔으로 '저녁 먹자' 라고 말했다. 보청기도 끼지 않고 있었는데, 엄마는 대체 그곳에서 얼마나 오랫동안 나를 불렀을까. 나는 아스팔트길 너머로 눈길을 한 번 주었다가 집으로 발길을 옮겼다.

현관문을 열고 들어서자 베란다 창 밖으로 붉은 노을이 곱게 밀려가는 하늘이 보였다. 저녁상은 이미 차려져 있었다. 나는 된장을 풀어 끓인 시금칫국에 밥을 말았다. 조개를 넣어 국물을 낸 시금칫국은 아버지와 내가 가장 좋아하는 메뉴였다. 시원하고 구수한 이 국물을 훌훌 불어가며 우리는 가끔 반주를 기울이곤 했다.

"엄마, 아버지는 지금쯤 어느 바닷가의 방파제에 앉아 소주잔을 기울이고 계시지 않을까요?"

"밥이나 먹어라, 악어야."

엄마는 밥을 큰 숟갈로 떠서 입 안에 넣고는 고추를 된장에 찍어 와삭, 하고 깨물었다.

"아버지가 왜 그 시를 좋아했잖아요. 파도야 어쩌란 말이냐, 파도야 어쩌란 말이냐, 임은 뭍같이 까닥……"

엄마는 굳은 얼굴로 내 말을 급히 잘랐다.

"악어야, 국 식는다!"

식사가 끝나자 엄마는 식당으로 돌아갔다. 사실 우리집의 경제적 기반은 오래 전부터 엄마가 해온 보신탕집이었다. 저녁시간이 가장 바쁜 때임에도 엄마는 식당을 다른 아주머니에게 맡기고 집에서 저녁상을 꼭 함께했는데, 그건 하나뿐인 아들에 대한 정성으로 보였다.

엄마는 나를 '악어' 라고 불렀다. 내가 그 호칭에 의문을 가질 적마다 엄마는 가타부타 없이 큰 음성과 특유의 거친 억양으로 이렇게 대답했다.

"너는 크게 될 것이다. 이 에미는 장담한다. 너를 뱄을 때 악어 꿈을 꾸었다. 푸른 물이 넘칠 듯 흘러가는 강이었다. 나는 치마를 날리며 걷고 있었는데 이만한 악어가 갑자기 강물 속에서 기어나와 내 치마를 덥석 물었다. 악어는 한번 물면 절대 놓지 않지!"

내가 올해 대학에 합격했을 때도 엄마는 그럴 줄 알았다며 태몽 이야기를 한바탕 늘어놓았다. 엄마가 그 꿈을 꾼 건 스무 해 전이었을 테고 그때 우리집엔 TV가 없었을 것이다. 동물도감이나 백과사전을 봤을 리도 없을 텐데 엄마는 열대지방의 늪지에나 서식하는 그 징그러운 짐승을 도대체 어디서 본 것일까. 게다가 승천하는 용이나 토실토실한 돼지도 아니고 '물어뜯는 악어'가 어떤 까닭에 아들의 밝은 전망에 대한 확신을 주게 되었을까. 나의 이런 의문에 엄마는 매번 대성일갈했다.

"악어는 에미의 믿음을 의심해선 안 된다! 악어는 한번 물면 절대 놓지 않지!"

나는 베란다에 서서 담배를 한 대 피워물었다. 창문을 열자 가을바람이 선뜩하게 목덜미를 훑고 지나갔다. 바람결을 따라 풍경의 물고기가 너울거렸다.

그날 아버지는

풍경에 대해 설명하고 있었다. 물고기는 잠을 잘 때도 눈을 감지 않기 때문에 불가에서 수행자들이 경계로 삼는다는 것인데, 나도 이미 수

십 번 들어서 알고 있는 내용이었다.

"아버지는 풍경을 좋아하시죠?"

아버지는 고개를 끄덕였다.

"특별한 이유가 있나요?"

"풍경 소리는 말이야, 내가 결심한 것들을 자꾸 일깨워주거든."

"결심이라뇨?"

"길의 진실을 아는 거."

아버지는 머리털이 뭉텅 빠져나간 앞이마를 손바닥으로 쓸어내며 그 거창한 말들을 눈썹 하나 까딱 않고 말했다.

"도대체 무슨 뜻이에요? 길의 진실이라는 게……"

나는 아버지의 입술에 눈동자의 초점을 맞췄다.

"글쎄다…… 이제까지 깨달은 바에 의하면 길은 몽상하게 만들더구나. 몽상만큼 사람의 실제 삶이 얼마나 닫혀 있는지를 확실하게 보여주는 것은 없거든. 똑같은 환경에서 매일 반복되는 습관은 살면서 누릴 수 있는 여러 즐거움들을 꿀꺽 삼켜버리지. 너는 너 자신이 지루하고 답답한 적이 없니?"

"많아요. 지금도 그런걸요, 늪에 빠진 것처럼."

"나도 때로 지루하고 답답하다, 늪에 빠진 것처럼. 이 지루하고 답답한 현실을 뛰쳐나와 몽상하기 위해 길 위로 나서는 것이지. 그러니까 풍경 소리는 자꾸 내게 길 위로 나서라고 일깨워주거든."

당시 나는 아버지가 하는 말의 내용보다 아버지가 내게 이런 말을 들려주고 있다는 사실 자체가 근사하게만 여겨지던 열아홉의 나이였다. 그 근사한 기분은 추상적이고 모호한 것들에 솔깃해지는 당시 정황과

맞물려 개똥철학으로 치부해버릴 만도 한 그 말들에 깊이 감응하게 만들었다.

"내 판단에 의하면 인간이라는 동물 중에서도 그 일부만이 길을 떠나고, 길을 떠난 자들 중에서도 일부만이 그 위에서 몽상할 줄 아는 거란다."

누가 아버지를 트럭 운전사로 알겠는가. 아버지는 대학교수보다 더욱 진지한 표정과 낮은 목소리로 또박또박 설명했다. 그런데 별다른 생각 없이 한 나의 질문에 아버지는 필요 이상으로 긴장했다.

"반드시 길을 떠나야만 몽상할 수 있는 건가요?"

"반드시? 뭐, 반드시 그렇다고는 할 수 없지. 반드시 그럴 필요도 없고…… 음……"

아버지는 잠시 말꼬리를 흐리다가 아주 의미심장한 표정을 지으며 조그맣게 속삭였다.

"어느 정도 도가 트이면 말이야. 인간의 몸을 통해서도 몽상할 수 있지."

인간의 몸을 통해서도? 내가 전혀 이해 못 할 표정을 짓자, 아버지는 한차례 헛기침을 하더니,

"흠흠, 그래 아직 이해하기 어려울 게다. 에헴, 그건 그렇다 치고! 길에 대해 좀더 말하자면……"

그날 아침 어설픈 우리의 고전 강독을 대신한 아버지의 이야기는 길고도 진지했다. 저 풍경(風磬)이 자신의 몸을 흔들어줄 바람을 기다리듯, 저 길들은 누군가 다가와 걸어주기를 원한다고 했다. 그래서 예감치 못한 어느 새벽, 이명증 같은 종소리에 시달리다 잠에서 깨면 대문의 손

잡이를 비틀고 나서지 않고는 도저히 견딜 수 없다고 했다.

"한마디로 길 위에서 몽상한다는 건 억압받지 않는다는 거야."

아버지는 이렇게 덧붙였다. 그런데 이 '억압'이란 단어 때문에 이제까지 근사했던 내 기분에 금이 가기 시작했다. 그래서 볼멘소리로 물었다.

"아버지는 이 집과 엄마와 제가 아버지를 억압한다고 생각하세요? 정말 그런 거예요?"

때마침 아침상을 다 차린 엄마가 우리 곁으로 다가왔다. 아버지는 재빨리 목소리를 바꿨다.

"그건 말이다, 그래! 그건 했다 치고! 음…… 근데 우리가 방금 어디까지 했더라?"

식사가 끝나고 엄마가 식당으로 나가자 아버지의 술회는 더욱 차분해지고 신중해졌다. 근거 없이 자신의 젊은 날을 지배했던 방랑에 대한 동경과 찬연히 타오르는 구름 아래 굽이굽이 펼쳐진 길들을 감상에 젖은 표정으로 끌어내어 아들 앞에 펼쳐 보였다. 그 길 위를 물들여 소실점을 뭉개버리던 핏빛 같은 노을이며, 휘파람 들어주던 미루나무 잔가지의 이파리들, 길이 끊길 만한 곳에 펼쳐지던 바다…… 햐, 아버지의 변명은 그야말로 고색창연했다. 탄복할 만한 미사여구였다. 은근히 들끓던 아버지에 대한 의혹과 불만이 여기서 갑작스런 적의로 타올랐다. 미사여구엔 함정이 있다. 웅숭깊은 것을 싱싱한 나뭇가지와 그럴듯한 먹잇감으로 은근슬쩍 위장하려는 행위. 끌, 악어를 그런 식으로 잡으려 해서는 안 된다. 나는 감춰둔 송곳니를 드러내며 아버지의 말을 도중에 끊어버렸다.

"그건 마스터베이션에 불과한 거죠."

갑작스런 나의 반격에 아버지의 입술은 한동안 떨어지지 않았다.

"먼 곳에서 구름이 타오르고 있다는 둥, 길이 부른다는 둥 아버지가 정신적 마스터베이션을 즐기는 동안 엄마와 제가 겪은 외로움과 상처들은 도대체 뭐죠? 그래서 지금 아버지에게 뭐가 남았어요? 제대로 된 통장 하나가 있어요? 시집 한 권이 남았나요? 짐칸이 비어 있는 트럭 한 대뿐이잖아요."

말이 나온 김에 나는 유년을 마감할 때까지 단 한 번도 아내와 아들의 생일상에 함께 있지 않았던 아버지를 원망했다. 주위 사람들의 수군거림과 평상시보다 몇 배나 쓸쓸했던 명절날의 황량함에 대해서도 따져 물었다. 어린 나보다 엄마가 더욱 혹독한 서러움을 겪었을 것이다. 그때마다 나는 아버지에게 한 번쯤 당돌해져야겠다고 굳게 다짐하곤 했었다. 그런데 말을 시작하자 막상 감정이 복받쳐 목소리가 울먹거렸다.

"그래, 미안하구나. 정말이야, 그런 날엔 나도 집이 몹시 그리워 돌아오려 했었어. 그렇지만 길이 허락하지 않았단다."

길이 허락하지 않았다니? 이건 또 무슨 말인가.

"진정해라. 내 말을 들어줘. 아무도 모를 거야. 오직 너만이 내 맘을 알 수 있어. 부평초 같은 이내 맘을 말야. 알겠니? 부평초 같은 이내 맘, 응?"

애원하는 표정을 지으며 아버지는 두 손으로 자신의 앙가슴을 힘껏 움켜쥐었다. 나는 아이처럼 눈시울을 훔치며 고개를 끄덕였다. 매몰차게 몰아치리라는 처음 결의와는 달리 마음 한편으론 이상하게도 '부평초 같은 이내 맘'이 잘 이해되었던 까닭이다.

"믿어줘, 길이 허락하지 않았어. 혼자 길을 간다고 해서 나 혼자만 길을 가는 게 아니거든. 내 발 아래에서 혹은 바퀴 아래에서 길도 나와 함께 가는 거란다. 잊지 말아라. 길이 나와 함께 가고 있다는 사실. 그래서 길의 중간쯤에 들어섰을 때, 심지어 잘못 들어선 길이라고 판단됐을 때조차 방향을 바꿔 쉽게 돌아설 수 없는 거야."

"쉽게 돌아서지 못한다고요? 심지어 잘못 들어섰다는 걸 알면서도 말이죠? 이해할 수 없어요. 사람은 의지가 있잖아요!"

"물론 사람은 의지가 있지. 그렇지만 길에도 의지가 있다. 함께 가던 길이 등 돌리는 너의 발목을 확 휘어감아 꽉 붙들어버리니까."

그날 아버지는 풍경 아래에서 허공을 손아귀로 움켜쥐는 동작을 여러 번 반복했었다. 길이 마치 거대한 뱀의 꼬리마냥 사람의 발목을 휘감고는 공중에 휘둘러대는 상상을 하고 있을 무렵, 현관문을 열고 엄마가 들어왔다. 벌써 돌아온 걸 보면 오늘은 가게문을 일찍 닫은 모양이었다.

고단한 탓인지 아니면 한 달이 넘도록 감감무소식인 아버지 탓인지 엄마의 안색은 요새 부쩍 창백해 보였다. 나는 엄마의 손을 잡아끌어 거실에 앉힌 뒤 안마를 했다. 짧고 굵은 팔뚝과 억센 어깨와 펑퍼짐한 등판을 차례차례 주무르고 자근자근 두드렸다. 엄마는 기분이 한결 나아지는 듯 가느다란 신음 소리로 결리거나 뭉친 부위를 알렸다. 엄마의 머리카락과 옷에는 역한 개기름 냄새가 배어 있었다.

"아버지께서 계속 한문선생을 하셨더라면 엄마가 이렇게 고생하지 않았을 텐데요."

목 부근을 주무르며 묻자 엄마는 무뚝뚝하게 대답했다.

"한문선생? 그 무슨 개 풀 뜯어먹는 소리."

"왜 있잖아요, 아버지 군대 가기 전에 일 년 동안 했다던 한문교사……"

엄마는 대번에 내 말을 끊어버렸다.

"쳇, 개뿔! 니 애비는 한문선생과 겨우 일 년 같이 자취했다. 그 냥반, 그 선생 노트 아직 안 버렸는가?"

처음 듣는 소리였다. 그럴 리가 없었다.

"아니에요, 엄마. 아버지가 그러셨다니까요, 대학 졸업하고……"

엄마는 말을 자르며 자리에서 일어났다.

"됐다, 악어야. 그만 자거라."

다음날 엄마와

저녁상을 마주하고 밥을 먹는데, 엄마가 불쑥 숟가락을 힘껏 상 위에 내팽개쳤다. 숟가락은 밥풀을 흩뜨리며 튀어오르더니 내 무릎 위에 떨어졌다.

"이 개만도 못한 인간!"

엄마는 몸을 부르르 떨었다. 깜짝 놀란 나는 멀뚱히 있다가,

"왜 그러세요, 엄마?"

"안 되겠다, 악어야. 일어나자. 도저히 못 참겠다."

밥 먹다 말고 택시를 잡아타고 간 곳은 집에서 버스로 세 정거장 거리의 동네였다. 길을 면하고 다닥다닥 붙어 있는 집들 중 낡은 한옥 앞에서 엄마는 걸음을 멈췄다. 엄마는 주저 없이 나무대문을 힘껏 발로

차고 들어갔다. 나는 깜짝 놀라 영문도 모르고 따라 들어갔다.

엄마는 집 구조에 익숙한 듯 성큼성큼 걸어가더니 마루 딸린 부엌 문턱 앞에 섰다. 옛날엔 꽤 넓은 마당을 가진 한옥인 듯했으나 지금은 모조리 방을 만들어 세를 놓은 것 같았다. 나는 엄마의 넓은 등 뒤에 숨어 안을 엿보았다. 그 집 마루 천장 위에 걸린 풍경이 미동조차 하지 않았다. 엄마는 도대체 언제부터 이 집을 알았던 것일까. 부엌에서는 마흔 중반의 여자가 앞치마를 두르고 저녁상을 준비하고 있었다. 가스레인지 위에서는…… 아, 된장을 풀어넣은 시금칫국이 보글보글 끓고 있었다.

"때밀이, 이년! 넌 흘레붙었다. 가만두지 못한다!"

엄마는 짧게 선전포고했다. '때밀이, 이년'이라고 불린 여자는 그 와중에도 젖은 손을 앞치마에 닦고 가스불을 줄이려 했는데, 엄마는 잽싸게 안으로 뛰어들어 여자의 머리채를 낚고는 밖으로 끌고 나와 마루 위에 패대기쳤다. 곧이어 엄마는 날카로운 송곳니를 드러낸 멧돼지처럼 저돌적으로 여자에게 달려들었다. 여자도 안 되겠는지 엄마의 멱살을 감아쥐고는 필사적으로 저항했다.

엎치락뒤치락하는 중에 마루 한구석에서 사이렌 소리 같은 괴성이 터져나왔다. 이제껏 몰랐는데 마루 한구석에 누군가 휠체어에 앉아 있었다. 사지가 뒤틀린 그 녀석은 놀랐는지 몸을 들썩대며 요상한 고함을 질러댔다. 놀랍게도 녀석의 가느다란 다리 끝에는 하얀 프로스펙스 운동화가 신겨 있었다. 그 사실이 나를 몹시 기분 나쁘게 만들었다.

엄마와 여자는 밀고 당기며 마루에 놓여 있는 집기들을 차례차례 바닥으로 쓸어내렸다. 그 긴박한 상황에서도 나의 시선을 붙잡고 있는 것은 녀석의 휠체어였다. 녀석이 소리치며 몸을 들썩일 때마다 휠체어의 한쪽 바퀴가 빠져나갈 듯 위태위태하게 보였기 때문이다.

"악어야, 이 에미를 도와다오!"

어느새 여자에게 머리카락을 움켜잡힌 엄마는 크게 외쳤다. 그러나 미처 내가 손쓸 틈도 없이 엄마의 기합 소리와 동시에 여자가 지푸라기 인형처럼 훌러덩 넘어갔다. 더는 기력이 없는지 여자가 마룻바닥에 누운 채 흐느끼자 휠체어에 탄 녀석도 엉엉 울기 시작했다.

엄마의 남방은 단추가 모두 떨어져나가고, 찢어진 속옷 밖으로는 젖가슴 한쪽이 빠져나와 있었다. 지겨운 절차를 마지못해 치르는 표정으로 엄마는 마루 구석에 쓰러져 있는 스탠드 옷걸이를 집어들었다. 걸려 있는 옷가지를 훌훌 털어내더니 엄마는 도깨비 방망이 같은 그것을 휘둘러 찬장과 살림살이를 때려부수기 시작했다. 벽걸이 거울이 산산조각나고 화장품들이 박살났다. 그리고 천장에 걸려 있는 풍경을 힘껏 후려갈겨 날려버렸다. 풍경이 깨지는 소리를 내며 떨어진 자리에서 구경하던 몇몇 사람들이 흠칫 뒤로 물러났다. 엄마는 아예 그 집을 작살낼 요량인 듯했다.

나는 신발을 신은 채 아수라장이 된 마루로 올라가 녀석에게 다가갔다. 녀석이 입으로는 울면서 눈으로는 잔뜩 긴장하여 나를 쏘아보았다. 나는 녀석의 발에 신겨 있는 하얀 프로스펙스 운동화를 낚아채듯 벗겨냈다. 신발은 쉽게 벗겨졌는데, 녀석의 발을 보자 나는 그 자리에 멈춰 서고 말았다. 녀석의 발은 말라비틀어진 오이처럼 형편없이 뒤틀려 있었던 것이다.

뭔가 빼앗겼다는 사실을 알자 녀석이 필사적으로 내 손목을 억세게 감아쥐었다. 팔에 힘이 쭉 빠지며 쥐고 있던 운동화 한 짝이 손에서 떨어져나갔다. 손목이 으스러질 것 같은 통증에서 벗어나려고 녀석의 다리를 세게 걷어찼지만 아무 소용이 없었다. 나는 끝내 휠체어 바퀴를 발로 힘껏 내질러버렸다. 바퀴가 툭, 빠져나가자 녀석은 버둥거리며 넘어지더니 내 손목을 놓았다. 나는 떨어뜨린 운동화를 집어들고는 바닥에서 꿈틀거리는 녀석의 면상을 세게 후려갈겼다. 녀석은 숨이 넘어가도록 울부짖었다.

그 순간 홀연히 아버지가 마루 앞에 나타났다. 마치 연극 연출가의 큐! 사인이 떨어지자 무대 한구석에서 스포트라이트를 받고 등장한 늙고 초라한 피에로 같은 행색이었다. 아버지의 갑작스런 출현에 주위는 일시에 정적 속으로 빠져들었다. 엄마는 여전히 옷걸이를 든 채로, 나는 운동화를 손에 쥔 채로, 때밀이 여자는 누워 흐느끼는 채로, 여자의 아들은 마룻바닥에서 비비적거리는 채로 모두 각자의 눈빛으로 아버지에게 깊은 사연들을 말하고 있었다. 그 사연들을 눈 깜짝할 새에 완벽히 파악한 아버지는 잽싸게 대문 쪽으로 달음질치기 시작했다.

"요이 씻!"

엄마는 옷걸이를 내던지며 마루 위에서 아버지를 향해 몸을 날렸다. 미처 몇 걸음 못 달아나 엄마에게 뒷덜미를 붙잡힌 아버지는 이리저리 버둥대다가 땅바닥에 패대기쳐졌다. 분이 덜 풀렸는지 엄마는 단단히 감아쥔 주먹을 도리깨질하듯, 주저앉은 아버지의 등짝과 옆구리에 사정없이 내리꽂았다. 속옷 밖으로 아예 빠져나온 엄마의 한쪽 젖가슴이 무섭게 출렁거렸다. 엄마의 주먹질에 아버지의 몸은 점점 낮아지더니 끝내 땅 위에 축 늘어지고 말았다. 쫙 뻗은 아버지를 발밑에 내려다보며, 엄마는 잊었던 고함을 문득 기억해낸 듯 격렬하게 소리쳤다.

"이 개가 뜯어먹을 인간! 도대체 몇번째야. 열 손가락 꼭 채워야겠어!"

범종 소리에

눈을 떴다. 끊어질 듯 이어지는 그 쇠울림은 희미한 파장으로 귓속에 감지되었다. 참으로 오랜만에 귓바퀴를 간질이는 공명이었다. 유리창으로 들어오는 어스름만으로도 다섯시를 가리키는 시곗바늘이 보였다. 나는 주문에 이끌리듯 옷을 꿰어입고 거실로 나갔다. 엄마는 음식 재료를 사기 위해 새벽 시장에 가고 없었다. 아버지는 여전히 당목으로 쓰는 나무마치를 들고 여명을 배경으로 서 있었다. 나는 방으로 돌아가 책을 들고 나와야 할지 말아야 할지 망설였다.

이 주일 전 엄마에게 치도곤을 당한 이후, 아버지는 줄곧 골방에 틀어박혀 지냈다. 엄마가 식당에 출근하거나 내가 등교한 뒤에야 운신하는 눈치였다. 먼지 쓴 집기들과 쌓아놓은 책더미 틈에 아버지가 겨우 자리를 깔고 누워 있던 처음 며칠 동안 나는 엄마 몰래 몇 번인가 그 방엘 들락거렸다.

갈비뼈가 앙상하게 드러난 아버지의 등과 허리엔 눈뜨고 볼 수 없을 만큼 무수한 멍이 맺혀 있었다. 나는 그곳에 파스를 붙여주며, 하고많은 여자 중 왜 아버지는 하필 때밀이 여자와 외도를 했을까 나름대로 상상해보곤 했다. 어쩌면 아버지는 육중한 물품들을 싣고 장시간 졸음과 싸우다 돌아오면 더운물로 하루의 피로를 씻어주거나 경직된 삶의 근육을 풀어줄 누군가가 필요했을지도 몰랐다. 언젠가 아버지는 인간의 몸을 통해서도 몽상을 할 수 있다고 했고, 때밀이의 몸은 최소한 개기름에 찌든 엄마의 몸보다는 위생적이고 건전한 상념들을 불러일으켰을 테니까…… 하, 그런데 엄마는 이 사실을 도대체 언제부터 알고 있었을까.

이미 세 번이 끝났음에도 종소리는 세 번, 또 세 번이 울렸다. 나무마치를 내려놓고 아버지는 베란다로 발길을 옮겼다. 오랜만에 아버지 옆에 나란히 서서 이 도시의 호수를 내려다보았다. 잠시 후 아버지의 손이 슬며시 내 어깨를 어루만졌다. 나는 아버지의 얼굴을, 더 늙고 초라해지기 전의 얼굴을 잊지 않으려 찬찬히 바라보았다.

"오늘 새벽녘 길들이 나를 부르는 소리에 잠에서 깨었단다. 이번엔 진짜야. 바람결에 몸을 잠시 헹구고 돌아올게."

아버지는 된통 혼쭐이 나고도 여전히 정신을 못 차린 사이비 교주 같았다. 나는 아버지의 얼굴에서 눈을 떼지 않은 채 고개를 끄덕였다. 나야말로 미혹에서 완전히 헤어나지 못한 광신도였다.

"헤어지기 전에 브람스 장의 기도문으로 마지막을 함께하자."

아버지는 정말로 기도라도 하듯 고개를 약간 숙이고 손을 가지런히 모았다. 나도 똑같이 했다. 이 기도문 역시 내가 외울 만큼 자주 들은 아버지의 애송시 중 하나였다.

주여, 당신은 사람들 가운데로 나를 부르셨습니다.

자, 내가 여기 있나이다. 나는 괴로워하고 사랑하나이다.

나는 지금 장난꾸러기들의 조롱을 받으며 고개를 숙이는, 무거운 짐을 진 당나귀처럼 길을 가고 있습니다. 당신이 원하시는 때에, 당신이 원하시는 곳으로 나는 가겠나이다.

삼종(三鐘)의 종소리가 우옵니다.

그 어느 때보다 비장한 억양으로 낭송을 마친 아버지는 현관 앞으로 비척비척 걸어갔다. 벽걸이에 걸린 두 개의 모자 중 푸른 원형 모자를 눌러쓰고는 신발을 신기 전에 잠시 머뭇거렸다. 하얀 프로스펙스 운동화와 낡은 단화 중 어떤 것을 택할까 망설이는 눈치였다.

나는 운동화를 손가락으로 가리켰다. 이건 아버지의 것이에요. 다시는 다른 녀석에게 신기지 마세요. 아버지는 운동화를 꿰어신고는 현관문의 손잡이를 비틀다가 나를 바라보았다. 말하기 힘든 것을 말하려는 듯 아버지의 입술이 가느다랗게 떨렸다. 아버지는 어떤 안간힘을 쓰는 것 같았다.

"얼마 전 일은 몹시 유감이다. 반드시 그 일 때문만은 아니지만 언젠가 너에게 꼭 금일봉을 주고 싶었다. 약소하지만 받아둬라. 내가 줄 수 있는 건 이것뿐이다."

아버지가 건넨 봉투를 나는 받아들었다. 아버지는 쑥스러운 듯 고개를 돌리며 현관문을 열었다. 나는 어떻게 해야 할지 몰라 멀뚱히 서 있었다. 그리고 여느 아침처럼 허리를 굽혀 안녕히 다녀오세요, 라고 인사했다. 조금 뒤 멀리서 트럭의 시동 걸리는 소리가 그르렁, 하고 들려왔다. 아니, 머릿속에서 나는 그렇게 상상했다.

한 시간쯤 후에 엄마가 돌아왔다. 바깥 날씨가 쌀쌀해서인지 볼이 빨갛게 상기되어 있었다. 엄마는 어깨를 오스스 떨며 신발을 벗고 거실 위에 한 발을 내딛다가는 멈춰 섰다. 엄마의 시선은 모자걸이에 고정되었다.

"엄마, 아침에 종이 아홉 번 울렸어요……"

잔뜩 주눅이 든 나의 말에 엄마는 목뼈가 부러진 듯 고개를 꺾으며 탄식했다.

"개가 뜯어먹어도 뼉다귀 하나 남지 않을 인간, 기어코……"

실종신고를 해도

아무런 연락이 없었다. 아버지가 집을 나간 지 두 달째였고, 경찰에 신고한 지는 보름째가 되었다. 그사이에 첫눈이 내렸다. 며칠 뒤면 크리스마스였다.

나는 책상 앞에 앉아 낡은 대학노트 한 권을 들춰보았다. 노트는 아버지가 떠난 뒤 골방에서 발견됐는데, 한마디로 지난 시대 어느 딜레탕트의 잡기장이었다. 여기저기서 베껴놓은 시구절과 문장 들이 대부분이고 간혹 설익은 관념어들이 남발된 한자어 투의 감상적인 글이 눈에 띄었다.

빛바래고 군데군데 잉크가 번진 노트를 훑어보며 나는 잠깐잠깐 웃었고 오랫동안 우울했다. 아버지가 내게 들려준 인상 깊고 매끈한 말씨들 대개가 거기에 적혀 있었다. 그것도 적혀 있는 대로가 아니라 때론 틀렸다. 「연사만종」의 작자는 박인로가 아니라 이인로(李仁老)였고, 기도문 역시 브람스 장의 것이 아니라 프랑시스 잠이었다. 엄마가 예전에 말한 '한문선생의 노트'란 이것이었다.

노트를 책장에 꽂은 뒤 『맹자』를 끄집어냈다. 그리고 책갈피 사이의 하얀 봉투를 꺼내들었다. 봉투 안에는 수표와 지폐를 합쳐 총 삼십칠만 사천원이 들어 있었다. 아버지에게서 난생처음 받은 용돈이었다. 그래서인지 도대체 이 돈을 어디에 써야 할지 고민이었다.

나는 책을 펼쳐 다시 봉투를 꽂았다. 펼쳐진 곳엔 책장이 반으로 접혀 있었다. 아버지와 마지막으로 공부했던 「이루장구 · 하」 끝장이었다. 나는 초가을이었던 그날의 이른 아침을 떠올리며 천천히 소리내어 문장을 읽어내려갔다. 『맹자』에서 드물게 보이는 질기고도 서글픈 내용이었다.

吾將瞷良人之所之也호리라ᄒᆞ고 蚤起ᄒᆞ야 施從良人之所之ᄒᆞ니 徧國中호ᄃᆡ 無與立談者러니 卒之東郭墦間之祭者ᄒᆞ야 乞其餘ᄒᆞ고 不足이어든 又顧而之他ᄒᆞ니 此其爲饜足之道也러라 (……) 與其妾으로 訕其良人而相泣於中庭이어ᄂᆞᆯ 而良人이 未之知也ᄒᆞ고 施施從外來ᄒᆞ야 驕其妻妾ᄒᆞ더라

내 장차 남편이 가는 곳을 엿보겠다, 하고는 아침 일찍 일어나 남편이 가는 곳을 몰래 따라가보니, 온 장안을 두루 배회하되 더불어 서서 말하는 자도 없었다. 그는 마침내 동쪽 성곽—북망산—무덤 사이의 제사하는 자에게 가서 남은 음식을 구걸하고 부족거든 또 돌아보고 다른 곳으로 가니 이것이 술과 고기를 배불리 얻어먹는 방법이었다. (……) 첩과 더불어 남편을 원망하며 서로 뜰 가운데서 울고

있거늘 남편은 그것을 알지 못하고 의기양양하게 밖에서 돌아와 아내와 첩에게 교만히 굴더라.

나는 봉투를 뽑아들고 점퍼를 걸친 뒤 밖으로 나왔다. 거리의 레코드 가게마다 캐럴송을 돌림노래로 내보내고 있었다. 파리가 웅웅대듯 후렴구가 몇 구절씩 귓속으로 날아들었다가 흩어지곤 했다. 나는 왜 진작 돈을 여기에 쓸 생각을 못 했을까 혀를 차며 겨울바람이 차가운 거리를 천천히 걸어갔다.

이윽고 내 걸음은 길가를 면하고 다닥다닥 붙어 있는 집들 중 낡은 한옥 앞에서 멈췄다. 며칠 전 왔을 때보다 훨씬 을씨년스러워 보였다. 아버지가 나타날 것 같아 나는 몇 번이나 이 집 앞을 서성거렸는지 모른다. 그러나 일찍 출근해서 늦은 밤 귀가하는 때밀이 여자의 고단한 모습을 보았을 뿐 아버지의 그림자조차 발견할 수 없었다.

대문을 열고 안으로 들어가 예의 그 마루 앞에 섰다. 마루에 덧댄 새시문을 열자 불쾌한 냄새가 풍겨나왔다. 그날 부서졌던 집기들은 모두 치웠는지 마루는 휑뎅그렁했다. 사위가 고요한 것으로 보아 세 들어 사는 사람 거의 일을 나간 것 같았다.

신발을 벗고 마루로 올라 방 안을 엿보았다. 미지근한 공기와 함께 역겨운 냄새가 훅 하고 코를 덮쳤다. 어둔 방구석에서 그 녀석이 숟가락질을 하다 말고 뒤틀린 몸을 꿈틀대며 나를 쳐다봤다. 나와 눈이 마주치는 동안에도 녀석의 오른손에 들린 숟가락은 쉴새없이 건들거렸다. 늦은 점심식사를 하는지 밥상 위에는 흘린 밥풀과 떨어뜨린 반찬 따위가 널려 있었다.

형광등 스위치를 올리자 녀석은 눈이 부신 듯 눈꺼풀을 깜박거렸다. 방이 환해지자 밥상 옆에 있는 간이 플라스틱 용변기가 보였다. 나는 얼른 눈을 돌렸다. 마루에도 방 안 어디에도 그날의 휠체어는 없었다.

"안녕."

내가 손을 들어 어색하게 인사하자, 녀석이 숟가락을 떨어뜨리고 오른손을 흔들며 웃었다. 나도 씁쓸하게 따라 웃었다. 나를 기억하지 못하는 걸까. 자신의 면상을 운동화로 후려갈긴 사람을 보고 웃다니. 아니면 너무 외로운 나머지 알면서도 기뻐하는 걸까.

그때 녀석이 갑자기 바닥에 눕더니 기괴한 모양의 포복으로 내 발 앞까지 전진해왔다. 나는 흠칫 놀라 문턱을 넘어 방 밖으로 뒷걸음질쳤다. 녀석은 방의 윗목쯤 되는 곳에서 누운 채로 스케치북을 집더니 나에게 보란 듯이 내밀었다. 크레파스 토막들을 머리 아래 깔고 누운 녀석의 얼굴을 물끄러미 보다가 나는 스케치북을 받아들었다.

크레파스로 그린 그것은 배경이 바다 속이었다. 아니, 그렇게 추측됐다. 커다란 돌고래 등 위에 한 어린아이가 앉아 만세를 부르며 웃고 있고, 그 옆으로 나란히 푸른 트럭이 물 속을 날아가고 있었다. 아랫부분에 검정 크레파스로 삐뚤삐뚤 써놓은 '아빠와 나'가 제목인 듯했다.

나는 누워 있는 녀석을 일으키고 스케치북을 돌려주며 엄지손가락을 세워 보였다. 광대뼈 부근에서 뭉개진 크레파스 자국을 손바닥으로 닦아주자 그가 누런 이빨을 드러내며 활짝 웃었다. 나는 점퍼 안주머니에서 봉투를 꺼내어 그의 손에 쥐여줬다.

"휠체어 사! 크리스마스 선물!"

그가 봉투를 쥐며 흔들더니 영문 모를 표정을 지었다. 나는 휠체어

미는 시늉을 하며 다시 한번 또박또박 말했다. 그가 고개를 끄덕이며 다시 활짝 웃었다. 너도 너의 다리가 있어야지. 누구나 언젠가는 길을 떠나야 하는 법이니까.

그 방을 나와 곧바로 집으로 가지 않고 나는 이곳저곳을 거닐었다. 오래된 국도변을 따라 늘어선 가로등을 보고 있노라니 불현듯 저 불빛이 어디까지 이어져 있을까 궁금했다.

저녁때가 훨씬 지나 들어왔는데도 엄마는 여전히 상을 치우지 않고 앉아 있었다. 내가 점퍼를 벗고 상 앞에 앉자 엄마는 기다렸다는 듯 아침에 먹다 남은 미역국을 다시 데워 퍼주었다. 오늘은 내 생일이었다. 나는 체할 듯이 몇 순갈을 뜨다가 말을 꺼냈다.

"경찰서에 다시 한번 가봐야겠어요. 아무런 연락이 없으니……"

엄마는 아무 말 없이 숟가락을 내려놓았다.

"이렇게 추운 날씨에 어디서 무얼 하시는지……"

짐짓 드러내지 않고 지냈지만 그 동안 내 마음은 아버지의 노쇠함과 잠자리, 음식, 질병, 고통 따위들의 염려로 짓눌려 있었던 것이다. 엄마는 밥을 반 이상 남기고 가만히 앉아 있었다. 나는 국을 뜨다 말고 엄마를 바라보았다. 엄마의 눈동자는 텅 비어 있었다. 게다가 윤기 없는 두터운 입술이 실룩실룩거리며 코끝이 빨갛게 물들어갔다. 그런 모습은 생전 처음이었다.

"악어야."

나는 숟가락을 내려놓았다. 입 안에 있는 음식이 돌덩이마냥 삼켜지지 않았다.

"들어라, 악어야. 네 애비는 돌아오지 않는다."

"돌아오지 않는다고요? 무슨 말인지 모르겠어요."

"네 애비의 애비도, 그 애비의 애비도 길 위에서 돌아오지 않았다 한다."

엄마는 미리 알았던 것일까. 엄마는 그 사실을 언제부터 알았던 것일까. 나는 그 말에 고개를 끄덕이며 엄마를 바라보았다. 엄마는 가슴을 크게 위아래로 들썩거리며 거친 콧김을 내뿜었다. 엄마는 어떡해서든 참으려고 부단히 애쓰는 것 같았다. 그러나 기어이 엄마의 눈물은 눈보다 코에서 먼저 나왔다. 굵은 물방울이 인중을 타고 후두둑 앙가슴 위로 떨어져내렸다. 나는 입 안의 것을 꿀꺽 삼킴과 동시에 명치끝이 타는 듯한 아픔에 엄마를 향해 두 팔을 뻗었다. 늙은 여인이 애처롭게 우는 모습은 도저히 감당할 수 없는 연민을 불러일으켰다. 그것은 곧 나의 것이었다.

엄마는 습기 찬 솜이불처럼 품안에 감겨들어왔다. 머리카락에서 개기름 냄새며 마늘 냄새며 땀냄새가 아슴아슴하게 풍겼다. 거기에 코를 파묻자 어느새 내 눈에도 물기가 차오르기 시작했다. 한참을 그렇게 흐느끼고 있으려니 엄마는 양손으로 내 얼굴을 감싸쥐며 찬찬히 들여다보다가는 굵은 손가락으로 내 눈가의 물기를 닦아주었다. 그리고 석양을 향해 기일게 모가지를 드리운 늙은 짐승처럼 울부짖었다.

"악어는 결코 울지 않는다! 그리고 악어는 한번 물면 절대 놓지 않지! 이 에미는 안다."

종소리에

화들짝 놀라 깨어났다. 누군가 일부러 귓전에 대고 세게 후려친 것이 아닐까 의심될 만큼 굉장한 소리였다. 이부자리에서 일어나 앉아 한동안 정신을 수습한 뒤에도 그 쇠울림은 집요한 꼬리를 달고 이명됐다. 는적는적한 느낌에 귓가를 만져보니 피고름이 흘러나와 말라붙어 있었다. 그것을 비벼서 털어내다가 문득, 지난밤 꿈의 한 자락이 밟혔다.

……나는 바다 속을 유영하고 있었다. 나는 의외로 수영을 잘했으며 신기하게도 숨이 차오르지 않았다. 빨강, 노랑, 파랑, 초록 빛깔의 물고기떼가 투명한 수초 사이로 몰려다녔다. 그것들은 무지개 같았다. 나는 은색의 물거품을 뿜어내며 물고기떼를 쫓아 바다 밑으로 밑으로 헤엄쳐들어갔다. 점점 빛이 줄어들고 고요해졌다. 그것들을 만져보고 싶다는 욕망에 쫓길수록 그것들과의 거리는 멀어졌다. 쫓아가기가 몹시 힘들었다. 모든 빛과 소리가 차단된 정지의 공간 속에 혼자 남겨져 두려움에 떨고 있는데, 마침 먼 곳에서 눈부신 라이트를 쏘며 다가오는 푸른 잠수함 한 척이 보였다. 그것은 다름아닌 아버지의 트럭이었다. 나는 어느새 조수석에 앉아 소리치고 있었다.

"아버지, 달려요 어서! 저 무지개를 쫓아요!"

아버지는 말없이 빙긋 웃으셨다. 그럼, 어디 한번 밟아볼까, 하는 표정이었다. 나는 발을 구르며 소리쳤다.

"밟아요, 빨리! 무지개보다 빠른 속도로!"

밟아요, 빨리, 무지개보다 빠른 속도로…… 자리에서 벌떡 일어나 벽시계 앞으로 다가갔다. 새벽 다섯시였다. 시간을 확인한 순간, 나는 팬티 바람으로 거스를 수 없는 힘에 이끌리듯 거실로 뛰쳐나갔다.

그리고 주저 없이 나무마치를 집어들고는 있는 힘껏 범종을 두들겨댔다. 손목이 찌릿, 하며 둔중한 파장이 전신을 공명시키고 빠져나가자 이제껏 느낀 적도 예측한 적도 없는 미묘한 충격 속으로 점차 끌려들어가기 시작했다.

쇠울림이 처음 세 번 퍼지는 동안 나는 내 안에 잠자고 있던 욕망과 동경, 방랑과 희구의 피톨들이 깨어나 기지개를 켜고 있음을 깨달았다. 다시 세 번이 울리자 오랫동안 분출을 기다리던 그것들은 나비떼처럼 일제히 혈관 속으로 날아올랐다. 나는 마지막으로 세 번을 더 쳤다. 이는 이미 가버린 것들을 기리는 조종(弔鐘)임과 동시에 내 삶이 이어지는 동안 감당하지 않으면 안 될 전조(前兆)의 의식을 대신하는 것이었다.

나무마치를 내려놓자 이마와 등줄기가 땀에 흥건히 젖어 있었다. 나는 방으로 돌아와 미리 정해진 수순을 밟듯 가방에 몇 가지 짐을 꾸려 넣고는 현관으로 나왔다. 내가 단화를 신고 끈을 묶은 뒤 가방을 들쳐멜 때, 안방 문 앞에 서서 이쪽을 건너다보고 있는 엄마와 눈이 마주쳤다. 엄마는 언제부터 거기 서 있었을까……

엄마 걱정 마세요. 제가 아버지를 찾아올게요. 길은 끝없이 이어질 테고 계속 걷다보면 아버지를 만날 수 있을 거예요. 지금 막 길의 한 끝을 덥석 물었어요. 악어는 한번 물면 절대 놓지 않아요. 엄마, 설령 이 길이 몽상이라 꾸짖을지라도 이제 저는 더이상 아무 소리도 들을 수 없어요. 다만 제 안에서 부르는 소리를 따라갈 뿐.

나는 고개를 돌려 벽걸이에 남아 있는 둥근 모자 하나를 집어서 깊게 눌러썼다. 그리고 밖으로 몸을 빼낸 뒤 이슬 젖은 손잡이를 감아쥐고는 대문으로 천천히 엄마의 모습을 접어버렸다. 아직은 방향을 잡지 못할 만큼 사위가 어두웠다.

우리 전통무용단

수를 세어보니 할머니 열두 분에 청년회장까지 합치면 모두 열셋이었다. 나는 스케줄 표를 펼쳐 대략적인 일정을 설명했다. 할머니들은 알아듣는 둥 마는 둥 심드렁한 얼굴로 그저 나만 물끄러미 바라보았다. 이들과 삼박 사일간의 전쟁을 치러야 한다 생각하니 벌써부터 막막한 기분이 몰려들었다.

첫날 저녁

서울발 아시아나 항공 여객기가 시드니 공항에 도착했다는 안내방송이 나오고도 한 시간이 지나도록 출구 쪽은 잠잠했다. 마중 나온 사람들과 픽업 나온 운전사들이 지루한 표정으로 그저 멍하니 출구 쪽만 바라보고 있었다.

반면에 김과장과 박과장은 무슨 재미난 일이 있는지 아까부터 둘이 수군대며 킥킥 웃어대곤 했다. 어깨를 들먹거리며 한창 웃어젖히던 김과장이 문득 나를 의식했는지 짓궂은 얼굴로 돌아보았다. 그리고 내가 들고 있는 카드보드를 유심히 살펴봤다.

"전통노송회라……"

김과장이 소리내어 읽고 씨익 웃는 바람에 나 역시 그 매직 글씨를 훑어보며 괜히 따라 웃었다. 그러자 박과장도 얼굴에 주름을 잡으며 웃음을 만들었다. 어느 분재(盆栽) 친목회 아니면 임업단체가 아닐까, 하는 막연한 추측 외에는 아무런 예상도 할 수 없는 명칭이었다. 순간, 김과장은 얼굴에 웃음기를 싹 거두더니 은근한 어조로 물었다.

"이봐, 한대리, 자네 이번이 몇번째지?"

"두번짼대요."

"두번째? 캬아! 나도 자네 같은 신삥 시절이 엊그제 같은데 말이야!"

김과장이 너스레를 떨자 옆에서 고개를 끄덕이며 맞장구를 치던 박과장이 갑자기, 뭔가 떠오른 듯 놀란 소리로 물었다.

"뭐? 이번이 두번째라구? 그럼 일 주일 전에 처음 허니문팀 맡았다던 직원이 누군가 했더니 바로 자네였나?"

곤혹스러운 표정으로 내가 고개를 끄덕이자 김과장은 신이 난 듯 덧붙였다.

"자네, 아직도 그걸 몰랐나? 그때 이 친구 정말 대단했어. 한마디로 내 예상을 능가하더라구. 나, 임부장이 그런 표정 짓는 거 처음 봤다니까. 벌써 입사 보름 만에 호주 전 지역 듀티프리숍에서 이 친구, 한대리 모르면 간첩이라니까!"

"이거 이러다가 우리보다 더 유명해지는 거 아냐? 그러잖아도 캠시 면세점 황사장이 며칠 전에 커미션 주면서 슬쩍 묻더라구. 한대리 이 친구 혹시 '발런티어(자원봉사자)' 아니냐구."

"뭐? 발런티어?"

두 사람은 호흡이 완벽한 만담 커플처럼 요란스레 웃어댔다. 그들의 우스꽝스런 몸짓과 소란스러움에 주위의 눈길이 모두 우리에게 쏠렸다. 대개가 한국인들이었다. 나는 창피해서 고개를 들지도 못할 지경이었다.

김과장과 박과장은 가이드 경력 십 년 이상자들로 이 바닥에서 알아주는 베테랑들이었다. 공항 출구에서 관광팀을 보자마자 얼마의 커미션과 팁을 뽑아낼 수 있는지 정확한 견적을 산출하는 일은 기본에다가 여행객들이 원하는 코스와 분위기를 연출해내는 데 일가견들이 있었다. 시드니는 물론이고 브리즈번, 뉴질랜드 듀티프리숍 업계까지도 이들에게 줄을 대려고 아우성이었다. 입사 첫날, 시드니 지점 실무책임자인 임부장의 당부는 간단했다. 더도 말고 덜도 말고 딱 김과장과 박과장만큼만 해달라는 주문이었다.

"이봐, 자원봉사자, 자네 언제 호주 왔지?"

김과장이 웃음을 삼키며 얄궂은 얼굴을 가까이 들이댔다.

"중학교 마치고 왔는데요."

"어허, 참 어정쩡할 때 왔구만. 한국인도 아니고 호주놈도 아니고. 그럼, 군대도 안 갔다 왔겠네?"

그는 건들거리며 내 어깨에 팔을 둘렀다. 완전히 제대로 걸려든 기분이었다. 이상하게도 나이 든 분들이 군대 얘기만 꺼내면 나는 풀이 죽고 말았다.

"쯧쯧, 이러니 어디 세상을 알 턱이 있나. 그래, 이 타국에서 대학원 공부하랴, 돈 벌랴, 얼마나 노고가 많겠어. 그래서 말인데, 자네가 내 말을 어떻게 들을지 모르겠지만 말이야. 자네, 산다는 게 뭔지 생각해 봤나?"

나는 그저 고개를 가로저었다.

"이건 내가 인생 선배로서 그리고 가이드 고참으로서 하는 말이니까 잘 새겨들으라구. 산다는 건 말이지, 거 뭐랄까…… 바로 전쟁이야, 전쟁. 이 머리통에 생각이 많아서 꾸물대다가는 자네가 먼저 기냥 골로 가는 거라구. 이해가 좀 되나? 안 되면, 내 영어로 말해줄까?"

나는 더이상 듣고 싶지도 않고 당혹스러워 서둘러 대답했다.

"아, 아니요, 이해가 됩니다."

"산다는 게 뭐라구?"

"전쟁이요."

"그렇지. 가이드에게 전쟁은 어디서부터 시작된다?"

"공항 픽업에서부터요."

"그렇지! 똑똑하네. 명심해, 이거 자원봉사 아니다."

김과장은 손바닥에 힘을 주어 내 어깨를 기분 나쁘게 서너 번 내리쳤다. 이때, 출구 쪽에서 소란스러운 기미가 보였다. 시작된 거 같은데, 하고 박과장이 중얼거리며 출구 앞에 설치된 바리케이드 쪽으로 걸음을 옮겼다. 이어서 김과장이 내 어깨에 두른 팔을 풀어내고 잽싸게 따라붙자 주위가 삽시간에 술렁거렸다. 흩어져서 기다리던 사람들이 출구 쪽으로 한꺼번에 몰려들었다.

박과장은 '롯데 허니문'이라 씌어진 카드보드를 머리 위로 들었고, 김과장은 '원샷 그린 클럽'이라 씌어진 카드보드를 쳐들며 바리케이드 앞으로 바싹 다가들었다. 나도 질세라 '전통노송회'를 높이 쳐들며 시야를 확보하기 위해 사람들을 헤치고 앞으로 나아갔다.

우리 셋 중 가장 먼저 '개전(開戰)'을 선언한 건 김과장이었다. 골프 클럽과 여행가방을 산더미처럼 쌓은 카트를 밀며 중년의 배사장들이 나타나자 김과장은 카드보드를 허공에 흔들어댔다.

"사장님들, 여깁니다! 어서 오십쇼!"

다음은 박과장이었다. 색색의 커플 티셔츠를 차려입은 신혼여행단이 출구로 나오자 그는 부드러운 미소와 함께 손을 들어 인사했다. 젊은 남녀들의 환한 얼굴을 보니 그렇게 상큼할 수가 없었다. 신혼여행객들의 특징은 가방이 대부분 새것인데다가 그 안엔 신부들의 옷이 가득 들어 있다는 점이었다.

그렇게 선배 가이드들이 출구 앞에서 빠져나가고 카드보드를 쳐든 팔이 점점 저려와도 '전통노송회' 회원들은 좀처럼 나타나지 않았다. 이 사람들인가 싶으면 다른 쪽을 향해 우르르 몰려갔고 저 사람들인가 싶으면 다른 가이드가 나타나 인솔해갔다.

멀찍이 떨어진 곳에서 김과장과 박과장이 일행들과 인사를 나누며 오늘 일정을 설명해주는 것이 보였다. 오늘 일정이래봤자 호텔 안내와 저녁식사밖에 없는데도 무슨 말을 어떻게 하는지 두 과장의 입심에 여행객들은 공항이 떠나가라 연신 웃음을 터뜨렸다.

이때, 누군가 내 앞에 서서 말을 걸어왔다.

"저, 한대리신가요?"

나는 한눈에 서울 본사에서 나온 인솔 가이드라는 걸 알아챘다. 그와 인사를 하는 둥 마는 둥 하며 나는 다급하게 물었다.

"그런데 저희 팀은 지금 어디……"

"입국심사장에서 시간이 좀 걸렸습니다. 아, 마침 저기들 나오시네요."

인솔 가이드가 가리킨 방향으로 고개를 돌리자마자 나는 하마터면 이제껏 힘들게 들고 있던 카드보드를 바닥에 떨어뜨릴 뻔했다. 잠시 동안 어안이 벙벙해서 어서 오시라는 말도 꺼내지 못한 채 그저 바라보고 있을 수밖에 없었다. 눈앞에는 허리를 구부린 반백의 할머니들이 느린 걸음으로 줄줄이 출구를 빠져나오고 있었다.

무엇보다 놀라운 건 그들의 행색이었다. 하나같이 햇볕에 그을려 새카맣게 쪼그라든 얼굴에 무슨 유니폼처럼 위에는 단색의 저고리를, 밑에는 몸뻬바지 비슷한 옷을 입고 있었다. 금방 텃밭에서 김을 매다 손을 툭툭 털고 마실을 나왔거나 잠깐 동네 잔치에 구경 나온 사람들 같았다. 대부분 정정해 보였지만 몇몇 분들은 허리가 완전히 굽은데다 지팡이까지 짚고 있어서 관광은커녕 당장 부축을 해드려야 할 판이었다. 더욱 이상스러운 일은, 거의가 짐가방이 하나도 없는 맨손이고 겨우 몇 분들만 손에 달랑 보자기를 하나씩 들고 있는 것이었다.

"이거 처음 뵙는구만이라우. 거 잘 좀 부탁드리겄습니다, 우리 아줌씨들."

그들에게 넋이 빠져 있는 동안 어느새 나타났는지 나이가 쉰은 됐음직한 아저씨 한 분이 억센 억양으로 인사를 하며 손을 내밀었다. 나는 얼떨결에 악수를 하고는 고개를 숙였다.

"이분은 전통리 청년회장 되시는 분이세요."

인솔 가이드는 그를 내게 소개하고 나를 그에게 소개했다.

"야, 지가 전통 일리, 이리, 삼리 청년회를 총망라해서 대표로 있구만이라우."

땅딸막한 키에 아랫배가 불룩 나온 그가 누런 이를 드러내며 연신 헛웃음을 터뜨렸다. 청년회장이 아니라 이장은 됐을 법한 그만이 그래도 검은 티셔츠와 감색 양복바지를 그럴싸하게 차려입고 있었다. 그리고 오직 그만이 그나마 짐가방을 하나 갖고 있었는데, 아무리 좋게 보려 해도 그렇게 봐줄 수 없는 것이, 스포츠 선수들이 흔히 어깨에 가로질러 메는 원통형의 커다란 가방이었다.

나는 일단 일행들을 출구에서 벗어난 곳으로 안내했다. 수를 세어보니 할머니 열두 분에 청년회장까지 합치면 모두 열셋이었다. 나는 스케줄 표를 펼쳐 대략적인 일정을 설명했다. 할머니들은 알아듣는 둥 마는 둥 심드렁한 얼굴로 그저 나만 물끄러미 바라보았다. 이들과 삼박 사일간의 전쟁을 치러야 한다 생각하니 벌써부터 막막한 기분이 몰려들었다.

골프 클럽 배사장들을 인솔해가던 중 김과장이 내 어깨를 툭 치더니 웃음을 억지로 참는 목소리로 속삭였다.

"야, 보통 전쟁이 아닌 거 같다."

이어서 박과장도 신혼여행팀을 이끌고 주차장으로 가던 중 내 옆을 스치며 낮게 말했다.

"죽을 각오 해야겠다, 너."

나는 정신을 가다듬고 유치원생들에게 하듯 천천히 큰 소리로 말했다.

"할머님들, 왜 짐들이 하나도 없으세요. 그래도 여긴 아직 여름인데 갈아입을 옷도 안 가지고 오셨어요?"

유일하게 굵은 파마머리를 한 할머니가 오히려 대뜸 내게 물었다.

"며칠 있을 것도 아닌디 어디 갈아입을 꺼나 있간디?"

그러자 반백의 할머니 열한 분이 일제히 빠진 이를 드러내 보이며 깔깔깔 웃어댔다.

둘째날 이른 아침

여자의 신음 소리가 점점 커지더니 방 천장이 울려대기 시작했다. 마치 위층에서 야구방망이로 바닥을 찧어대는 것만 같았다. 나는 신경질적으로 이불을 걷어차내고 침대에 일어나 앉았다. 시계를 보니 오전 여섯 시가 넘어가고 있었다. 쿵쾅거림이 빨라질수록 여자의 신음 소리 또한 짧아지면서 거칠어졌다. 간간이 데이비드의 신음 소리도 섞여 들려왔다.

"에이, 저 자식은 침대부터 고치지 도대체 아침부터 뭐 하는 짓이야, 이거."

자리에서 일어나 물을 한 컵 마시고는 늘 하던 대로 물조리개를 들고 베란다로 나섰다. 그들의 교성이 훨씬 선명하게 들려왔다. 늦더위 때문에 베란다 문이며 창문이며 죄다 열어놓고 일을 벌이는 게 틀림없었다. 화분들에 물을 흠뻑 뿌려주는 동안 극에 달한 남녀의 신음 소리는 사그라들고 말았다. 곧이어 샤워기의 물줄기 쏟아지는 소리가 들려왔다. 대학가 주변의 원룸 스튜디오는 방음시설이 그야말로 제로에 가까웠다.

"굿모닝, 한? 하우 아 유?"

늘 하던 대로 위층 베란다에 녀석이 나타났다. 분명 트렁크팬티만 걸친 채 담배를 물고 있을 것이었다. 나는 위를 쳐다보지도 않은 채 대꾸했다.

"굿모닝, 데이비드. 도대체 언제쯤 침대 다리를 고칠 생각이지?"

게으른 이 녀석은 벌써 한 달이 넘게 고물 침대를 사용하며 시도 때도 없이 내 수면을 방해하는 중이었다.

"아, 미안. 조만간 고치도록 하지. 그건 그렇고 한국의 유명한 박물관

이름은 생각해냈나?"

"어제 말해줬는데 벌써 잊었어?"

고개를 위로 들자 녀석이 트렁크팬티만 걸친 채 담뱃불을 붙이고 있었다. 똥배 아래 걸쳐진 녀석의 헐렁한 팬티 사이로 축 늘어진 불알이 보였다.

"한, 나는 그 말 농담인 줄로만 알았는데."

하는 짓과는 달리 데이비드는 예술학부의 대학원생이었다. 아시아 나라 중 한 나라를 골라 문화행사에 관한 과제물을 제출해야 한다며 며칠 전부터 아침마다 나를 귀찮게 만들었다. 어제는 한국의 유명 박물관을 물어서, '중앙박물관' 이라고 하려다가 '한국은 전 국토가 박물관' 이라는 어느 미술사학자의 말이 떠올라 순간적으로 그렇게 대답해버렸다. 녀석의 늘어진 불알을 밑에서 올려다보는 게 지겨워 대충 둘러댔던 것이다.

"나는 아침부터 농담 같은 거 안 해."

내 말에 녀석은 연기를 뿜어대며 약간 빈정거리는 투로 중얼거렸다.

"전 국토가 박물관이라는 말은 어떤 의미에서 전 국토에 제대로 된 박물관이 없다는 소리처럼 들리는데……"

내가 싫은 표정을 지으며 올려다보자, 녀석은 금방 화제를 바꿔버렸다.

"좋아, 그건 됐고. 그럼 세계적으로 유명한 한국의 문화예술 공연에는 뭐가 있지?"

"세계적으로 유명한 한국의 문화예술 공연?"

"왜 러시아 하면 볼쇼이 발레단, 중국 하면 마스크 오페라, 일본 하면 가부키가 있잖아."

별로 깊이 생각하지도 않고 나는 자식이 알 만한 걸 바로 대답했다.

"태권도."

"아, 태권도! 나도 알아. 발로 차서 판자 깨는 거 말이지?"

녀석의 얼굴이 갑자기 환해져서 나는 손날을 세워 태권도의 격파 동작을 흉내내며 자랑스레 말했다.

"판자만 깨는 줄 아니? 병도 깨고 기왓장도 깬다구."

"그거 놀랍군. 그런데 그건 문화예술 공연이라기보다 격투기 같은데?"

비아냥대는 녀석의 태도에 김이 팍 새버리고 말았다. 그래도 그 말이 맞는 것 같아서 나는 얼른 다른 대답을 했다.

"사물놀이."

"오우, 코리안 트러디셔널 드럼! 나도 그거 본 적 있지. 쇠하고 가죽북을 막 두들겨대는 거 말인가?"

"그렇지! 그런데 막 두들기는 게 아니라 리듬에 맞춰서 두드리는 거야."

나는 물조리개로 베란다의 나무울타리를 흥겹게 두들겨댔다. 한국이라는 나라조차 모르는 서양인들이 대부분인데 비해 사물놀이까지 아는 걸 보면 자식이 공부를 하기는 하는 모양이었다.

"그런 거 말고 좀더 독특하고 특별한 게 없나? 아프리카 애들도 나무를 곧잘 두들겨대는데 그걸 문화예술 공연이라 하기엔 좀 약한 기분이 들거든."

녀석은 끝내 또 찬물을 끼얹었다. 나는 물조리개로 울타리를 두드리던 움직임을 멈췄다. 오늘도 한바탕 놀림을 당한 기분이었다. 애초부터 녀석을 상대하는 게 아니었다.

"이봐, 한, 시드니에 한국 전통무용단이 공연 온 적이 있기는 있나?"

"그럼 있지."

"그래? 공연단 이름이 뭔데? 어떤 공연이었지? 언제쯤 어디서 공연했는데?"

데이비드는 쉬지도 않고 질문을 퍼부어댔다. 나는 답변이 궁색해서 녀석을 올려다보지도 않은 채 즉흥적으로 둘러댔다.

"글쎄, 너무 많아서 이름까지 일일이 다 기억할 수 없겠는걸."

"한번 전통공연을 보고 싶은데 언제쯤 시드니에 오는지 알 수 있나? 인터넷에서 찾아보려면 어떻게 해야 되지?"

"내가 알게 되면 그때 가르쳐줄게."

이제 그만 이 지겨운 놈과의 대화를 끝내려 할 참에, 녀석의 여자친구가 샤워를 막 끝냈는지 타월만 두른 채 베란다에 나타났다. 최근 들어 밤낮없이 소리를 질러대는 데이비드의 '퍼포먼스 파트너'였다. 그녀가 내게 인사를 해서 고개를 들고 대답을 하는데, 가랑이 사이로 노란 거웃이 들여다보였다.

"그럼 또 보자, 한. 공연 소식 들으면 내게 말하는 거 잊지 말라구."

나는 알았다는 식으로 손을 휘휘 저어 바이바이를 했다. 그들이 사라지자 나는 물조리개를 신경질적으로 휘둘러 남은 물방울들을 털어냈다. 아무리 생각해봐도 공중발차기로 송판을 깨거나 징과 꽹과리를 두들겨대는 일 외에는 별달리 신통한 예술공연이 떠오르지 않았다. 저 너저분한 데이비드 녀석이 중국과 일본의 것은 알고 그 사이에 있는 우리나라의 것만 모른다는 사실이 더 화가 났다. 정말 세계 무대에 내놓을 만한 전통공연예술이 우리에겐 없는 것일까, 골똘해지다보니 머리가 복잡해지기 시작했다. 이제껏 한 번도 해보지 않은 고민을 아침부터 심각하게 하느라 머리에 쥐가 날 지경이었다. 나는 애꿎은 물조리개만 베란다 바닥에 팽개치고는 문을 꽝 닫고 안으로 들어왔다. 아무래도 당분간 화분을 안으로 들여놓아야 할 것 같았다.

둘쨋날 오후

에어컨을 평소보다 좀더 세게 가동시켰다. 버스에만 올라타면 코끝에 달라붙는 퀴퀴하고 시큼한 냄새가 좀처럼 가시지가 않았다. 아마도 어제오늘 땀에 푹 젖은 옷을 갈아입지 않은 할머니들에게서 풍기는 냄새 같았다.

"근디, 기사 양반, 이 근방 어디 변소 없능가?"

굵은 파마머리 할머니와 꼬부랑 할머니가 통로를 비틀거리며 운전석 쪽으로 걸어왔다.

"할머니, 차가 이동중에 그렇게 막 움직이시면 다친다고 제가 몇 번이나 말씀드려요. 어서 자리에 가서 앉으세요."

"근디 워디 변소 없능가? 급해서 그랴."

백발의 꼬부랑 할머니 얼굴을 룸미러를 통해 확인하자마자 나는 속에서 울컥, 화가 치밀어올랐다. 하지만 애써 참으며 대꾸했다.

"할머니 금방 다녀오셨잖아요?"

"내가 언지 변소엘 갔다고 이 냥반이 이런댜. 암데도 안 간 사람한

티."

"오 분 전에 다녀오셨잖아요. 제발 이러지 마세요."

나는 거의 사정조였다. 불과 오 분 전에도 나는 똑같은 할머니와 똑같은 대화를 주고받았던 것이다. 꼬부랑 할머니는 아랑곳하지 않고 오히려 생사람을 잡는다며 호통까지 쳤다.

"갸이드 선상, 내도 그렇고 이 성님도 좀 급한 모양이니께 어디 한적한 곳도 괜찮으니 차 좀 세워보드라고."

굵은 파마머리의 할머니가 딱 부러지게 말하자 나로서도 어쩔 도리가 없었다. 다음 목적지인 본다이 비치까지는 약 이십 분이 소요됐다. 그렇다고 차를 아무 데나 세워 노상방뇨를 하게 할 수는 없었다. 나는 조금 전 정차했던 곳으로 다시 미니버스의 핸들을 돌렸다.

*

본다이 비치는 여전히 많은 사람들로 붐볐다. 3월 중순경이라 피크타임은 지났지만 뒤늦은 휴가를 즐기러 온 사람들로 백사장엔 빈틈이 별로 없었다. 비키니나 토플리스 차림의 젊은 여자들이 드러누워 선탠을 즐기는 모습이 눈에 자주 띄었다.

"아이고 저년들, 젖통을 다 내놓았네 그랴. 엉덩이도 펑퍼짐한 게 그냥 암소네, 암소."

"저기 저놈 가슴에 털 북숭한 것 좀 보소. 즘생이 따로 없구먼."

"죄다 벗고 자빠졌네 그랴. 자네도 어디 한번 해보소."

할머니들은 삼삼오오 백사장에 모여앉아 담소를 나누었다. 모자며 선글라스며 하다못해 조그만 손가방 하나 없이 할머니들은 죄다 빈손이었다. 보자기마저 모두 호텔에 두고 나온 모양이었다. 오직 청년회장만이 어제와 같은 차림에 스포츠가방을 어깨에 가로질러 메고 있었다. 오늘 관광을 하는 중에도 회장은 단 한순간도 그 가방을 차에 두고 내린 적이 없었다. 할머니들의 여권이나 귀중품 등을 한데 모아서 보관하고 있는지 어디를 가든 항상 조심스레 가방을 지닌 채 움직였다. 가방끈이 그의 튀어나온 배를 볼썽사납게 짓누르는 것이 좀 무거워 보였다. 나는 주위를 둘러보며 혹여 한 분이라도 없어질까봐 마음속으로 명수를 세고 또 셌다.

"기사 양반, 쟈들은 왜 저리 물 위에 엎어져서 떠 있디야?"

할머니 한 분이 손가락으로 파도를 기다리는 서퍼(surfer)들을 가리켰다.

"예, 저건 파도를 타는 거예요."

"하이고 저딴 건 뭐타러 탄디야. 밥이 나와 떡이 나와. 탈래면 집에 가서 마누라나 올라탈 것이지. 안 그래잉? 우헤헤헤!"

그 할머니의 걸쭉한 입담에 모두들 깔깔 웃어댔다. 나도 덩달아 따라 웃는데 모바일폰이 울렸다. 발신번호가 사무실인 걸 보니 임부장이 틀림없었다. 수화기를 귀에 대자마자 심상찮은 임부장의 목소리가 들려왔다.

"한대리, 아침에 잠깐 말했지만 말이야. 오늘 숍에 꼭 들러야 돼, 알았지?"

"꼭 들러야만 되는 거예요?"

마뜩잖은 나의 대답에 임부장은 기다렸다는 듯 고함부터 쳤다.

"자네 지금 정신이 있는 거야, 없는 거야? 내 긴말 않겠는데, 이번에도 지난번 신혼여행팀처럼 한 건도 못 올리면 알아서 하라구. 나도 더 이상 안 봐줘. 그리고 물건을 사고 마는 건 당사자들 결정이지 왜 한대리가 들르고 안 들르고를 왈가왈부하는 거야!"

눈앞에 펼쳐진 아름다운 바다의 풍광과는 대조적으로 임부장의 잔소리는 그칠 줄을 몰랐다. 그야말로 협박 반 회유 반이었다.

"한대리가 몰고 다니는 미니버스, 캠시 황사장이 사준 거 알아, 몰라? 황사장이 그 차 사줄 땐 그 버스에 탄 관광객들 자기 숍으로 몰고 오라는 뜻인데, 자네가 이렇게 나가면 내 체면이 뭐가 되겠어. 그리고 관광객들이 돈을 좀 풀어야 여행사도 돌아가고 자네 수입도 생길 거 아냐? 자네 이런 식으로 자원봉사하려면 딴 데 가서 하란 말이야. 여럿 피해주지 말고. 오늘 무조건 캠시 들러. 듣고 있는 거야 지금?"

나는 그저 알았다는 식으로 통화를 마무리짓고는 전화기를 꺼버렸다. 어떻게 해야 할지 별다른 생각이 나지 않았다. 그러겠다고는 했지만, 여행사와 면세점 간의 유대와 커미션 몇 푼을 위해서 할머니들의 쌈짓돈을 우려내는 일이 선뜻 내키는 건 아니었다.

할머니들은 여전히 삼삼오오 앉아 계셨다. 그런데 다시 수를 세어보니 한 명이 비어 있었다. 없어진 건 할머니가 아니라 바로 청년회장이었다. 나는 자리에서 벌떡 일어나 손차양을 만들어 해변을 유심히 살폈다.

짜리몽땅한데다가 검은 옷을 입고 스포츠가방을 둘러멘 청년회장을 반나체의 외국인들 틈에서 찾아내는 건 어려운 일이 아니었다. 회장은 뭐가 그리 신이 나는지 누워 있는 여자들 사이를 구둣발로 겅중겅중 뛰어다니고 있었다. 그야말로 능글능글하고 엉큼한 흑곰이 따로 없었다.

"근디 기사 양반, 여기 바닷가 말고 어디 딴 데 없능가?"

마을회장에게 빨리 돌아오라고 손짓을 하는데 할머니 한 분이 물었다.

"예, 저쪽으로 조금만 걸으면 더 좋은 데가 있기는 있어요. 가시고 싶으세요?"

"이보게들, 저짝에 가면 더 괜찮은 데가 있다는디 갈 터들?"

할머니들이 엉덩이에 묻은 모래를 엉기적엉기적 털어내며 자리에서 일어났다. 청년회장도 히죽히죽대며 따라붙었다. 나는 본다이 비치에서 브론테 비치를 거쳐 해안묘지까지 이어지는 산책로를 잠시 떠올렸다. 이 산책로는 오래 전부터 개인적으로 좋아하는 코스였다. 해안절벽을 따라 걷다보면 바닷바람이 땀도 식혀주고 태평양의 수평선이 한눈에 들어와 마음을 탁 트이게 해주는 곳이었다.

"근디 거기 워디 넓고 평평한 데가 있당가?"

청년회장이 뒤를 맡고 내가 앞장서서 걷고 있는데 굵은 파마머리 할머니가 다가와서 낮은 목소리로 물었다.

"넓고 평평한 곳이요?"

"그랑께로 거 뭐시냐. 긍께, 어디 즐길 만한 곳이 있냔 말이지."

나는 고개를 갸우뚱하다가 그곳은 해안절벽을 따라 피어난 야생화들이 아주 볼 만하고 전망도 좋다고 말씀드렸다. 지금은 철이 이르지만 6월과 7월에는 고래떼가 북상하는 장관도 볼 수 있다고 했다. 나의 적극적인 설명에도 불구하고 할머니들은 적이 실망하는 눈치였다.

"그랑께 절벽이 있는 곳이면 어디 마당처럼 평평한 곳은 없단 뜻잉가, 고것이?"

이번에는 키가 큰 할머니가 앞으로 나서더니 물었다. 점점 이상해지는 분위기에 마당 같은 데는 못 본 것 같다고 대답을 하고는 걸음을 옮기는데, 웅성웅성하는 소리들이 들렸다.

"그럼 여긴 텄네 그랴."

"텄어, 텄어."

그러더니 이제껏 잘 걷던 걸음을 멈추고는 다리가 아파서 더이상 못 가겠다는 불평들을 쏟아냈다. 더욱 엉뚱한 일은 할머니들은 그렇다손 쳐도 곰 같은 청년회장까지 그냥 자리에 털썩 주저앉는 것이었다.

*

버스로 돌아와 시동을 걸며 나는 잠시 망설였다. 호텔 복귀까지는 적어도 한 시간 반가량이 남아 있었다. 예정된 스케줄이 변경되는 바람에 마땅한 다음 장소가 선뜻 떠오르지 않았다. 할머니들의 흥미 부족으로 박물관과 기념관은 일찌감치 제외되었다. 걸음의 제약 때문에 블루 마운틴의 부시워킹 코스도 지워졌고 배멀미를 하시는 분들이 많아서 하버 크루즈 예약도 취소시켜버렸다. 가깝고 가볼 만한 곳은 이미 들렀거나 내일 스케줄에 잡혀 있었다.

"갸드 선상, 근디 우리는 거기 안 들리남?"

굵은 파마머리 할머니가 외치는 바람에 나는 룸미러를 통해 뒤를 보았다.

"거 왜 꿀도 팔고 녹용도 팔고 거, 뭐, 신경통에 좋다는 약도 좀 보고. 하다못해 우리 손주들 알사탕이라도 하나씩 안겨줘야 할 터인디."

갑자기 나는 귀가 번쩍 뜨였다. 그래서 마이크에 대고 물었다.

"할머님들 그런 곳에 가시고 싶으세요? 양털로 만든 이불도 있고 뉴질랜드 녹용도 있고 상어 간으로 만든 영양제나 신경통 약도 파는 곳에 가보고 싶으세요?"

"그거 좋겄네 그랴. 예까지 왔응께 한번들 가보지?"

키 큰 할머니가 주위를 돌아보며 묻자, 여기저기서 대답이 들려왔다.

"그려, 가장께."

"그려! 그려!"

엉뚱하게도 일이 잘 풀리고 있었다. 할머니들이 자발적으로 나온 이상 망설일 필요가 없었다. 전쟁치고는 꽤 괜찮은 방향으로 흐르고 있어서 나는 캠시 쪽으로 버스의 핸들을 신나게 돌렸다.

*

기대는 안 했지만 면세점에서 그들이 보여준 반응은 놀라운 것이었다. 할머니들은 모든 물건에 지대한 관심을 보이며 점원들의 설명에 감탄과 신기함을 감추지 못했다. 진열된 상품 하나하나를 손으로 만져보고 궁금한 것이 있으면 서슴없이 질문까지 던졌다.

기력이 정정하신 분들은 모피코트를 입고 거울에 자신을 비춰보며 빠진 앞니를 환하게 드러내 보였다. 청년회장은 정력에 좋다는 영양제를 손에 쥐고 귓가에 흔들어대다가 넌지시 가격을 묻고는 고개를 끄덕이기도 했다. 임부장을 그토록 쩔쩔매게 만드는 면세점 황사장은 할머니들의 모습에 흐뭇한 표정이어서 내 마음을 다소 안심시켰다.

그러나 끝내 마지막에 가서 할머니들은 약속이나 한 듯 주물럭대던 물건들을 일제히 내려놓으며 손을 탁탁 털었다.

"이런 양놈들 약이 워디 우리 쭈그렁들한테 약발이나 듣간디?"

"그라, 우리가 뭐 귀경 한두 번 다니남? 다 집에 있는 것들이구마잉."

"맞당께로, 이런 짐승 털은 한국 가면 아무짝에도 쓸모없어야."

황사장에게 들으라는 듯 할머니들은 한마디씩 내뱉고는 유유히 면세점을 빠져나갔다. 청년회장은 스포츠가방을 덜렁거리며 제일 젊고 예쁜 점원 아가씨한테 다가가더니 심지어 이렇게 묻기까지 했다.

"거 물개 거시기는 없능가?"

황사장의 낯빛이 하얗게 질리다 못해 붉으락푸르락해지는 것을 보고는, 청년회장의 등을 떠밀며 나도 도망치듯 면세점을 빠져나왔다.

*

공항 근처의 호텔로 돌아가는 길은 착잡하기만 했다. 황사장이 임부장에게 연락을 취해서 노발대발하는 장면이 눈에 선했다. 임부장의 듣기 싫은 잔소리에 벌써부터 진저리가 쳐졌다. 이젠 이 짓도 끝장이었다. 걸려도 하필이면 할머니들이 걸려서 일이 이렇게 더럽게 꼬일까 생각하니 은근히 화마저 치밀었다.

"기사 양반."

룸미러를 통해 보니 할머니 세 분이 통로를 걸어오고 있었다. 하루 종일 나를 괴롭히던 백발의 꼬부랑 할머니도 끼어 있었다.

"어서 앉아요! 그러다 다친다고 도대체 몇 번을 말해요!"

가뜩이나 심사가 뒤틀리는 통에 나도 모르게 고함을 지르고 말았다.

그러거나 말거나 할머니 세 분은 내 뒤까지 다가왔다.

"기사 양반, 근디 이 근방 워디 변소 없당가? 거 물건 파는 데서 하도 급히 나오는 통에 변소를 못 들렀구마잉. 이 늬들도 지금 못 참겠다는디?"

그놈의 변소 타령에 신물이 날 정도였다. 뭐라 대꾸조차 하고 싶지 않았다. 때마침 신호가 바뀌는 바람에 나는 급브레이크를 확 밟아버렸다. 할머니들이 어이쿠, 하며 거의 쓰러질 듯 앞으로 쏠렸다.

"봤죠? 그러다 넘어져서 한국 못 돌아가도 저 책임 안 져요!"

눈치를 슬금슬금 보던 할머니 세 분은 순순히 제자리로 돌아갔다. 이 근처에서 화장실을 찾는다는 건 무리여서 호텔까지 빨리 달리는 수밖에 없었다. 할머니들은 생리작용을 컨트롤 못 하는 유치원 애들 같았다. 해외여행까지 나왔으니 조절이 쉽지 않을 거라는 걸 이해 못 하는 건 아니지만 이건 숫제 어디를 움직이지 못할 지경이었다.

"변소 아즉 멀었능가……"

하는 소리가 조그맣게 났을 땐, 거의 호텔 근처에 도착할 무렵이었다.

호텔 정문 앞에서 버스를 세워 할머니 한 분 한 분 내리는 것을 도와드렸다. 청년회장과 함께 화장실과 호텔 식당까지 안내해드린 뒤, 주차를 위해 잠깐 버스로 돌아왔을 때였다.

버스 바닥에서 가느다란 물줄기가 통로를 타고 내려와 계단까지 흘러내리고 있었다. 음료수 병이 엎질러진 줄 알고 나는 좌석 뒤로 걸어갔다. 노란 액체가 들어 있는 비닐봉지에 구멍이 났는지 물이 줄줄 새어나오고 있었다. 한숨을 내쉬고는 비닐봉지를 들어올리려고 고개를 숙이는데, 악취가 코를 찔렀다. 흠칫 뒤를 넘겨보니 맨 뒷좌석 밑에 뭔가가 종이에 싸여 있었다. 나는 직감적으로 누군가 먹다 남은 음식을 뭉개버렸거나 차멀미를 한 줄로만 알았다. 어쨌든 치워야 했기 때문에 그것을 손으로 들어올리는 순간, 종이가 맥없이 찢어지며 내용물이 좌석 시트 위로 쏟아졌다. 손에 묻은 것과 시트 위에 흥건히 떨어진 것들을 확인하자마자 온몸에 소름이 쫙 끼쳤다.

셋째날

맨리 비치에 차를 세우고 버스 문을 열었을 때, 할머니들은 자리에서 꿈쩍도 하지 않았다. 돌아보니 대부분 졸고 있었고 몇몇 깨어 있는 분들조차 피곤하고 귀찮은 기색이 역력했다.

"뭔 귀경은 또 한디야, 귀찮게스리."

"그래도 여기가 유명한 곳이니까 나가서 바람이라도 쐬세요."

"여그가 뭐 하는 딘디?"

"바닷가예요."

"바다 귀경은 뭐타러 또 한댜. 어제 했구만서두."

"어제 갔던 데와는 다른……"

"기냥 통과혀!"

내 말을 자르며 한 할머니가 소리치자 여기저기서 동의한다는 듯 산발적인 외침이 들려왔다.

"통과! 통과!"

할 수 없이 차문을 닫고 다음 코스로 핸들을 돌렸다. 여행의 마지막 날이어서 모두들 지쳤는지 관광 따위엔 별 관심이 없어 보였다. 나 역시 어제 이후로는 할머니들을 상대하는 일이 일면 짜증스럽고 지겨워지기까지 해서 될 대로 되라는 식이었다. 이동 장소마다 긴장하며 느릿느릿 양떼를 몰듯 할머니들을 몰고 다니는 일도 이젠 못 할 짓이었다. 그저 적당한 간격을 두고 그들을 화장실이 있는 곳에 내려주면 그만이었다. 오늘도 어젯밤처럼 버스 청소를 몇 시간씩 하고 싶지는 않았다.

그런데 한 가지 신기한 일은 할머니들이 '오페라 하우스'만은 귀신같이 알고 있다는 사실이었다. 점심식사를 마치고 낮잠도 잘 만큼 잤을 무렵, 한 할머니가 잊고 있었다는 듯 모두에게 들으라고 한마디를 했다. 나는 그들의 몸에서 풍기는 이상야릇한 냄새가 더욱 지독해져 에어컨의 세기를 자꾸만 올리던 중이었다.

"근디, 그 비닐 하우슨가 뭔 하우슨가는 안 가남?"

"저 늬는 비닐 하우스가 뭐여? 무식하게스리. 그랑께 코브라 하우스, 맞쟈, 회장?"

"글씨, 고것이 지가 알기로는 오부리 하우스 같구만이라우. 갸드 선상, 고것이 오브리 하우스가 맞죠잉?"

청년회장은 뒷머리를 긁적거리며 곰 같은 표정으로 나를 바라보았다. 나는 중간에 들러야 할 수족관 코스를 건너뛰고 차를 곧바로 오페라 하우스가 있는 서큘러 키 쪽으로 몰았다. 어차피 오늘 중으로 가야 할 곳이었다.

"아따, 저거시 뭐다냐! 그 거시기 하우스 아녀!"

하버 브리지 너머 오페라 하우스가 멀리 보이자 할머니 한 분이 소리를 쳤다. 어찌나 우렁찬지 보물섬을 처음 발견한 선원의 환호성 같았다. 그 소리에 몇몇 분들이 술렁거리며 깨어났다. 나는 마이크를 켜고 조용히 말했다.

"할머님들, 여기도 통과할까요?"

"뭔 소리여, 시방? 귀경을 해야지. 정지혀, 냉큼!"

"정지! 정지!"

나는 오페라 하우스 광장 부근까지 차를 몰고 갔다. 구름 한 점 없는 청명한 날씨에 푸른 바다 물빛과 짙은 녹음의 버태닉 가든을 배경으로 오페라 하우스는 햇빛을 반사하며 뽀얗게 빛나고 있었다. 할머니들은 하나같이 얼굴을 차창에 매달고 있었다. 나는 마이크에 대고 물었다.

"건물 모양이 참 신기하죠?"

"그려, 고것 참 요상스럽네, 잉."

"저 건물을 뭘 보고 만들었을까요?"

나는 덴마크의 건축가 요른 웃손이 바람을 안은 돛과 비상하는 갈매기의 이미지에서 영감을 얻어 이십칠 년간 만들었다는 사실을 설명하기 위해 운을 띄웠다. 딱히 무슨 대답을 들으려 한 건 아니었다. 그런데 굵은 파마머리의 할머니가 용감하게 대답을 했다.

"고것이 투구 아닌감?"

조개껍데기를 본떴을 거라는 소리는 종종 들었지만 투구는 처음 듣는 말이었다. 듣고 나니 정말 투구 모양 같기도 했다. 이때, 질세라 청년회장이 팔을 머리 위로 번쩍 쳐들었다.

"지, 지가 안당께요."

"말씀하세요, 회장님."

"부라자!"

회장의 대답에 할머니 한 분이 걱정스레 말했다.

"잉? 쟈가 시방 뭔 소리랴. 더위 먹었는갑네잉."

"아줌씨들, 내 말이 맞당께로. 갸드 선상, 저거 부라자 맞자부러잉?"

뚱딴지 같은 소리에 영문을 몰라 나는 회장에게 무슨 소리냐고 물었다. 그는 신념에 찬 얼굴로 오페라 하우스를 향해 손가락을 이리저리 찔러댔다.

"그랴요, 여자들 젖싸개 말이여라. 앞에 건 A컵, 뒤에 건 B컵, 저기 저 큰 놈은 C컵이랑께."

몇몇 할머니들이 고개를 주억거리며 동감을 표시했다.

"역시 회장깜이여. 딱 회장깜이구먼."

"게다가 양놈 말도 청산유수여."

회장은 우쭐한 얼굴로 어깨를 으쓱대다가는 한술 더 떠서 오페라 하우스 앞 광장을 가리켰다.

"우메, 아줌씨들, 저기 넓은 마당 좀 보소!"

모두의 시선이 광장에 가 닿자 워메! 하는 감탄사가 일제히 터져나왔다. 나도 광장을 보았지만 평상시와 다를 바 없는 평범한 공터에 지나지 않았다.

"어이 뭐 한다요, 싸게 문이나 열지 않고!"

회장이 흥분한 목소리로 외쳐서 나는 두말 않고 미니버스의 문을 열었다. 뭐가 그리 급한지 그는 스포츠가방을 둘러메고 쿵쾅거리며 버스에서 뛰어내렸다. 뒤이어 알 수 없는 일들이 연이어 일어났다. 이제까지 처지고 늘어졌던 할머니들이 표정과 몸짓에 갑자기 생기가 돌면서 뭔가에 홀린 듯 회장을 따라 내리기 시작했다. 버스에서 내리자마자 지팡이를 짚으신 할머니들은 뛸 듯이, 정정하신 분들은 거의 날 듯이 회장의 뒤를 쫓아갔다. 마지막으로 내린 백발의 꼬부랑 할머니는 지팡이를 짚고 달음질을 치다가 문득 멈춰 서서는 나를 향해 호통을 쳤다.

"뭘 꾸물뎌! 어여 오랑께!"

나는 얼른 버스를 지정된 장소로 몰고 가 주차를 했다. 이참에 오페라 하우스 계단에서 단체사진이나 근사하게 찍어드려야겠다 생각하며 카메라를 들고 내렸을 때, 대형버스 한 대가 주차장으로 들어왔다. 버스의 유리창 한쪽에는 독일 과학자 세미나팀이라는 카드보드가 붙어 있었다.

걸음을 빨리해 할머니들이 모여 있는 곳으로 다가가니, 그들은 동그랗게 모여 회장을 가운데 두고 뭔가를 의논하고 있었다. 회장은 그 동안 조심스레 메고 다니던 스포츠가방을 어깨에서 풀어내고는 바닥에 내려놓았다.

"아, 뭐 혀? 퍼뜩퍼뜩 하지 않고!"

"알았응께 재촉 좀 고만 하시쇼잉."

회장은 쪼그려앉아 가방의 지퍼를 열었다. 도대체 가방에 뭐가 들었는지 궁금해서 나는 목을 쭉 빼 그 안을 들여다보았다. 마침내 회장의 손에 들려나온 건 커다란 구형 카세트플레이어였다. 그는 그것을 꺼내 놓더니 작동 버튼을 꾹 눌렀다. 타령조의 노랫가락이 한낮의 정적을 깨며 흘러나왔다.

그러자 할머니들은 마법에 걸린 듯 노래를 흥얼대는 동시에 천천히 팔다리를 너울거리며 공간을 차츰 넓히기 시작했다. 그 동안 꽁꽁 감겨 있던 것을 한 올씩 풀어내듯 나풀나풀 맵시 있게 원을 만들고 있었다.

굵은 파마머리의 할머니서부터 지팡이에 의지해 다니던 분들까지 사뭇 흥겨워 눈꺼풀을 지그시 감고 춤을 추며 맴을 돌기 시작했다. 나로서는 난생처음 보는 희한한 광경이었다.

하지만 곧이어 자칫 공연장 관계자들이나 경비원들이 달려나와 책임 추궁이라도 하면 곤란해질 일에 생각이 미치자 나는 금방 당혹스러움을 느꼈다. 그야말로 세계적인 망신이 될지도 몰랐다. 그렇다고 이 흥취를 당장 막무가내로 깨뜨려버릴 수도 없었다. 나는 그저 그들이 만든 원에서 뒷걸음질을 치며 주위의 눈치만 살필 뿐이었다.

더욱 난감한 일은 멀리 주차장에서 걸어나오는 수십 명의 독일 과학자들이 공연장으로 향하는 게 아니라 할머니들 쪽으로 몰려드는 것이었다. 주위에 흩어져 있던 여행객들부터 공연장 외관을 둘러보던 방문객들까지 할머니들의 춤판으로 웅성거리며 순식간에 모여들고 있었다. 볼거리에 늘 목말라 있는 휴가객들의 집단심리가 발동한 모양이었다.

드디어 얼마 있자 키 큰 외국인 한 명과 제복을 입은 덩치 큰 사내가 청년회장에게 다가가 뭔가를 묻는 장면이 눈에 들어왔다. 회장은 말이 안 통하는지 주위를 두리번거리다가 나를 발견하고는 급한 손짓을 해댔다. 할머니들이 기어이 시드니에서 한 건 터뜨리는구나, 하는 걱정에 나는 그저 벌금이나 안 물었으면 하는 바람으로 그들에게 걸어갔다.

내가 다가가자 키 큰 외국인은 의외로 자신을 독일 과학자라고 소개하며 악수를 청했다. 얼떨결에 손을 잡았을 때, 그는 엉뚱한 부탁을 해왔다.

"사진을 좀 찍어도 되겠습니까? 미리 허락을 받아야 될 것 같아서요."

나는 잠시 어리둥절했지만, 그리 대단찮은 동물이나 꽃조차 감탄사를 내지르며 사진을 찍어대는 그들의 생리를 떠올리고는 곧 고개를 끄덕였다. 그는 감사하다는 말과 함께 동료들에게 독일어로 짧게 뜻을 전했다. 동료들도 고맙다는 인사를 하며 일제히 카메라를 들고는 셔터를 눌러댔다. 주위 관광객들도 카메라와 캠코더를 들이대기 시작했다.

나는 반팔 제복에 모자를 갖춰쓴 덩치 큰 젊은이에게 인사를 건네며 좀 봐달라는 식으로 웃음을 지었다. 이렇게 많은 관광객들이 보고 있으니 약간의 시간을 더 달라는 식으로 둘러댈 작정이었다. 그런데 그는 뜻밖에 이상한 물음을 던졌다.

"실례지만 여기는 주차증을 어디서 받아야 하지요?"

자세히 보니 그는 대형버스의 운전사였다. 어쩌면 내가 너무 불필요한 걱정을 한지도 몰랐다. 하기야 그가 경비원이었으면 벌써 호루라기를 불며 춤판을 정리하는 게 당연한 순서였다. 열심히 셔터를 눌러대던 독일 과학자가 중요한 것을 잊기라도 한 듯 내게 다시 돌아와 물었다.

"실례지만 어느 나라에서 오셨죠?"

나는 여전히 겸연쩍어서 중국이라고 말하려다가 사실대로 한국에서 왔다고 대답했다.

"아, 그렇군요. 생전 처음 보는 인상적이고 독특한 공연이에요. 예술단 이름이 어떻게 되지요?"

예술단이라니, 그야말로 갈수록 태산이었다. 이 공연의 테마가 무엇이냐고 묻지 않은 것만 해도 천만다행이었다. 일이 정말 예기치 못한 방향으로 가고 있다고 생각하면서도, 나는 할머니들이 사는 '전통리' 마을 이름을 따서 예술단 명칭을 즉석에서 만들어냈다.

"한국 전통무용단."

과학자는 와이셔츠 앞주머니에서 수첩을 빼들고는 내 말을 받아적었다. 나중에 사진이 나오면 메모를 남길 거라며 묻지도 않은 말까지 덧붙였다. 이때, 어디서 나타났는지 청년회장이 슬며시 내 귀에 대고 걱정스러운 투로 물었다.

"저넘들이 뭐라던가요? 뭘 적는 걸 봉께, 공공장소에서 행락질서 어지럽힌다구 벌금 때리겠당가요?"

"아닙니다. 할머님들 춤추시는 게 참 보기 좋답니다."

이제 보니 회장이야말로 오랫동안 공연단을 이끌어온 노련한 매니저 같았다. 나는 그제야 마음이 누그러지며 할머니들의 춤이 눈에 들어오기 시작했다. 그들의 춤이야말로 누구에게 잘 보이기 위한 일체의 쇼맨십이나 가식 없이 오로지 스스로 즐기기 위한 춤이었다. 몸놀림이 빠르고 현란한 오늘날의 댄스와는 감히 비교할 수 없는, 오랜 시간을 몸 자체로 살아온 사람 외에는 도저히 흉내내지 못할 세월의 무게감이 손끝 발끝에서 우러나오고 있었다.

나는 놓칠세라 현대 건축의 상징인 하버 브리지와 오페라 하우스, 그 둘을 하나의 배경으로 이으며 출렁거리는 태평양의 물결, 그리고 이 모든 풍경 속에 조화롭게 녹아들며 맴을 도는 할머니들의 동작을 카메라의 렌즈에 담았다. 유람선 위의 사람들이 이쪽을 향해 손을 흔들며 흘러갔다.

그런데 갑자기 음악이 탁 끊어지고 말았다. 할머니들의 춤도 거기서 딱 멈췄는데, 그러자 주위에서 외국인들이 일제히 환호성을 울리며 박수를 치기 시작했다. 할머니들은 전반부 공연을 마친 무용수들처럼 천

진스럽게 사람들을 향해 손을 흔들고 함께 박수를 쳤다. 흥이 오를 대로 오른 것이 얼굴엔 홍조가 가득했다.

청년회장이 뛰어들어가 가방 안에서 다른 테이프를 찾아 끼우고는 플레이 버튼을 눌렀다. 이번에는 빠른 장단이었다. 할머니들의 어깻짓과 발짓이 장단에 맞춰 들썩거리자 여행객들도 흥이 나는지 따라서 춤을 추기 시작했다. 청년회장도 신이 나서 덩실덩실 춤을 췄다. 어느새 할머니들의 둥근 원은 빠르게 허물어지더니 외국인들과 한데 어울려 뒤섞이고 있었다. 세계 각지에서 몰려든 각양각색의 사람들이 큰 무리를 이루어 전체가 들썩거렸다. 흑인 아주머니 한 분이 장단에 맞춰 몸을 흔들어대며 내게 다가오더니 큰 소리로 물었다.

"어느 나라에서 온 공연단이죠?"

음악 소리가 거의 들리지 않는 곳에서 나도 덩달아 막춤을 추며 큰 소리로 대답했다.

"대한민국 순수 전통무용단이에요! 모두 수석급 무용수들이죠!"

그녀는 윙크를 찡긋 보내며 엄지손가락을 치켜들었다.

"어쩐지 너무 환상적이에요!"

산다는 건 전쟁이 아닐지도 몰랐다. 최소한 화염 속에 피어난 축제일지도 몰랐다.

*

시내에 위치한 한국음식점으로 가는 버스 안은 그야말로 고요했다. 내일 날이 밝는 대로 귀국 비행기를 탈 예정이니 이분들에게는 시드니에서의 마지막 저녁식사였다. 할머니들은 기력을 다 소모했는지 단잠에 빠져 있었다. 대공연을 성황리에 마친 단원들처럼 뿌듯하고 행복한 표정이었다. 그럴 만도 한 것이, 춤이 끝나자 회장과 나는 여기저기 흩어져서 외국인들과 기념촬영에 바쁜 할머니들을 끌어모으느라 정신이 없을 지경이었다. 게다가 대여섯 분들은 다리가 풀려서 주저앉는 바람에 업어서 버스까지 옮기느라 진땀을 빼야 했다.

할머니들이 편안히 주무실 수 있도록 나는 실내등을 끄고 에어컨의 세기를 한껏 낮췄다. 낮에 들은 곡조 한 가락을 흥얼거리며 오늘 일을 데이비드 자식에게 꼭 말해줘야겠다고 생각했다. 우리 순수 전통무용단이 오페라 하우스 광장에서 공연을 절찬리에 마쳤노라고, 너 아직 소식 듣지 못했냐고. 2부 행사 때 온갖 인종들, 흰둥이, 검둥이, 노랭이들이 뒤섞여 한바탕 신명난 춤판이 벌어졌었다고…… 이렇게까지 말했는데도 자식이 담배연기를 뻐끔거리며 믿지 못하면 사진을 보여줘야겠다고 마음먹었다. 그리고 녀석의 눈이 휘둥그레질 즈음,

"우리는 짜샤, 전 국민이 문화예술인이야!"

하고 한 방 먹여야겠다 생각하니 녀석의 늘어진 불알이 빨리 보고 싶어졌다. 다른 전통문화 행사들도 줄줄이 머릿속에 떠올랐다. 탈춤이며 마당놀이, 부채춤, 판소리 등등 셀 수 없을 정도였다. 오늘은 광장에서 야외공연을 가졌지만, 오페라 하우스 메인 홀에서 실내공연을 할 다음 차례가 벌써부터 기다려졌다.

이런 상상을 하느라 식당 근처에 닿을 무렵 나는 거의 앞차와 부딪칠 뻔해서 급브레이크를 밟았다. 차체가 잠시 덜컹거리며 흔들렸다. 그러자 뒤에서 할머니 한 분이 다급하게 나를 불러댔다.

"기사 양반! 기사 양반!"

나는 실내등을 켜고 룸미러를 통해 소리가 난 쪽을 보았다. 어제 똥을 치웠던 자리였다.

"무슨 일이세요, 할머니?"

백발의 꼬부랑 할머니는 몹시 불평에 찬 목소리로 내게 호통을 쳤다.

"근디 우리 오부리 하우스는 도대체 언제 가능겨? 거긴 안 가남?"

마지막 날 아침

할머니들은 내 손을 꼭 붙잡고는 좀처럼 놓지를 않았다. 인솔 가이드를 따라서 출국장으로 들어가는 그분들과 한 명씩 인사를 나누는 동안 나는 가슴이 몹시도 울렁거렸다.

어떤 분은 내게 사탕 한 알을 쥐여주고는 하염없이 내 얼굴을 들여다보았다. 그 주름지고 물기 어린 눈동자는 내 얼굴에서 누군가의 얼굴을 찾는 듯한 기색이었다. 나는 허리를 굽혀서 그분 역시 꼭 끌어안아드렸다. 태어나서 가장 많은 여인을 안아보는 순간이었다.

마지막으로 청년회장이 백발의 꼬부랑 할머니를 부축하며 다가왔다. 꼬부랑 할머니는 내 앞에 서자마자 아무 말도 없이 두 팔로 내 목을 얼싸안더니 자신의 가슴팍으로 끌어당겼다. 지팡이가 바닥에 떨어지는 소리가 딱, 하고 들렸다. 나도 괜히 울컥해져서 그 옷섶에 한동안 얼굴을 묻고는 할머니의 마른 등을 다독거렸다.

인솔 가이드의 재촉하는 소리에 회장이 할머니와 나를 천천히 떼어놓았다. 눈동자에 그렁그렁 맺혀 있던 그분의 눈물이 검버섯 피고 주름진 뺨으로 흘러내리고 있었다. 할머니는 그래도 아쉬운 듯 나를 붙들고 어쩔 줄 몰라하다가는 갑자기 몸뻬바지 속으로 손을 집어넣었다. 뭔가를 뒤적거리는지 바지 속에서 손이 이리저리 움직이는 게 보였다. 그러고는 손을 빼내어 내 손에 뭔가를 꼭 쥐여줬다. 감촉으로 느껴지건대 껌 같았다. 나는 고맙다고 말씀드리며 고개를 숙였다.

청년회장이 꼬부랑 할머니를 부축하여 입국장 안으로 들여보내더니 다시 돌아와 내게 악수를 청했다.

"그 동안 고생이 많았구만이라우. 이거슨 내 성의니께."

하며 가방에서 카세트 테이프를 꺼내 내 앞에 내밀었다.

"느린 거예요, 빠른 거예요?"

"빠른 놈이구먼."

말을 마치자 그는 성큼성큼 할머니들이 있는 곳으로 걸어가 손을 흔들었다. 열두 분의 할머니들도 모두 일제히 손을 흔들었다. 전통노송회 회원들과의 작별의 순간이었다. 나도 힘껏 손을 흔들어줬다.

인솔 가이드의 귀띔으로 출국장 앞에서 겨우 알았지만, 이분들은 모두 젊었을 적 우리 역사의 거친 시절에 남편을 잃어버린 부녀자들의 모임이라고 했다. 그 말을 듣고 나서야 왜 할아버지들을 전부 한국에 두고 여행을 왔을까, 의문조차 품지 않은 내 자신의 무딘 감각이 부끄러웠다.

손을 흔드는 동안 요란한 방송 소리와 함께 그분들은 감쪽같이 사라졌다. 내 손에는 사탕 한 알과 카세트 테이프와 껌딱지만하게 접힌 종잇조각이 들려 있었다. 나는 반쯤 녹아 있는 사탕 한 알을 까서 입 속에 넣고는 꼬깃꼬깃 접힌 종잇조각을 펼쳐보았다. 그것은 오천원짜리 지폐 한 장이었다. 그렇게 접힌 채 속바지 주머니 속에서 얼마나 묵었는지 알 수 없는 호박색의 낡은 지폐.

처음 할머니들을 맞이했던 입국장 출구와는 반대편인 출국장 입구에서 나는 여전히 콧등이 시큰거리고 가슴이 울렁거려서 한참을 그렇게 서 있었다. 눈앞으로는 떠나고 돌아오는 외국인들이 여행가방을 끌며 분주히 걸어다니고 있었다. 문득 청년회장이 주고 간 테이프를 보니 〈청춘가〉라는 곡명이 눈에 들어왔다. 나는 〈청춘가〉 한 소절을 흥얼거리며 양팔을 펼치고는 제법 폼을 내어 어깨를 한 번 들썩였다. 그리고 공항 바닥을 박차며 덩실 뛰어올랐다.

어느 서늘한 하오의 빈집털이

선배와 나는 잠시 아무 말도 하지 않았다. 라디오에서는 〈I've been away too long〉의 후렴구가 반복되며 흘러나오고 있었다. 다른 연인이 생겨 그만 헤어지자는 내용의 노래치고는 코러스가 지나치게 웅장했다. 곡이 끝나기도 전에 나는 궁금한 것을 더이상 참지 못하고 묻고 말았다.

"그런데 그 모바일폰, 그 여자분이 사준 거 맞죠?"

"야, 쓸데없는 소리 말고 공중전화나 찾아봐."

9:40 a.m. In Front of Campsie Station

길 끝으로 비둘기색 도요타 캠리 세단이 들어섰다. 시계를 보니 약속 시간에서 사십 분이나 지나 있었다. 나는 인상을 찌푸리며 피우던 담배의 불씨를 손가락으로 튀겨냈다. 눈이 마주치자 선배는 운전대에서 손을 들어 알은체를 하고는 좌우의 백미러를 두리번거리며 속도를 줄였다. 나는 바닥에 둔 가방을 집어들고는 운전석 옆자리에 올라탔다.

"정말 덥지?"

선배가 웃으며 인사를 건넸다.

"알아요? 오늘 또 늦은 거?"

"야, 차가 막혀서 그래. 날도 더운데 짜증내지 마라. 우선 벨트부터 매."

선배의 변명은 언제나 토씨 하나 틀리지 않고 똑같았다.

"아니 어떻게 약속을 지키는 적이 없어요!"

나는 짜증을 내며 쏘아붙였다. 아무런 대꾸 없이 선배는 침울한 표정으로 앞만 보며 차를 출발시켰다.

선배는 못 보던 새에 얼굴이 더 늙어 보였다. 머리에 들인 염색이 빠졌는지 귀밑 새치마저 희끗희끗 드러나 보였다. 좀 심하게 쏘아붙였나, 후회가 들었지만 이미 뱉은 말이었다. 틀어놓은 FM 라디오에서는 프랭크 시나트라가 〈It was a very good year〉를 부르며 현재의 늙음을 서러워하고 있었다. 그가 즐겨듣는 흘러간 팝송 채널이었다.

선배는 나이가 마흔 살 정도로 나보다 열서넛이나 위였다. 그가 구체적으로 자신의 나이를 입 밖에 낸 적은 없지만 여러 정황으로 미루어 그와 나 사이엔 그만한 격차가 있었다. 이제 막 이십대 중반에 들어선 놈이 열서넛 위의 연장자에게 어떤 호칭을 붙여야 할지 한동안은 주저했다. '형'이라 부르기엔 나이차가 너무 났고 '아저씨'라 하기엔 그가 나이에 비해 젊고 깔끔해 보였다. 망설임을 눈치챘는지 그는 나에게 '선배'라 불러달라고 했다.

"물건이 좀 많아요?"

만나자마자 좀 버릇없이 군 것 같아 미안한 마음에 먼저 말을 붙였다. 어젯밤 전화통화 때 이미 한 물음이었다.

"많기는…… 그저 책 몇 박스하고 책상 하나지, 뭐."

선배는 지난밤 전화통화 때와 똑같은 대답을 했다.

"그럼, 점심 먹기 전에는 쫑나죠?"

"그렇지, 짐을 차에 싹 옮겨놓고, 점심 딱 근사하게 먹고, 다시 짐을 싹 내린 뒤에 넌 학교로 가면 쫑이지."

"간단하네요."

"그럼, 복잡할 거 하나 없지. 우선 밴을 한 대 빌려야 되는데……"

차는 크게 한 바퀴를 돌며 방향을 틀더니 론리 비치로 가는 도로로 접어들었다. 앞유리창으로 들이치는 강렬한 햇살에 얼굴이 화끈거렸다. 아침부터 유별나게 뜨거운 여름 날씨였다.

프랭크 시나트라의 노래가 끝나자마자 일기예보가 방송됐다. 시드니, 뉴캐슬 지역의 한낮 수은주가 무려 사십 도를 웃돌고 앨리스스프링스와 같은 사막 지역은 사십팔 도 가까이 올라갈 전망이라 했다. 선배와 나는 동시에 혀를 차며 마른침을 삼켰다. 작년 10월부터 가뭄이 시작되어 농작물과 가축 들이 최악의 피해를 입는 가운데, 멜버른에서는 삼십 년 만에 처음 단수조치가 취해졌다는 보도가 이어졌다. 일기예보가 끝나자 비틀스의 〈Nowhere man〉이 흘러나왔다. 선배는 〈Nowhere man〉을 따라 부르다가 간주 부분에서 걱정스러운 듯 중얼거렸다.

"렌터카 매장에 오토매틱 밴이 꼭 있어야 되는데……"

10:20 a.m. The Lonely Rent-car Shop

"에이, 짜식들, 무슨 렌터카 숍에 오토매틱이 하나도 없어!"

리셉셔니스트와 몇 마디를 나누더니 선배는 사무실 밖으로 나오며 투덜거렸다. 차 옆에 엉거주춤 서 있는 나를 향해 빨리 올라타라는 손짓을 하고는 다른 매장에 가보자고 했다. 이곳엔 매뉴얼 방식의 밴밖에 없다는 것이었다. 선배는 서둘러 시동을 넣고는 핸들을 돌렸다. 시간에 쫓기는지 동작들이 급해 보였다.

그런데 차를 도로로 진입시키자 선배는 안절부절못하기 시작했다. 알아듣지 못할 영어로 중얼거리거나 두리번거리며 거리 표지판을 읽느라 신호를 몇 번씩이나 위반했다. 자신이 신호위반을 했다는 사실을 뒤늦게 깨닫고 깜짝깜짝 놀라면서도 정신없이 두리번대느라 앞차를 거의 들이박을 뻔했다.

"퍽킹, 아스 홀!"

따라오던 차들 중 레바니스 계열의 젊은 녀석이 욕설을 퍼부으며 우리 차를 앞질러갔다. 옆에서 지켜보기가 불편할 정도였다.

"아니, 왜 그러세요?"

걱정스레 묻자, 자신이 왜 이런지 아직 몰랐냐는 듯 선배는 난처한 표정을 지었다.

"그, 그게 말이지, 왜냐하면, 그러니까, 다른 렌터카 숍이 어디 있는지 도무지 기억이 안 나서…… 그런데 이 길이 지금 도대체 어느 방향이냐?"

밑도끝도없이 선배는 길 위에서 우왕좌왕했다. 갈림길이 나오면 이 지역이 초행인 나에게 이 길이 맞는지 저 길이 맞는지 묻기까지 했다. 답답한 노릇이지만 나로서는 잠자코 있을 수밖에 없었다. 한참을 그렇게 헤매다가 그는 또 불현듯 기억이 났다며 지나온 길을 빙 둘러갔다.

두번째 렌터카 매장에 도착하자, 선배는 사무실로 뛰어들어갔다. 나는 차에서 내려 담배를 한 대 피워물었다. 하늘엔 구름 한 점 없이 오직 작열하는 태양뿐이었다. 얼마 서 있지 않았는데도 뒷목이 화끈거리고 정수리 부위가 후끈후끈했다. 가로수로 심은 종려나무들이 더위에 축 늘어진 채 겨우 흐느적거렸다. 근래 보기 드문 불볕더위였다.

통유리창 안에서 리셉셔니스트와 이야기를 나누는 선배의 뒷모습은 다소 불안해 보였다. 두 손을 앞으로 내밀며 뭔가를 요구하는 선배와 달리 리셉셔니스트는 고개를 저으며 그 요구를 받아들이지 않는 듯했다. 담배를 다 피우고도 시간이 꽤 지나자 선배가 고개를 떨군 채 사무실 문을 열고 나왔다. 그는 내 앞에 서자마자 한숨부터 내쉬었다.

"이거 어떡하냐? 오토매틱 밴이 두 대 있었는데 방금 다 나갔대. 젠장, 처음부터 여기를 먼저 왔어야 했는데……"

"그럼 그냥 수동으로 빌려요."

"이 짓 하다 죽을 일 있냐? 나 자신 없어."

"그럼 다른 렌터카 숍이 어디 있나 물어보든지."

"아까 우리가 갔던 곳밖에 자기도 모른대. 환장하겠네, 이 근방엔 렌터카 매장이 없다는 뜻인데. 어이쿠, 벌써 열한시가 다 됐잖아!"

선배는 마음이 급한지 자주 시계를 들여다봤다. 따가운 햇살에 그가 눈을 찡그리며 풀죽은 목소리로 말했다.

"어떡하냐, 이거 오늘 안 되겠다."

"에이, 이게 뭐예요? 이 더운 날 아침 일찍부터 사람 불러내고선!"

나는 아예 드러내놓고 신경질을 냈다. 며칠 뒤 시간을 내어 또 이 근방까지 와야 한다 생각하니 벌써부터 귀찮았다. 선배도 언성이 약간 높아졌다.

"내가 이럴 줄 알았냐, 짜식아!"

"미리 차를 예약했어야죠. 여기서 십 년씩이나 산 사람이 예약도 몰라요?"

선배는 몸을 홱 돌리며 차에 올라타더니 시동을 걸었다. 나는 나대로 인상을 구기며 옆자리에 올라탔다. 그는 무작정 차를 몰아 길 위로 들어서며 뭔가를 생각하는 기색이었다. 차는 어딘지 모를 방향으로 굴러가고 있었다. 이미 나는 방향감각을 잃은 지 오래였다.

한동안 차를 몰던 선배는 결정을 내렸는지, 이삿짐센터에 전화를 걸어 인부들과 트럭을 불러야겠다고 했다. 나는 속으로 한시름을 놓았다. 사실 돈이 좀 들어서 그렇지 이삿짐센터를 불러 일을 처리하는 것만큼 쉽고 간편한 방법은 없었다. 그러면서 선배는 공중전화가 눈에 띄면 알려달라고 했다.

"공중전화는 왜요? 모바일폰 있잖아요?"

선배는 퉁명스레 대꾸했다.

"없으니까 그렇지, 인마."

"아니 그 애지중지하던 걸 어쨌어요?"

"그 여자가 박살냈어."

"그, 그 여자라면…… 그러니까……"

선배가 말한 '그 여자'를 어떻게 불러야 할지 나는 잠깐 망설였다. 그 여자란 다름아닌 선배와 결혼해서 함께 살던 여자였다. 언젠가 그 여자를 '전 형수'라고 불렀다가, "그럼 지금 사는 여자는 후 형수냐, 짜샤!" 하는 무안을 당한 탓이었다. 내 억양만으로도 선배는 감을 잡았는지 더이상 말하지 말라는 듯 고개를 끄덕였다.

"그 폰 최신형이었는데, 그 비싼 걸 왜 박살냈어요?"

"그러게 말이다."

눈살을 찌푸리며 짜증난 목소리로 그는 말을 이었다.

"집에 돌아가고 나서 하루 이틀은 그럭저럭 괜찮았어. 그런데 사흘째 딱 되니까 본색을 드러내더라구. 모바일폰을 내 코앞에 막 들이대면서 말야, 이거 그 여자가 사준 거 아니냐고 캐묻기 시작하는데, 와, 한마디로 죽갔더라."

"잠깐, 여기서의 그 여자는……"

이번에 선배가 말한 '그 여자'는 별거 당시의 동거녀를 가리켰다. 선배보다 나이가 열 살이나 어렸는데, 볼 때마다 짙은 화장에 야릇한 향수 냄새를 풍겨서 묘한 느낌이 들곤 했었다. 선배는 내 억양을 듣고 감을 잡았는지 맞다는 듯 고개를 끄덕였다.

"그래서 뭐라고 대답했어요?"

"뭐라고 대답하긴? 당연히 아니라고 했지. 그런데 며칠 동안을 쥐잡듯이 닦아세우는 거야. 아무래도 그년이 사준 거 같다느니, 헤어진 뒤로 전화 몇 번 왔냐느니, 하면서 아예 말려 죽일 듯이 쥐어짜더라."

"그래서요?"

"그래서긴 뭐가 그래서야, 인마! 끝까지 아니라고 딱 잡아뗐지. 이건 내 돈으로 산 거고, 헤어진 뒤로는 전화 한 통화 안 왔다고 골백번도 더 말했지."

"그랬더니요?"

"그랬더니만 갑자기 괴성을 꽥, 지르면서 모바일폰을 집어들더니 바로 벽에 던져 박살을 내버리더라."

"그냥 벽에 바로?"

"그거 말고도 손에 잡히는 대로 집어서 베란다 창 밖으로 막 내던져 버리더라구."

"밑에서 누가 맞기라도 하면 어떡해요?"

"그러니까 내 말이 그 여자 맛이 살짝 갔다는 거 아니냐. 이번에 다시 들어가서 보니까 걔 완전히 돌아버렸더라."

선배는 그때가 떠오르는지 고개를 설레설레 저었다. 언젠가 술에 취해 아내가 우울증을 심하게 앓고 있다며 자기는 더이상 못 견디겠다고 눈물로 하소연하던 그의 모습이 생각났다. 선배 아내의 증상에 관해 들을 때면 제삼자인 나로서도 진저리쳐질 경우가 한두 번이 아니었다.

"그럼, 이번엔 정말 도장 찍은 거예요?"

"도장이 뭐냐, 짜샤? 사인이지."

"아, 어쨌든, 사인한 거예요?"

"어제."

선배와 나는 잠시 아무 말도 하지 않았다. 라디오에서는 〈I've been away too long〉의 후렴구가 반복되며 흘러나오고 있었다. 다른 연인이 생겨 그만 헤어지자는 내용의 노래치고는 코러스가 지나치게 웅장했다. 곡이 끝나기도 전에 나는 궁금한 것을 더이상 참지 못하고 묻고 말았다. 전의 형수가 선배를 그토록 괴롭혔다는 그 질문이었다.

"그런데 그 모바일폰, 그 여자분이 사준 거 맞죠?"

선배는 눈썹을 꿈틀거리며 나를 힐끔 쳐다보고는 귀찮은 듯 말을 돌렸다.

"야, 쓸데없는 소리 말고 공중전화나 찾아봐."

고삐를 늦추지 않고 나는 얼굴을 가까이 들이대며 다시 물었다.

"새 형수 될 여자분이 사준 거 맞죠?"

"맞아."

선배는 짧게 대답하며 공중전화를 찾는 듯 주위를 두리번거렸다.

"전화도 자주 왔죠?"

"음."

"참, 나, 그럼 그렇지. 근데 그 폰 새 형수가 사줬다는 건 어떻게 알았을까? 전에 같이 살았던 여자분이."

"얀마, 결혼해서 같이 십 년을 살았는데 그걸 모르겠냐? 내가 그런 비싼 물건 돈 주고 안 살 거 뻔히 알거든."

나는 어이없는 표정으로 물었다.

"아니, 그걸 알면서 왜 끝까지 아니라고 우겼어요?"

"짜식아, 니가 그 여자를 몰라서 그래. 만약 그렇다고 했잖아? 그럼 그 순간부터…… 아휴, 상상만 해도 끔찍하다, 야!"

선배는 이 더운 날씨에 목을 움츠리며 몸서리를 쳐댔다. 더이상 할말이 없었다. 이 땅에서 이혼은 거의 남자 쪽에게 파산선고를 의미했다. 전 형수의 증세가 오죽 심했으면 쪽박을 찰지 뻔히 알면서도 갈라섰을까, 나로서는 막연히 추측할 따름이었다.

공중전화를 찾기 위해 차는 어디론가 계속 달렸다. 그러나 아무리 달려도 공중전화는 보이지 않았다. 시드니는 일정 지역만 벗어나면 아예 그런 시설이 없었다. 선배는 그 일정 지역 안으로 들어서기 위해 어딘지 모를 곳으로 끝없이 차를 몰았다. 햇볕에 달구어진 도로 저편에 아지랑이가 피어나 시야를 흔들고 있었다.

나는 십 분쯤 주변을 살피다가 현기증을 느끼며 눈두덩과 관자놀이를 손가락으로 꾹꾹 눌렀다. 지난밤 과제물인 에세이를 쓰느라 잠을 못 잔 탓이었다. 선배는 운전대를 붙잡고 앞과 옆을 열심히 두리번거리며 공중전화를 찾고 있었다. 그 모습이 한심하기 이를 데 없었다. 캠시 역 앞에서 만나 벌써 두 시간째 아무 한 일 없이 길 위에서 뺑뺑이를 도는 중이었다. 내가 한숨을 포옥 몰아쉬고는 좌석에 기대 눈을 감으려는데, 갑자기 선배가 소리를 질렀다.

"야, 찾았다!"

선배는 차를 그쪽으로 몰았다. 나는 눈을 비비며 선배가 말한 쪽을 보았다. 선배가 찾아낸 것은 의도했던 공중전화부스가 아니었다. 눈앞에는 희한하게도 거짓말처럼 렌터카 매장이 있었다.

선배와 나는 함께 리셉션에 들어갔다. 다행히도 오토매틱 밴이 한 대 남아 있었다. 과장되게 환호성을 지르는 선배를 보고 금발의 미녀 리셉셔니스트는 'You are so lucky!' 라며 찡긋 윙크까지 해주었다. 이삿짐센터를 부르기로 한 계획은 순간 취소되었다.

선배는 서류에 간단한 사항을 기재하고 돈을 지불한 뒤, 차를 주차하고 오겠다며 사무실을 뛰어나갔다. 렌터카 매장엔 고객의 차를 주차하는 장소가 마련되어 있지 않아서 따로 주차장을 찾아야만 했다.

나는 밖으로 나와 담배 한 개비를 피워물었다. 천 와트짜리 거대한 전등 아래 서 있는 것처럼 거리와 건물들이 온통 하얗게 빛이 바래 보였다. 렌트를 기다리는 매장의 차들에서 반사된 햇빛이 날카롭게 눈을 후비고 들어왔다. 눈을 질끈 감자 불현듯 지금 내가 왜 여기에 서 있는지 잘 가늠이 되지 않았다.

"담뱃불 빨리 꺼라! 빨리 움직여야 해! 시간 없어!"

주차를 끝냈는지 선배가 길 아래 멀리서부터 달려오며 소리를 질러댔다. 여간 급한 성격이 아니었다. 턱까지 찬 숨도 돌리지 않고 밴의 운전석에 올라타는 그의 이마에 땀방울이 맺혀 있었다.

불행하게도 렌터카는 에어컨이 되지 않았다. 기름값 절약을 위해 매장 쪽에서 작동장치를 제거했는지 아니면 누군가 사용하다 고장을 냈는지 알 수 없으나 오늘 같은 불볕더위엔 고문이 따로 없었다. 어쩌면 이 이유 때문에 아직 렌트가 되지 않았을지도 모른다는 짐작마저 들었다. 열어놓은 창문에서는 뜨거운 바람이 끝없이 몰아쳐들어와 숨이 턱턱 막혔다. 안전벨트 착용상태에서 그 열풍을 맞자니 꼭 훈증기 앞에 꼼짝없이 묶여 있는 기분이었다.

게다가 더욱 불행한 일은, 공중전화를 찾으려고 무작정 운전을 하다가 우연찮게 렌터카 매장을 발견하기는 했지만 그 탓에 돌아가는 길을 전혀 모른다는 사실이었다. 차 안에는 그 흔한 UBD(도로지도)도 비치되어 있지 않았다. 선배는 자신의 어렴풋한 기억력에 의지해 중간중간 수도 없이 엉뚱한 도로를 들어섰다가 여러 번 지나친 길을 되짚어 목적지를 더듬어가야만 했다. 이대로 길 위를 빙글빙글 맴돌다가 전자레인지 속의 인스턴트 음식처럼 옷을 입은 채 즉석훈제요리가 될 것만 같았다.

그렇게 어렵사리 길을 더듬어 목적지인 론리 비치 해안 아파트 앞에 차를 세웠을 때였다. 나는 얼른 안전벨트를 풀고 차 문을 열었다. 오래 앉아 있어서 그런지 엉덩이가 흠뻑 젖은데다가 오금이 저려왔다. 차에서 내리려고 한 발을 땅에 내딛자, 선배는 별안간 미친 듯이 운전대를 내리치며 절규했다.

"빽크 오프! 빽크 오프!"

두 손으로 운전대를 수없이 내리치던 선배는 그대로 머리를 핸들에 파묻어버렸다. 그는 갑작스레 감정을 추스르기 어려운 사람으로 보였다.

"왜 그러세요?"

영문을 모르는 나는 차에 다시 올라타 그의 어깨를 조심스레 흔들었다. 그의 어깨는 땀에 젖어 뜨겁고 축축했다.

"선배, 괜찮아요?"

그는 꿈쩍도 하지 않았다.

"왜 그래요? 말 좀 해보세요?"

"아, 다시 되돌아가야 해!"

그가 여전히 머리를 핸들에 묻은 채 신음했다. 너무 깊은 탄식에 섞인 말이라 무슨 의미심장한 장면의 연극대사처럼 들렸다. 의도하지 않았지만 어느새 내 목소리도 연극대사의 톤을 따라갔다.

"되돌아가긴 어디로 되돌아가요?"

"아까 그 자리로."

나는 답답해 미칠 지경이었다.

"빠빨리 일 끝내야 된다며 난리를 치더니 아까 그 자리로 왜 또 가요?"

"빽크! 열쇠뭉치를 놓고 왔어! 차 콘솔박스에 두고 왔다구!"

순간 일어난 어지럼증에 나는 손을 들어 이마를 짚었다. 어쩐지 너무 서두른다 싶었다. 지금 이 살인적인 더위 속에서 무엇을 위해 이렇게 길 위에서 맴을 돌아야 하는지 알 수가 없었다. 차문을 거칠게 닫으며 나는 신경질적으로 소리쳤다.

"그럼 빨리 가요, 그렇게 엎어져 있지 말고!"

선배는 고개를 들어 나를 쳐다보며 아이같이 울상을 지었다. 염색이 빠진 그의 앞머리칼이 볼썽사납게 이마에 들러붙어 있었다.

"너, 내가 차 어디에 주차했는지 기억나냐? 나 지금 기억이 안 나. 그쪽 길은 정말 처음이었거든. 아, 거기까지 또 언제 갔다 오지?"

"자, 어서 차 돌려요. 그 근방에 가면 기억날 거예요. 일단 가요! 어서요!"

12:50 p.m. Beach Apartment

아파트는 바닷가 언덕 위에 지어진 사층 건물이었다. 우리는 종이박스를 들고 그 건물의 사층으로 올라갔다. 찾아온 열쇠로 현관문을 따고 들어가자 후끈한 열기가 얼굴에 달려들었다. 선배는 신발을 신은 채 거실을 성큼성큼 건너가더니 베란다 커튼을 걷었다. 통유리문 너머로 바다가 한눈에 보였다. 그 문을 열자 시원한 바람이 들어왔다.

"햐, 경관 조오타!"

나는 들고 올라온 종이박스를 팽개치며 주위를 둘러보았다. 벽에 걸린 액자들과 공간을 고려해 배치한 가구 및 가전제품 들만 보아도 꽤나 정성을 들인 집이었다. 베란다에 나서자 비릿하면서도 상쾌한 공기가 땀을 식혀주었다. 파도 소리도 선명하게 들려왔다. 나는 눈 아래 펼쳐진 해안선을 바라보며 담배를 한 대 꺼내물었다. 곧바로 고함 소리가 터졌다.

"담배 빨리 안 집어넣어! 시간 없다고 했지!"

"담배 한 대 피울 시간도 없어요?"

선배는 대답 대신 온 얼굴의 근육을 움직여 인상을 썼다. 입맛을 다시며 담배를 집어넣자, 선배는 밑에 내려가서 박스를 좀더 가져오라고 했다. 내가 사층을 한달음에 내려가 차 안에서 박스를 더 갖고 올라왔을 때, 그는 이미 책장의 책들을 두 박스나 쓸어담은 상태였다. 급하긴 급한 모양이었다. 박스에 짐이 차면 마무리 테이핑을 한 뒤 일층 언덕 아래 주차장까지 운반하는 일이 나의 임무였다.

하지만 책은 일곱 박스를 옮겨도 끝이 나지 않았다. 지난밤 잠을 못 잔데다가 무더운 날씨 탓인지 사층을 여덟 번 정도 오르내리자 몸이 점점 둔해지기 시작했다. 미리 싼 짐을 나르는 게 아니라 선배가 짐을 추려내고 정리하면서 옮기느라 시간과 발품이 의외로 많이 들었다.

책상도 역시 책상 하나가 아니었다. 책상 위에는 십구 인치 컴퓨터 모니터가 있었고 데스크톱 본체와 레이저프린터에 스캐너까지 딸려 있었다. 책상 옆에는 서랍장 형태의 문방구 정리대까지 있어서 이것들만 나른다 해도 네다섯 번은 족히 오르락내리락해야 했다. 물건이 별로 없다는 선배의 말을 곧이 믿은 내가 바보였다. 오르락내리락을 열다섯 번쯤 했을 무렵, 눈앞에 날파리 같은 것들이 점점으로 날아다니기 시작했다.

"에이 씨, 뭐가 이렇게 많아요! 책 몇 박스에 책상 하나가 아니잖아요!"

끝내 나는 거실 바닥에 철퍼덕 주저앉아버렸다. 면바지와 셔츠가 땀에 젖어 불쾌하게 살갗에 들러붙었다. 선배는 내 말이 들리지 않는지 이마의 땀을 연신 닦아가며 짐만 쌌다.

선배는 늘 이런 식이었다. 약속을 지키는 적이 없었고 불리한 것들은 대개 축소시켜 말했다. 나중에 그 문제에 대해 내가 항의하면 언제나 못 알아듣는 척했다. 그리고 성격이 급해서 다른 사람의 동작이 굼뜬 것은 참지 못했다. 무엇보다 기억력이 좋지 않았는데 물었던 말을 또 묻는 일이 다반사였고 내가 해준 웃긴 이야기를 다시 내게 해주기까지 했다. 간혹 그의 그런 행동들을 볼 때마다 나는 어이가 없어서 시니컬해지곤 했다.

"제 말 들려요? 무슨 책을 이렇게 많이 가져가요?"

선배는 기계적으로 책과 파일들을 박스에 넣으며 헐떡대고 있었다. 그가 몰아쉬는 숨소리가 몇 걸음 떨어진 내게까지 확실히 들렸다.

"그러게 말이야. 이걸 다 가져가야 하나?"

"그걸 지금 저한테 묻는 거예요? 나, 참!"

나는 다리를 쭉 뻗고 앉아 발을 떨어대며 빈정거렸다. 그러나 선배는 이마에 땀이 흥건한 채 당혹스럽게 중얼거렸다.

"아, 정말 왜 이리 책이 많지."

"그게 다 빚이라구요, 빚! 그걸 다 어떻게 할 거예요?"

방 귀퉁이에 쌓아놓은 전집류를 노끈으로 묶다가 놀라서 혼잣말을 하기도 했다.

"이 먼지 좀 봐, 먼지. 왜 이리 먼지가 많지."

"그게 다 죄라구요, 죄. 보이지 않는 곳에 쌓였던 죄!"

나는 여전히 늘어진 자세로 깐족이다가는 벽시계를 보았다. 두시가 훌쩍 넘어가고 있었다. 수업은 세시 이십분에 시작이고 오늘은 에세이를 제출하는 날이었다. 어젯밤 늦도록 사전을 뒤적거리며 에세이를 썼건만 제출은커녕 출석도 못 할 판이었다. 당장 선배가 일손을 놓고 고물 렌터카를 몰아 학교까지 달려준다면 가능하겠지만 그건 불가능한 기대였다. 점심을 먹고 하자는 말도 엄두를 내지 못할 상황이었다.

"빠빨리 해! 시간 얼마 안 남았다니까!"

땀에 흠뻑 젖은 그의 얼굴이 찌푸려졌다. 내가 잠시라도 쉬는 기색이 보이면 선배는 똑같은 잔소리를 퍼부었다. 나는 투덜거리며 짐상자를 안아올려 밴이 주차되어 있는 일층 언덕 아래를 향해 터벅터벅 내려갔다.

건넌방에 있는 물건들이 싹 실려나가자 선배는 안방으로 들어가 장롱 문을 열었다. 서랍이란 서랍은 죄다 열어 그 안의 것들을 여행가방에 쑤셔넣기 시작했다. 가죽 점퍼와 바바리코트, 양복, 오리털 파카 등의 큰 옷은 옷걸이째 빼내어져 내 앞에 던져졌다. 나는 그것들을 한아름 주워서 질질 끌며 계단을 내려가서는 짐칸에 아무렇게나 던져넣었다.

안방 일이 마무리될 즈음, 나는 작업이 끝났으리라 생각하고 화장실에 들어가 세수를 했다. 그런데 세수를 하고 나오자 선배는 넓은 붙박이장을 열어 그 안의 것들을 꺼내고 있었다. 골프 클럽, 스몰 카트, 테니스 라켓, 스킨스쿠버 장비, 바다낚시 도구 등이 밖으로 나왔다. 그야말로 갈수록 태산이었다. 간혹 선배는 물건을 손에 든 채 갖고 가야 할지 말아야 할지 고민하는 기색이 역력했다.

그러던 그가 거실 벽을 응시하더니 느닷없이 환호성을 내질렀다. 왜 진작 이 물건을 챙기지 못했을까, 하는 표정이었다. 선배는 소파를 밟고 올라가 곧 아이 키만한 액자를 떼어냈다. 선배는 액자의 먼지를 손바닥으로 닦아내며 한참을 서서 보다가 감격에 찬 얼굴로 입을 열었다.

"이거야! 이게 이 집에서 제일 귀한 물건이지. 그야말로 보물 일호!"

"어디 좀 봐요."

'보물 일호' 라는 말에 솔깃해진 나는 일손을 놓고 액자 앞으로 다가갔다. 묵으로 친 대나무 옆에 단아한 붓글씨로 한시를 적어넣은 것이었다.

"이거 뭐라고 쓴 거예요?"

내가 액자를 만지려 하자 선배는 감히 어딜 만지냐는 투로 내 손을 찰싹 후려쳤다. 순간 기분이 상해서 나는 빈정거렸다.

"아, 알았어요, 난 손도 안 댈 테니까 알아서 나르든지 맘대로 하세요."

선배는 들은 척도 안 하고 액자에서 눈을 떼지도 않은 채 내게 하는 말인지 자신에게 하는 말인지 알 수 없는 톤으로 중얼거렸다.

"이건 진짜 중요한 거니까 깨지지 않게 제일 마지막에 실어야 해."

선배는 액자를 바닥에 조심스레 내려놓더니 발에 차여 깨지지 않도록 소파 옆에 잘 세워두었다.

사실 '보물 일호' 치고는 별로 내 구미를 당길 만한 물건은 아니었다. 이 집에 들어서자마자 내 눈길을 끌었던 것은 따로 있었다. 바로 장식장에 놓인 결혼사진이었다. '빠빨리 끝내자' 는 선배의 다그침에도 불구하고, 나는 결혼사진 액자의 유리에 앉은 먼지를 손가락으로 닦아냈다.

그 사진의 배경은 조명과 장식이 화려한 결혼식장이 아니라 어느 변두리 음식점 뒷마당으로 추측됐다. 한쪽에 맥주 궤짝이 쌓여 있고, 이제 도시에서 볼 수 없는 파라솔과 간이 쇠의자들이 보였다. 실력 있는 사진사가 고급 카메라로 찍은 것이 아니라 평범한 사람이 자동카메라로 찍어 보통 사이즈 상태로 액자에 넣은 것이었다. 그래서 사진 속 남녀의 얼굴을 자세히 보려면 상당한 집중력이 요구됐다. 신랑은 촌티 나는 양복을 입고 어설프게 웃고 있는 반면 신부는 부끄러운 듯 고개를 숙이고 있어서 도무지 표정을 알아볼 수가 없었다.

"너 정말 계속 쓸데없는 짓 할래!"

기어이 선배에게 등짝을 한 대 맞고서야 나는 사진을 내려놓고 짐을 또 옮기기 시작했다.

세시가 넘자 선배의 몸놀림은 더욱 빨라졌다. 움직임이 둔해진 나와는 달리 선배는 아예 박스를 두세 개씩 등에 지더니 사층에서 일층 언덕 아래로 직접 날랐다. 퇴각 예정시간이 몇십 분 앞으로 다가왔을 때는 선배도 나도 물건을 밴에 쓸어담느라 거의 정신을 잃을 지경이었다.

"야, 인마! 너 왜 바둑판은 안 옮겨? 이거 아까부터 걸리적대니까 치우라고 했지!"

선배의 고함을 듣자마자 나는 화가 치밀어 움직임을 멈췄다. 이런 제기랄, 책 몇 상자에 책상 하나라고 하더니만 골프 클럽, 바다낚시, 스킨스쿠버 장비에 바둑판까지 나르라니! 내가 지금 학교에 안 있고 여기서 뭘 하고 있지, 하는 후회가 몰려왔다. 외국에 공부하러 나와 이런 짓하느라 수업마저 빼먹었다는 데 생각이 미치자 얼굴이 확 달아올랐다.

"아니, 이 쓸데없는 것들을 왜 가져가요? 내다팔아도 돈 한푼 못 받겠구만!"

나는 수경을 머리에 쓴 채 기압계가 덜렁거리는 산소통을 어깨에 메고 잠수복 등속을 들어올리며 맞고함을 쳤다. 선배는 등짐을 지며 이를 앙다물었다.

"너, 이 자식, 그딴 소리 하지도 마. 내가 왜 그렇게 힘들게 밴을 빌렸는데? 이게 다 재산이야, 재산! 가져갈 수 있는 건 쌀 한 톨도 다 가져갈 거야. 먼지 한 줌까지 다 챙겨갈 거라구!"

3:54 p.m. The Same Apartment

신발을 신고 거칠게 짐을 옮겨서인지 거실은 지저분했다. 각종 쓰레기들과 먼지, 흙발자국 탓에 카펫은 엉망이었다. 중간중간 짐들이 빠져나간 집 안은 처음의 아늑하고 조화로운 모습과는 달리 불균형적으로 보였다. 마치 잘 빗어놓은 머리카락을 군데군데 억지로 잡아 뜯어낸 꼴이었다.

"메모라도 몇 줄 남겨야 되지 않아요?"

내가 노끈 및 테이프 등속을 챙기며 묻자 선배는 귀찮은 표정을 지었다.

"도둑이 몽땅 털어갔다고 생각하게 두는 편이 나아."

세상에 뭐 이런 냉혈한이 다 있나, 하는 느낌에 나는 힐끗 그를 쳐다봤다. 선배는 잠시 베란다 너머로 눈길을 주다가 그쪽으로 성큼성큼 걸어갔다.

"야, 이리 와서 이것 좀 들어봐!"

선배는 베란다의 유리문을 사이에 두고 나를 향해 소리쳤다. 나는 못 본 척하는 편이 낫겠다 싶어 얼른 시선을 다른 곳으로 돌렸다. 그가 가리킨 것은 다름아닌 커다란 제라늄 화분이었다. 이사가 다 끝난 마당에 또 그 화분을 들고 사층을 내려가야 한다 생각하니 짜증을 참을 수가 없었다. 그가 좀 이상하게 보이기까지 했다. 분초를 다투며 짐을 들어내는 이 상황에서 화분까지 챙기는 이 남자를 어찌 정상으로 보겠는가. 그것도 상등급의 난이나 희귀식물도 아니고 그저 평범한 제라늄 화분을.

"아, 그 무거운 흙더미를 왜 들고 가요? 성격 정말 이상하네!"

나의 막말에도 선배는 얼굴 하나 안 변했다.

"아냐, 가져가야 해. 빨리 와."

"그 화분에 무슨 사연이라도 있어요? 여기 베란다에 잘 어울리는데."

"사연 없어. 빨리 오라니까."

"제가 저거보다 더 큰 걸로 하나 사줄 테니 제발 거기다 둬요!"

내가 아무리 핑계를 대며 버텨도 선배의 화분에 대한 집착은 완강했다.

"어서 와. 여기 두면 이 꽃 분명히 말라 죽어. 빠빨리! 삼 분 남았어!"

날카로운 그의 외침 소리를 듣는 순간 나는 뚜껑이 확 열리며 욕이 치밀어올랐다. 그러나 시간이 촉박하다는 말에 어쩔 수 없이 베란다로 나가 화분을 들어올렸다. 제라늄 특유의 고약한 냄새에 저절로 고개가 돌아갔다. 선배는 화분받침을 들고 잽싸게 거실을 가로질러서는 현관문을 열어주었다. 내가 화분을 들고 종종걸음을 치며 문가로 갔을 때, 선배는 아파트 열쇠를 신발장 위에 두려다가 거기 놓인 쪽지 한 장을 집어들었다.

미안해. 더이상 견딜 수가 없구나. 닥터 스미스 잊지 말고 자주 만나.

그 짧은 글을 그는 오래도록 읽었다. 나 역시 엉거주춤 화분을 들고 문가에 서서 그의 어깨너머로 쪽지를 훔쳐보았다. 왜가리마냥 고개를 쭉 빼고 쪽지를 읽는 나를 선배는 신경질적으로 문 밖으로 밀어내더니, 그 쪽지 위에 아파트 열쇠를 내려놓았다. 그리고 대문의 걸쇠를 걸고는 손잡이를 힘껏 잡아당겼다. 얼마나 세게 문을 닫았는지 복도가 쾅, 하고 울리자 그 소리에 화분 밑이 쑥 빠져버릴 것만 같았다.

"빠빨리! 빠빨리!"

선배는 날듯이 계단을 서너 개씩 뛰어내리며, 무거운 화분을 들고 더듬더듬 내려가는 나를 향해 끝없이 소리를 질러댔다.

주차장으로 내려와 화분을 밴에 싣자 선배는 긴장된 음성으로 말했다.

"그 여자가 분명 이쪽 길로 올 테니 우린 저쪽 길로 가자."

누가 볼세라 그는 황급히 차에 올라타 재빠르게 시동을 걸었다. 디지털시계에 푸른 불이 들어오자 숫자가 정확히 네시에서 네시 일분으로 넘어갔다. 마치 경찰의 봉쇄망을 염두에 두고 치밀하게 도주로까지 계획한 전문 털이범이 된 기분이었다. 짐이 들어차서인지 차체의 움직임이 묵직했다.

아파트 주위를 어느 정도 벗어났을 때, 나는 쪽지 내용을 떠올리며 지나치듯 한 가지를 물어보았다.

"그런데 닥터 스미스가 누구예요?"

별다른 뜻 없이 한 말이었는데 그는 버럭 화를 냈다.

"몰라, 인마! 내가 어떻게 알아!"

나는 무안해져서 시트에 몸을 깊이 구겨넣었다. 설탕물을 뒤집어쓴 것처럼 온몸이 축축하고 끈적끈적해서 한바탕 찬물로 샤워를 하고 싶은 마음만 간절했다. 선배 역시 지치고 힘이 드는지 귀밑 희끗한 새치 아래로 땀방울이 흘러내렸다. 그 모습이 유난히 병들고 초라해 보였다.

"너 주위에 이혼한 사람 있냐?"

대로로 접어들자 그가 조용히 입을 열었다.

"없는데요."

"그럼 내가 네가 아는 '이혼 일호'가 되겠구나."

"그러네요. 제가 아는 '이혼 일호'."

"영광인지 치욕인지 모르겠다."

어느 쪽인지 뻔히 알잖아요, 라고 대답하려다가 그럴 분위기가 아닌 것 같아서 나는 그저 얌전히,

"선배님은 '일호'라는 말 무지 좋아하나봐요."

대꾸하고는 눈을 감았다. 차창으로 작열하는 햇살이 들이치고 열풍까지 부는데도 피곤해서인지 졸음이 쏟아졌다. 정신이 아득해지며 노곤히 잠 속으로 빠져드는데 갑자기 선배가 불에 덴 듯 소리치며 운전대를 미친 듯이 내리쳤다. 깜짝 놀란 나는 눈을 번쩍 떴다.

"오, 쉿트! 일호! 빽크 오프! 빽크 오프!"

그는 차마 운전중이라 머리를 핸들에 파묻지는 않았지만 한 손을 들어 머리칼을 거칠게 쥐어뜯었다. 금방 쇠몽둥이로 뒤통수를 두들겨맞은 것처럼 격렬한 고통에 시달리는 표정이었다.

"아니, 또 왜 그러세요?"

선배는 머리를 쥐어뜯던 손을 움켜쥐더니 밴의 천장을 주먹이 깨져라 꽝꽝 두들겨댔다.

"씨발, 놓고 왔어!"

"이번엔 또 뭘 놓고 왔어요?"

그는 어쩔 줄 몰라하며 단절음 외에는 말을 제대로 잇지 못했다.

"일호, 보물! 거기! 소파, 옆에! 내 액자!"

이젠 거의 감정을 조절하는 뇌의 어느 기관이 파열된 사람으로 보였다. 꽥꽥 소리를 질러대던 선배는 뭔가를 찾는 듯 손으로 자신의 몸을

더듬더니 바지 주머니에서 느닷없이 모바일폰을 꺼냈다. 우울증이 심한 전 아내가 벽에 던져 박살을 냈다는 그 최신형 단말기였다. 그리고 손가락을 부들부들 떨며 버튼을 누르기 시작했다. 상대방이 나오자 그는 돌변하여 흐느껴 울었다. 액자를 놓고 왔다고, 액자를 찾으러 다시 가겠다고, 그는 같은 말을 반복하며 끝없이 애원했다. 눈물을 뚝뚝 흘리며 애원을 하는 동안 자동차의 스피드는 점점 줄어들었다. 닥터 스미스가 무섭긴 하지만 자주 병원에 가겠다는 약속을 몇 번이나 다짐할 즈음에 밴은 이미 팔차선 한가운데 정지해 있었다. 주위에서 클랙슨 소리와 욕설이 곳곳에서 터져나왔다.

스스로조차 어찌할지 몰라 마냥 눈물을 흘리고 있는 선배의 얼굴 속에서 수줍게 웃던 결혼사진의 그 청년을 연상해내기란 불가능한 일이었다. 나는 이 무더위 속에서 엄습한 서늘한 기운을 어떻게 견뎌야 할지 알 수가 없었다. 그래서 도로 한가운데에서 차문을 열고 내려야 할지 계속 앉아 있어야 할지 끝없이 망설였다.

캥거루가 있는 사막

버스 앞으로 잽싸게 점프하여 길을 건너가는 캥거루였다. 캥거루 출몰구역임을 미리 알았는지 버스는 그때마다 불규칙적으로 속도를 줄였다. 개중 커다란 놈은 거의 버스 앞 유리창 높이까지 뛰어올라 길 너머 어두운 곳으로 사라져갔다. 그 모습은 마치 탈출을 기도하다 탐조등에 잡힌 죄수가 잠시 카메라 쪽을 곁눈질하고 황급히 몸을 숨기는 영화의 한 장면 같았다.

1. 사막에서 만난 사내

1

너, 혹시 사막 위에 뜬 일곱 색깔 무지개를 본 적이 있니?

참 선명하더라. 빨, 주, 노, 초, 파, 남, 보……

흙설탕빛 모래. 손에 쥐면 비스킷처럼 바스러지며 끈적이는 사막의 모래 위에 비가 내린다.

지금 편지를 쓰고 있는 곳은 '에어스록' 리조트야.

시드니에서 출발하여 캔버라, 멜버른, 애들레이드, 앨리스스프링스를 거쳐 이곳까지 오는 데 일 주일이 넘게 걸렸다. 어제와 그제는 달리는 버스 창 밖으로 모래만 보았어. 간혹 키 작은 관목 수풀 사이로 캥거루와 에뮤가 붉은 모래먼지를 일으키며 뛰어다니는 게 눈에 띄곤 해서 겨우 지루함을 달랠 수 있었어. 이틀 동안 꼬박 낮에는 모래를 보고 밤에는 별을 보았다. 이곳에는 별이 굉장히 크다. 또한 많다. 입 안에서 잘게 바스러지는 얼음 알갱이처럼 그렇게 시린 별이 하늘 가득 촘촘히 박혀 있어.

아영, 이곳과 그곳은 너무 멀다.

최소한 빅토리아 사막을 지나야 하고 남태평양을 건너야 하니까. 까마득하게 느껴지면 느껴질수록 아득하게 네가 그립다. 너의 웃음소리가, 듣기 좋던 너의 웃음소리가 꿈결처럼 그리워.

그리고, 지금으로서는 매우 중대한 '그 일'로 인해 네가 고통받고 있으리라 생각하니 마음이 몹시 아파. 아프다 못해 두렵기까지 해. 아직까지 어떻게 해야 할지 결정을 내리지 못했다. 아영아, 조금만 기다려. 좋은 방법이 있을 거야. 한국에 돌아가면……

"이봐, 진!"

내 이름을 부르는 쪽으로 고개를 돌렸다.

"뭐 하고 있어?"

코바가 몸에 남아 있는 물기를 타월로 닦아내며 다가오더니 내 어깨에 손을 얹었다.

"편지를 쓰고 있군?"

그에게서 비누 냄새가 풍겨왔다.

"응."

나는 짧게 대답하고는 허둥지둥 다이어리를 덮었다. 그가 한글을 읽을 수 없을 텐데도 나는 비밀을 들킨 사람처럼 당황하여 안절부절못했다.

"누구한테?"

젖은 머리칼을 타월로 털어내며 코바는 맞은편 침대에 걸터앉았다. 나는 조금 전의 부자연스러움을 그냥 웃음으로 얼버무리며 88라이트 한 개비를 빼어물고는 불을 붙였다.

"걸프렌드?"

'걸프렌드' 라는 단어에 나는 잠시 망설였다. 그냥 '프렌드?' 하고 물었다면 빨리 대답했을 것이다. 이 나라에서는 평범한 물음임에도 불구하고 '걸프렌드' 에는 성관계의 의미가 포함되어 있어서 나는 자주 곤란함을 겪곤 했다. 우리말로 하면 이렇다. '너랑 한 적 있는 여자지?'

"음."

코바는 씽긋 웃으며 말보로 한 대를 입에 물고는 길게 드러누웠다. 멋있는 웃음을 갖고 있는 녀석이다. 양 볼에 사뿐히 웃음을 머금으면 한쪽 눈썹이 슬며시 올라간다. 웃음을 멋있게 만드는 건 녀석의 눈빛이다. 검게 그을린 얼굴에 머리카락은 목을 뒤덮고 턱수염이 듬성듬성 길게 솟아나왔지만, 그의 눈빛은 서늘하면서 맑은 느낌을 주었다. 표주박에 떠올려진 한 모금 석간수와 같은 이미지랄까. 유럽인들과 호주인들 사이에서 우리의 눈은 자연스럽게 마주쳤다.

*

그곳이 '쿠버페디' 였던가, 사막의 첫 관문이라 불리는. 그레이트 빅토리아 사막과 스터젤러키 사막의 중간에 위치한 작은 모래도시에서 젊은 동양인 한 명이 내게로 걸어왔다. 해가 떨어진 지 한참 지난 무렵

이어서 사막의 밤은 어두웠고 공기는 선선했다. 승객들을 내리고 태우기 위해 버스가 잠시 정차했던 것이다.

"실례지만 불 있으세요?"

들릴 듯 말 듯한 음성의 영어로 젊은 동양인은 내게 물었다.

"예."

"좀 빌려도 될까요?"

"그러시죠."

라이터의 불꽃이 튀어오르자 몹시 지친 듯한 표정 하나가 순간 떠올랐다 사라졌다. 그는 몇 모금인가를 연거푸 깊게 빨더니 별을 향해 기다란 연기를 내뿜었다.

멀리서 타고 가야 할 그레이하운드 버스의 시동 거는 소리가 들려왔다. 승객들이 하나 둘씩 버스에 오르기 시작했다. 그는 뒤늦게 생각난 듯 나에게 라이터를 돌려주었다. 그때 녀석의 얼굴에 미소가 언뜻 비쳤다. 마치 재빠르게 떨어지는 별똥별의 잔광처럼 그것은 희미하게 번졌다가 사라졌다.

나는 돌려받은 라이터를 만지작거리며 잔뜩 분위기를 잡고 있는 이 녀석의 국적이 대한민국이 아니기를 바랐다. 내 나이 또래의 한국 녀석을 이런 사막 도시에서 만난다면 내용은 뻔했다. '대학을 어영부영 다니다가 군복무를 마친 뒤 육 개월 혹은 일 년 정도 어학연수를 마치고, 지금은 귀국 전에 잠시 여행중.' 약간의 가감이 있겠지만 여기서 크게 벗어나는 경우는 드물었다. 나랑 닮은 고만고만한 인간들을 굳이 이곳까지 와서 대면하고 싶지 않았다.

점점 급박해지는 버스의 엔진음을 들으며 나는 마음속에서 내기를 걸었다. 만약 이 녀석이 한국인이면, 나는 일본인이라고 말한 뒤 어떤 대꾸도 하지 않는다. 한국인이 아니면, 나는 그에게 라이터를 준다. 그리고 이 사막을 빠져나가기까지 약 오 일 동안 좋은 친구가 된다. 초록색 일회용 라이터에 씌어진 '딩동댕 노래방' 이라는 하얀 글씨가 어둠 속에서도 보였다.

"혹시 라이터 필요하세요?"

마지막 한 모금을 빨며 그가 고개를 끄덕였다.

"일본인인가요?"

"예."

라이터를 나는 그 자리에서 선물했다. 나와 어깨를 나란히 하고 버스로 뛰어가는 그의 얼굴에 미소가 떠올랐다. 조금 전 보았던 것보다 더 기다란 유성의 꼬리가 그의 입가에 번져나갔다.

그는 자신의 이름을 코바라고 소개했다. 나이는 나보다 두 살 많은 스물아홉이었고, 호주에 온 지는 십 개월이 지났다고 했다. 실제 이름은 고바야시 이사오라고 했는데, 그냥 '코바' 라 불러달라고 했다. 나는 취업 걱정이 태산 같은 삼류 지방사립대학의 영문학과 사학년이라는 것과 막노동을 해서 번 돈으로 배낭여행을 하고 있는 가련한 청춘이라는 것을 말하려다가 모두 생략하고 내 이름의 끝자를 따서 '진' 이라 불러달라고 했다.

여행을 한 지 스무 날이 채 되지 않은 내가, 지난 십 개월간 뭘 경험했느냐고 물었더니 그는 아무것도 하지 않았다고 간단하게 대답했다. 내가 이것저것 물어보니 그는 정말 경험해본 일이 거의 없었다. 사막에 대해 조금 알고 있는 것 외에는 하다못해 시드니의 오페라 하우스조차 가보지 않았을 정도였다.

십 개월 동안 어떻게 아무것도 하지 않을 수 있는지 내가 계속 의아해하자 코바는 이상하냐고 반문했다. 나는 한국에서 이십대 후반의 사지 멀쩡한 청년이 십 개월 동안 아무것도 하지 않는 경우는 못된 짓을 해서 격리되어 있거나, 죽을병에 걸리거나, 아니면 제대로 살지 않기로 작정한 사람 외에는 거의 찾아볼 수가 없다고 말해줬다. 그는 내 말에 동의한다는 의사를 표시하고 신중한 표정으로 고개를 연신 끄덕였다. 별다른 의도 없이 한 말에 그가 너무 깊이 생각하는 것 같아 나는 그를 만나고 처음으로 웃음을 터뜨렸다.

혹시 사막을 연구하는 지리학자가 아니냐는 물음에 코바는 나를 따라서 씽긋 웃더니, 자신은 대학을 다니지 않았다고 했다. 그가 나에게 대학을 다녔냐고 물어서 나는 아직까진 대학생이지만 한 달 후면 졸업하게 될 것이라고 대답했다. 그는 나에게 왜 그리 늦게까지 대학을 다녔냐고도 물었는데, 나는 별로 늦게까지 다닌 것이 아니라고 말하고는 한국의 징병제도에 대해 설명해줬다. 코바는 뭐 그런 게 다 있냐며 이해하기 힘들다는 표정을 지었다. 나는 일본이 한국을 삼십육 년간 잔혹하게 식민통치를 했다는 것과 한국전쟁 때는 군수사업으로 많은 이득을 챙겼다는 것도 말해줬다. 그로 인한 한국인의 반일감정과 아울러 반공정서까지 이야기해줬는데, 코바는 그런 일이 실제로 있었냐며 매우 놀라워했다.

뭐 이런 답답한 녀석이 다 있나, 하는 눈초리로 내가 쳐다보자, 코바는 분위기를 눈치챘는지 약간 미안한 얼굴로 설명했다. 물론 일본 젊은이들 중에는 그런 문제들을 잘 알고 있는 부류도 있겠지만 자신은 전혀 그런 쪽에 관심이 없을뿐더러 자기 또래의 대부분은 그런 이야기를 안 한 지가 오래됐다고 했다. 그럼 도대체 너는 어떤 것에 대해 관심이 있냐는 격앙된 나의 물음에 그는 짧게 대답하고 입을 다물었다.

"운명에 대하여."

*

"이봐, 이봐, 진!"

코바의 목소리에 고개를 돌리자 뭔가 눈앞으로 다가왔다. 재떨이? 손가락 사이에 끼워진 담배가 어느새 필터까지 타들어가고 있었다. 비로소 뜨거움이 느껴졌다.

"진, 무슨 생각을 그렇게 깊이 하지? 여자친구?"

너를 생각하고 있었다고 말하려다가 나는 그냥 웃어 보였다.

"너의 여자친구에 관해 말해주지 않을래?"

코바가 침대에 누워 팔베개를 하며 물었다. 나는 특별히 할말이 없다고 했다. 아니, 나는 웬만해서는 그녀를 떠올리고 싶지 않았다.

"너의 여자친구는 예쁘니?"

"그리 예쁘지는 않지만 매력적이지. 특히 화장 안 한 얼굴이."

"어, 그래? 그녀는 너에게 잘해주니?"

"음, 그런 편이야. 그런데, 그녀는……"

불감증이야, 라고 말하려다가 나는 잠시 머뭇거렸다. '불감증'이라는 영어단어를 몰라서 나는 종이 위에 한자로 '不感症'이라 쓴 뒤 코바에게 보여줬다.

"프리지더티(frigidity)? 오, 정말?"

그가 웃음을 터뜨렸다. 흥미로운 표정을 지으며 그는 침대에서 일어나 앉았다.

"그럴 땐 좋은 방법이 있지."

코바는 예전에 자신이 사랑했던 여인이 불감증이었다고 했다.

"내가 그녀를 흥분시키기까지는 짧지 않은 시간이 걸렸어. 불감증이 있다는 건 어떤 장애가 있다는 뜻이거든. 우선 그 장애를 없애야 해. 가령……"

말을 끊고 나는 빠르게 반문했다.

"만약 없어지지 않을 장애라면?"

"없어지지 않을 장애라면 더욱 파트너를 잘 설득해야지. 그 순간만큼이라도 잊을 수 있도록 잘 위로해야지. 그게 바로 배려한다는 거야."

사뭇 진지한 그의 눈동자를 들여다보며 나는 가만히 고개를 끄덕였다.

"그런 후에 차근차근 풀어나가는 거야. 전희가 중요해. 모든 장애를 해제시켜야 되거든. 무엇보다 파트너가 어느 부위를 가장 선호하는지 파악해야 해. 나는 먼저 혀로 그녀의 젖꼭지 주위를 오랫동안 둥글게 애무했어. 그다음 윗입술과 아랫입술로 꼬집듯이 조였지."

"코바, 이거 에로틱한데."

"아니, 그녀는 그 정도로 흥분하지 않았어. 그녀의 그곳은 마치 메마른 사막 같았거든. 어느 날 앞니로 조심스레 잘근잘근 물어줬지. 점점 그녀의 숨소리가 거칠어지더군. 그러다 송곳니로 날카롭게 박아넣을 듯이 깨물자 그녀는 비로소 흥분했어. 흠뻑 젖어버렸지."

"사막에 내리는 비 같았겠네?"

"그렇지! 와디 같은 것이지."

그리 특이한 내용은 아니었지만 '흠뻑 젖었다'는 결론에 이르자 우리는 전쟁 무용담이라도 나눈 것처럼 승리감에 도취되어 베개를 안고 침대 위를 떼굴떼굴 굴러다녔다. 사실 한 여자를 흥분시킬 수 있다는 건 그 어떤 승리의 깃발을 꽂는 일보다 짜릿한 일이니까.

나는 코바에게 그런 놀라운 전술을 가르쳐준 것에 대해 고마움을 표한 뒤, 한국에 돌아가면 꼭 실전에 응용하겠노라고 덧붙였다. 그리고 자리에서 일어나 침대 시트를 정리했다. 내일 아침 일찍 '에어스록'을 등반하려면 푹 자두어야 했다.

"너는 너의 여자친구를 사랑하니?"

코바가 물었다.

나는 대답 없이 소형 알람시계를 맞추어 머리맡에 놓고, 발바닥에 묻은 흙을 털었다. 그 다음 침대에 누워 전등 스위치에 손을 갖다댔다.

"이봐, 진, 너는 너의 여자친구를 사랑하니?"

코바가 다시 물었다.

"……아마도."

라고 대답하자, 코바는 고개를 끄덕였다. 나는 스위치를 내리며 나 자신에게 물었다.

'이봐, 진, 너는 아영이를 사랑하니? 아니, 너는 아영이를 사랑해도 되니?'

2

제대를 한 뒤, 나는 삼학년 이학기로 복학했다. 동기들은 거의가 여자였는데 모두들 졸업하고 없었다. 공강시간이나 하루 수업이 파하는 저녁 무렵이 되면 나는 안절부절못하기 일쑤였다. 다른 학생들은 삼삼오오 동아리방으로 취업학원으로 아르바이트로 혹은 떼를 지어 술집으로 빠르게 흩어졌다. 무엇을 해야 할지 몰라 나는 자주 강의실에 마지막으로 남아서 형광등의 스위치를 끄곤 했다. 미리 복학한 몇 명의 남자 동기와 선배들은 이미 친해진 여자 후배들과 그룹을 지어 스터디를 하고 취업 준비를 서로 돕느라 바빠 보였다. 나는 그들의 무리 사이로 비집고 들어갈 엄두조차 나지 않았다.

제일 불편했던 건 식당에서 혼자 밥 먹는 일이었다. 혼자 먹게 되면 차라리 굶어버렸던 예전의 습성을 유지하기는 힘들었다. 학생식당에서 혼자 밥 먹는 모습이 아는 사람들의 눈에 띌까봐 나는 매번 불편한 식사를 했다. 처음에는 낯선 사람들이 먹는 틈에 끼어 먹기도 했다. 그러나 먼저 먹던 사람들이 일제히 일어나면 그 당혹스러움은 더욱 컸다. 그때마다 밥을 숟가락 가득 떠서 씹지도 않고 꿀꺽 삼켜버리는 법을 익혔다. 한 가지 깨달음은 있었다. 혼자 밥을 먹으면 채 오 분도 걸리지 않는다는 사실.

다섯시 즈음 모든 수업이 끝나면 가슴 한쪽에서는 셔터 내려가는 소리가 요란하게 들려왔다. 알 수 없는 허탈함과 허기를 지우기 위해 나는 거의 매일 지하매점에서 햄버거와 우유를 사들고, 인문대 건물 뒤편으로 오르는 계단을 찾아가곤 했다. 그리고 계단의 제일 높은 곳에 앉아 곧잘 우유를 흘리며 맛대가리 없는 햄버거를 먹었다. 그곳은 매우 조용한 장소였다. 건물의 그림자가 길게 드리워져 있고, 화장실 창문이나 있는 그곳은 가끔 쓰레기차가 오는 일 외에는 인적이 드물었다. 단

풍이 물들고 은행잎이 바람에 날려 머리칼을 스쳐가도 아무런 느낌이 들지 않았다.

그런 어느 날, 내가 햄버거를 입에 막 물고 있는데 한 사람의 발소리가 들려왔다. 계단 어귀에서 눈이 마주치자 우리는 서로 당황했다. 나는 입 주위에 묻은 마요네즈를 소매로 얼른 훔쳐냈다. 화장기 하나 없는 상대방의 얼굴에 희미한 미소가 떠올랐다. 그 표정은 '나도 너랑 같아'라고 말하는 것 같았다.

내가 눈을 아래로 떨구고 다시 햄버거를 베어물자, 그 여자는 슬금슬금 걸어올라오더니 나보다 서너 계단 아래에 걸터앉아 햄버거의 은박 껍질을 벗겨냈다. 고무줄로 묶은 그녀의 뒷머리와 좁다란 등판에 눈길을 주며 나는 양배추가 몹시 쓰다는 생각을 했다. 흰색 티셔츠 속으로 비치는 브래지어 끈과 그 부분이 오목하게 들어간 것을 보다가 나는 퍽퍽한 빵을 씹지도 않은 채 우유를 벌컥벌컥 마시고는 삼켜버렸다. 불현듯 알 수 없는 증오심이 솟구쳐올라왔다. 당장 계단을 성큼성큼 내려가 그녀의 멱살을 잡고 흔들며 소리쳐 묻고 싶었다.

'왜! 왜! 왜! 넌 이런 곳까지 와서 빵을 씹는 거지!'

그날 나는 이빨 자국이 듬성듬성 남은 햄버거를 두 손으로 뭉개버리고는 계단을 정신없이 뛰어내려갔었다.

다음날 해 질 무렵에도 화장기 없는 얼굴은 건물 뒤편 계단에 나타났다. 내가 빵과 우유를 다 먹고 포장지를 구길 때쯤, 그녀는 무표정하게 터벅터벅 걸어와 어제의 그 자리에 앉더니 햄버거의 은박지를 벗기고 우유곽을 열었다. 뒷산 어디선가 휘파람새 소리가 휘이익— 휙, 휙 들려왔다. 운동장 쪽에서는 알루미늄 방망이에 야구공이 부딪치는 소리와 함께 일제히 함성이 터져올랐다.

나는 담배 한 개비를 피워물었다. 한 갈래로 묶인 그녀의 뒷머리가 음식을 씹을 때마다 가느다랗게 떨렸다. 우유를 마실 때마다 그것은 위아래로 까닥까닥거렸다. 담배연기가 파랗고 자잘하게 그녀가 앉은 쪽으로 흩어져나갔다. 티셔츠의 허리 길이가 짧아서인지 벨트 선 위의 하얀 살결이 그대로 드러나 보였다. 그것은 정말 아기 살결처럼 투명했다. 저 부위는 어쩌면 한 번도 햇빛을 보지 못했을 거라는 착각이 들 만큼…… 그러자 문득, 연약한 그녀의 허리를 두 팔로 꼭 끌어안아주고 싶었다.

다음날은 셔터 내려가는 소리가 유난히 요란스러웠다. 연휴를 앞둔 금요일 마지막 수업이어서 그랬는지 의자에 앉아서 견뎌내는 일조차 힘겨웠다. 강의가 끝나자 그만큼 심한 허탈감과 허기가 밀려들었다. 지하매점으로 내려가니 아주머니가 왜 이렇게 늦었냐며 호들갑을 떨었다. 그녀의 알은체가 매번 불편했다.

"근데 어떡하지, 햄버거가 금방 다 떨어졌는데."

요기가 될 만한 다른 것을 먹을까 하다가 지치고 귀찮아져서 그만두었다.

"그럼 우유 하나만 주세요."

건물 뒤로 갔을 때 화장기 없는 여자는 미리 와서 앉아 있었다. 그것도 늘 내가 앉던 계단의 높은 자리였다. 이제 그녀가 내 얼굴을 내려다보고 있었다. 나는 시선을 피하며 그녀가 자주 앉던 자리에 가서 앉았다. 어제까지 내가 그녀를 보아왔듯 오늘 그녀 역시 나의 등판과 뒤통수를 보며 햄버거를 씹을 것이다. 그리고 결코 유쾌하지 않은 상념에 잠겨 퍽퍽한 빵을 우유로 축여 넘기다가 은박지를 구겨버릴 것이다. 어쩌면 계단을 급하게 뛰어내려와 내 멱살을 잡고 흔들며 소리칠지도 모른다.

'왜! 왜! 왜! ……넌 이런 곳까지 와서 빵을 씹는 거지!'

쓸데없는 상상을 털어버리고, 우유곽의 입구를 연 뒤 막 들이켜려는 순간, 뭔가가 내 오른쪽 어깨 너머로 다가왔다. 그것은 미확인비행물체처럼 내 귓가와 어깨 사이에서 정지해 있었다. 나는 우유곽을 입가에서 떼어내고 고개를 돌렸다. 나의 시선은 그것, 을 확인하고 그것을 들고 있는 손, 을 따라 팔꿈치, 를 지나서 좁고 부드러운 어깨선, 과 깨끗하고 조그만 귓불, 을 빠르게 훑은 뒤…… 화장기 없는 얼굴, 에 가서 닿았다. 아, 그녀는 의외로 맑은 웃음소리를 내며 선한 눈빛으로 나를 보고 있었다.

"제가 두 개 샀거든요. 이거 하나…… 드세요."

노란 은행잎 한 장이 그녀와 나 사이를 나비처럼 비껴 지나갔다.

"금요일엔 원래 햄버거가 일찍 떨어져요. 왜냐하면……"

그때, 갑자기 가슴속에서 요란한 소리가 들려왔다. 셔터가 통째로 떨어져나가는 굉음이었다.

3

오전 네시 오십분, 숙소 앞에서 우리들을 픽업한 그레이하운드 버스는 에어스록 아래에 도착했다. 차에서 내려 모래밭에 발을 딛자 사막의 잉크빛 하늘이 천천히 걷히고 있었다. 세상 어떤 사람들에게 해는 바다 속에 가라앉았다가 떠오르는 것이지만, 자신들에게 해는 모래 속에 가라앉았다가 떠오른다고 원주민 가이드는 설명했다.

해가 솟아오름에 따라 사막은 시시각각 다른 빛깔과 형상으로 보는 이를 압도했다. 마치 거대한 카멜레온의 피부 위에 서 있는 것과 같이 어디선가 북소리처럼 심장 고동 소리가 들려오고, 축축한 점액질이 발밑에서부터 서서히 번져오르는 기분이었다. 핏빛이었다가 주홍으로 물들며 살굿빛으로 밝아오는 하늘을 향해 이 거대한 적갈색 카멜레온은 기지개를 켜고 있었다. 쓰리, 투, 원! 코바와 나는 어깨동무를 하고 카메라 앞에서 '기무치'를 외치며 기념촬영을 했다.

에어스록(Ayers Rock). 세계 최대의 유일한 단일 바위. 호주 중앙 사막의 원주민들에게는 '울루루(Uluru)'라 하여 '특별하고 신성한 정신'의 성역. 안내 소책자에는 이렇게 적혀 있다.

'호주 대륙의 배꼽이라 일컬으며 길이 5.8km, 넓이 3.9km, 높이 349m.'

육억 년 전에 생성된 바위 앞에서 나는 스스로에게 물었다. 무엇 때문에 이곳을 오고 싶어했는가? 북쪽으로는 타나미 사막이, 남쪽으로는 그레이트 빅토리아 사막이, 서쪽으로는 깁슨 사막이, 동쪽으로는 심슨 사막이 포진해 있다. 사방으로 꽉꽉 막힌 모래벌판의 한가운데 사발에 담긴 도토리묵을 엎어놓은 듯한 바위 하나가 불쑥 솟아 있다. 도대체 무엇 때문에 나는 이곳을 그토록 열망했는가?

*

등반 시간은 약 두 시간이었다. 오후에는 바위가 태양열에 의해 달아오르기 때문에 오전에 모든 것을 마쳐야만 한다고 가이드는 주의를 주었다. 몇 주 전, 젊은 일본 남자가 등반 도중 바람에 날려 실족사해서 시체가 본국으로 돌아갔다는 소문을 들어서인지 사람들의 얼굴에는 관광객답지 않은 긴장감이 사뭇 감돌았다.

등반자의 안전을 위해 박아놓은 쇠줄을 잡고 백 미터쯤 오르자 바람이 휘몰아치기 시작했다. 눈이 시리고 걸음을 떼어놓기조차 힘들 정도였다. 모래평원 저 멀리서 막힘없이 불어오는 바람이 바위에 거세게 부딪쳐 엄청난 힘으로 튀어올랐다. 순간 윗옷이 홀랑 뒤집어졌다. 나는 모자를 벗어 뒷주머니에 깊이 구겨넣었다.

코바는 나보다 몇 발짝 아래에서 땀을 흘리며 네 발로 기어오르는 중이었다. 그 모습을 찍으려고 카메라를 들이댔지만, 아무리 쓸어올려도 머리카락이 흩날려 렌즈를 가로막았다. 카메라와 끈으로 연결된 헝겊 케이스가 광풍에 미친 듯이 나부꼈다. 렌즈 속으로 보이는 코바의 머리카락도 바람에 산발했다.

드디어 셔터를 눌렀을 때, 미처 붙잡을 틈도 없이 카메라 케이스가 휘익, 하고 새처럼 날아가버렸다. 케이스의 고리가 끝내 찢겨져나간 것이었다. 나는 놀란 표정으로, 코바는 무표정하게 케이스가 사라진 쪽으로 시선을 던졌다. 그곳에는 태어나서 처음 보는 지평선이 있었다. 사방 어디를 둘러봐도 사막의 지평선이 시야에 들어왔다. 아, 그러고 보니 나는 지평선을 보고 싶었다. 확 트인 뭔가가 있기를 오래 전부터 열망했다. 나를 가로막는 모든 장애물들이 걷힌 원시의 상태를 확인하고 싶었다. 코바와 나는 수통의 물을 나눠 마시며 두고두고 지평선을 눈에 담았다.

자리에서 일어서자 우리 앞에는 흰 페인트 선이 정상까지 길게 이어져 있었다. 안전을 위해서 반드시 흰 페인트 선만 따라가라던 가이드의 말이 떠올랐다. 코바가 앞장서서 걷기 시작했다. 바람의 저항으로 잘 걷지 못하는 나에 비해 그의 걸음은 자연스러웠다. 어쩌면 이렇게 풀 한 포기조차 피어나지 않을 정도로 바위의 표면이 매끄러울 수 있을까. 이토록 거대한 바위가 어떻게 사막의 평원 한가운데 홀연히 솟아날 수 있었을까. 이해할 수 없는 이런 일들을 불가사의라 하는 것일까.

한참을 걷다보니 바람에도 익숙해지고 흰 페인트 선만을 따라 걷는 일이 조금씩 지루하게 느껴졌다. 아니, 조금씩 이 선을 벗어나고 싶다는 유혹에 빠져들었다. 범접할 수 없는 금단의 열매에 손을 뻗치고 싶은 것처럼, 열린 문틈을 자꾸만 들여다보고 싶은 것처럼, 들어가지 말라는 잔디밭을 밟아보고 싶은 것처럼, 좁고 견고한 철망 사이에 손가락을 넣어 빠르게 회전하는 선풍기의 날개를 만지고 싶은 것처럼 탈선의 욕구와 충동이 굼실굼실 올라왔다. 얼마 전 실족사한 일본인도 이런 유혹에 휘말려 이 안전선을 벗어났을까, 안전선을 벗어나다보니 삶의 경계마저 뛰어넘고 싶었던 것일까. 갑자기 불어닥친 바람에 등이 떠밀려 다리가 몇 발짝 선 밖으로 비틀거렸다. 그러자 온몸에 굵은 소름이 돋았다.

밑으로 움푹 꺼진 지역에 이르자 등반객들이 굼벵이처럼 느리고 조심스레 발을 딛고 있었다. 바위에도 협곡이 있어 바람이 여느 곳보다 빠르게 통과하는 탓이었다. 몇 명의 여자들은 아예 네 발로 주저앉아 골짜기를 기어가고 있었다. 코바는 나에게 조심하라고 이르고는 느닷없이 그들을 앞질러갔다. 나는 더듬더듬 골짜기를 타올랐다.

드디어 힘겹게 봉우리에 올라서자 따귀를 갈기는 듯한 광풍의 압력에 귀가 먹먹해지고 머리가죽이 통째로 벗겨져 날아갈 것만 같았다. 시야가 탁 트이며 멀지 않은 곳에 정상이 보였다. 그리고 그 광풍 속에서 어디론가 뛰어가는 한 남자의 뒷모습이 눈에 들어왔다. 마치 백 미터 단거리 주자처럼 사력을 다해 질주하는……

그가 누구인지 알아차린 순간 나는 당황했다. 그는 흰 페인트 선을 점점 벗어나고 있었다. 나는 코바의 이름을 불렀다. 입을 열자마자 바람이 목구멍을 확 틀어막았다. 그가 바위 아래로 뛰어내려가기 시작했다. 나도 그를 따라 뛰어내려갔다. 그쪽은 절벽이다. 나는 코바! 코바! 하고 외치면서도 그가 멈춰 서길 원하면서도 바람에 날려 모래바다로 떨어지는 한 마리 나비를 상상했다. 그 나비는 코바였다가 곧 나의 모습으로 빠르게 변환됐다. 코바! 나는 쓰러질 듯 몸을 던져 코바의 뒷덜미를 겨우 움켜쥐었다. 우허헝! 성난 바람이 휩쓸어갈 듯 덮쳐왔다. 날려가지 않기 위해 나는 코바를 붙들고 힘껏 넘어졌다.

뚱뚱한 백인 남자 몇 명이 안전한 곳에 떨어져서 우리를 향해 괜찮냐고 큰 소리로 몇 번씩 외쳤다. 코바와 나는 입을 크게 벌린 채 터질 듯한 숨을 내뱉으며 마주 보았다. 녀석은 땀에 젖은 얼굴로 한쪽 눈썹을 올리며 씽긋 웃었다. 그의 미소에는 맑은 느낌이 사라지고 서늘함만 남아 있었다.

바위에서 내려오자 다리가 후들후들 떨렸다. 급작스레 무리를 한 탓이었다. 얼굴이 익은 관광객들이 코바와 나를 지나쳐갈 때마다 괜찮냐고 물었다. 우리를 픽업해갈 버스를 기다리는 중에도 코바는 쉬지 않고 에어스록 등반로의 동쪽으로 기어올라갔다. 헤이, 코바, 코바! 나는 그의 이름을 걱정스레 몇 번씩 부르며 어쩔 수 없이 따라갔다. 그의 행동이 이상했기 때문이었다.

등반로의 동쪽에는 에어스록을 등반하다 사망한 사람들의 묘비명이 철판에 새겨져 십자 형태로 네 개가 박혀 있었다. 코바는 철판을 어루만졌다. 나는 바위에서 미끄러지지 않기 위해 발을 조심해서 디딘 뒤 카메라 렌즈의 초점을 묘비명에 맞췄다. 이들은 무슨 이유로 이곳까지 왔을까. 왜 그토록 오랜 시간 사막을 건너와 자신의 삶을 바위 위에서 마감했을까.

"이봐, 진."

새벽에 숙소를 나올 때부터 별 말이 없던 코바가 나의 이름을 불렀다. 나는 카메라에서 눈을 떼고 그를 바라보았다. 코바는 묘비명에서 눈을 떼지 않으며 중얼거렸다.

"완전한 십자가 형태라고 하기엔 하나가 부족한 것 같지 않니? 아무리 봐도 묘비명 하나가 부족한 것 같아."

저 멀리서 그레이하운드 버스가 먼지를 일으키며 달려오고 있었다.

4

사막 원주민들의 생활상과 공예품이 전시된 박물관에 들르고 마운틴 올가를 둘러본 뒤, 해 질 무렵 버스는 관광객들을 다시 에어스록에 내려놓았다. 일몰에 따라 색과 형체가 시시각각 변하는 바위 앞에서 사람들은 카메라 셔터를 눌러대며 그레이트! 뷰티풀! 을 연발했다. 그러나 코바와 나는 어둠 속으로 스며드는 바위를 아무 말 없이 지켜보았다. 에어스록을 등반한 이후 그와 나 사이에는 서먹서먹한 공기가 끼어들었다. 그 공기를 애써 휘저어놓고 싶지 않아서 우리는 서로에게 말을 걸지 않았다.

"에어스록을 경험해보니 어떤 생각이 들어?"

숙소로 돌아오는 버스 안에서 나는 코바에게 먼저 말을 걸었다. 사막을 벗어나기까지는 아직 이틀이나 남아 있었다. 내가 준 라이터를 그가 사용하는 한 나는 그에게 좋은 친구가 되어야 했다. 처음에 내 자신과 그렇게 내기를 걸었으니까.

"바위는 그저 바위일 뿐이지."

모처럼 걸어온 말에 찬물을 끼얹어 미안하다는 듯 코바는 씨익 한 번 웃었다.

"나도 그렇게 생각해."

5

이튿날 우리는 킹스 캐니언으로 갔다.

코바와 나는 네 시간 정도 소요되는 킹스 캐니언의 육 킬로미터 산책로를 완주했다. 만원버스 안에서 마구 흔들려 짜부라진 커피 크림 케이크를 칼로 절단했을 때의 모습. 킹스 캐니언의 인상은 그랬다.

깎아지른 듯한 바위절벽에 섰을 때, 나는 불현듯 이름 하나를 떠올리며 크게 외쳤다. 아영아…… 그 이름은 건너편 암벽에 반향되고 골짜기 사이에서 증폭하여 오랫동안 흘러다녔다. 나는 혼자 들을 수 있는 목소리로 중얼거렸다. 아영아, 너는 지금 그 일 때문에 몹시 괴롭겠지. 아직까지 나는 어떻게 해야 할지 결정을 내리지 못했어. 조금만 기다려, 조금만……

여정을 함께하는 동안 얼굴을 익힌 몇몇 관광객들이 재미있다는 듯 나를 따라 외쳤다. 미셸, 에나, 줄리엣…… 어디선가 한숨처럼 가느다란 목소리가 오래 울려퍼졌다. 우미코……

6

저물 무렵, 킹스 캐니언 숙소로 돌아와 코바와 나는 함께 시장을 봤다. 쌀과 고기, 달걀과 양파도 사고, 커다란 생수 한 통과 VB 캔맥주를 반다스나 샀다. 우리는 샤워를 한 뒤, 밥이 익을 동안 파라솔 아래에서 차가운 캔맥주를 마셨다.

"코바, 너는 앞으로 뭘 하며 살 계획이지?"

코바는 아무 말 없이 VB 맥주를 마지막 한 방울까지 다 마시고는 캔을 구겨뜨렸다.

"일본으로 돌아가서 뭔가 하고 싶은 게 있을 거 아냐?"

연한 커피색 전갈이 꼬리를 말아올린 채 우리의 발밑으로 지나갔다.

녀석의 꼬리는 살짝만 건드려도 화살처럼 날아와 살 속 깊이 독침을 박아넣을 듯 예민해 보였다. 나는 고개를 들어 대답이 없는 코바를 쳐다봤다. 그는 멀리 잔디밭 한가운데서 빙글빙글 돌아가는 스프링클러에 시선을 고정시키고 있었다.

"진, 너는 대학을 졸업하고 무엇을 할 계획이니?"

대답 없는 그의 되물음에 나는 다시 발밑을 살폈다. 전갈이 금세 어디로 사라진 걸까.

"글쎄, 나도 잘 모르겠어. 이 여행이 끝난 뒤 한국에 돌아가서도 뭘 해야 할지 모를까봐 정말 두려워."

스프링클러가 규칙적으로 끊임없이 물살을 흩뿌리고 있었다. 땅거미가 서서히 밀려오면서 모래 빛이 천천히 짙은 색으로 변해갔다.

"그럴 땐 좋은 방법이 있지."

나는 코바의 근사한 대답을 기대하며 귀를 쫑긋 세웠다.

"뭔데?"

"다시 여행을 떠나는 거야. 무엇을 해야 할지 알 때까지."

피곤한데다 속이 빈 상태로 맥주를 마신 탓인지 얼굴이 서서히 달아올랐다.

7

"맛이 어때?"

"매우 맵고 시원하면서도 뜨거워. 정말 놀라운 맛이야."

코바의 콧잔등 위에 땀이 송글송글 맺혔다. 그는 잇따라 물을 마시면서도 접시 위의 음식을 끝까지 다 먹었다. 여행을 떠날 때, 고기를 다져 넣은 양념고추장을 작은 유리병 가득 준비했었다. 이제 거의 바닥이 났지만 나는 코바에게 고추장 비빔밥과 달걀국을 선보이고 싶었다. 코바는 남은 달걀국을 쭉 들이켜더니 나를 향해 씽긋 웃었다. 역시 괜찮은 웃음이다.

코바가 설거지를 하는 동안 나는 침대 위에 걸터앉아 88라이트 한 개비를 뽑아물었다. 이제 내 여행의 목표는 완성된 셈이었다. 에어스록을 등반하고, 마운틴 올가를 경험하고 킹스 캐니언을 완주했다. 광대한 사막의 벌판에서 그것들은 의연하고 장엄하게 존재해 있었다. 그러나 그토록 바라던 것들을 접했음에도 불구하고 여전히 풀지 못한 그 무엇이 남아 있었다. 내가 왜 이곳에 오고 싶어했는지……

*

출국하기 이틀 전 아영이를 만났다.

이학기 기말고사가 시작될 때부터 겨울 바다에 가고 싶다고 조르던 그녀를 앞에 두고 나는 사막에 다녀오겠다는 말을 꺼냈다. 내 말을 듣자 그녀는 눈을 동그랗게 뜨고는 한참 동안 아무 말이 없더니 고개를 떨궜다. 익히 예상한 반응이었다.

나는 곧 그녀의 입술이 떨리고 있음을 눈치챘다. 화장기 없는 아영이의 얼굴은 핏기까지 없어서 창백해 보였다. 요즈음 어디 몸이 불편한 데가 있는 거 아니냐고 지나가는 말로 묻자, 그녀는 의외로 크게 고개를 끄덕였다. 어디가 아프냐고 다시 물으니 그녀는 나에게 두 달째 생리가 없다고 말했다. 생리? 나는 난데없이 비릿하게 혀끝에 걸리는 그 단어를 되뇌고는, 그저 여자들은 생리가 없으면 그곳이 아픈가보다 했다. 그것도 두 달이나 없었으니 두 달 동안 아팠겠거니 했다. 두 달 동안 아팠으니 얼굴이 저리도 핼쑥해졌구나 싶었다. 나는 그저 그렇게 생각하며 그렇구나, 하고는 고개를 끄덕였다. 어떻게 하면 다시 생리를 할 수 있느냐고 내가 물으려 할 때, 그녀가 낮은 음성으로 먼저 물었다.

"어떻게 하면 좋을까요, 우리."

그러고는 입술을 꾹 깨물었다. 잠시 후 나는 가늘게 떨리는 그녀의 턱을 보며 아득한 현기증을 느꼈다.

*

"진, 아직도 입 안이 얼얼한 것 같아."

저녁 설거지를 끝내고 막 들어온 코바는 냉장고에서 캔맥주 두 개를 꺼냈다. 어느새 양치질을 했는지 그의 입가에 치약 거품이 남아 있었다. 나는 웃으며 손등으로 그의 입가를 닦아주었다. 코바는 캔의 뚜껑을 따서 내게 건넸다. 창 밖을 보니 밤하늘에 별이 빼곡하게 떠 있었다. 사막에 뜬 별이라, 그 별 아래에서의 맥주라, 그리 나쁘지 않군. 그러나 이것도 이틀 후면 끝이다.

"코바, 다음엔 어디로 갈 거지?"

나는 테이블 앞에 앉아 지도를 펼쳤다.

"코바, 이제 나는 사막이 지겨워졌어. 빨리 해변이 있는 타운즈빌로 나가고 싶어. 이 뜨겁고 진득진득한 모래벌판을 벗어나 남태평양에 몸을 담그고 싶다구."

코바는 침대에 누워서 담배를 피우며 무감각하게 말했다.

"앨리스스프링스."

"그래, 당연히 그곳으로 가야겠지. 다른 목적지로 가는 버스를 타려면 말이야. 나도 거기서 하룻밤 묵으려고 해. 다음엔 어디로 갈 건데?"

"티 트리, 데블스 마블스, 테넌트 크리크, 스리 웨이즈 로드 하우스."

"우와, 코바, 너 지도를 다 외웠구나. 굉장한데! 도착하는 도시마다 한 번씩 다 내릴 거니? 다음엔?"

"카무윌, 마운트 아이작."

"다음엔?"

"클론커리."

그는 해안으로 나가기 전의 모든 모래도시들을 단 하나도 빼놓지 않고 언급했다. 나는 조금씩 이상한 기분에 휩싸였다.

"다, 다음엔……"

"줄리아 크리크."

"그래! 줄리아 크리크 다음엔 타운즈빌이야. 타운즈빌로 갈 거지? 코바, 그렇지!"

나는 약간 열에 들뜬 얼굴로 그를 쳐다봤다. 그는 천장에 시선을 고정시키고 들릴 듯 말 듯한 목소리로 말했다.

"아니, 나는 거쳐왔던 도시들을 다시 되돌아갈 거야. 그리고 앨리스스프링스를 지나 쿠버페디로 내려간다."

"쿠버페디? 거기는 우리가 처음 만났던…… 이봐, 코바! 그게 무슨 말이야?"

"놀랄 것 없어, 진. 나는 사막에서 와서 다시 사막으로 가는 거야. 그곳에서 출발하여 다시 그곳으로 회귀하는 것뿐이라구."

"코바, 넌 이상해. 이곳은 너무 더워. 사막이라구. 햇빛과 붉은 모래 외에는 아무것도 없어. 게다가 넌 혼자잖아. 혼자는 외롭단 말이야!"

흥분한 나와는 달리 그는 아무런 동요 없이 차분하게 말했다.

"이봐, 진. 너에게 이곳은 한 번 지나쳐갈 사막일지 모르지만 내게는 바다와 마찬가지야. 그래, 네 말대로 이곳엔 아무것도 없어. 햇빛과 모래 그뿐이야…… 그것만으로도 나는 족해."

"코바, 우리 타운즈빌로 나가자. 그곳엔 거대한 산호 환상지대가 있어. 굉장히 아름다운 곳이래. 산호초와 열대어가 있는 곳으로 가자! 코바, 나와 함께 가자!"

"진, 나에게 산호초나 열대어 같은 말은 하지 마! 나는 그곳으로 갈 수가 없어! 그곳으로 갈 수가 없다구!"

내 혀는 발음을 억세게 튀어올렸다.

"왜!"

코바는 벽을 향해 몸을 모로 누이고는 낮은 음성으로 말했다.

"나는 그렇게 운명지어졌어."

"운명……? 언제까지, 대체 언제까지 이렇게……"

그는 이불을 머리끝까지 뒤집어썼다.

"미안해, 나조차도 나의 앞날을 모르겠어."

2. 섬에서 헤어진 여인

1

코바를 사막에 남겨두고 나는 예정대로 타운즈빌로 나왔다. 에어스 록을 등반하고 마운틴 올가를 둘러보고 킹스 캐니언을 완주했으니 이번 여행의 목표는 거의 끝난 셈이었다. 날짜를 헤아려보니 출국까지는 약 일 주일의 시간이 남아 있었다.

타운즈빌에서 한 무리의 한국 젊은이들을 만났다. 그들은 케언스 쪽으로 우르르 몰려갔다. 급류타기와 스노클링, 번지점프 등의 어드벤처가 그들을 기다리고 있었다. 이와는 반대로 나는 마그네틱 섬으로 여정을 잡았다. 섬으로 가는 배 안에서 말을 붙여볼 만한 관광객은 눈에 띄지 않았다. 장마였다. 끝없이 비가 내렸다. 신나고 흥미로운 레저 프로

그램을 마다하고 관광 가이드 책자에 제대로 소개되지 않은 섬으로 들어가는 사람은 없었다. 나는 쉬고 싶었다. 신나고 흥미로운 모험보다 조용한 섬에서 한없이 '릴랙스' 하고 싶었다.

섬에 도착하여 트로피컬 리조트에서 방을 배정받았을 즈음엔 배낭은 물론이고 팬티까지 흠뻑 젖어 있었다. 트로피컬 리조트는 울창한 수풀로 둘러싸인 작은 별장촌이었다. 동물원에서나 볼 수 있는 짐승들이 정원을 뛰어다녔고, 타잔 영화에서나 들었을 법한 열대 조류의 기괴한 새소리가 사방에서 시끄럽게 들려왔다.

나무로 짜여진 작은 오두막은 깨끗하고 아늑했다. 이층 철제 침대가 셋, 욕실 겸 화장실이 하나 있었고 천장에는 커다란 선풍기 날개가 느릿느릿 돌아가고 있었다. 문을 열면 곧바로 키가 큰 팜 트리의 넓은 잎사귀가 시야를 가로막았다. 투숙객은 나 혼자였다. 나는 젖은 옷을 모두 벗고 따뜻한 물로 몸을 씻어냈다. 그리고 샤워가 끝날 무렵에는 젊고 예쁘고 잘 빠진 외국 아가씨 한 명만 들어왔으면 하고 바랐다.

샤워를 끝낸 뒤에는 배낭을 정리했다. 음식물을 빼놓고 빨아야 할 옷을 따로 분리하고 여행 도중 구입한 몇몇 기념품들을 꼼꼼히 챙겼다. 빨래가 끝난 뒤에도 여행객은 아무도 오지 않았다. 나는 방문을 열고 침대 귀퉁이에 앉아 88라이트 한 개비를 피워물었다. 누군가 지붕 위에 쪼그려앉아 종일 물조리개로 물을 뿌리는 착각이 들 정도로 비는 멈추지 않고 계속 내렸다. 공작과 비슷하게 생긴 무지갯빛 깃털의 새 한 마리가 흠뻑 젖은 채 희한한 소리를 내며 음흉스러운 걸음걸이로 지나갔다. 한 개비를 더 피우려고 담뱃갑을 집었을 때 담뱃갑이 홀쭉하다는 것을 알았다. 개수를 세어보니 일곱 개비가 남아 있었다. 마지막 담배였다.

*

"선물 사다줄게."

서울에 모처럼 많은 눈이 내린 날이었다. 공항 출국장 게이트 앞에서 내가 아영이에게 한 말은 기껏 그 정도였다. 아영이는 슬픈 표정을 억지로 감추려는 듯 내게 어색한 미소를 지어 보였다. 공항까지 오는 길에 맞았던 눈이 녹아서인지 그녀의 젖은 머리카락이 자꾸만 눈앞으로 흘러내렸다.

"이거 가져가세요. 그곳은 담뱃값이 여기보다 훨씬 비싸대요."

아영은 들고 있던 손가방에서 88라이트 두 보루를 꺼내어 내게 건넸다. 파란색 포장지 한 귀퉁이가 녹은 눈에 젖어 있었다.

"고마워. 그래, 뭐 갖고 싶은 거 있니?"

어디선가 요란한 방송 소리가 들려왔다. 줄을 선 사람들이 서서히 출국장 안으로 들어갔다. 내가 코알라 인형? 양털 방석? 하고 물어도 말없이 머리카락만 쓸어올리던 그녀가, 부메랑? 하고 묻자 고개를 끄덕였다.

사람들과 섞여 출국장 안으로 들어가 허리 높이의 은색 철제 바리케이드 앞에 섰을 때, 그녀는 내게 달려왔다. 그리고 나의 목을 끌어안고 길게 키스를 했다. 내가 '금방 올게' 라고 입을 열 즈음에는 바리케이드 안팎에서 손을 흔들던 많은 사람들이 우리를 쳐다보고 있었다. 나는 그녀에게 그토록 용감한 면이 있는지 그때까지는 몰랐었다.

침대 한쪽에 부려놓은 기념품들 중에서 나는 부메랑을 골라 집었다.

진짜 아영이가 이것을 갖고 싶었는지 아니면 내 물음에 마지못해 고개를 끄덕였는지 알 수 없는 일이지만, 나는 멜버른의 빅토리아 마켓에서 묵직한 부메랑 하나를 이십오 달러를 주고 구입했다. 원주민이 손수 만들었다는 부메랑은 바람의 저항을 고려한 듯 테두리가 얇게 깎여 있고, 기하학적 모양의 캥거루가 길게 그려져 있었다. 이걸로 정말 캥거루를 잡을 수 있기는 한 걸까. 나는 부메랑의 한쪽 날개를 손에 쥐고 달리는 캥거루를 향해 던지는 시늉을 해봤다. 그러자 문득 코바와 함께 보았던 피투성이 캥거루가 떠올랐다.

*

그날 밤 사막을 통과할 때 우리는 운전사 바로 뒷좌석에 앉아 있었다. 대형 그레이하운드 버스의 헤드라이트가 비포장 모래도로 위를 끊임없이 비췄다. 버스는 좀처럼 속력을 내지 않았다. 게다가 중간중간 멈춰 서기까지 했다. 나는 무릎을 펴지 못하고 청하는 불편한 잠에서 얼핏얼핏 깨어나다가 신기한 장면을 보았다.

버스 앞으로 잽싸게 점프하여 길을 건너가는 캥거루였다. 캥거루 출몰구역임을 미리 알았는지 버스는 그때마다 불규칙적으로 속도를 줄였다. 개중 커다란 놈은 거의 버스 앞 유리창 높이까지 뛰어올라 길 너머 어두운 곳으로 사라져갔다. 그 모습은 마치 탈출을 기도하다 탐조등에 잡힌 죄수가 잠시 카메라 쪽을 곁눈질하고 황급히 몸을 숨기는 영화의 한 장면 같았다. 그렇게 생각하니 나는 정말 캥거루의 절망적인 눈동자와 방금 마주쳤다는 느낌이 들었다. 나는 자세를 똑바로 하고 유리창을 응시했다. 캥거루의 눈동자를 다시 한번 보고 싶었다. 자는 줄 알았던 코바도 어느새 눈을 떴는지 창 밖을 주시하고 있었다.

"코바, 저놈들은 무엇 때문에 밤에도 저렇게 열심히 뛰어다니지? 먹이를 구하러 다니는 것도 아닌 것 같은데."

"그렇게 운명지어진 거야."

"캥거루의 운명?"

"달리다 죽게 되어 있어, 사막을."

"달리다 죽게 되어 있어, 사막을……"

"그래, 캥거루가 할 수 있는 일은 그것뿐이야. 달리는 일, 죽는 일. 그리고 달리다가 죽을 캥거루를 낳는 일."

그때 갑자기 모래 포대 같은 게 언뜻 비치며 버스가 급정거했다. 차체 앞부분에서 둔탁한 소리가 남과 동시에 버스가 잠시 흔들렸다. 운전사가 알아들을 수 없는 빠른 영어로 중얼거리며 안전벨트를 풀고 버스에서 내렸다.

나는 목을 길게 빼고 창 밖을 이리저리 살펴보았다. 잠에서 깨어난 여행객들이 자기네 나라 말로 속닥거리는 소리가 들려왔다. 코바는 무슨 생각을 하는지 아무런 반응도 보이질 않았다. 운전사는 다시 버스로 올라와 운전석에 앉더니 버스를 약간 후진시켰다. 그리고 신경질적으로 투덜거리며 다시 버스에서 내렸다. 잠시 후 허리를 숙인 채 뭔가를 질질 끌어내어 길가로 옮기는 운전사의 모습이 보였다. 승객들의 소곤거림이 점점 커졌다.

"코바, 저것 봐!"

"보고 있어."

"깔려 죽었나봐."

"그래, 저놈은 저렇게 될 줄 알았을 거야."

"저렇게 될 줄 알다니, 무슨 소리야?"

"저놈은 죽을 줄 알면서도 뛰어들었을 거라구."

"죽을 줄 알면서도?"

"응, 캥거루는 절대 후진이라는 것을 모르지. 자신의 스피드를 조절할 줄도 몰라. 아마 버스와 부딪칠 거라고 인지한 순간에도 녀석의 뒷다리는 어쩔 수 없이 땅을 차고 올랐겠지."

버스는 다시 서서히 움직였다. 나는 옆유리창에 얼굴을 바싹 들이댔다. 캥거루는 대가리가 피범벅이 되어 길가 풀더미 위에 널브러져 있었다. 피투성이 캥거루에게서 좀처럼 시선을 떼지 못하는 나를 보고 코바는 우울하게 말했다.

"저놈은 이 길을 건너는 게 자신을 불행하게 만들 줄 미처 몰랐을 거야."

코바는 말을 끝내더니 눈을 감고, 덮고 있던 스웨터를 머리끝까지 추켜올렸다.

"그럼, 저놈의 운명은 저렇게 결정지어진 거야?"

"……아마도."

2

나는 부메랑을 다시 내려놓고 코바는 지금쯤 내륙 사막에서 뭘 하고 있을지를 상상했다. 모래를 배경으로 씽긋 웃고 있는 그의 모습이 떠올랐다. 그 동안 정이 꽤 들었는데. 한국에 돌아가 에어스록에서 찍은 사진을 현상하면 꼭 녀석에게 부쳐줘야지. 그런데 왜 아무도 안 오는 걸까. 나는 예쁘고 잘 빠지지 않아도 좋으니 여자 투숙객 한 명만 들어왔으면 좋겠다고 간절히 바랐다.

그러나, 도마뱀이 벽 가득히 붙어 있는 부엌에서 혼자 저녁밥을 짓고 라면 국물에 말아먹을 때까지 아무런 인기척이 없었다. 결국 그 밤이 지날 동안 나는 혼자였다. 한국인 사내 녀석이라도 좋으니 제발 누구라도 들어왔으면 좋겠다고 바랐을 즈음엔 지쳐서 곯아떨어져버리고 말았다.

아침에 일어나 제일 처음으로 맞이한 건 시끄러운 새 울음소리였다. 도저히 깨어나지 않고는 견딜 수 없을 정도였다. 비는 여전히 내리고 있었다. 굵어지지도 않고 가늘어지지도 않은 채 어제 종일 본 빗줄기 그대로였다. 무엇을 할까, 머리를 굴리다가 다시 침대 위로 기어들어가 잠을 청했다. 나는 혼잣말로 중얼거렸다. 릴랙스, 릴랙스, 릴랙스……

눈을 다시 떴을 때에는 오후 네시가 넘어 있었다. 나는 이층 침대 위에서 내려와 담배 한 개비를 피워물었다. 나무 지붕 위를 두드리는 빗소리가 오전보다 더 세게 들려왔다. 여전히 아무도 오지 않았다.

눈을 감고 나는 아영이와 함께 있는 상상을 했다. 빗소리를 들으며 아영이는 내 팔베개를 하고 누워 있을 것이다. 나는 아영이의 머리카락을 손으로 천천히 갈무리해주고 싶다. 그리고 사랑한다고 감미롭게 속삭여주고 싶다. 미농지처럼 얇고 깨끗한 눈꺼풀에 키스를 하고 싶다. 코를 비비고 싶다. 입술에도 목덜미에다가도 입을 맞추고 싶다. 티셔츠를 걷어올리고 브래지어 끈을 풀고 혀로 젖꼭지 주위를 부드럽게 오랫동안 애무해주고 싶다. 그 다음 코바가 가르쳐준 대로 앞니로 조심스레 잘근잘근……

이때, 문이 벌컥 열리며 누군가 비바람을 몰고 들어왔다.

"헬로?"

그 반가운 인사말에 나는 반사적으로 손을 들어 답례를 하면서도 수음을 하다 들킨 아이처럼 목소리가 나오지 않았다. 언뜻 보니 키가 훤칠한 동양 여자였다. 그녀는 양손에 든 커다란 트렁크를 팽개치듯 바닥에 내려놓더니 젖은 머리카락을 한쪽으로 몰아서 쥐어짰다. 빗물이 바닥으로 주르르 흘러내렸다. 자신의 그런 행동을 무심히 바라보는 나와 눈이 마주치자 그녀는 희미하게 웃으며 트렁크를 열어 뭔가를 찾았다. 젖은 머리칼을 연신 쓸어올리며 두 개의 트렁크를 모두 열었지만, 손동작으로 보아 그 무언가는 찾아지지 않는 듯했다. 나는 그녀에게 마른 수건 하나를 내주었다.

"저, 여기."

"어머, 고마워요."

"별말씀을……"

그녀는 수건으로 머리의 물기를 털어냈다. 수건이 얼굴을 닦고 목 주변을 스쳐 지나가자 화장기 없는 말간 얼굴이 드러났다. 자신의 젖은 옷을 보며 그녀는 잠시 난감한 표정을 지었다.

"아나타와 니혼진데스카?"

내가 일본인이냐고 묻자, 그녀의 얼굴은 갑자기 환해졌다.

"하이, 와타시와 니혼진데스."

일본 여자 특유의 끊어질 듯 이어지는 억양이었다.

"아, 소오데스네!"

"아나타모 니혼진데스카?"

"이이에, 와타시와 간고쿠진데스."

내가 씨익 웃으며 한국인이라고 대답하자, 그녀는 어머, 정말요? 하고 놀라며 어이없는 웃음을 터뜨렸다. 그녀는 나의 일본어 발음이 굉장히 좋다고 칭찬했다. 나는 고등학교와 대학 저학년 때 일본어를 조금 공부했을 뿐이라고 했다.

그녀는 자신의 이름을 우미코라고 했고, 몇살이냐는 나의 버릇없는 물음에도 아무 거리낌 없이 서른두 살이라고 대답했다. 우미코와 나는 저녁식사를 위해 부엌으로 갔다. 우리는 쌀을 합쳐 밥을 함께 지었다. 밥이 익을 동안 나는 그녀와 잡다한 이야기를 나누었다. 우미코의 목소리는 안정적이면서 부드럽고 듣기에 좋았다. 영어를 꽤 유창하게 했는데 내가 틀린 표현을 쓸 때마다 바로잡아주었다.

부엌엔 우리 둘뿐이었다. 손바닥만한 도마뱀 대여섯 마리가 무리를 지어 사라졌다가 다시 나타나곤 했다. 우미코는 도마뱀을 볼 때마다 몸서리를 쳤다. 나는 어제 하루 종일 사람을 기다렸다는 말을 꺼냈다. 오늘도 이 섬으로 아무도 오지 않으면, 부엌에 있는 도마뱀들을 모두 잡아먹으려 했다고 하자, 그녀는 내 어깨를 주먹으로 팡팡 때리며 노티 보이, 노티 보이라고 소리쳤다.

비가 와서 심심하지 않았냐고 그녀는 물었고, 나는 다행히 비를 좋아한다고 대답했다. 우미코는 눈살을 찌푸리며 자신은 비를 싫어한다고 했다. 그러나 폭풍은 좋아한다고 했다. 우미코는 추위는 싫지만 눈은 좋다고도 했다. '뭐는 좋고, 뭐는 싫어' 라고 칭얼거리는 그녀가 일곱 살 여자아이처럼 귀엽기까지 했다. 이 지루한 장마를 뚫고 섬으로 들어와 폭풍을 좋아한다고 말하는 서른두 살의 이 여자가 왠지 근사하게 여겨졌다.

나는 그룹 도어스의 〈Riders on the storm〉을 흥얼거렸다. 두 소절을 혼자 읊조리듯 시작하자 우미코가 곧이어 따라했다. 우리는 밥에 뜸이 들 동안 포크로 탁자를 두드리며 짐 모리슨의 노래를 불렀다.

우미코가 준비해온 즉석 카레를 먹으며 우리는 내일 승마 관광(Horse Riding)을 하기로 했다. 리조트에 비치된 안내서를 보니 말을 타고 관목숲을 산책한 뒤 해안을 달리는 프로그램이라고 적혀 있었다. 비가 와도 할 수 있는 건 그것밖에 없었다.

"오, 이거 부메랑 아니니? 훌륭한데."

숭늉까지 끓여 마신 뒤 방으로 돌아오자 우미코가 내 침대 머리맡에 있는 부메랑을 집어들었다.

"멜버른 빅토리아 마켓에서 이십오 달러를 주고 샀어요."

"어, 그래? 선물할 거니?"

"예."

"누구, 여자친구?"

나는 고개를 끄덕이고는 우미코에게 어느 침대에서 잘 거냐고 물었다. 그녀는 내 아래에서 자겠다고 말하며 여자친구에 대해 이야기해달라고 했다. 나는 다음에 이야기해주겠다고 하고는 소형 알람시계를 맞추어놓고, 이층 침대 위로 기어올라갔다. 우리는 서로에게 굿나잇 인사를 했다. 내일 일찍 일어나야 된다는 말도 서로에게 했다. 전등 스위치에 손을 갖다댔을 때, 우미코가 갑자기 물었다.

"진, 그런데 너희는 결혼할 계획이니?"

"……아마도."

라고 대답하며 침대 아래를 쳐다보니, 우미코는 고개를 끄덕였다.

나는 스위치를 끄며 나 자신에게 물었다.

'아영이와 나는 결혼을 할 수 있을까? 아니, 우리는 결혼을 해도 될까?'

*

그녀가 햄버거를 건네준 날 이후로 나는 더이상 혼자 밥을 먹지 않아도 되었다. 공강시간이나 수업이 끝나는 다섯시 무렵이 오히려 기다려졌다. 같은 과 학생들이 동아리방, 학원, 술집으로 끼리끼리 몰려갈 때 나는 아영이와 주로 도서관에 갔다. 사범대생인 그녀는 윤리선생님이 되는 시험을 준비했고 나는 그녀 옆자리에 앉아 어니스트 헤밍웨이, 스콧 피츠제럴드, 존 업다이크, 샐린저 등의 미국 현대작가의 소설을 읽었다. 그녀 주위에는 하급공무원 시험에서부터 패스하면 무엇이 되는지 감조차 안 잡히는 각종 자격증 준비생들로 바글거렸다. 그들이 수험서를 달달 외거나 기출 문제집 책장 넘기는 소리를 들을 때마다 나는 더욱 그들과 동떨어지고 싶었다. 그들과 똑같이 된다는 건 상상만으로도 끔찍했다.

서로에게 사랑을 고백하면서부터 간혹 아영의 자취방에서 밤을 보내기도 했다. 그날 나는 어둠 속에서 발가벗은 채 그녀의 몸을 애무하고 있었다. 아무리 살결을 쓰다듬고 입술로 더듬어도 그녀는 좀처럼 흥분하지 않았다. 처음에는 둘 모두에게 기쁨을 주던 행위였다. 그러나 얼마 전부터 그녀의 그곳은 메말라 좀처럼 열리지 않았다. 제풀에 지친 나는 베개에 얼굴을 묻고 엎어진 채 말했다.

"입으로 해줄 수 있니? 그럼 나도 네가 해달란 대로 해줄게."

나는 아영이 그 부탁을 싫어한다는 걸 알고 있었다. 그러나 벌써 몇 차례 동안 욕구불만이었던 나로서는 어떡해서든 이번만은 해소를 하고 싶었다. 그녀가 의외로 자리에서 일어나 밑으로 내려갔다.

"와, 정말 좋았어. 넌 어떻게 해줄까?"

일이 끝나자 그녀는 힘없이 미소를 지으며 내 옆에 누웠다.

"그냥 꼭 안아줘요."

나는 모로 누워 그녀에게 팔베개를 해주고 안아주었다.

"입으로 해줄게. 느낌이 좋을 거야."

"괜찮아요, 그냥 꼭 안아주면 돼. 이거면 충분해요."

"나만 좋아서 미안한걸. 그런데, 왜…… 요즘은 좀처럼 젖지 않는 걸까."

나는 아영의 머리카락을 부드럽게 매만져주었다.

"오빠, 예전에 영주 김씨 손오공파라고 농담한 적 있었죠?"

그녀가 어둠 속에서 조용히 물었다.

"음."

내 대답이 끝났음에도 그녀는 아무 말도 하지 않았다.

"그런데 갑자기 그건 왜? 너는 광주 김씨 저팔계파니?"

내가 별로 웃기지도 않는 농담을 하자, 그녀는 내 목덜미 깊은 곳으로 거칠게 파고들었다.

"아니요, 저희 집도 알고 보니 손운공파래요."

순간 속이 찌르르, 하는 통증에 나는 그녀를 힘껏 끌어안았다. 너, 그 말을 하려고 그토록 머뭇거렸구나, 아무도 모르게 혼자 오랫동안 앓았구나. 어느새 가녀린 그녀의 등판이 떨리며 조그맣게 훌쩍거리는 소리가 들렸다. 나는 천천히 아영의 입술에 나의 입술을 갖다댔다.

"저는 괜찮아요, 오빠…… 앞으로도 괜찮을 거예요. 오빠도 그렇죠?"

흐느끼는 그녀의 입에서 비릿한 정액 냄새가 났다.

그날 이후로 아영과 나 사이엔 느닷없이 윤리와 규범의 선이 가로놓이고 말았다. 미풍양속과 전통 따위의 단어에 고개를 끄덕인다 치더라도 이 제도를 무조건 받아들이기엔 이해할 수 없는 부분들이 너무 많았다. 멀리 갈 것 없이 도서관에서 뒤져본 자료만 봐도 영주 김씨 같은 대성(大姓)은 십 년 전 통계로 사백만 명에 육박했다. 그렇다면 우리나라 인구의 십 퍼센트가 이에 해당된다는 말 아닌가.

견디다 못한 나는 고등학교 동창 녀석에게 이 사실을 털어놓았다. 녀석은 의대 본과 졸업반이었다. 내 딴에는 우생학적인 자문을 구한 셈이었다.

"그러니까 결론만 간단히 말하면, 완두콩 우수품종은 다른 종자끼리의 교배에 의해 생겨난다는 거야."

내가 몹시 심각한 상황에 빠져 있다는 사실을 눈치챘는지 녀석은 며칠 사이에 꽤나 이리저리 알아본 모양이었다. 부러뜨린 나뭇가지로 운동장 바닥에 '분리법칙'이니 '독립법칙'이니 '멘델의 유전법칙'을 한참 설명하더니 알아듣기 쉽게 결론을 내렸다.

이때, 때 묻은 배구공 하나가 우리 앞으로 굴러왔다. 어느 과의 체육대회가 있는지 호루라기 소리며 고함 소리로 운동장은 아까부터 소란스러웠다. 발야구를 하는 수비수 중의 하나가 공을 잡으러 열심히 뛰어오고 있었다. 신입생인 듯했다. 나는 앉은 자리에서 벌떡 일어나 힘껏 공을 발로 내질러 멀리 날려버렸다. 이제 막 공을 잡으려던 신입생은 인상을 구기며 공이 날아간 방향으로 몸을 돌려 달려갔다.

"왜 그래?"

동창 녀석은 엉덩이에 묻은 흙을 털며 일어나더니 다가왔다.

"난 완두콩이 아니라구. 난 사람이야."

어쨌든 고맙다고 말한 뒤 나는 걸음을 옮겼다. 녀석이 내 팔을 붙잡았다. 뭔가를 적어왔는지 호주머니에서 쪽지를 꺼내 빠르게 읽기 시작했다.

"잠깐만, 한 가지 더 있어. 한 시조의 자손들이 이십 대 동안 다른 성을 가진 여성을 아내로 맞아들였다면, 이십 대 후손의 피 중에 시조의 피는 일백사만팔천오백칠십육분의 일 정도가 섞여 있다는 계산이 나오거든. 야, 너는 몇대 손이지?"

"이십팔 대."

"그럼 네 몸에 있는 시조의 피는…… 에이 씨, 그럼 이 숫자에다 이분의 일을 여덟 번 더 곱해야겠는걸."

"됐어. 그 정도면 내 몸 속에 흐르는 피의 어느 정도야?"

조금 전에 볼을 빠뜨렸던 수비수가 땀을 뻘뻘 흘리며 다시 우리 앞으로 달려오고 있었다.

"몰라, 씨발!"

친구 녀석은 굴러오는 공을 힘껏 발로 차서 아예 더 멀리 날려버렸다.

아영이와 나는 이름의 세 글자 중 단 첫 글자가 같을 뿐 닮은 데라고는 하나도 없었다. 머릿결에서부터 발가락 모양까지, 좋아하는 야구팀에서부터 싫어하는 정치인까지 공통되는 것이라고는 눈 씻고 찾아봐도 없었다. 하다못해 식성까지 너무 달라서 기분 좋게 외식을 한번 하려해도 감정을 상하기 일쑤였고, 결국엔 서로를 헐뜯으며 햄버거나 먹어야 할 팔자라고 푸념을 할 정도였다.

그런데, 서로 다른 구십구 퍼센트 외에 단 하나 같은 일 퍼센트가 우리 둘의 심장을 콱 조여왔다. 아영이와 나의 사이가 가까워지고 긴밀해질수록 견고하게 만들어진 수갑처럼 그 조임은 가중되었다. 민법 809조 1항. 동성동본 금혼 조항. 그 일 퍼센트는 법에 위배되는 일이었다. 그것은 순식간에 건강한 이십대 중반의 나를 심약한 놈으로 만들어버리고, 윤리선생이 되려는 아영이를 불행에 빠뜨리고, 나의 가족 및 친척을, 아영이의 가족 및 친척을 위법의 동조자로 몰아넣어버렸다. 예기치 못한 일 퍼센트가 복병처럼 일어나 나머지 구십구 퍼센트를 우르르 쓰러뜨렸다. 그때 처음으로 나는 세상의 모든 유리창을 향해 돌팔매질을 하고 싶었다.

3

아침 일찍 우미코와 나는 승마 관광을 하러 섬의 끝으로 갔다. 다행히 어제보다는 빗발이 많이 약해져 있었다. 우미코는 제법 말을 잘 탔지만 나는 처음이어서 혹시 떨어지지 않을까 사뭇 긴장이 되었다. 가이드의 지시대로 따라하니 곧 익숙해졌고 잘 훈련된 말이어서 삼십 분쯤 지나자 제법 부릴 수가 있었다.

우미코와 나는 열대식물이 빽빽이 들어차 있는 관목숲을 통과했다. 경쾌한 말발굽의 리듬에 맞춰 몸을 움직일 때마다 잎사귀에 맺힌 빗방울이 시원하게 목덜미로 떨어져내렸다. 열대조류의 지저귀는 소리가 사방에서 들려왔고, 이름을 알 수 없는 작은 짐승들이 재빠르게 나타났다 사라지곤 했다. 세상은 아름다웠다. 나는 바보처럼 입을 헤벌리고 댓츠 굿, 베리 굿! 을 연발했다.

관목숲을 통과하자 넓은 바닷가가 펼쳐졌다. 가이드가 먼저 힘차게 고삐를 후려치며 말을 달려나갔다. 곧이어 우미코가 컴온! 하며 뛰어나갔고, 뒤따라 말의 옆구리를 힘껏 박차며 내가 쫓아 달려갔다. 우리는 바다를 옆에 끼고 빠르게 달렸다. 안개의 미립자가, 비의 포말이 얼굴에 상쾌하게 부딪혔다. 파도가 몰아치는 해변을 따라서 말은 하늘을 나는 듯이 질주했다. 마치 다시는 되돌아올 수 없는 미지의 세계로 이대로 한없이 사라져버릴 것만 같았다.

"수영복 준비해오셨죠? 이제부터 말을 타고 바다로 들어가보세요."

해변의 끝에서 가이드가 말의 안장을 벗기며 우미코와 내게 말했다.

우리는 안내지에서 수영복을 준비해오라는 문구를 읽었지만 수영복을 가지고 오지는 않았다. 수영을 할 계획이 아니었던 것이다. 그런데 말을 타고 바다에 들어가는 것만은 꼭 해보고 싶었다. 나는 윗옷을 벗고 바지를 벗었다. 팬티 차림으로 말에 오르는 나를 보고 가이드는 웃음을 터뜨렸다. 우미코는 잠시 무슨 생각을 하더니 나를 따라서 옷을 벗었다. 그녀는 브래지어까지 벗었다.

우리는 말을 타고 바다 속으로 들어갔다. 바다에는 우미코와 나 이외에 아무도 없었다. 우미코와 나는 말에서 뛰어내려 수영을 했다. 남태평양의 물은 따뜻했다. 우미코와 나는 뒤엉켜 서로에게 물을 먹이며 장난을 쳤다. 언뜻언뜻 그녀의 젖가슴이 금방 씻어낸 복숭아처럼 물 위로 떠올랐고, 매끄러운 피부가 닿을 때마다 바닷물이 차갑게 느껴졌다.

4

말 타기가 끝났을 무렵에는 막 점심시간이었다. 리조트로 돌아오는 길에 우리는 슈퍼마켓에 들러 훈제치킨 한 마리와 후르츠칵테일 캔을 사고 시장을 봤다. 그리고 부엌으로 달려와서 도마뱀 따위에는 신경조차 쓰지 않은 채 치킨을 뜯어 먹었다.

우미코는 희한하게도 나와 식성이 같았다. 배불리 먹은 뒤 나는 두 개비 남은 88라이트의 마지막 개비를 그녀에게 주었다. 우리는 닭기름이 흥건하게 묻은 손가락으로 담배를 맛있게 피웠다. 빗줄기가 조금씩 거세져갔다. 우미코가 연기를 길게 내뱉으며 혼잣말로 중얼거렸다.

"비는 싫어. 폭풍이 좋아."

나는 닭 뼈다귀를 후르츠칵테일 깡통에 담으며 그녀에게 물었다.

"아까 바닷가에서 보니까 오른쪽 옆구리에 점이 있었어요."

내 말이 끝나자마자 그녀는 담배연기가 목에 걸렸는지 콜록콜록대며 밭은기침을 내뱉었다. 기침 소리가 잦아질 즈음 그녀의 얼굴은 붉게 상기되어 있었다. 무심코 던진 말에 나는 실수를 하지 않았나, 약간 걱정이 됐다. 훤칠하고 맵시 있는 몸매의 허리 부분에 있는 그 점은 유독 눈에 잘 들어왔다. 아기 손바닥만한 크기에 검은 털이 돋아나 있었다.

"그건 내 신체의 비밀이야. 누구에게도 말하면 안 돼."

그녀가 약간 언짢은 표정을 지었다. 나는 고개를 끄덕였다.

"그런데 누구에게나 다 그런 것쯤은 있어요. 저도 있는걸요."

"그러니? 아까 보니까 너는 별로 문제가 없어 보이던데. 완벽하게 여겨졌어."

나는 비밀을 말하듯 낮은 소리로 소곤거렸다.

"사실 저의 경우는요…… 음……"

내가 잠깐 말을 멈추자, 우미코는 어서 말해보라며 재촉을 했다. 나는 나의 의사를 전달할 단어를 영어로 생각해내지 못했다. 그래서 어쩔 수 없이 '저는 꼬리뼈가 휘어져서 앉을 때마다 고통스러워요'를 한참 동안 몸짓과 표정으로 설명했다. 그녀가 내 신체의 비밀을 이해하기까지는 약 칠 분이 걸렸는데, 그 칠 분이 지나자마자 우미코는 열대조류 중 가장 시끄럽게 지저귀는 새 소리와 닮은 웃음을 터뜨렸다. 그녀는 나에게 노티 보이, 노티 보이라 외치며 부엌 바닥에 주저앉아 잠시 일어나지 못했다.

우리는 여러 가지 비밀에 대해 이야기했다. 최초의 도둑질과 가장 심각한 사태를 몰고 온 거짓말 등 이제는 비밀이 아닌 비밀을 털어놓았다. 그러다가 우리는 저녁식사시간까지의 무료함을 달래줄 만한 것을 생각해냈다. 비밀을 적고 그것을 태워버리는 일종의 소지의례였다.

"우미코, 미다스 왕의 이야기 알죠? 이발사가 임금의 비밀을 안 뒤 그것을 말하고 싶어 너무 고통스러워하다가, 갈대밭에 가서 '임금님 귀는 당나귀 귀!' 하고 외쳤다는 이야기 말이에요."

"그래, 알아."

"그것처럼 자신 안에 꼭꼭 숨겨둔 비밀이나 하고 싶은 말을 쓰는 거예요."

"마치 가톨릭에서 고해성사를 하고 마음의 안정을 찾듯이 말이지?"

"맞아요, 바로 그거예요."

우리는 방으로 돌아왔다.

우미코와 나는 펜과 종이를 들고 서로 멀리 떨어져 앉았다. 그녀와 나는 무엇을 어떻게 쓸까 한동안 고민을 했다. 그런 중 그녀가 뭔가 빠뜨렸다는 듯 말했다.

"진, 나 영어로 쓰면 안 될까? 오랫동안 일기를 영어로 써왔거든."

"문제없죠, 저도 지금 영어로 쓰고 있거든요."

그랬다. 언제부터인가 나의 일기장에는 한글이 사라지고 알파벳과 나만이 알아볼 수 있는 기호로 채워졌다. 혹시라도 부모님이나 다른 사람들이 내가 저지른 일을 알게 될까봐 두려웠던 탓이었다. 우미코도 오랫동안 모국어가 불편했던 걸까. 하기야 비밀의 속성이란 암호와 은닉을 동반하기 마련이니까.

나는 종이 아래에 다이어리를 받치고 아영이와의 일을 적기 시작했다. 그녀와 나는 동성동본이라는 것, 그녀는 지금 나의 아이를 가졌다는 것, 나는 현재 어떻게 해야 할지 모른다는 것, 솔직한 심정으로는 그녀가 아이를 지우고 다른 사람 만나서 행복하게 잘살았으면 좋겠다는 것, 등을 썼다.

내가 '비밀 적기'를 끝내고 고개를 들었을 때, 우미코는 모든 것을 마친 뒤 담배를 피우고 있었다. 그녀와 내가 만나 처음으로 공유한 가장 오랜 침묵의 시간이었다. 비가 오는데 이걸 어디서 태우면 좋겠냐는 물음에 우미코는 뜻밖에 태우지 말자고 제안했다. 나는 그녀가 바꿔 읽자고 할까봐 미리 겁을 먹고 절대로 보여줄 수는 없다고 했다.

"진, 우리 이걸 땅 속 깊이 묻어두는 건 어때? 나중에 시간이 훨씬 지나서 이곳에 다시 찾아와 이걸 읽으면 추억이 될 거야."

"추억? 무슨 추억이요?"

"음…… 예를 들자면 내가 당시 이런 일로 몹시 고민을 했구나, 하는…… 그러니까 말하자면 비밀의 타임캡슐 같은 것이지. 이해하겠니?"

나는 망설이다가 고개를 끄덕였다. 우미코는 좋았어, 하며 손가락을 튕기고는 트렁크에서 비닐봉지 하나를 꺼냈다. 그리고 자신이 쓴 종이를 잘 접어서 그 안에 넣었다. 나는 비닐봉지는 찢어질지 모른다는 생각에 배낭에서 유리병을 찾아냈다. 고추장을 담았던 것이었다. 우미코는 굿 보이를 외치며 나의 머리를 쓰다듬어주었다.

5

우리는 저녁식사로 라면을 먹으며 '비밀의 타임캡슐'을 어디에 묻을 것인가를 의논했다. 특징적인 장소가 필요했는데, 우리는 마침내 바닷가에 서 있는 커다란 팜 트리 아래에 묻기로 결정을 내렸다.

설거지를 끝낸 뒤 우리는 리조트를 빠져나왔다. 나는 허리에 차는 보조가방에 유리병을 넣었고, 우미코는 빨간 우산을 들고 나왔다. 도로를 타고 십 분쯤 걸어내려가니 바닷가가 보였다. 그 바닷가의 초입에 아름드리 팜 트리가 서 있었다. 여러 그루 중 유독 잎사귀가 크고 넓었으며, 주먹보다 훨씬 큰 연두색 야자열매를 다닥다닥 매달고 있었다.

마침 강아지를 끌고 저녁 산책을 나온 아이가 있어서 나는 사진촬영을 부탁했다. 우미코와 나는 어깨동무를 하고 기념사진을 찍었다. 그리고 아이가 총총히 사라지자 우리는 보물을 숨기듯 나무 아래에서 우로 칠 보 몸을 틀어 좌로 삼 보 가서 그곳에 파묻기로 했다. 내가 주변에 버려진 나뭇가지로 땅을 팔 때 우미코는 우산을 받쳐주었다. 십오 센티미터쯤 판 뒤 나는 보조가방에서 유리병을 꺼내어 우미코와 함께 묻고 발로 흙을 단단히 밟았다. 주위는 이미 까맣게 어둠이 고여 있었고 지나다니는 사람은 한 사람도 없었다. 게다가 비까지 주룩주룩 내려서 우리는 마치 거대한 음모를 꾸미는 악당처럼 서로 마주 보며 히히거렸다.

리조트로 돌아오는 길에 우미코는 내 팔짱을 끼었다. 우리는 연인이라기보다는 다정한 오누이처럼 빨간 우산을 쓰고 한적한 도로를 거슬러올라갔다.

"이 섬으로 들어오기 전에는 어디에 있었어요?"

"에얼라이 해변에서 조금 들어간 섬이었는데 이름을 잊어버렸어."

"그전에는요?"

"글쎄, 잘 기억나지 않지만 무슨 섬이었던 것 같아."

"그전에도 섬에 머물렀나요?"

"아마 그랬겠지."

"섬을 좋아하나보죠?"

"아마도."

"케언스 쪽으로 올라가실 거죠?"

"응."

"저는 에어스록에 갔다 왔어요. 내륙 쪽으로 들어가도 볼 만한 것들이 많아요. 사막이라 좀 덥기는 하지만."

"나는 사막이 싫어."

"왜죠?"

"그건 설명하자면 길어. 잘 설명할 수도 없고. 간혹 말로 설명할 수 없는 것들이 있잖아. 내게 있어 사막은 그런 뉘앙스를 가진 곳이야."

"설명할 수 없는 뉘앙스?"

"그래, 맞아. 한마디로 그쪽으로 가기를 원하지 않아."

"그렇게 운명지어진 건가요?"

나는 말을 내뱉고는 가볍게 웃었다. 그녀는 잠시 생각에 잠기더니 이윽고 입을 열었다.

"운명? ……그렇다고 볼 수 있지."

리조트에 거의 왔을 무렵 나는 공중전화부스에 들렀다. 우미코는 방으로 먼저 들어갔다. 나는 빨간 우산이 사라지는 것을 바라보다가 한국으로 전화를 걸었다.

—아영이야? 그 동안 잘 있었니?

—그럼, 건강하지. 그런데 나 일 주일쯤 늦게 갈 것 같아. 비행기표를 연장하려고 해.

—그런 건 묻지 말고……

돈 떨어지는 소리가 짧은 간격으로 들려왔다. 아영이는 말을 잘 잇지 못한 채 뭔가를 애원하는 듯했다. 곧 급박한 신호음이 이어졌으나, 아무리 주머니를 뒤져봐도 동전은 더이상 한푼도 남아 있지 않았다. 끝내 그녀와 나의 교신은 두절되고 말았다. 뚜우— 뚜우— 하는 발신음 속에서 이번 주 안으로 결정을 내려야 한다는 아영이의 흐느낌이 어지럽게 맴돌았다.

나는 힘없이 전화부스에서 나와 도로를 따라 걸어내려갔다. 빗방울이 목덜미에 닿을 때마다 섬뜩섬뜩했다. 결정을 내려야 한다. 이번 주 안으로. 이번 주를 넘기면 아이를 지우기 힘들어질 것이다. 수술을 할 수 없다면 아이를 낳아야 한다. 아이를 낳는다면 이름은 뭐라고 짓지. 동성동본이라 혼인신고를 할 수 없으니 이름을 짓더라도 어디에 올려야 하나. 아이는 둘째치고라도 결혼은 어떻게 하지. 누구한테 들으니 성씨를 바꾸기 위해 여자 쪽을 다른 집안에 입양시켰다가 혼인신고를 한 뒤 입양을 취소했다던데, 그렇게 해볼까. 그렇다면 누구 집에 입양을 시키지. 아영이처럼 다 큰 성인도 입양이 가능할까. 아니면, 외국에서 혼인신고를 한 다음 혼인증명서를 구청에 제출하는 방법을 써볼까. 아무리 외국이라 해도 아무 조건이나 절차 없이 신고를 덥석 받아주지는 않을 테고, 구청 직원들은 처리할 방법을 몰라 허둥대다가 안 된다고 하겠지. 그냥 동거하다가 특별법이 시행될 날을 기다려볼까. 얼마 전에 시행됐으니 언제 다시 올지 알아. 호적위조 브로커에게 몇백만원 갖다주고 한쪽 본을 바꿔버리는 방법도 있다던데, 돈은 어디서 구한담……

가까이서 파도 밀려오는 소리가 들려왔다. 어느덧 발걸음은 다시 커다란 팜 트리 아래에 멈춰 있었다. 멀리 타운즈빌 항구의 불빛들이 뿌연 빗줄기 속에서 따뜻하게 반짝거렸다. 나는 바다를 향해 아영이의 이름을 불렀다. 그러자 견딜 수 없을 만큼 사무치도록 그녀가 그리웠다. 홀로 감당키 버거운 불행의 테두리 안에서 끝없이 맴돌고 있을 그녀가 애처롭게 느껴졌다. 다른 남자와 만나서 행복하게 잘살았으면 좋겠다는 나의 바람이 한없이 부끄러워졌다. 그런 바람을 글로 옮겨적었다는 사실마저 돌이켜보니 후회스러웠다.

6

방으로 돌아왔을 즈음엔 팬티 속까지 젖어 있었다. 우미코는 불을 끈 채 자고 있었다. 나는 물이 줄줄 흘러내리는 보조가방을 배낭 깊숙이 밀어넣었다. 몸이 몹시 떨려왔다. 젖은 옷을 벗어서 옷걸이에 걸었다. 팬티까지 모두 벗어서 철제 침대의 테두리에 걸쳐 널었다. 수건으로 젖은 몸을 닦아내려 했지만 수건조차 물기를 흠뻑 머금고 있었다. 인기척을 들었는지 우미코가 내 이름을 부르며 침대에서 일어나더니 전등 스위치를 더듬었다.

"켜지 말아요!"

나의 목소리는 너무 컸고, 내가 듣기에도 심하게 떨리고 있었다.

"진, 무슨 일이지? 이제까지 밖에서 무얼 했니?"

어둠 저편에서 걱정 어린 그녀의 목소리가 들려왔다.

"한국에 전화를 걸었어요. 그 다음 그냥 빗속을 걸어다녔어요. 옷이 흠뻑 젖어서 모두 벗어버렸어요."

"그러다 감기 들겠구나…… 이리 오렴."

나는 우미코의 침대 속으로 기어들어갔다. 우미코는 나를 꼭 안아주고 이불을 머리끝까지 추켜올려주었다. 그녀는 떨리는 나의 팔과 어깨를 주물러주고 등을 어루만져주었다. 그리고 젖은 머리칼을 매만지며 따뜻한 입김으로 귀에다 대고 속삭였다.

"릴랙스…… 릴랙스……"

그녀의 손길은 등에서 허리로 천천히 내려갔다. 손길을 따라 따스한 기운이 몸 전체로 퍼져나갔다. 허리에서 엉덩이로 내려온 손길은 나의 꼬리뼈 있는 곳에서 멈췄다. 한참 동안 신기한 듯 내 꼬리뼈를 손가락으로 더듬던 그녀가 키득키득대며 소리죽여 웃었다. 나 역시 몸을 비틀며 조그맣게 따라 웃었다.

몸의 떨림은 서서히 가라앉았다. 나는 가느다란 그녀의 팔에서 머리를 들어 베개를 제대로 베었다. 그러자 이번에는 우미코가 나의 팔을 베며 가슴으로 안겨들어왔다. 나는 그녀의 머리카락을 손으로 천천히 갈무리해주었다. 깊은 숲속에서 우는 새의 울음소리가 아득하게 들려왔다. 나무 지붕을 두드리는 자잘한 빗소리가 주위에 가득 찼다.

정말 지독한 장마군, 내가 입술을 달싹거려 우리말로 중얼거리자 우미코는 진, 뭐라고? 하며 내 얼굴을 올려보았다. 나는 몸이 따뜻해졌다고, 고맙다고 속삭여주었다. 그녀의 숨결이 내 목 부위에서 간지럽게 퍼져나갔다. 나는 그녀의 이마에 가볍게 키스를 했다. 파르르 떨리는 눈꺼풀 위에 입을 맞추었다. 코를 비볐다. 그녀의 숨소리가 한층 높아지고 마른침이 소리를 내며 나의 목구멍을 넘어갔다. 우미코의 가느다란 신음 소리를 들었다고 인지한 순간 거스를 수 없는 열기가 심장에 확 번지며 우리 둘의 입술은 서로를 무섭게 빨아들였다. 우미코의 허벅지가 나의 허리를 감고 올라와 강하게 조여왔다. 갑자기 빗소리가 거세지기 시작하면서 번개가 번쩍거렸다. 목덜미를 핥으며 티셔츠를 걷어 올리자 그녀는 허리를 높이 쳐들었고 나는 손을 돌려 브래지어의 호크를 풀었다. 카메라의 라이트처럼 주위가 잠시 명멸하더니 하얀 밀떡 같은 젖무덤이 어둠을 지우고 출렁이며 솟아올랐다. 둥근 그것의 봉우리에는 적갈색의 조그만 돌기가 솟아 있었다. 나는 혀로 돌기의 주위를 부드럽고 동그랗게 감아 타고 올라갔다. 모래언덕이 허물어지듯 그녀의 몸이 뒤척였다. 먼 북소리처럼 천둥이 쳤다. 우미코의 입에서 일본말인 듯한 소리가 새어나왔다. 어금니로 조심스레 잘근잘근 깨물자 누군가를 괴롭게 부르는 듯한 그 소리는 빠르게 반복됐다. 송곳니를 박아넣기가 무섭게 그녀의 목소리는 뚜렷하고 격렬하게 튀어올랐다.

"이사오으음, 흐음, 사호음, 이사…… 흑, 이, 사, 오오……"

모래구덩이 속으로 끝없이 빨려들어가듯 나의 입술은 밑으로 미끄러져내려갔다. 속이 울렁거리고 머릿속이 어지러우며 온갖 것들이 뒤섞이기 시작했다. 나는 캥거루처럼 사막을 뛰어다니고, 순간 우미코가 거친 숨을 몰아쉬며 팬티를 급하게 벗더니, 창백한 아영이 부메랑을 겨누고, 내 것을 손에 쥐고는, 경계선 앞에서 뛰어오른 캥거루의 피 묻은 눈동자와 나의 눈동자가 마주치며, 자신의 것으로 가져가려 했다. 나는 나도 모르게 새 울음소리, 빗소리와 천둥 번개에 있는 힘껏 브레이크를 걸었다.

7

날이 밝기를 기다려 나는 우미코에게 인사도 하지 않고 방을 빠져나왔다. 자고 있는 그녀를 굳이 깨워서 갑자기 이곳을 떠나야겠다는 말을 하기가 쉽지 않았다. 내가 리조트 앞에서 비를 피하며 섬의 선착장으로 가는 버스를 기다리고 있는데,

"진…… 지인……"

어디선가 내 이름을 부르는 소리가 들려왔다. 처음 그 음성을 들었을 때, 나는 이 소리가 내 이름을 부르는 것인지 잠시 혼란스러웠다. 그것은 성탄절에나 틀어줄 법한 기독교 영화의 마리아의 음성처럼 비현실적이면서도 야릇한 울림을 지녔기 때문이었다.

소리나는 쪽으로 시선을 돌리자 뽀얀 비의 장막 너머에 우미코가 빨간 우산을 쓴 채 서 있었다. 그녀는 내게 다가와 무슨 말인가를 했다. 나는 가만히 그녀의 얼굴을 바라보며 목소리를 듣고 있는데도, 그녀가 뭐라고 하는지 도무지 알아들을 수가 없었다. 쉬운 몇 단어만이 귓속으로 들어왔다가 웅웅거리며 빠져나갔다. 우미코는 나에게 왜 그렇게 서 있냐고 묻는 것 같았다.

나는 한국으로 돌아간다는 사실이 그냥 슬퍼서, 돌아가면 아영이와 어떻게 살아야 할지 난감해서, 그녀와 나 사이에 생긴 아이를 어떻게 키워야 할지 몰라서, 졸업을 하면 취직이나 할 수 있을지 걱정이 되어서, 머릿속에서 새떼처럼 일제히 날아오르는 이 한국말을 영어로 표현할 방법이 막막해서 그저 그녀를 바라보기만 했다. 그때 먼 곳에서 버스가 다가왔다. 순간, 우미코의 마지막 말이 귓속을 파고들었다.

"모든 것을 잊기를…… 그럼, 안녕."

8

타운즈빌에서 그레이하운드 버스를 타고 약 사십 시간을 달리자 나는 시드니에 도착할 수 있었다. 공항에서 배낭을 수하물실에 맡기기 전에 나는 배낭 깊은 곳에서 보조가방을 꺼냈다. 보조가방은 아직도 젖어 있었다.

이륙한 비행기는 마치 거대한 부메랑처럼 아득한 포물선을 그리며 내가 떠나온 곳으로 회귀하는 중이었다. 시드니를 출발하여 브리즈번 상공을 지나고 있다는 스튜어디스의 안내방송이 들려올 때, 나는 보조가방의 지퍼를 열었다. 젖은 다이어리가 보였고, 지저분한 손수건이 보였고, 비닐봉지에 싸인 카메라가 보였다. 그리고 한쪽에 고추장을 담았던 유리병이 보였다. 유리병을 가방에서 꺼내들자 젖은 흙모래가 주르륵 떨어져내렸다. 병 안에는 반듯하게 접힌 종이 두 장이 들어 있었다. 그중 하나를 집어들었다. 언뜻 창 밖을 바라보니 희뿌연 구름떼가 갈라지며 푸른 바다가 열리고 있었다.

지금은 비밀을 쓰는 시간이야.

먼저 이 말을 하고 싶어. 누가 뭐라 해도 나는 너를 세상의 그 무엇보다 사랑한다는 것. 네가 아버지와 어머니에게 쫓겨난 후, 나는 너를 찾아 많은 곳을 헤매다녔어. 너의 소식을 아는 사람은 한 사람도 없었다.

그러던 어느 날부터 낯선 사람과 같이 찍은 너의 사진이 가끔 집에 배달되곤 했어. 모래벌판이 있기도 하고 붉은 바위가 있는 그곳에서 너는 꺼칠한 모습으로 나를 향해 웃고 있었다.

이사오, 네가 보고 싶어. 앞으로 영원히 너를 만나지 않겠다고 부모님께 약속했는데, 나 스스로와 그렇게 약속했는데, 네가 너무나도 그리워.

우린 왜 같은 부모님 아래 태어난 걸까. 우리에게 어쩌다 이런 운명이 지어진 걸까. 너를 사랑해.

나의 동생, 나의 연인, 나의 생명 小林沙夫에게

13. 2. 2000. 小林海子가

관수와 우유

"빨리 대답해, 새꺄! 넌 도대체 뭐냐구?" 눈알을 좌우로 굴리던 관수는 떨리는 목소리로 빠르게 대답했다. "잘못했습니다. 제가 잘못했습니다." "이런 병신 새끼, 뭘 잘못했어, 응? 뭘 잘못했냐구?" 관수가 대답을 못 하는 건 당연했다. 그는 정말 아무 잘못이 없었다. 땅꾼은 빨리 일을 끝내고 싶은지 못마땅한 표정으로 입맛을 쩍쩍 다시더니, "넌 새꺄, 그냥 잘못 없음 외쳐, 알았어, 앙!"

1

성냥갑 모양의 오층 건물 뒤로 돌아가니 밤꽃 냄새가 훅 끼쳤다. 속이 울렁거릴 정도였다. 심호흡이라도 한번 크게 하면 구역질이 올라올 것만 같았다. 활짝 열린 건물의 모든 유리창은 마주한 뒷산의 밤꽃 냄새를 입을 벌리고 빨아들이는 듯 보였다.

그 건물 옆으로 해가 떨어지고 있었다. 먹빛으로 짙어지는 하늘 한켠에서 노을이 화염처럼 피어올랐다. 운동장 쪽에서 터지는 여자아이들의 환호성이 이곳까지 선명하게 들려왔다. 남학생들의 농구 게임을 응원하는 소리였다. 저녁시간에 도시락을 먹고 학교 뒤 공터를 산책하는 이 순간이 하루 중 나의 유일한 낙이었다. 떨어지는 붉은 해를 바라보며, 아침 일곱시부터 밤 열한시까지 학생들을 교실에 감금하는 이 '율목고등학교'를 정식으로 탈출하게 되기를 나는 하루도 빠짐없이 기도

했다. 어느덧 육 개월이 채 남지 않았다.

이 학교가 대입 최다 합격률을 자랑하는 신흥 명문이라는 사실과 감색 양복에 넥타이를 매고 등교하는 우리에게서 내일의 희망을 읽는다는 학부모들의 발언이야말로 내겐 이해 못 할 불가사의였다. 그렇게 착각할 만도 한 것이 율목고등학교는 몇몇 위성도시에서 그래도 공부 좀 한다고 하는 녀석들이 폼 잡고 모여드는 곳이었다.

교장선생님은 아침 조회 때마다 '우리 율목인은 절대로 그런 짓을 하지 않습니다!' 라는 말을 빠뜨린 적이 없었다. 다른 학교에서 벌어지는 나쁜 행태들을 열거한 뒤 '우리 율모기는 잘대로 그런 지슬 하지 안슴다!' 라고 마이크 앞에서 부르르 떠는 식이었다. 공부에 흥미가 없는 애들이 으레 망상이 많듯 내겐 그 말이 언제나 '우리 뱀새끼들도 무진장 그런 짓을 잘하고 있습니다!' 로 들리곤 했다. 다른 학교의 십대들이 하는 짓을 '율모기들' 이라고 안 할 이유가 어디 있는가. 이 년이 넘도록 그렇게 말을 바꾸어 듣다보니 어느 날부터는 조회시간에 반별로 서 있는 줄들이 뱀처럼 보이기 시작했고, 앞에서 뒷짐을 진 채 짝다리로 선 선생님들은 입시철마다 뱀새끼들을 이리저리 헐값에 팔아치우는 땅꾼처럼 여겨졌다.

2

스피커에서 야간자율학습 시작을 알리는 시그널이 울려퍼졌다. 청소차가 후진할 때 나오는 〈엘리제를 위하여〉의 기계 선율이었다. 나는 진저리를 치며 산등성이 너머로 가라앉는 해에게 한번 더 눈길을 주었다. 아이들이 건물 속으로 들어가려고 웅성거렸다. 아니, 율모기들이 떼를 지어 뱀굴로 바글거리며 몰려들기 시작했다. 땅꾼 몇이 작대기를 들고 남아 있는 뱀새끼들을 추리려 어슬렁대는 것이 보이자 나도 그 소굴로 발길을 옮길 수밖에 없었다.

교실에 들어서자 낯선 장면이 시야에 들어왔다. 관수가 놀랍게도 택기에게 뭐라고 웅얼대고 있었다. 뱀대가리들이 일제히 그쪽을 향해 있어서 그들의 모습은 쉽게 눈에 띄었다. 관수는 아무런 특색 없이 공부를 꽤 열심히 하는 무리에 속했는데 키가 작고 유약한 아이였다. 누구라도 삼 초만 그의 얼굴을 들여다보면 이마에 '소심'이라는 글씨가 씌어 있음을 알 정도였다.

그 작고 소심한 관수가 고개도 제대로 들지 못한 채 뒷번호 택기에게 불만을 늘어놓는 중이었다. 극히 보기 드문 상황이었다. 관수의 볼멘소리는 그리 크지 않았지만 누구나 또렷하게 들을 수 있었다.

"왜 니 우유가 아닌데 먹고 그래. 너 때문에 나는 돈을 내고도 우유를 못 먹잖아."

"야, 이 새꺄! 내가 니 우유를 먹었다는 증거 있어? 증거가 있냐구?"

택기는 위협적으로 목에 핏대를 세웠다. 농구를 하다 막 들어왔는지 녀석은 땀에 흠뻑 젖어 있었다. 그리고 턱에는 미처 닦아내지 못한 우유 자국이 남아 있었다.

"너 방금 우유를 마셨잖아. 그런데 너는 우유 신청자가 아니잖아."

관수의 목소리가 제법 커졌다.

"아쭈, 이 새끼 봐라. 그러니까 내가 방금 마신 우유가 니 우유라는 증거가 어디 있냐니까!"

택기가 말끝을 힘으로 누르며 으르렁대자 관수는 그만 제자리에 풀썩 주저앉고 말았다.

"야, 니들 그만 하고 자율학습 시작됐으니까 제자리에 앉아."

반장이 제딴에는 교실을 정리한답시고 그 둘에게 귀찮은 목소리로 말했다. 그리고 반장으로서의 책임을 다한다는 듯 한마디를 덧붙였다.

"야, 너희들, 앞으로 우유값 안 낸 사람은 우유 먹지 말아줬으면 좋겠어."

이 말은 벌써 수십 번 나온 소리였다. 상황은 뻔히 짐작할 만했다. 우유 급식 박스가 교실에 도착할 때마다 우유 신청자들은 우르르 몰려들어 자기 것을 확보하느라 부산을 떨어야 했다. 급식 박스 앞으로 조금만 늦게 달려가거나 배급시간에 화장실에라도 다녀오면 우유는 감쪽같이 사라지기 일쑤였다. 자기 몫을 잃어버린 아이가 이리저리 헤맬 때쯤이면 우유는 이미 누군가의 목구멍으로 넘어간 뒤였다. 분명 농구 게임을 끝낸 뒤 갈증이 난 택기가 여느 날처럼 몰래 마시지 못했던 것이고 오늘도 우유를 못 마신 관수가 택기를 눈여겨봐오다가 불만을 터뜨린 게 분명했다.

반장의 말을 듣고도 택기는 제자리로 돌아가지 않았다. 아무래도 자식은 쪽팔렸던 모양이었다. 방금 농구코트에서 여학생들의 갈채와 환호를 한몸에 받으며 스타처럼 으스대던 녀석이 앞번호의 조그만 녀석에게 '우유나 훔쳐 먹는 도둑놈'이라는 모욕을 받았으니 기분이 꽤나 엿같았을 것이다.

나는 은근히 기분이 좋았다. 택기 이 자식은 이런 쪽팔림을 당해도 싼 놈이었다. 이놈은 한마디로 싸가지가 없는데다가 더러운 변태새끼였다. 언젠가 여자반 애들이 단체로 생활관 교육을 받으러 간 적이 있는데, 녀석은 교실이 빈 틈을 타서 자기가 좋아하는 여자애의 칫솔을 훔쳐왔다. 그 칫솔로 하루 종일 이를 닦는 것도 모자라 자기 몸의 이곳저곳을 문지르며 발광을 떨더니 끝내 수음을 한 뒤 칫솔에 정액을 묻혀 제자리에 갖다놓기까지 했다.

또 한번은 자식이 술에 취해 자율학습이 끝난 직후에 들어온 적이 있었다. 집에서 캔맥주를 가져와 학교 뒷산 풀숲에 숨어 모기에 뜯겨가며 마신 게 분명했다. 새우깡 봉지를 뜯어놓고 녀석의 지저분한 일당들과 그 미지근한 것을 돌려가며 마셨을 것이다. 그딴 녀석들이 하는 짓들은 안 봐도 뻔했다. 율목고등학교에서 논다고 하는 놈들이 기껏 하는 비행이래봤자 그 정도밖에 안 됐다. 택기는 취한 티를 내며 그때까지 남아서 공부하는 뱀들에게 뭐라고 씨부렁대다가 불 꺼진 여자반으로 휘청휘청 걸어들어갔다. 그리고 교탁 위에 올라서서 오줌을 갈겨댔다. 갈겨대는 정도가 아니라 좌우로 마구 흔들어대기까지 했다. 이 새끼는 꼭 담배를 피워도 꺼지지 않은 꽁초를 우체통에 버리는 놈이었다.

"알았어, 새꺄! 같은 반 친구가 우유 하나 먹은 거 가지고 더럽게 지랄하네. 우유값 얼마야? 내가 하나 사줄게. 얼마야, 앙!"

교실 분위기를 어느 정도 의식했는지 택기는 협박에서 회유로 얼른 태도를 바꿨다. 그리고 주머니를 뒤져 동전을 끄집어내며 앉아 있는 관수에게 도리어 큰 소리로 훈계를 늘어놓았다.

"아, 새끼, 그깟 우유 하나 가지고 졸라 쪼잔하기는. 너 새꺄, 왜 키가 고만한 줄 알아? 사내새끼가 속이 쪼잔해서 고만한 거야, 알아?"

그런데 그 순간 소심한 관수가 고개를 들고 한마디를 했다.

"너는 그런 식으로 우유 먹어서 키가 큰 거야?"

관수의 대꾸에 그나마 무심히 공부를 하던 몇몇 뱀들까지 고개를 바짝 쳐들었다. 뱀들의 시선이 모두 택기의 얼굴에 쏠리자 교실은 서서히 이상한 열기로 달아오르기 시작했다.

"야, 요 새끼 봐라? 이 새끼가 정말 보자 보자 하니까!"

택기의 손바닥이 관수의 뒤통수를 후려갈겼다. 둔탁한 소리와 함께 관수의 몸이 책상 위로 접혔다. 연이어 택기는 손에 쥐고 있던 동전을 관수의 머리통을 향해 내던졌다. 동전 무더기가 관수의 머리통을 때리고 소리를 내며 바닥에 흩어졌다.

그 장면을 보자 나는 가슴이 후끈 달아올랐다. 아니, 택기 녀석이 입가에 우유를 묻히고 관수를 을러댈 때부터 사실 나는 아래턱이 후들거릴 정도로 긴장하고 있었다. 그렇지만 이런 가슴의 후끈함과 아래턱의 후들거림은 율목고등학교에 입학한 이후 내겐 참으로 익숙한 증상이었다. 이런 상황에 직면할 때마다 잠시 후끈 달아오르다가 끝내 고개를 숙여버리는 공식을 나는 완벽히 소화하고 있었다.

하다못해 나는 꿈속에서조차 저런 자식들한테 주먹 한 번 제대로 내뻗지 못했다. 웬만한 놈들 두엇을 때려누일 정도로 기골이 장대하지도 못할뿐더러 저런 놈들한테 한번 주먹을 잘못 뻗으면 모든 게 끝장이었다. 얻어터지는 건 둘째치고라도 율목고등학교에서 폭력사태는 곧 정학을 의미했다. 남녀공학이라 유달리 폭력에 대한 규제가 심해서 부모님이 불려오고 병원비 문제로 시끄러운데다가 교장실에서 무릎을 꿇고 비는 틀에 박힌 시나리오가 줄줄이 연출되어야 했다.

보다 못한 반장이 택기에게 다가가 옷소매를 잡아끌며 말렸다.

"야, 지금 뭐 하는 거야. 곧 있으면 선생님 오시니까 빨리 제자리에 가서 앉아."

"이거 놔, 씨발, 나 오늘 졸라 열받았어."

택기는 반장의 팔을 뿌리치며 긴 다리를 번쩍 들어올리더니 무저항으로 엎드려 있는 관수의 등판을 내리찍었다. 그 장면은 내 가슴에 확 불을 당겼다.

"야, 너 반장 말 안 들려? 제자리로 가라잖아!"

택기의 얼굴이 서서히 움직였다. 녀석의 날카로운 시선이 어느덧 내 눈동자에 날아와 박혔다. 왜 그런 말이 튀어나왔는지 스스로도 모를 일이었다. 조금 전 나의 목소리는 내가 생각하기에도 심하게 떨리고 있었다. 자식이 나를 쏘아보았다. 얼굴을 정면으로 마주하자 우유 자국이 남아 있는 녀석의 턱주가리가 확실하게 보였다.

"넌 뭐야, 새꺄? 조용히 찌그러져 있어, 죽고 싶지 않으면."

뱀대가리들이 일제히 나에게 방향을 틀었다. 잔뜩 독이 오른 호기심의 눈알들이 반짝거리며 나를 주시했다. 나는 택기의 우유 묻은 턱주가리에 시선을 고정시킨 채 이 뱀새끼들이 제발 나를 쳐다보지 않기를 바랐다. 뱀새끼들이 나를 바라보고 있는 게 몹시 거북했다. 이상하게도 율목고등학교에서는 뱀새끼들이 쳐다보면 기대에 부응하기 위해 꼭 뭔가를 더 보여줘야만 했다.

"우유 훔쳐 먹었으면 미안하다 말하고 조용히 가서 공부나 하란 말야. 애들 방해 말고!"

나는 끝내 율모기들의 기대에 부응하고 말았다. 택기가 교탁을 돌아

빠른 걸음으로 내게 다가왔다. 나는 자리에서 일어났다. 심장이 얼마나 가슴뼈를 심하게 두들겨대는지 금방 밖으로 뛰쳐나올 것만 같았다.

녀석의 기다란 팔 끝에 주먹이 단단하게 감겨 있었다. 택기의 커다란 몸집이 나를 점점 위압해오는 것을 느끼자 불현듯 여러 생각들이 들끓기 시작했다. 지금 이 자식과 싸우면 이길 수 있을까, 하는 의구심에서부터 정학을 맞는 장면, 부모님이 선처를 구하며 교장실에서 무릎을 꿇고 비는 모습, 곧 다가올 모의고사를 못 치를 것이라는 두려움들이 빠르게 스쳐갔다.

그러나 택기의 큰 키가 다가옴과 동시에 내 몸은 반사적으로 책상 위로 올라갔다. 이미 돌이킬 수 없는 상황이었다. 녀석의 느끼한 턱주가리를 언젠가 꼭 한번 날려버리고 싶던 참이었다. 그런데 주먹을 쥐며 대응자세를 취하는 잠깐 동안 망설임이 다시 고개를 쳐들었다.

'정말 이 길 외에는 방법이 없는 걸까?'

젠장, 그 망설임이 결국 내게 독이 되었다. 택기의 그림자가 덮쳐들자 내 주먹은 눈 깜짝할 새에 튀어나갔다. 주먹을 날리는 그 순간 망설이지 않았더라면, 나는 스스로 생각하기에도 좀더 멋진 놈이 될 수 있었을 것이다. 상상처럼 택기는 턱을 돌리며 나자빠지지 않았다. 그 빌어먹을 망설임이 주먹의 스피드에 브레이크를 걸었다는 사실을 나는 금방 깨달았다.

녀석은 약간 휘청대기는 했지만 곧 자세를 바로잡더니 내게 몸을 날렸다. 우리는 부둥켜안고 분단과 분단 사이의 좁은 틈에서 사나이답지 못한 추잡한 개싸움질을 벌이기 시작했다. 눈을 질끈 감고 상대방 얼굴이 있으리라 가늠되는 곳에 정신없이 팔을 휘둘러대는 식이었다.

한참을 그렇게 치고받는데 별 재미가 없었는지 몇몇 뱀새끼들이 몰려왔다. 하도 억세게 뜯어말리는 바람에 결국 택기와 나는 일으켜세워지고 말았다. 옆에서 누가 말린다고 싸움을 깨끗하게 접는 일은 율모기들의 정서에 맞지 않는 일이어서 녀석과 나는 일어난 뒤에도 한동안 주먹을 더 교환했다. 몇 대가 내 광대뼈에 날아왔고 몇 대가 상대방의 얼굴에 맞는 느낌이 들었다. 그중 한 대는 주먹에 제법 묵직한 기운이 전해진데다가 욱, 하는 신음까지 들려서 제대로 맞은 듯했다.

알고 보니 우리를 가장 억세게 뜯어말린 사람은 다름아닌 관수였다. 그런데 관수의 코에서 피가 심하게 쏟아지고 있었다. 그의 하늘색 반팔 와이셔츠 가슴팍에 빨간 핏물이 후드득 떨어졌다. 아마 자기 때문에 일어난 싸움을 말리다가 이쪽저쪽에서 날아온 주먹에 얻어터진 게 분명했다.

택기의 와이셔츠 단추는 죄다 터져 있었다. 내 와이셔츠의 어깻죽지는 찢어져 있었다. 우리는 거친 숨을 몰아쉬며 서로를 노려보았다. 나는 이만하면 충분하다고 여겼다. 예상보다 데미지가 크지 않았고, 운좋게 자율학습 감독 선생님도 나타나지 않아서 지금 서로가 화해를 한다면 그런대로 나쁠 것 같지 않았다.

하지만 택기는 달랐다. 터진 입술에서 흘러내린 핏줄기가 턱주가리를 적시고 있었고 눈두덩이 보기 좋게 부풀어 있었다. 그 입술과 눈동자에는 독기와 분노가 이글거렸다. 나 같은 놈한테 맞았다는 사실이 분해서 견딜 수 없다는 표정이었다. 자식은 나를 삼킬 듯 노려보며 크악, 가래를 끌어올리더니 내 옆에 서 있는 관수를 향해 내뱉고는 교실 밖으로 나가버렸다. 피 묻은 가래침은 관수의 목덜미에 떨어졌다. 내가 뱀새끼들을 한 번 돌아보자 율모기들은 천천히 고개를 숙여 책상 위로 눈길을 돌렸다. 마치 공연의 일 막 관람을 끝낸 관객들 같았다.

3

관수의 코피가 겨우 진정되고, 그와 내가 더러워진 와이셔츠를 체육복으로 갈아입은 뒤 제자리에서 숨을 돌릴 무렵이었다. 교실 뒷문이 거세게 여닫히는 소리와 함께 덩치 큰 두 놈이 들어왔다. 연이어 앞문도 거세게 여닫히며 덩치 한 놈과 택기가 들어왔다. 녀석들은 교실로 들어오자마자 복도 쪽 책상 위를 뛰어다니며 열어놓은 교실 창문을 죄다 잠가버렸다. 밖으로의 소리를 차단하려는 게 틀림없었다.

전혀 예상치 못한 일이었다. 택기가 다른 반에 있는 지저분한 일당들을 불러온 것이었다. 별안간 심장이 가슴뼈를 어찌나 세게 두들겨대는지 양어깨가 들먹거릴 지경이었다. 눈동자 외에는 모든 관절이 망가져버린 것 같았다.

택기가 손가락으로 교실 한쪽을 가리키자 덩치 두 놈이 관수 쪽으로 몰려갔다. 택기가 턱짓으로 나를 가리키자 가장 덩치가 크고 제일 역겹게 생긴 새끼가 교실 앞줄의 책상 위로 올라서더니 나를 내려보았다. 그리고 '겨우 저 자식이야?' 하는 표정으로 피식 웃고는, 책상을 구둣발로 밟으며 내게 다가왔다. 책상 위를 발로 차면서 걸어왔기 때문에 녀석이 구둣발을 옮길 때마다 뱀들의 사전과 문제집 들이 이리저리 튀어나가고 노트가 찢겨나갔다. 하는 짓이 너무나 무시무시했다. 그런 짓은 이 도시에서 공부깨나 하고 조잡한데다가 얍삽하기로 소문난 율모기들이 하는 짓이 아니었다.

등골에서 소름이 쫙 끼쳤다. 정말이지 꼼짝할 수가 없었다. 나는 겨우 안간힘을 다해 나 자신을 지탱하려고 애를 썼다. 무시무시하고 역겨운 자식은 어느새 내 책상 위에서 발걸음을 멈췄다. 그리고 여자애들이 오줌 싸듯 천천히 쪼그려앉더니 나를 내려다보았다. 나는 고개를 숙여 그의 구둣발 밑에서 짓밟히고 있는 국사 참고서에 시선을 고정시켰다. 자식은 옆에 장승처럼 서 있는 택기에게 물었다.

"이 새끼냐?"

구역질이 날 정도로 담배 냄새가 섞인 입냄새가 코에 훅, 끼쳤다. 자식은 고개를 숙여 내 얼굴을 들여다보았다. 그 시선을 피하려고 눈을 옆으로 돌리자 관수가 앉아 있는 자리가 보였다. 덩치 한 놈이 관수의 목에 팔을 둘러 가슴 깊이 파묻고 있었고, 다른 한 놈은 관수의 옆구리에 주먹을 먹이고 있었다. 그 주먹을 옆구리로 받아낼 때마다 재갈을 물린 것처럼 낮게 뱉어내는 관수의 신음 소리가 간헐적으로 들렸다.

"햐, 이거, 웃기는 새끼네? 야, 새꺄, 고개 좀 들어봐."

자식이 더러운 손으로 내 턱을 쥐고 억세게 들어올리더니 자신을 바라보게 했다. 그리고 느물느물 웃어대며 입냄새를 풍겼다. 심하게 망가진 이빨이 보였다.

"야, 너랑 쟤랑 둘이서 애 때렸냐?"

나는 무슨 말인가를 하고 싶었다. 택기가 관수 우유를 훔쳐 먹어서 일이 그렇게 된 거라고, 관수와 내가 둘이서 택기를 때린 게 아니라고…… 그러나 소리가 목구멍을 열고 나오지 못했다. 갑자기 그 자식의 얼굴이 무섭게 일그러지더니 한쪽 손이 올라갔다.

"너, 얘 쳤어, 안 쳤어? 씨발놈아!"

정신이 아득했다. 대답은커녕 존댓말을 써야 할지 반말을 써야 할지조차 가늠할 수 없었다. 제발 땅꾼들이라도 나타나주기를 바랄 뿐이었다. 관수의 옆구리에 주먹을 먹이던 놈이 천천히 내 쪽으로 다가오는 게 보였다. 겁을 집어먹은 내 얼굴이 굳어지자 자식의 손이 허공에서 휘익, 하고 내려왔다. 나는 어금니를 깨물며 눈을 질끈 감았다. 얼마나 긴장했는지 얼굴뼈가 덜그럭거리며 따로 노는 것 같았다. 그런데 녀석의 손은 내 코앞에서 움직임을 멈췄다.

"눈 떠, 새꺄."

녀석이 구린 입냄새를 풍기며 속삭이듯 말했다. 내가 눈을 뜨자 녀석은 꿀밤을 먹이듯 가운뎃손가락으로 내 콧방울을 튕겼다. 코가 찡하며 눈물이 핑 돌았다. 그리고 미친 말처럼 웃어댔다. 그렇게 계속해서 구역질나는 녀석은 손가락으로 내 콧방울을 튕겨댔다. 가만히 앉아서 당하고 있자니 못 견딜 정도로 치욕스러웠다.

교실은 물을 끼얹은 듯 조용했다. 관객들은 너무 열중하느라 숨소리조차 잊은 것 같았다. 지금 책상 밑의 손에 쥐고 있는 샤프펜슬로 차라리 내가 내 목을 찔러버리는 게 낫지 않을까, 하는 상상이 스쳐갈 즈음이었다. 아주 독특한 억양의 늘어지는 음성이 들려왔다.

"이러언 쓰벌넘들이 내 잠을 다 깨우네. 니들 다 일루 와봐, 샤키들아."

목소리만 들어도 알 수 있었다. '또자' 형이었다. 수업시간 내내 잠만 자고 쉬는 시간에도 자고 자율학습은 대부분 하지 않는 형이었다.

우리보다 나이가 무려 세 살이나 많은데다가 슬쩍 봐도 얼마나 거칠게 살아왔는지 금방 알 수 있는 사람이었다. 이 학교의 졸업장을 따고 무사히 떠나는 게 그의 유일한 목표였다. 간혹 교실에서 한두 번씩 일어나는 시끄러운 소동에 어쩌다 눈을 떠도 어린놈들의 철없는 장난질이려니 여기며 개의치 않고 엎어져 잠만 자는 스타일이었다. 수업 도중 선생님이 "너 또 자니?" 하고 물으면, 졸린 눈으로 고개를 들고 "안 잤는데요" 대답하는 것이 그의 유일한 대사였고, 그 외에는 반에 있는지조차 알 수 없을 만큼 과묵했다.

"형, 왜 이러세요, 애들 노는데. 계속 주무세요."

구역질나는 녀석이 실실 웃으며 슬쩍 넘어가려 하자, 또자 형은 믿을 수 없을 만큼 빠른 속도로 책상을 딛고 날아와 녀석의 어깨를 발로 내리찍었다. 녀석이 한순간에 허물어지며 내 책상 위에서 나가떨어지더니 분단 사이로 나동그라졌다.

그것을 보자 나는 나도 모르게 안도의 한숨이 흘러나왔다. 나는 또자 형이 다른 반의 이 지저분한 새끼들을 싹 쓸어버리기를 바랐다. 이 순간에 그렇게 할 만한 율모기는 또자 형밖에 없었다. 형은 교실을 한 바퀴 둘러보더니 이빨 새로 침을 찍, 하고 내뱉었다. 그리고 그 느릿한 말투로 말했다.

"샤키들, 전부 일루 와서 일렬로 서."

말이 떨어지자마자 우리들은 교실 뒤로 잽싸게 뛰어나가 한 줄로 늘어섰다. 나는 도대체 일이 왜 이렇게 됐는지 형이 물을 것이라 생각했다. 왜 관수가 택기에게 맞았으며 내가 나서서 싸워야 했는지, 게다가 다른 반의 더러운 일당들이 우리 반에 와서 왜 난리를 쳤는지 나는 모두 설명하고 싶었다. 그러면 그는 연장자답게 이 상황을 유연히 해결할 수 있을 것이었다.

"요 시끄러운 샤키들."

그러나 형은 아무 말도 묻지 않았다. 휙, 하는 바람 소리가 나더니 구역질나는 놈이 숨넘어가는 신음을 내며 모로 쓰러졌다. 그뒤로 우리들은 고개를 숙이고 날아오는 발길질을 고스란히 몸으로 받아내야 했다. 구역질나는 놈서부터 관수까지 우리는 망가진 실로폰처럼 소리를 내며 교실 바닥으로 무너지거나 여기저기로 튀어나갔다. 옆에서 쓰러지는 관수를 보니 애처롭기까지 했다.

그렇게 몇 라운드를 돌고 있는데 갑자기 교실 앞문이 쾅, 하고 열렸다. 또자 형이 내 앞에서 뒤돌려차기를 하려고 몸을 반쯤 돌리다가 문소리에 발을 뻗지 못하고 자세를 바로했다. 교련 땅꾼이었다. 얼굴이 벌겋게 달아올라 있었다. 중국요리를 시켜놓고 숙직실이나 상담실 같은 데서 저녁식사 겸 소주를 걸치다가 한 바퀴 휘 둘러보러 온 게 틀림없었다.

교련 땅꾼은 율목고교의 많은 땅꾼들 중에서도 선배들 대에서는 '땅꾼 중의 땅꾼'으로, 우리들 사이에선 '승질 급한 땅꾼'으로 통했다. 마음만 먹으면 제아무리 모범생인 뱀조차도 그 어떤 꼬투리를 잡아내 후려칠 수 있는 천부적 능력의 소유자였다. 그래도 이 순간만은 나는 승질 급한 땅꾼이 반가웠다. 나는 모든 일들을 납득시킬 자신이 있었다.

"아니, 지금 뭣들 하는 짓이야! 이놈들이 제정신이야?"

승질 급한 땅꾼이 험악한 표정을 지으며 교실 뒤로 왔다. 또자 형이 차렷 자세로 고개를 약간 숙였다.

"병구, 너 이 새끼 올해는 잘해보겠다고 그토록 다짐하더니, 이 자식이 애들을 또 때려? 왜 때렸어, 앙!"

승질 급한 땅끈은 또자 형의 따귀부터 올려붙였다.

"왜 때렸냐고 묻잖아, 인마! 이 자식이 이젠 선생 말이 말 같지가 않나? 앙!"

승질 급한 땅끈은 운동횟발로 형의 조인트를 사정없이 후려깠다.

"어쭈, 그래도 말 안 해?"

나는 속이 타서 미칠 지경이었다. 또자 형은 말하고 싶지 않아서가 아니라 책상에 엎드려 자느라고 상황을 모를 뿐이었다.

"너, 병구가 너 왜 때렸어?"

땅끈이 가장 덩치 큰 놈을 쿡, 찌르며 묻자 그 녀석은 더러운 표정을 지으며 울먹거리기만 했다. 땅군은 아이들의 얼굴을 쭉 훑어보다가 택기의 얼굴을 유심히 들여다봤다.

"어쭈, 넌 눈탱이가 왜 이래? 병구가 때렸냐?"

택기는 고개를 가로젓더니 손가락으로 나를 가리켰다.

"하쭈, 이 자식들 완전히 정신이 나갔군, 나갔어. 안 되겠구만. 니들 전부 따라와!"

4

우리들은 줄줄이 복도 끝에 있는 '상담실'로 들어갔다. 교실을 짓고 남은 자투리 공간이라 그 안은 사다리꼴 모양이었다. 우리가 들어가자

국어 땅꾼이 나무젓가락으로 양장피를 집다 말고 놀란 눈으로 안경을 추켜올렸다. 환기가 안 되는지 담배연기가 꽉 차 있었다. 승질 급한 땅꾼은 국어 땅꾼에게 양해도 구하지 않고 음식 접시와 소주병이 놓인 테이블을 벽 한쪽으로 밀어붙여 공간을 만들었다.

이곳에 들어갔다 나온 뱀새끼들이 하나같이 축 늘어져서 기어나오곤 하는 경우를 여러 번 봤지만 내가 오게 될 줄은 꿈에도 미처 몰랐다. 두들겨맞아서 한동안 노곤했던 신경이 다시 팽팽하게 곤두서기 시작했다. 승질 급한 땅꾼은 국어 땅꾼에게 실력을 과시하듯 우리를 한 줄로 나란히 세웠다. 그리고 철제 캐비닛에서 굵은 몽둥이를 찾아들고는 또자 형부터 앞으로 불러냈다.

"너는 이 새꺄, 매일 밥만 처먹고 잠만 처자는 것도 모자라 애들을 패? 니 동생 같은 애들을 패? 넌 새꺄, 양심불량이야, 알아? 엎어, 양심불량!"

또자 형은 몽둥이가 공기를 가르고 엉덩이를 내리칠 때마다 '양심불량!'을 복창했다. 양심불량을 열 번 복창하자 다음엔 몽둥이 끝이 택기를 가리켰다.

"너는 새꺄, 학교에 공부를 하러 오냐, 농구를 하러 오냐? 애새끼가 뺀질뺀질해가지고. 넌 여러 가지로 기분이 나빴어, 알아? 엎어, 뺀질뺀질!"

택기는 작살 맞은 뱀처럼 요리조리 몸을 뒤틀어대며 뺀질뺀질 악을 써댔다. 그러고는 또자 형 옆으로 북북 기어가더니 무릎을 꿇고 앉았다. 누가 그렇게 하라고 시킨 적이 없는데도 알아서들 하고 있었다. 곧이어 몽둥이 끝이 너저분한 놈들 셋을 한꺼번에 훑었다.

"이 새끼들아, 교실이 레슬링장이야? 니들이 학생이야, 깡패야? 왜 자습시간에 남의 반에 가서 지랄이야, 지랄이긴, 앙! 니들은 오늘 나한테 딱 걸렸어. 어디 한번 제대로 죽어봐. 오늘 그 버릇 깡그리 고쳐주겠어. 셋다 어퍼! 정신개조!"

지저분한 일당들이 트리오로 정신개조를 합창하며 콘크리트 바닥 위에서 한동안 너저분하게 꿈틀댔다. 몽둥이가 세 놈의 엉덩이를 내리칠 때마다 둔탁한 소리가 났다. 한강철교, 김밥말이, 원산폭격까지 두루 거친 뒤에야 녀석들은 택기 옆으로 발발 기어갔다. 무릎을 꿇고 앉자 못난이 삼형제가 따로 없었다.

땅꾼의 몽둥이가 드디어 내 이마를 겨누었다. 나는 용기를 내어 입을 열었다.

"선생님."

"왜?"

땅꾼이 내 얼굴을 삼킬 듯 노란 눈알을 가까이 들이댔다. 소주 냄새와 담배 냄새, 양장피의 겨자 소스 냄새가 뒤섞인 입냄새가 지독하게 코를 찔렀다. 그러자 갑자기 어디서부터 어떻게 이 긴 이야기를 간추려 시작해야 할지 머릿속이 캄캄해졌다.

"왜? 넌 뭐 억울한 거 있어? 억울한 거라도 있냐구? 니가 저 빤질빤질한 놈 눈탱이 밤탱이로 만들었지? 그랬어, 안 그랬어?"

코앞에서 악취를 풍기며 속사포처럼 쏘아대는 말에 정신을 잃을 지경이었다.

"그러긴 했습니다만."

"그랬으면 빨랑 어퍼, 새꺄! 사내놈이 무슨 변명이 그리 많아. 넌, 변명불가!"

엉덩이에 달군 쇠가 떨어지는 것 같았다. 나는 변명불가를 외치며 불현듯 오늘 야산 너머로 떨어진 해가 내일부터는 다시 떠오르지 않기를 바라는 엉뚱한 기도를 했다. 일어서려고 안간힘을 썼지만, '빳다' 가 끝난 뒤엔 나 역시 어쩔 수 없는 뱀새끼가 되어 더러운 일당들 옆에 무릎을 꿇고 말았다. 꿇어앉아서도 나는 그 엉뚱한 기도를 멈추지 않았다.

마지막인 관수 앞에 이르자 땅꾼은 몽둥이를 왼손으로 옮겨잡고는 뻐근해진 오른쪽 어깨를 이리저리 돌려대며 뭔가 생각하는 눈치였다. 그래도 무슨 마땅한 죄명이 떠오르지 않는지 관수에게 어이없는 질문을 던졌다.

"넌 뭐야?"

그 말에 관수의 눈이 똥그래졌다. 너무 막연하고 심오한 물음이어서 도대체 무엇을 묻는지 가늠할 수 없다는 표정이었다.

"빨리 대답해, 새꺄! 넌 도대체 뭐냐구?"

눈알을 좌우로 굴리던 관수는 떨리는 목소리로 빠르게 대답했다.

"잘못했습니다. 제가 잘못했습니다."

"이런 병신 새끼, 뭘 잘못했어, 응? 뭘 잘못했냐구?"

관수가 대답을 못 하는 건 당연했다. 그는 정말 아무 잘못이 없었다. 땅꾼은 빨리 일을 끝내고 싶은지 못마땅한 표정으로 입맛을 쩍쩍 다시더니,

"넌 새꺄, 그냥 잘못 없음 외쳐, 알았어, 앙!"

관수는 대답을 하고는 그 자리에 엎어지더니 잘못 없음을 열 번 외쳤다. 그리고 새끼뱀처럼 내 옆으로 기어와 똑같이 무릎을 꿇었다.

땅꾼 중의 땅꾼 혹은 승질 급한 땅꾼은 피곤한지 몽둥이를 콘크리트 바닥에 내던졌다. 그리고 꿇어앉은 우리를 내려다보며 담배 한 개비에 불을 붙였다. 우리의 판단으로는 정학까지 갈 것 같지는 않았다. 승질 급한 땅꾼은 즉석에서 몇 대 후리면 후렸지 서류를 올리고 회의를 거치는 징계를 별로 좋아하지 않았다. 게다가 머릿수가 많을수록 무거운 징계는 드물었다. 자율학습 감독을 소홀히 하고 술을 마신 것도 본인들에게 문제가 될지 몰랐다.

"선생님, 애들 어떻게 하죠?"

이제껏 한쪽에서 아무 말 없이 지켜보던 국어 땅꾼이 물었다. 교련 땅꾼은 인상만 쓰며 연거푸 연기만 피워냈다. 뭔가 생각하기 귀찮다는 얼굴이었다.

"아무래도 제가 교실에 한번 다녀와야겠어요."

양장피와 소주를 얻어먹었음이 틀림없는, 그래서 이 사태를 어떻게 도와줄 수 없을까, 궁리하던 국어 땅꾼이 자세히 좀 알아봐야겠다며 상담실을 나갔다.

국어 땅꾼은 '어설픈 땅꾼'으로 통했다. 부임한 지 얼마 되지 않아서 혈기만 방장했지 율모기들의 생리를 몰라도 한참을 모르는 견습생이었다. 그렇지만 그는 그래도 문학과 언어를 공부한 사람이었다. 그 사실이 내게 작은 기대가 되었다. 뒷돈 몇천만원을 바르고 사립학교로 들어왔다는 풍문이 떠돌지라도, 한 시절을 군에서 호령만 하다가 이사장의 혈연으로 자리를 튼 교련 땅꾼과는 사고가 다를지 몰랐다. 자세히 알아보겠다며 교실로 간 행동 자체가 그걸 증명하고 있었다.

더군다나 이건 무슨 복잡하고 심도 있는 이해력이 필요한 사태도 아니었다. 국어 땅꾼은 이 문제를 간략하고 명쾌하게 해결한 뒤 관수와 나의 옷에 묻은 먼지를 털어주며, '가서 깨끗이 씻으라' 고 말할지도 몰랐다. 어쩌면 내일의 태양을 그가 불러낼지도 몰랐다. 그렇게 된다면 나는 그 동안 그에게 가졌던 어설픈 의심들을 회개하고 누구보다 그를 따르리라 마음먹었다.

승질 급한 땅꾼이 담배를 한 대 더 천천히 태우는 동안 전모를 파악하러 간 어설픈 땅꾼이 돌아왔다. 승질 급한 땅꾼은 어설픈 땅꾼을 보자마자 대뜸 물었다.

"도대체 이 자식들이 왜 싸웠답니까?"

"잠깐만요. 제가 몇 가지 좀 물어볼게요."

꿇어앉은 우리들과의 눈높이를 맞추기 위해 어설픈 땅꾼은 쪼그려앉았다. 그는 확실히 자세부터가 달랐다. 어설픈 땅꾼은 우선 택기에게 물었다.

"얘네 둘이 너를 왜 때렸니?"

'얘네 둘' 이란 관수와 나를 말하는 건데, 관수는 택기를 때린 적이 없었다. 대체 아이들한테 무슨 얘기를 어떻게 듣고 온 것일까. 어설픈 땅꾼이 청요리에 곁들인 술 취한 머리로 일을 제멋대로 해석하지 않기를 나는 간절히 바랐다. 우선 나는 그를 돕고 싶었다.

"선생님, 관수는 애를 때린 적이 없는데요."

그러자 승질 급한 땅꾼이 다가오며 물었다.

"어떤 놈이 관수야?"

내가 눈짓으로 관수를 가리키자 승질 급한 땅꾼이 주먹으로 관수의 머리통을 내리쳤다.

"넌 왜 이름표가 없어. 아쭈, 그러고 보니 이 자식들도 이름표가 없네."

승질 급한 땅꾼은 내 머리통과 택기의 머리통도 주먹으로 내리쳤다.

"체육복으로 갈아입은 뒤 미처 이름표를 옮겨달지 못했습니다."

내가 그 이유를 설명하자 바로 주먹이 또 한 방 날아들었다.

"이 자식은 말끝마다 변명이야, 변명은, 앙!"

어설픈 땅꾼은 승질 급한 땅꾼을 제법 진정시키며 자기에게 맡겨달라는 듯 차분하게 말을 꺼냈다.

"여러 사람이 동시에 대답하면 복잡하니까 지금부터 묻는 사람만 대답하는 게 좋겠다. 너, 뺀질뺀질, 어서 말해봐. 어떻게 된 거지?"

"얘가 먼저 저한테 시비를 걸었거든요. 그래서 제가 얘를 몇 대 툭 쳤는데, 갑자기 쟤가 끼어들더니 주먹으로 얼굴을 때려서…… 그래가지고 제가 옆반 애네들을 불러와가지고…… 애네들이 쟤랑 얘한테 와서 일이 그렇게 된 건데요."

택기는 관수와 나와 자기 일당들을 손가락으로 어지럽게 가리키며 더듬더듬 말했다. 제삼자가 이해하기엔 혼란스럽기 그지없는 말투였다. 게다가 녀석은 자기에게 불리한 '우유'의 '우' 자는 뻥끗하지도 않았다. 어설픈 땅꾼은 승질 급한 땅꾼 앞에서 자기 추측이 맞아들어간다는 듯 고개를 주억거리며 지저분한 일당들에게 물었다.

"너희들은 왜 얘가 쟤네 둘한테 맞았는지 아니, 모르니?"

'쟤네 둘'이란 관수와 나를 가리키는 것인데, 내가 분명히 관수는 택기를 때리지 않았다고 했음에도 그는 여전히 답답하게 굴었다. 그런데 어설픈 땅꾼의 그 어설픈 질문에 더러운 일당들의 대답이 더 걸작이었다. 그제서야 이 너저분한 놈들은 택기가 어떤 이유로 싸웠는지를 왜 진작 물어보지 않았을까, 하는 안타까운 얼굴로 서로를 번갈아 보더니,

"잘 모르겠는데요? 너, 얘네들하고 왜 싸웠다고 했지?"

하고 도리어 택기에게 되물었다. 율모기들 중에서도 제일 멍청하고 사악한 뱀새끼들이었다. 자신보다 조금만 약한 상대를 보면 무턱대고 떼를 지어 송곳니를 드러내는 법 외에는 아무것도 모르는 얼간이들이었다.

어설픈 땅꾼은 손가락을 이리저리 찔러대며 빠르게 상황을 정리했다.

"그러니까 니네들은 얘네들이 왜 쟤를 때렸는지 모르고, 쟤하고 얘하고 다투는 중에 얘가 끼어들었다는 건데, 그럼 쟤네들과 얘네들은 도대체 왜 싸운 거야? 게다가 쟤는 니네들을 왜 때린 거지? 아, 이거 복잡하네!"

끝내 어설픈 땅꾼은 두 손으로 머리를 감싸쥐었다. 질문은 다시 원점으로 돌아가고 말았다. 지켜보고 있기가 답답했는지 승질 급한 땅꾼이 또자 형에게 다급하게 물었다.

"너, 병구, 너는 쟤네들이 왜 몰려와서 왜 얘네들하고 싸웠는지 알아, 몰라?"

"선생님, 저와 관수는 쟤네들하고 싸운 게 아니라,"

"변명불가! 넌 입 닥치고 가만 안 있을래? 얘네들이니, 쟤네들이니 가뜩이나 헷갈려 죽겠는데!"

승질 급한 땅꾼은 주먹으로 내 머리를 내리쳤다. 그 다음 또자 형에게 제법 부드럽게 다시 물었다. 이젠 거의 사정하는 말투였다.

"병구, 사실대로 이야기하면 봐줄 테니까 말해봐. 너, 얘네들이 왜 몰려와서 왜 쟤네들하고 싸웠는지 알아, 몰라?"

또자 형은 대답 없이 마냥 뒷머리만 긁적거렸다.

"야, 그럼 너는 얘네들 왜 팼어? 쟤네들과 얘네들이 왜 싸웠는지 정말 모른단 말야?"

"잘 모르겠는데요. 그저 저는 자는데 얘네들이 시끄럽게 굴길래……"

또자 형에게 그 말을 듣고 나자 답답함을 견디다 못한 승질 급한 땅꾼은 이젠 지겹다는 듯 고함을 내질렀다.

"이 새끼들이 뭘 제대로 알지도 못하면서 무조건 주먹질이야. 전부 대가리 박아! 새끼들아!"

우리들은 모두 콘크리트 바닥에 머리를 박았다. 그 고함은 그야말로 내가 땅꾼에게 던지고 싶은 말이었다. 어설픈 땅꾼이 진정하라며 승질 급한 땅꾼에게 담배를 권하더니 불을 당기는 소리가 들려왔다. 담배연기를 길게 내뱉으며 승질 급한 땅꾼이 이젠 지친 기색으로 혼잣말처럼 중얼거렸다.

"자식들이 그럼 왜 쌈박질을 한 거야, 이거…… 뭔 소린지 하나도 모르겠네. 하여튼 새끼들이 하는 짓이란 게, 이런 놈들은 훈련소에서 박박 기어야지 정신을 차린다니까."

어설픈 땅꾼도 자기 역시 피곤하다는 듯 연기를 뿜으며 맞장구를 쳤다.

"그러게요, 저도 반에 가서 애들한테 무슨 말을 듣긴 들었는데, 무슨 소린지 모르겠더라구요. 귀찮은데 그냥 반성문이나 쓰게 하고 보내죠, 뭐. 남은 술이나 마저 비우고……"

5

교실로 돌아오니 율모기들이 힐끔힐끔 우리들을 쳐다보았다. 이 뱀새끼들은 공부하는 척조차 제대로 못 하는 놈들이었다. 처음부터 끝까지 모든 것을 보고도 제대로 말할 용기조차 없는 놈들이었다. 이 뱀새끼들이 앞으로 커서 대한민국의 국민이 되어 투표를 하고 정치가가 되고 법률가가 되고 의사가 되고 건축시공자가 되고 경찰이 되고 군인이 되고 공무원이 되고 여자를 맞이하여 아이를 낳고 그 아이를 교육시키지 말기를, 그 모든 일이 제발 이루어지지 않기를 나는 마음속으로 간절히 빌었다. 그렇게 된다는 건 정말이지 너무나도 끔찍했다.

몇 분쯤 앉아 그런 기도를 하고 있으려니 첫번째 자율학습시간의 종료를 알리는 음악이 흘러나왔다. 나는 관수를 데리고 매점에 갔다. 죽도록 맞느라고 입에서 단내가 날 지경이었다. 관수도 마찬가지일 거라는 생각이 들었다. 아무래도 녀석과 무슨 이야기를 해야 할 것만 같았다. 몰골이 말이 아니어서 우리는 매점 밖 어둠 속에서 한동안 서성대다가 아이들이 뜸해질 무렵, 매점 안으로 들어갔다.

"뭐 마실래? 내가 사줄게."

내가 묻자, 휴지로 콧구멍을 틀어막은 관수가 코맹맹이 소리로 대답했다.

"아냐, 내 건 내가 돈 내고 마실게."

한동안 그쳤던 녀석의 코피가 반성문을 쓸 무렵 다시 터지고 말았던 것이다.

"아냐, 내가 사줄게."

나는 가당찮게도 관수에게 동정을 느끼고 있었다. 녀석은 초주검이 되어 완전히 풀이 죽어 있었다. 택기에게 얻어맞고 싸움 말리다가 코피 터지고 지저분한 일당들한테 흠씬 두들겨맞고 또자 형한테 발길로 차이고 교련 땅꾼의 몽둥이찜질까지 당했으니 기분이 오죽할까. 관수는 몇 종류 남지 않은 음료수 냉장고를 두리번거리더니 힘없이 중얼거렸다.

"우유나 마시지 뭐."

나는 콜라를 주문하고 관수를 위해 오백 밀리리터짜리 우유를 샀다. 너무 열심히 얻어터지느라 침이 바싹 말라 있었다. 우리는 조명이 별로 닿지 않는 구석 테이블에 앉아 한동안 말없이 마시기만 했다. 자습 시작 종이 울려서 뱀들이 매점을 우르르 빠져나간 뒤에도 그와 나는 선뜻 일어날 힘이 없었다. 그러다가 관수는 조용히 입을 열었다.

"있잖아……"

콧구멍을 틀어막은 휴지 끝에 벌겋게 핏물이 배어나와 있었다. 녀석은 코맹맹이 소리로 얼른 말을 잇지 못했다. 나는 녀석이 입을 열 때까지 잠자코 기다렸다. 관수는 눈살을 잔뜩 찌푸리더니 이윽고 말을 이었다.

"괜히 우유 내 거라고 했나봐. 가만히 있을걸."

"뭐어?"

갑자기 나는 목이 콱 막히며 입에 물고 있던 콜라를 밖으로 반쯤 쏟아냈다.

"애초에 그 말 안 했으면 이렇게 얻어터지지는 않았을 거 아냐."

이 말을 듣자 나는 화를 낼 수 없을 정도로 맥이 탁 풀려버리고 말았다. 녀석이 그 동안 부당하게 빼앗긴 자신의 우유에 대해 나름대로 항의한 뒤, 그 혹독한 일들을 치르고 내린 결론이란 게 고작 그거였다. 그러나 이것만은 꼭 물어보고 싶었다.

"너 반성문엔 뭐라고 썼니? 사실대로 썼어? 택기가 그 동안 우유 훔쳐 먹었다고?"

"뭐라고 쓰긴 써야겠는데 쓸 말이 없더라."

"그런데 너 뭔가 굉장히 열심히 썼잖아?"

갈증이 다시 심하게 몰려왔다. 캔을 흔들어보니 콜라는 이미 비어 있었다.

"그냥 잘못했다고, 다시는 안 그러겠다고 썼지 뭐."

마른침을 다급히 삼키며 나는 간신히 소리쳤다.

"네가 뭘 잘못했는데? 너는 아무 잘못이 없어!"

"인내심이 없었잖아."

관수는 말을 마치고 우유통을 입가에 가져갔다. 녀석의 가냘픈 목울대가 오르락내리락거리며 우유를 들이켜고 있었다. 나는 순간 녀석의 우유를 홱 낚아채어 쓰레기통에 내던져버렸다.

성진은 떨리는 손으로 봉투를 열고 내용물을 꺼냈다. 화선지를 펴보니, 배가 불룩하고 주둥이가 좁은 호리병 하나가 달랑 그려져 있었다. 호리병 안에는 새가 한 마리 들어 있었고 하단에는 '如何還此鳥以自由'라는 문장이 씌어 있었다. 그리고 면담시간으로 추측되는 숫자가 보였다. 먹을 찍어 붓으로 대충 그린 그 그림을 보자 짓궂은 장난질 같아서 성진은 아연함과 함께 무릎이 풀썩 꺾이며 주저앉고 말았다.

第1話

舉. 僧問鏡淸, 學人啐, 請師啄. 淸云, 還得活也無,
僧云, 若不活遭人怪笑. 淸云, 也是艸裏漢.
어느 날, 한 중이 경청화상에게
"저는 이미 대오개발(大悟開發)의 준비가 되어 껍질을 깨뜨리고
나가려는 병아리와 같으니 부디 화상께서는 껍질을 쪼아 깨뜨려주십시오"
하고 청했다. 경청이 "과연 그래가지고도 살 수 있을까, 어떨까?" 이르자,
그 중은 "만약 살지 못하면 화상이 (줄탁의 솜씨가 없는 것이니)
세상의 웃음거리가 되겠죠" 하고 대꾸했다.
이에 경청화상은 "이 멍청한 놈!" 하고 꾸짖었다.
—「경청의 줄탁 솜씨 鏡淸 啐啄機」,『벽암록 碧巖錄』

요즘에는 '스승' 이라는 단어를 자주 접할 수 없다. '선생' 을 둔 학생은 많아도 '스승' 을 모시는 학인은 드물기 때문이다. 교사(敎師)로서의

선생은 모든 고양이를 선량한 고양이로 키우는 것을 목표로 하지만, 사부(師父)로서의 스승은 고양이들 중에서 호랑이가 될 놈만을 골라 키운다. 즉 일정의 훈육기 이후, 고양이로만 여겼던 제자가 울타리를 끊고 나와 설령 자신을 해할지라도, 스승은 본능적으로 학인이 본인보다 강한 맹수이기를 염원하는 것이다.

그러나 곧 호랑이가 되어 포효할 줄 믿었는데 때가 지나도록 울타리 구석에서 '야옹' 하며 얼굴이나 할퀴는 놈과 맞닥뜨렸을 때 스승의 눈매는 어떤 표정으로 일그러질까. 맹수의 음식에 길들여져 더이상 선량한 고양이로 남을 수도 없고 결국 호랑이도 되지 못한 그 반편이의 운명은 도대체 어떻게 된단 말인가?

*

오후 한시가 넘어 성진은 겨우 눈을 떴다. 새벽 네시까지 마신 술 탓인지 머리가 욱신욱신 쑤시고 목이 타서 견딜 수가 없었다. 간신히 자리에서 일어나 냉장고의 물병을 꺼낸 성진은 채 한 모금 들이켜기도 전에 울렁거림을 참지 못하고 화장실로 달려갔다. 변기에 머리를 박고 몸을 움찔거리며 구역질을 할 때마다 성진은 까닭 모를 화가 치밀어 욕설을 뱉어냈다. 서른셋이 되도록 부모님 눈치나 보며 얹혀사는 자신의 처지며 변두리 학원강사로 전락해 매달 카드 연체료나 막는 현실 따위가 더이상 견딜 수가 없었다.

화장실에서 나와 마루에 놓인 신문을 집어들며 시계를 보니 두시가 되어가고 있었다. 네시부터 학기말고사 대비 총정리를 준비해야 한다 생각하니 벌써부터 넌덜머리가 났다. 아무리 핵심정리를 해주고 예상 문제를 뽑아줘도 모래 위에 물을 붓듯 아이들은 뭐 하나 달라지는 것이 없었다. 학원에서 풀어본 예상문제가 시험에 그대로 출제돼도 틀리는 놈들이 수두룩했다. 성진은 아이들이 눈앞에 있기라도 하듯 진저리를 치며 욕을 해댔다.

"에이, 돌대가리들! 에이, 지겨운 것들!"

아버지가 읽다가 아무렇게나 던져둔 신문을 성진은 순서를 맞춰 잘 추렸다. 그리고 첫 줄부터 읽기 시작했다. 신문을 처음부터 끝까지 정독하는 이 시간이 성진의 일과 중 그래도 가장 안정된 시간이었다. 아무런 생각 없이 신문기사를 좇다보면 그나마 고급스러운 문장으로 세상과 만나고 있다는 위안을 받을 수 있었다.

흐릿한 머리로 몇 장을 거칠게 넘기던 성진은 갑자기 문화면에서 시선을 멈췄다. 순간 찬물을 뒤집어쓴 듯 정신이 번쩍 들었다. 신문을 구겨 눈앞에 바싹 들이대고 손가락으로 활자들을 하나하나 짚으며 꼼꼼히 읽어내려갔다. 틀림없었다. 어제 일자로 병사(病死)한 벽천의 문학적 생애에 관한 기사였다. 신문을 내팽개치며 성진은 자리에서 벌떡 일어났다. 시계를 보니 출근 준비를 해야 할 시간이었다. 어쩔 줄을 몰라 허둥대던 성진은 타는 갈증에 부엌으로 달려가 물병을 입에 대고 벌컥벌컥 들이켰다. 그러나 물병을 입에서 떼자마자 울렁거림을 참지 못해 다시 화장실로 뛰어들어갔다.

*

1999년 2월의 대학 졸업식은 한산했다. IMF 이후 경기침체가 지속되면서 실업자 수가 끝없이 불어나고, 특히 청년실업률지수가 나날이 최악의 수치를 기록하던 시기였다. 무엇보다 졸업 당사자들이 대거 출석하지 않았다. 참가한 졸업생들마저도 가족과 마지못해 카메라 앞에서 어설프고 희미한 웃음을 지었다. 그들의 품에 안긴 꽃다발은 시들어 보였고 음산한 겨울 햇살에 드러난 졸업가운엔 먼지가 볼썽사납게 묻어 있었다.

성진이 몇 가지 남아 있는 행정절차로 과사무실에 들렀을 때, 조교는 대뜸 그에게 취직이 됐느냐고 물었다. 고개를 젓자 조교는 '졸업자 취업현황란'의 성진 이름 옆에 붉은색 펜으로 X표를 했다. 애당초 취업 따위엔 관심도 없었지만 눈앞에서 '빨간 X표'를 긋는 조교를 보자 느닷없이 멱살을 움켜쥐고 싶었다.

그날 저녁, 선배의 전화를 받고 술자리에 참석한 성진은 흥미로운 소식을 접했다. 잡지사 문화부 기자인 선배는 얼마 전 경기도 인근에 설립된 문원(文院)을 취재했는데 원생을 뽑고 있더라며 성진에게 응모를 권했다. 그의 설명을 종합하면, 당시 상황에서 아무 데도 갈 곳 없는 문예창작과 졸업생에게는 그야말로 최선의 선택이자 최고의 복권이 따로 없었다. 이 년 학비 일체와 숙식을 제공받는 장학생 공고와 마찬가지였다. 전형절차는 원고지 일백 매 분량의 자기 소개서와 일차 필기시험, 이차 면접으로 나누어져 있었다.

문원을 설립한 벽천은 불교와 역사를 소재로 한 베스트셀러를 여러

권 발표한 중진 소설가였다. 동양문명의 근간을 이루는 유교와 불교를 두루 꿰뚫고 있었고 서양문명의 양 수맥인 헤브라이즘과 헬레니즘에도 조예가 깊었다.

일단 성진은 고개부터 저었다. 언젠가 자신이 작가가 되면 넘어서야 할 벽천의 밑으로 미리 들어간다는 사실에 거부감이 앞섰다. 게다가 일백 매 분량의 자기 소개서도 적이 부담스러웠고 시험을 통과할 자신 또한 없었다. 헤어질 무렵, 선배는 마지막 잔을 채워주며 애정 어린 조언으로 성진의 걱정을 일축했다.

"인마, 이창호가 조훈현 이기는 거 보면 모르니? 미리 거부감 가질 필요 없다구. 당락을 떠나서 네가 살아온 삶을 차분히 정리해보는 시간을 가져봐. 스물일곱 해를 살았는데 그깟 백 매가 안 나오겠어. 안 그래, 글쓰기 선수?"

술에 취해 돌아오는 전철 안에서 성진은 불현듯 고등학교 일학년의 어느 겨울 새벽을 떠올렸다. 영혼의 렌즈가 가장 투명했던 그 시절, 성진은 밤 열시에 자율학습을 끝내고 학교 앞 서점에 들러 문제집 살 돈으로 벽천의 소설책을 구입한 일이 있었다. 12월이었고 학기말고사 기간이었다. 그 밤, 성진은 때로는 미친 듯이 웃고 때로는 서글픈 듯 울며 벽천의 문장을 마음에 담았다. 마침내 새벽에 책장을 덮었을 때, 그는 터질 듯한 가슴을 주체하지 못하고 방을 뛰쳐나가 맨발로 아파트 현관문을 열어젖혔다. 밖에는 어느덧 함박눈이 내리고 있었다. 성진은 그렇게 서서 하얗게 덮여가는 세상을 오랫동안 바라보았다. 감히 말하건대 첫사랑이었다.

당락을 떠나 현재까지의 삶을 정리하는 데 의미를 두라는 선배의 말을 기억하며 성진은 집으로 오자마자 연필을 깎았다. 응모 마감이 오일 뒤였다. 우송 시간을 제하면 약 사흘의 시간이 주어진 셈이었다. 취중에도 불구하고 다섯 자루의 연필심을 세우며 성진은 무엇을 어떻게 쓸 것인지 글감을 날카롭게 벼리고 또 벼렸다. 그리고 사흘간을 방에 틀어박혀 열병과도 같은 시간을 보냈다. 며칠 뒤 어느 중앙일간지 문화면에는 응모자가 삼백 명에 달했다는 박스기사가 보도됐다.

*

이차 면접은 총 열다섯 명의 후보자를 A, B조로 나누어 사흘 간격을 두고 시행됐다. 성진은 A조 일곱 명 중 한 명이었다. 이때 처음 벽천을 실제로 대했는데, 환갑이 지났음에도 불구하고 강건하게 보였고 얼굴 혈색뿐 아니라 저고리 깃 사이로 비치는 가슴까지가 온통 불그스름했다. 소설에서 보여준 유려한 문장과는 달리 말투는 지극히 단순했으나 가래 끓는 듯한 목소리가 쩌렁쩌렁 울려서 몸 어딘가에 확성기를 숨기고 있는 것이 아닌가, 착각이 들 정도였다.

저녁식사 뒤에는 다과를 하며 각자 소개를 했다. 벽천은 이미 자기소개서와 일차 시험을 토대로 나름대로 개인 파악을 끝낸 듯 보였다. 후보자들의 이름을 정확히 부르며 사적으로 궁금한 것들을 물어보기도 했다. 소개가 끝날 무렵 성진은 두 가지 사실을 알아냈는데, 하나는 자신의 나이가 제일 어리다는 점이었고 다른 하나는 학력이나 경력이 가장 볼품없다는 것이었다. 대부분 일류대학의 대학원생 혹은 연구원이었고 일부는 등단한 사람까지 있었다. 소위 삼류 사립대 딱지를 떼자마자 달려온 사람은 성진밖에 없었다. 한 가지 다행이라면, 학력이나 경력 따위에 위축감을 느낄 수 없을 정도로 성진은 사회경험이 전무했고 결과에 무심했다는 점이었다.

당일 후보자들의 촉수가 일제히 쏠린 곳은 이박 삼일간의 면접이 어떻게 진행되는지에 관한 것이었다. 주위의 의견대로 성진은 일반 대기업의 입사전형처럼 다양한 그룹활동을 통해 소개서나 필기시험으로 측정할 수 없는 후보자의 능력과 성향을 파악하는 것으로 예상했다. 그러나, 다과가 끝날 무렵 벽천은 후보자들에게 편지봉투 하나씩을 나누어 주었다. 그러자 벽천을 따르는 젊은 문인들이 어리둥절해 있는 후보자들을 불러내어 새로 지어진 일곱 개의 방으로 개별 격리수용시켰다.

안내자를 따라서 성진이 복도 끝의 철문을 열고 들어서자 화장실이 딸린 방이 나왔다. 새로 도배를 하고 장판을 깐 냄새가 났다. 이젠 어떻게 되는 거냐고 안내자에게 묻자, 이틀 동안 봉투 안의 문제를 푼 뒤 벽천을 만나면 끝이라고 했다. 음식은 끼니때마다 자신이 갖다줄 것이고 요구사항이 있으면 저걸 이용하라며 손가락으로 벽의 인터폰을 가리켰다. 그리고 철대문이 꽝, 하고 닫혔다.

성진은 떨리는 손으로 봉투를 열고 내용물을 꺼냈다. 화선지를 펴보니, 배가 불룩하고 주둥이가 좁은 호리병 하나가 달랑 그려져 있었다. 호리병 안에는 새가 한 마리 들어 있었고 하단에는 '如何還此鳥以自由'라는 문장이 씌어 있었다. 그리고 면담시간으로 추측되는 숫자가 보였다. 먹을 찍어 붓으로 대충 그린 그 그림을 보자 짓궂은 장난질 같아서 성진은 아연함과 함께 무릎이 풀썩 꺾이며 주저앉고 말았다. 방을 둘러보니, 천장에 매달린 형광등 외에 이불 한 채와 베개 하나 말곤 아무것도 없었다. 성진은 벽에 등을 기대고 앉아 자기도 모르게 '갇혔다'라고 중얼거렸다. 창 밖 너머 어둔 풍경 속에서 바람에 흔들리는 나무의 우듬지가 무섭게 다가왔다. 어디선가 밤새의 울음소리가 가냘프게 들려왔다.

*

사흘째 되던 날, 성진은 접견실에서 벽천과 단독으로 만났다. 벽천은 별다른 말 없이 성진의 문제를 곧바로 물었다. 가래가 끓는 목소리였다.

"새를 어떻게 자유롭게 만들까?"

"의외로 간단한 문제일 수 있습니다."

어서 대답하라는 듯 벽천의 눈동자가 성진을 뚫어지게 바라보았다.

"깨부수죠."

그때 처음 성진은 벽천의 오른쪽 눈썹이 치켜올라가는 것을 보았다. 첫날 미처 발견하지 못한 그만의 독특한 표정이었다. 흑모와 백모가 섞인, 굵은 송충이가 꿈틀대는 듯한 그 눈썹은 말 한마디 않고 모든 감정을 드러내고 있었다. 이틀 동안 고민한 것이 고작 그거냐고 호통이 떨어질 것 같았다. 이어 성진은 보충설명을 했다.

"사마광은 물독에 빠진 어린애를 독을 깸으로써 살려냈고 알렉산더 대왕은 누구도 풀지 못한 고르디우스의 매듭을 단칼에 내리쳐 풀어냈습니다. 때로 진실은 이렇게 간단한 것이라 생각합니다."

"네가 이것저것 알량하게 알고는 있다만 깊이가 얕아서 적용이 틀렸다. 깨부수면 안 된다."

"왜 안 됩니까? 부수면 안 된다는 조항 같은 건 없지 않았습니까?"

벽천의 눈썹이 약간 들썩거렸다.

"병을 깨부수면 안의 새가 죽지 않겠냐? 그런 조항은 만들 필요도 없다."

"그냥 병 속에서 살게 하면 어떻습니까? 어쩌면 새는 병 안에서 더 행복할지 모르잖습니까?"

"당장은 괜찮을지 몰라도 곧 죽게 된다. 새에게는 병 속보다 하늘이 더 적합하고 자유롭지 않겠냐? 아무래도 날짐승 아니냐?"

"그렇군요……"

성진이 수긍을 하고 나자 침묵이 흘렀다. 굉장히 긴 침묵이었다. 그 침묵 뒤에 벽천이 먼저 입을 뗐다.

"됐다. 그럼, 가봐라."

군소리 없이 엉거주춤 일어나던 성진은 문득 떠오른 듯 입을 열었다.

"그런데, 도대체 누가 새를 거기에 넣었습니까?"

"그게 중요하냐?"

"중요합니다. 원인을 알면 해결이 쉽거든요. 넣은 자가 이유를 알고 있으니 빼내는 법도 알 것 아닙니까?"

"그럼, 넌 누구라고 생각하느냐?"

"글쎄요, 모르겠는데요. 혹시 선생님 아니십니까?"

성진이 심각한 얼굴로 농담을 걸자 벽천의 얼굴에 슬몃 웃음이 떠올랐다.

"나는 아니다. 혹시 너 아니냐?"

"저는 아닌 것 같은데요. 이 문제를 받았을 때 이미 새가 병 안에서 울고 있었거든요."

그러자 갑자기 벽천은 눈을 부릅뜨더니 목소리에 노기를 띠었다.

"그럼 누구냐? 누가 새를 병 속에 넣었냐!"

벽천의 눈빛이 너무나 뜨거워 성진의 목소리도 덩달아 커졌다.

"아무도 아니죠!"

"아무도 아니라고! 아무도! 그럼 그 새가 왜 거기에 있냐!"

벽천은 고함을 지르며 성진을 끝없이 죄어서 몰아쳤다. 몇 번 더 즉흥적인 응답으로 순간을 모면하던 성진은 더이상 이 놀이를 지탱할 수 없다는 사실을 직감했다. 막다른 골목에 몰릴 대로 몰려서 급기야 지난 이틀간 방구석에서 참고 참았던 말을 내뱉고 말았다.

"새가 제 발로 기어든 걸 왜 자꾸 저보고 꺼내라 하십니까!"

그런데 뜻밖에도 이 퉁명스러운 외침에 벽천의 얼굴빛이 환해졌다. 성진은 그것을 확연히 눈치챌 수 있었다. 벽천의 목소리가 다시 차근차근해졌다.

"제 발로 기어들었다고? 그럼 제 발로 기어나갈 수도 있을 것 아니냐?"

"그건 안 되죠. 병의 입구가 너무 좁고 새가 그 안에서 너무 커버렸으니까요."

"오호, 그렇구나. 그럼 그 새를 어떻게 자유롭게 만들 수 있을까?"

대화는 다시 원점으로 돌아가고 말았다. 그런 식으로 성진은 벽천과 그 지루한 밀고 당기기를 몇 회나 거듭한 후에야 거의 탈진상태로 접견실을 나올 수 있었다.

문원 밖에 나서자 면접을 미리 끝낸 후보자들이 돌아가지 않고 성진을 기다리고 있었다. 하나같이 지친 기색이었다. 읍내 시외버스 터미널 인근의 치킨집에 들러 안 사실이지만, 그들이 받은 문제는 모두 달랐다. 분석 종합해보건대, 벽천은 후보자마다 좀더 검증해야 할 부분을 집중 공략한 듯 보였다. 작문이 약한 연구원에게는 유명 백일장의 글감을 주어 단편소설 분량의 글을 써내게 하고, 시대에 둔감한 대학원생에겐 어느 언론사의 입사시험 문제를 부여하는 식이었다. 그렇다면 벽천은 성진에게 무슨 의도로 그런 화두를 던졌던 것일까? 급히 들이켠 술에 얼굴이 달아오른 성진은 닭날개를 뜯으며 괴롭게 중얼거렸다. '할, 새를 어떻게 자유로 되돌려놓을 수 있단 말인가.'

第2話

알 속의 병아리가 충분히 발육하여 바깥 세상으로 나가고자
쪼는 것을 '줄(啐)'이라 하고,
그 소리를 듣고 어미닭이 부리로 껍질을 깨뜨려주는 것을 '탁(啄)'이라 한다.
이 과정은 상당히 미묘해서 닭과 병아리가 서로 쪼는 곳이 다르면
병아리는 세상 구경을 못 하게 된다.
또한, 병아리가 알 속에서 성숙하기도 전에 성급한 어미닭이 알을 먼저 깨거나,
부화기를 맞은 병아리가 안에서 쪼는데 밖에서
어미가 응답하지 않아도 병아리는 숨이 막혀 죽고 만다.
선학(禪學)에서는, '참선자가 개오(開悟)의 경지에 도달할 때'를 사승(師僧)이 알아
그 깨달음의 길잡이 노릇을 해낼 수 있는 솜씨를 가리켜
'줄탁지기(啐啄之機)'라 한다.

3월이 끝나갈 무렵, 성진은 벽천으로부터 직접 전화를 받았다. 내심

기다렸으나 사실 기대하지는 않았던 일이었다. 벽천은 성진을 원생으로 선택했다는 소식을 이상한 말투로 전했다.

"너는 말이다, 내가 참 망설였다. 그런데 너 최선을 다해서 잘할 수 있냐?"

성진이 그럴 수 있다고 대답하자, 벽천은 마치 아무것도 못 들은 듯 똑같은 말로 한번 더 물었다. 성진이 큰 소리로 또박또박 최선을 다하겠다는 대답을 반복하자 벽천은 그제야 알았다며 입원 날짜를 말해줬다.

4월이 시작되는 날, 성진은 문원의 정문에 해당하는 '세심문(洗心門)'의 현판을 오랫동안 올려다보았다. 조선시대 서원 건축양식을 본따 봉출산 기슭에 건립된 문원은 넓은 마당을 중심으로 학사(學舍), 도서관, 벽천의 사택으로 이루어져 있었다. 외관은 고풍스러웠으나 내부는 현대식이었다. 학사에는 대강당, 소강당, 식당 등을 비롯하여 여덟 개의 방이 있었다. 그러나 문원에 입원한 사람은 성진을 포함하여 셋이었다.

"나는 절대 너희들이 문장이나 그럴싸하게 부릴 줄 아는, 그러나 정신은 없는 저열한 산문 노동자가 되지 않기를 바란다."

첫날 벽천은 세 사람을 자신의 접견실에 불러앉혀놓고 다음날부터 해야 할 일들을 지시했다. 동서양의 고전철학을 강독하는 일이었다. 동양철학의 과목은 원본비지 사서(四書)였고 서양철학의 커리큘럼은 플라톤의 영어 텍스트였다. 강독(講讀)은 글의 뜻을 풀이하고 연구해 익히는 강습(講習)과 문장을 소리내어 읽고 외우는 송독(誦讀)으로 나뉘어 진행됐다. 첫 주부터 벽천은 직접 『논어論語』를 지도했고, 서양철학은 라틴어와 영어에 능숙한 외부강사가 초빙되어 「다섯 가지 대화The

Five Dialogues」편으로 문을 열었다.

문원생활은 멋모르고 상상했던 것처럼 백수를 위한 이 년 무료 고시원 티켓이 아니었다. 주어진 과제물들을 제대로 숙지하려면 고도의 집중력을 가지고 하루 열 시간 정도를 꾸준히 투자해야 했다. 성진은 저녁을 먹고 나면 '공자왈' 새벽에 일어나면 '소크라테스 세드 댓'을 중얼거리며 옥편과 영어사전을 뒤적대느라 죽을 지경이었다. 목이 쉬고 턱이 빠질 정도로 한문과 영문을 읽어도 무슨 뜻인지 도무지 알 수 없었다. 아침식사 뒤부터 저녁식사 전까지 점심시간 한 시간을 제외하고 거의 매일 마라톤 세미나 혹은 강독이 진행되었다.

처음 두 달은 독기로 버텼지만 세 달째 접어들자 성진은 무기력증에 빠지기 시작했다. 벽천이 가르치는 논어강습시간에는 졸기 일쑤였고 송독시간에는 더듬거리거나 뒷머리 긁기가 다반사였다. 서양철학 수업 전에는 무슨 핑계를 대고 도망칠까를 고민하느라 골치가 아플 정도였다. 그런 자신과는 달리 전혀 피로한 기색 없이 모든 가르침을 소화해내는 다른 두 원생들을 볼 때마다 성진의 열등감은 더욱 깊어갔다. 늦은 밤 과제를 못 마치고 잠자리에 들 때면 성진은 강독 교본을 입에 물고 문원 처마에 목을 매는 장면을 상상하곤 했다.

성진을 더욱 회의하게 만든 것은 벽천의 창작에 대한 태도였다. 소설가의 사숙(私塾)에 있다는 일반 사람들의 생각과는 달리 벽천은 원생들에게 글을 쓰라고 권하지도 않았고 설사 글을 썼다 한들 별다른 관심을 보이지 않았다. 어느 날 성진이 제출한 소설 원고는 점 하나 찍히지 않은 채 되돌아왔다. 빨리 작가가 되고 싶은 성진의 실망은 이루 말할 수 없었다. 시간이 흐를수록 창작지도에 관한 의문이 자주 거론되자 벽천은 다만 이렇게 일축했다.

"너희는 독립국가다. 절대 식민지가 아니야. 그 누구의 간섭과 영향 아래 휘둘려서는 안 된다. 다른 사람의 칼을 빌릴 필요가 없어. 네 안의 칼로 충분히 죽일 수 있다."

*

그렇게 어느덧 한 해를 보내고 여름으로 접어들 무렵 뜻밖의 소식이 들려왔다. 동양철학 과목은 사서(四書)를 마치고 『시경詩經』을 읽고 있었고 서양철학은 플라톤의 저작을 지나 아리스토텔레스의 『시학Poetics』으로 넘어가는 지점이었다. 이른 봄 어느 계간지에 응모한 성진의 단편소설이 이차 최종심 네 편 안에 올라간 일이었다. 자신의 글쓰기가 인정받았다는 사실에 성진은 상당히 고무되었다. 이 기세를 몰아 동계공모에서 좋은 결과를 얻는다면 일 년이 넘도록 혹독하게 시달린 열패감에서 해방될 것 같았다. 또한 내년 봄 문원을 나설 때 명분이 설 뿐만 아니라 벽천에게 인정받을 수도 있으리라 믿었다.

호출을 받고 성진이 서재로 올라갔을 때 현운이 환한 웃음으로 성진을 맞이했다. 벽천의 둘째아들인 현운은 성진과 동갑이어서 막역하게 지내는 사이였다. 한 달에 두 번씩 그는 아버지와 붓글씨를 썼는데, 상황을 보아하니 현운이 잡지를 들춰보다가 벽천에게 소식을 알린 모양이었다.

성진이 무릎을 꿇고 앉자 벽천과 현운은 막 완성한 글씨가 잘 마르도록 화선지를 책상 위에 걸쳐놓았다. 한쪽에 그 문예지가 놓여 있었다.

그런데 의외로 벽천이 성진에게 명한 것은 '투고금지령' 이었다.

"네가 지금은 이해할 수 없을지 모르지만 당분간은 투고를 하지 않는 게 좋겠다. 알아듣겠냐?"

성진은 알아들을 수가 없었다. 지난 일 년 반 동안 글쓰기를 독려하지도 않고 작품을 써도 별다른 언급이 없어서 내심 불만이 쌓여가던 참이었는데 이젠 투고조차 금하는 벽천의 의중을 도무지 납득할 수 없었다.

"제가 이해하기로 최종심 네 편 안에 올라갔다는 것은 어느 정도 갖추어졌다는 뜻 아닙니까?"

성진의 도전적인 말투에 벽천은 그저 혀만 끌끌 찼다.

"최종심에 올라갔다는 그 글은 내가 전에 보았던 것 아니냐? 어째 그런 글이 거기까지 올라갔을꼬, 쯧쯧…… 너는 앞으로 그런 글 따위는 쓰지 않는 게 좋겠다."

"앞으로 쓰지 말라는 '그런 글 따위' 란 도대체 어떤 글입니까?"

사태가 심상찮게 돌아가는 것을 눈치챘는지 현운의 눈이 똥그래졌다.

"그리 일렀거늘 네놈은 아직도 모른단 말이냐?"

"모르겠습니다."

벽천은 잠시 허공을 응시했다. 그러다가 감정을 다잡듯 말문을 열었다.

"내 쉽게 말하지. 면접 볼 때 왜 호리병 화두를 받았는지 알고 있냐?"

"전혀 모르겠습니다."

성진의 대답과 동시에 벽천이 책상을 손으로 내리치자 벼루에 걸쳐

둔 붓이 먹물을 튀기며 완성된 글씨 위로 굴러떨어졌다.

"이 허송세월을 어찌할꼬. 네놈 글 속엔 허깨비와 우상들이 득시글하다. 그 귀신들이 조막만한 네놈을 겹겹이 에워싸고 있는데도 안 보이냐?"

"제 눈에는 뛰어난 조언자들만 보입니다. 무슨 뜻인지 모르겠습니다."

"몰라? 아직도 몰라? 좋다, 그럼 한번 더 말해주지."

벽천의 오른쪽 눈썹이 치켜올라갔다. 이어서 그는 카악, 하며 가래를 끓어올리더니 바닥의 타담호(唾痰壺)를 들어 뱉어냈다. 현운이 손짓으로 성진에게 이제 그만 하고 나가보라는 신호를 보냈다. 벽천은 목소리를 가다듬더니 성진의 눈을 직시했다.

"너는 네 안의 칼자루는 버려두고 왜 자꾸 억지로 남의 칼을 빌리려 하냐?"

그 말은 입원 후로 성진이 진저리치도록 들은 말이었다.

"제가 저의 칼자루를 쥘 수 있도록 선생님께서 좀 도와주시면 다음에는 좋은 결과가 있을 게 아닙니까? 제가 남의 칼을 억지로 빌릴 필요도 없고 좀 좋습니까?"

성진의 반항적인 태도에 벽천의 양 눈썹이 모두 치켜올라갔다. 현운이 안절부절못하고 헛기침을 하며 대화를 저지하려 했으나 벽천의 말에 기회를 잃었다.

"그건 절대로 안 될 일이지. 너처럼 덜돼도 한참 덜된 놈이 까불고 나다니는 꼴을 볼 수야 없지."

"왜 자꾸 저는 안 된다고만 하십니까? 선생님께 지도를 받는 일이 그렇게 죄가 됩니까? 대체 제가 여기 더 있어야 하는 이유가 뭡니까?"

끝내 현운이 입을 열어 성진을 말렸다.

"성진아, 이젠 제발 그만 해라!"

"넌 잠자코 있어!"

성진은 현운을 향해 쏘아붙인 뒤 벽천의 얼굴을 똑바로 쳐다봤다.

"매일 알지도 못하는 철학책만 줄창 읽어댄다고 좋은 글이 써집니까? 만약 그렇다면 철학자들은 죄다 훌륭한 소설을 써야 하는 것 아닙니까?"

마침내 벽천은 자리에서 펄쩍 뛰며 벼락처럼 호통을 쳤다.

"이런 알팍한 놈! 내 그리 알아듣게 일렀거늘!"

성진의 귀에는 아무 소리도 들리지 않았다. 오늘은 무슨 일이 있어도 묻고 싶은 말은 다 묻고 말겠다는 일념뿐이었다. 그 동안 수없이 삭이고 삭였던 불만을 그는 드디어 터뜨리고야 말았다.

"문학은 사람에서 빚어지는 것이고 사람이란 셀 수 없이 다양한 것인데 왜 선생님은 오직 한 가지만을 옳다 하고 나머지는 다 그르다 하십니까? 도대체 무엇이 문학이고 무엇이 훌륭한 소설입니까?"

"담판한(擔板漢)!"

벽천의 일갈과 함께 성진의 눈앞에서 불이 번쩍 튀었다. 돌멩이로 이마를 찍힌 듯 어찔하여 무릎을 꿇은 성진의 몸이 한쪽으로 털썩 기울었다. 감았던 눈을 뜨니 머리카락이며 얼굴이며 옷의 앞자락이 축축이 젖어 있었고 주위에는 깨진 사기 조각이 널려 있었다. 벽천의 얼굴이 희미하게 보였다. 손을 들어 눈가를 훔쳐내자 끈적끈적한 것이 묻어나왔다. 이마에서 배어나오는 피가 머리카락에서 떨어지는 액체와 섞여 성진의 얼굴로 흘러내렸다.

벽천이 타담호를 던졌다는 사실을 알고 처음 성진은 어안이 벙벙했다. 그러나 곧 치욕스러움을 감출 수가 없었다. 현운이 황급히 자리에서 일어나 성진을 서재에서 억지로 끌고 나갔다. 얼굴에 뻘겋게 핏줄기를 그은 채 성진은 발버둥을 치며 벽천을 향해 악을 썼다.

"선생님 도움 따윈 필요 없다구요! 두고 보세요! 저 혼자서도 할 수 있다구요!"

노기에 가득 찬 벽천의 고함이 안에서 들려왔다.

"이놈아, 지금 줄탁(啐啄)을 하면 너나 나나 모두 죽어!"

"까짓거, 떠나면 될 것 아닙니까! 그걸 원하시는 거죠!"

울고불고 날뛰는 성진을 현운은 간신히 방으로 데리고 돌아와 한참을 진정시켰다. 현운이 아이를 달래듯 샤워를 하게 하고 옷을 갈아입히는 도중에도 성진은 모멸감을 견디지 못해 부들부들 떨었다. 현운이 이마의 상처를 소독한 뒤 연고를 발라줄 때, 성진은 분을 참지 못하여 소리쳤다.

"야, 너희 아버지 도대체 왜 그러냐? 어떻게 타구를 던질 수가 있어? 눈에 맞아서 실명이라도 됐으면 어떡할 뻔했냐구!"

현운은 자신이 잘못을 저지른 듯 그저 계속 미안하다고만 했다.

"그런데, 그거 던질 때 뭐라고 소리친 거냐?"

현운은 반창고를 붙여주며 조용히 대답했다.

"담판한(擔板漢)."

"그건 또 무슨 욕이야?"

약상자를 챙기던 현운은 성진의 시선을 피하며 우울한 얼굴로 설명했다.

"내가 알기로 '판자를 지고 가는 놈'이라는 말이거든. 널빤지를 어깨에 지고 걸으면 한쪽을 못 보잖아. 그러니까 '한쪽만 보고 가는 놈'이라는 뜻이겠지."

현운이 방을 나간 뒤에도 도무지 누그러지지 않는 분노와 치욕을 못 이겨 성진은 방 안을 서성댔다. 이젠 더이상 이곳에 머물 필요가 없다는 생각뿐이었다. 뜻도 모를 『시경』이니 『시학』 따위도 쳐다보기 싫었고, 벽천의 얼굴을 다시 마주하기 힘들 것 같았다. 가뜩이나 위축감에 찌들어 있는데 혹시라도 이 이야기가 다른 원생들의 귀에 들어가 빈축을 사는 일은 죽기보다 싫었다. 좁은 방 안을 빙글빙글 어지럽게 맴돌다가 성진은 책장의 책들을 거칠게 끄집어내 아무렇게나 가방에 쑤셔 넣었다. 그리고 모두가 잠든 시간에 문원을 떠나기로 마음먹었다.

새벽이 되자 성진은 마당을 가로질러 불 꺼진 도서관 안으로 들어갔다. 도서관 한쪽 벽천의 서재에 들어서자 그는 책상 위에 있는 램프를 켰다. 그 동안 감사했고, 인사도 없이 떠난다는 내용의 편지를 필통 옆에 내려놓던 성진의 눈에 오래된 종이뭉치 하나가 들어왔다. 불빛 아래 비춰보니 벽천의 친필 원고였다. 십여 년 전부터 컴퓨터로 작업을 해온 벽천이 볼펜으로 작성한 것으로 보아 오래 전에 쓰다 만 초고로 짐작됐다. 그러자 갑자기 성진의 심장이 마구 뛰기 시작했다. 그는 필통 옆에 놓아둔 자신의 편지를 다시 집어들어 바지 뒷주머니에 구겨넣었다. 그리고 걷잡을 수 없는 충동에 이끌려 벽천의 원고를 들고 서재를 빠져나왔다.

第3話

道流야 你欲得如法見解인댄 但莫受人惑하고 向裏向外하야 逢著便殺하라.
逢佛殺佛하며 逢祖殺祖하며 逢羅漢殺羅漢하며……
수행자여, 참다운(如法) 견해를 얻고자 하거든 단 한 가지 세상의 미혹함에
빠지지 않아야 한다. 안으로나 밖으로나 만나는 것은 바로 죽여라.
부처를 만나면 부처를 죽이며 조사를 만나면 조사를 죽이며
나한을 만나면 나한을 죽이며……
—「시중示衆」, 『임제록臨濟錄』

성진은 그해 어느 문예지에서 주관한 동계공모에 두 편의 글을 투고했다. 그리고 두 달 뒤 당선 소식을 들었다. 성진은 잡지사에서 온 전화를 받고 날 듯이 기뻤다. 그러나 당선작은 성진의 작품이 아니라 벽천의 글이었다. 성진은 잡지사에 알려 취소를 해야 할지 말아야 할지 고민하다가 일단 이름을 얻은 뒤 앞으로 좋은 글을 발표해서 만회하자는 쪽으로 자신을 합리화했다. 그러나 불행하게도 이후 성진은 글을 발표하지 못했다. 여기저기 투고를 해봐도 잡지사 쪽에서는 묵묵부답이었다. 벽천 쪽에서도 아무런 반응이 없었다.

등단 절차란 작가에게 하잘것없는 문턱에 불과하다는 깨달음과 그 하잘것없는 문턱을 넘기 위해 도둑질을 했다는 죄책감이 들자 성진은 자주 악몽에 시달렸다. 하늘을 향해 전속력으로 날아오르다 유리벽에 부딪혀 곤두박질치는 새가 보였다. 바닥에 떨어진 새는 곧 성진의 모습으로 변하곤 했다. 쓰러져 있는 성진에게 벽천이 눈썹을 치켜뜨고 "이런 얄팍한 놈!" 하며 고함을 지르면, 성진은 소스라치게 놀라 깨어나곤 했다. 이마에 홍건히 고인 땀을 훔쳐내는 손가락 끝에 그 옛날의 흉터

라도 걸리는 날에는 잠을 더는 이룰 수가 없었다.

*

성진이 문원에 도착한 저녁 무렵은 사망 이튿날이어서 소식을 듣고 찾아온 조문객들로 발 디딜 틈이 없었다. 주차된 차들이 문원 입구부터 마을로 들어가는 단 하나의 소로까지 이어져 길을 꽉 틀어막고 있었다. 추운 겨울 날씨에도 불구하고 마당에는 천막이 빽빽하게 들어섰고 강당과 식당은 물론 학생들의 공부방까지 문상 온 사람들로 북적거렸다. 성진은 도무지 어디에 끼어앉아야 할지 막막하여 안절부절못했다. 다행히 성진을 알아보는 사람은 없었다. 함께 공부하던 두 원생들은 기자들을 상대하느라 정신이 없어서 성진이 왔는지조차 모르고 있었다.

성진은 조용한 곳을 찾아 도서관으로 갔다. 벽천의 서재가 있는 그곳은 다행히 외부인의 출입이 제한되어 있었다. 문을 열고 들어서자 오만 권의 장서에서 풍겨나오는 냄새가 성진의 코를 찌르고 들어왔다. 그 냄새는 육 년 전 성진이 처음 입원했을 당시 품었던 높은 세계에 대한 열정과 다짐 등을 떠올리게 만들었다. 코로 숨을 한껏 들이쉬며 서권향에 젖어 있다가 문득, 그때의 치열함은 어디로 간 것일까 하는 의문이 들자 성진은 마냥 쓸쓸해졌다. 당시의 서슬 퍼렇던 벽천을 이제 다시 볼 수 없다는 사실이 믿어지지가 않았다.

벽천의 서재를 둘러보며 성진은 적막함에 잠겼다. 사서 강독시간에 문장을 엉터리로 해석해 꾸중을 듣던 장면이 생각나자 입가에 슬몃 미소가 떠올랐다. 그러나 철없이 대들다가 가래침을 뒤집어썼던 자신의 모습이 잇따라 떠오르자 성진은 눈을 질끈 감았다. 그는 재주가 뛰어나 스승의 문하를 뛰쳐나갔다가 크게 깨닫고 다시 돌아온 제자가 아니었다. 그는 그저 스승이 원하는 일을 잘하고 싶었으나 별 대단치도 않은 머리로 따라갈 수가 없어서 불만을 품던 삐딱한 열등생일 따름이었다. 게다가 이젠 스승의 글을 도둑질하여 자기 것처럼 만든 범죄자였다.

"선생님, 여기서 뭐 해요?"

뒤를 돌아보니 앞치마를 두른 아주머니가 서 있었다. 그는 그녀를 한눈에 알아보았다. 사택과 문원의 부엌일을 담당하는 주방아주머니였다.

"내가 제대로 봤네. 하이고, 이게 몇 년 만이에요?"

아주머니의 호들갑스러운 환대에 성진은 문원에 돌아와 처음으로 희미한 웃음을 지어 보였다.

"아까 누가 여기로 서슴없이 들어가길래 혹시 선생님 아닐까 궁금해서 와봤어요. 도대체 언제 왔어요?"

당시에도 문원 살림을 돕던 아저씨, 아주머니들은 아들뻘에 불과한 성진을 꼬박꼬박 '선생님'이라고 불렀다. 처음 들어온 원생들이라 각별히 많은 신경을 써주기도 했다.

"그러잖아도 다른 두 선생님께서 아침부터 선생님 오기만을 얼마나 기다렸다구요. 지금 인터뷰중이거든요. 선생님 보면 빨리 불러오라고 했어요."

그녀의 수다스러운 말에 성진은 그저 알았다는 뜻으로 고개를 끄덕였다.

"그리고 큰어른께서 돌아가시기 전에 선생님 앞으로 무슨 편지를 남겼다는데……"

"편지요?"

"아마 아드님이 나중에 줄 거예요. 어서 인터뷰하는 데로 가세요. 이따 또 봐요."

정신없이 바쁘다며 아주머니가 종종걸음으로 나가자, 성진은 그녀가 뭔가를 착각하고 있는 것이 아닌가 하는 의심이 들었다. 그가 문원을 도망친 뒤로도 벽천은 꾸준히 원생들을 선발했고, 배출된 소수의 졸업자들이 학계 및 예술분야에서 특별한 주목을 받기 시작했다는 보도를 접한 적이 있었다. 그들에게라면 몰라도 자신처럼 중퇴를 하고 배은망덕한 짓까지 저지른 놈에게 벽천이 죽기 전 서신을 남겼다는 말은 납득할 수가 없었다. 성진은 도서관을 빠져나와 사람들을 피하기 위해 문원 뒤의 봉출산을 향해 걸었다.

*

염습(殮襲)은 반만 진행된 채 늦어지고 있었다. 미국에서 날아오고 있는 벽천의 막내딸이 아버지의 모습을 마지막으로 보게 해달라고 간절히 부탁해서 유족들이 다른 사람들은 모르게 그렇게 하도록 지시한 상태였다. 밤이 깊어지자 조문객 중 일부는 마련된 방에서 잠이 들고 일부는 별채에서 이야기를 나누거나 화투와 카드를 하며 시간을 죽였다. 새벽 무렵에는 노름을 하던 사람들도 조금씩 지쳐 쓰러지고 상주들도 교대로 잠깐 눈을 붙이러 옆방으로 들어갔다.

그 조용한 틈을 타 성진이 영정 앞에 들어서자 눈물과 피로에 얼굴이 퉁퉁 부은 현운이 고개를 들어 알은체를 했다. 성진이 잠깐 눈 좀

붙이고 오라고 권하자 그는 고개를 저었다. 여동생이 인천공항에서 출발했다는 연락을 방금 받아서 기다려야 한다고 했다. 그럼 선생님과 잠시 같이 있을 수 있겠냐고 부탁하니 그는 알아들었다는 듯 고개를 끄덕였다. 그리고 잦아드는 목소리로 삼십 분 뒤에 돌아오겠다며 자리를 비켜줬다.

현운이 사라지자 성진의 심장은 불안하게 뛰기 시작했다. 성진은 조심스런 걸음으로 병풍 뒤로 들어갔다. 그곳에 벽천의 시신이 있었다. 형언할 수 없는 야릇한 냄새가 코에 훅 끼쳤다. 숨이 끊어진 벽천과 마주한다 생각하니 마음을 진정시킬 수가 없었다. 조마조마한 심정으로 가까이 다가가 벽천의 얼굴을 내려다본 순간, 성진은 다리 힘이 죄다 풀려서 그대로 병풍을 쓰러뜨리며 자빠질 것만 같았다. 전혀 예상치 못한 감정이었다. 마치 갈빗대 사이로 차가운 칼날이 비집고 들어오는 듯한 통증에 터져나오는 비명을 참으려고 성진은 두 손으로 입을 틀어막았다. 벽천의 얼굴은 바싹 쪼그라들어 검게 타들어간 나머지 말라죽은 원숭이의 몰골처럼 보였다. 성진이 언제나 떠올리던, 굵은 눈썹을 치켜올리며 붉은 얼굴로 호통을 치는 벽천이 아니었다.

'선생님, 성진이 왔습니다. 여기 이렇게 용서를 빌러 왔습니다.'

성진은 두 손으로 입을 틀어막은 채 잘못을 빌었다.

'선생님께서 그토록 이르셨건만 제가 저를 죽였습니다. 그것도 남의 칼을 빌려 저를 죽였습니다.'

소리를 내지 못해 목 안이 뜨거워지고 부어오르며 침을 삼키기 힘들 정도로 아파왔다. 목뼈 마디마디가 조여드는 것처럼 괴로웠다. 그는 안간힘을 다해 소리를 죽이려고 그저 끙끙거리며 속으로만 울부짖었다.

'이 못난 놈, 성진, 제 안의 칼로 스승을 죽이기는커녕 남의 칼로 저를 먼저 죽이고 말았습니다!'

눈물이 코로도 나오자 성진은 숨을 쉬기 힘들어 반쯤 입을 열어 겨우 헉헉거렸다. 그리고 육 년이 되도록 풀지 못해 가슴속에 앙금으로 남아 있는 자신의 화두를 털어놓았다.

'새는 여전히 병 안에 있습니다! 새는 하늘이 그립습니다!'

성진이 아무리 외쳐도 벽천은 아무런 대답이 없었다. '얄팍한 놈' 도 좋고 '담판한' 도 좋으니 제발 한마디라도 해주기를 간절히 바랐으나 벽천은 입술을 꾹 다물고 있었다. 고이는 눈물을 씻어내며 성진은 벽천의 얼굴을 하염없이 바라보았다. 안면 윤곽이며 피부 빛깔 모든 것이 변했으나 단 하나 벽천의 눈썹만은 그대로였다. 성진이 게으르거나 아둔한 짓을 할 때마다 위로 솟구치던 눈썹이었다.

한 손으로는 여전히 입을 막은 채 성진은 천천히 엄지와 검지를 벽천의 눈썹 위에 갖다댔다. 이제 영원히 꿈틀대지 못할 것이었다. 성진은 손가락에 힘을 주어 스승의 눈썹을 뽑아냈다. 그리고 그것을 천천히 입가로 가져가서는 입 안에 넣고 눈물과 함께 삼켰다. 그런 다음 병풍 뒤에서 걸어나와 눈물을 닦아내며 영정 앞에 섰다.

향을 피우고 절을 올리자 기다리고 있었던 듯 현운이 상주 자리에 돌아와 섰다. 맞절을 한 뒤 성진이 무릎을 꿇고 앉자 현운이 서신 한 통을 성진 앞에 내려놓았다.

"네 등단작을 내가 잡지에서 발견하고 아버지께 보여드렸을 때, 아무에게도 말하지 말라고 당부하셨어."

그러셨구나, 성진은 이제야 이해가 된 듯 고개를 끄덕였다.

"그리고 십수 년이 지나도록 그 소설의 마지막을 어떻게 써야 할지 몰라 마냥 묵혀놓았었는데 네가 결말을 훌륭하게 처리해서 작품이 살아났다며 기뻐하셨어."

그러셨구나, 성진은 그저 고개를 끄덕이며 그의 조용한 목소리를 듣고만 있었다.

"그리고 너의 다음 작품이 발표됐느냐며 자주 묻곤 하셨어."

그러셨구나, 그러셨어…… 성진은 연신 흘러나오는 콧물을 훌쩍이다가 말없이 서신을 집어들고 일어났다. 그리고 마루를 내려와 신발을 꿰어신고는 문원 마당으로 걸어나갔다. 땅바닥이 꽁꽁 얼어 있었다. 세심문 앞에 이르러 성진은 서신을 전등 아래에서 펼쳐보았다. 사절지 크기의 화선지에는 벽천의 필체가 분명한 문장 한 줄이 있었다.

此鳥從未於甁中

호르륵 호르륵, 때마침 밤새의 울음소리가 어디선가 들려왔다. 원생 시절 들었던 그놈의 목소리일까, 성진은 잠깐 궁금했다. 새의 울음소리에 폭설의 기미가 담겨 있다고 생각하며 성진은 세심문의 쇠문고리를 쥐었다. 손이 들러붙을 만큼 차가웠다. 팔에 힘을 주어 열어젖히자 앓는 소리를 내며 대문이 활짝 열렸다.

처음으로 성진은 벽천의 진의를 온전히 깨닫고 있었다. 지난 육 년간 그 호리병을 가슴에 품은 채 끊임없이 넘어지고 엎어진 뒤, 답을 듣고 나서야 겨우 이해한 셈이었다. 벽천의 문장에 의하면 새는 병 안에 있었던 적이 없었다. 다만 스스로가 스스로를 밀어넣어 두려워한 순간부터 날개가 갇혔을 뿐, 새는 처음부터 자유였던 것이다.

문턱을 넘어 성진은 밖으로 걸어나왔다. 찬바람이 매섭게 휘몰아쳤다. 얼굴이 떨어져나갈 것 같았다. 잔뜩 움츠렸던 어깨를 펴고 고개를 들자 동이 트려는지 먼 곳에서 묵색의 겨울하늘이 엷게 쪼개지고 있었다. 옷깃을 여미며 발을 내딛자 새 한 마리가 둔탁하게 깃을 치며 그곳을 향해 날아올랐다.

해설

환대받지 못한 자의 기도

강유정(문학평론가)

작가가 제안하는, 부재한 희망의 지도는 삶의 깊은 페이소스를 관통한다. 페이소스는 그의 행간에 화해로 가는 심연의 길을 터준다. 해이수 소설의 인물들은 단지 청소를 하고, 관광객을 인솔하고, 아는 형의 이사를 도와줄 뿐이지만, 그 일상적이며 아무렇지 않은 행위를 목도하고 있노라면 독자는 새삼스레 몇 가지 사자성어를 떠올리게 된다. 우공이산(愚公移山), 식자우환(識字憂患), 새옹지마(塞翁之馬), 전전반측(輾轉反側)과 같은 너무나도 간명해 사무치는 인생의 진담들 말이다.

1. 향수가 강할수록 추억은 사라진다

해이수의 소설은 이방인의 소설이다. 해이수 소설의 주인공은 대개 해외를 떠도는 자이거나 설사 이곳에 있다 해도 상징계적 언어질서에 귀속되지 못한 예외자로 묘사된다. 여행자(「캥거루가 있는 사막」), 유학생(「돌베개 위의 나날」「어느 서늘한 하오의 빈집털이」), 외국인 가이드(「우리 전통 무용단」)부터 시작해 등단 초년생(「몽구 형의 한 계절」), 무명작가(「환원기還院記」), 힘없는 약자(「관수와 우유」)까지, 해이수의 소설에는 중심부로부터 멀리 떨어진 주변인들이 넘쳐난다. 해이수의 소설이 이방인의 것이라는 말은 그가 중심보다 주변, 고착된 권위보다 배제된 자들의 심리에 더 기민하다는 사실을 뜻한다. 해이수는 이곳이 아닌 다른 곳에 간다 해도 결코 환대(hospitality)받지 못할, 이방인의 정서를 감각적으로 주조해낸다. 그런 의미에서 해이수의 소설은 건조

하다. 이방인의 언어에는 현실 너머의 초월적 공간이나 유토피아가 부재하기 때문이다. 초월이나 이면을 지운 자리에서 그는 세상이 건네는 위선적 희망과 내통하며 현실이 간섭하는 거짓의 언어를 목도한다. 다른 말로 해서, 그의 소설에는 처절한 현실은 있되 절박한 꿈은 없다. 여행지가 일상이 되고 일상이 곧 지옥이 되는 세계에서 희망이나 꿈은 치기에 불과하다. 그래서 해이수 소설에 그려진 호주의 사막은 추억이 사라진 노스탤지어의 공간으로 부각된다. 유토피아도 노스탤지어도 없는 공간, 희망마저 추억과 함께 휘발된 사막이 해이수의 소설인 셈이다.

그렇다면 초월적 비전도 과거에 대한 향수도 거부한 자의 소설이란 과연 무엇이 될 수 있을까? 의외이게도 해이수가 선택하는 행로는 또 한번의 시도와 화해이다. 낭만과 좌절, 기도와 거부, 부정(否定)과 화해를 통해 그려지는 해이수의 지도는 그만큼 동일성으로 수렴되기에 넓은 진폭(振幅)을 지녔다. 이는 그의 소설이 동년배, 동시대 한국문학의 유형과 멀리 떨어져 있다는 뜻이기도 하다. 해이수의 소설에는 내성적이거나 내면적인 자아도 그렇다고 성장일로에서 새로운 세계와의 접선을 기다리는 아이나 외계인도 등장하지 않는다. 어떤 의미에서 해이수의 소설은 동시대 소설의 지향을 정반대로 거스르고 있는 듯 보인다. 언뜻 보아 퇴행처럼 보이는 이 움직임은 그러나 실상 의도적인 역행에 가깝다. 해이수가 주목하는 것은 바로 동시대적 소설의 규정 가운데서 소루한 것으로 치부되어버린 서사의 치밀성이자 시간의 흐름을 통해 독자의 호기심을 조율하는 섬세한 전략이기 때문이다.

작가가 제안하는, 부재한 희망의 지도는 삶의 깊은 페이소스를 관통

한다. 페이소스는 그의 행간에 화해로 가는 심연의 길을 터준다. 해이수 소설의 인물들은 단지 청소를 하고(「돌베개 위의 나날」), 관광객을 인솔하고(「우리 전통 무용단」), 아는 형의 이사를 도와줄 뿐이지만(「어느 서늘한 하오의 빈집털이」), 그 일상적이며 아무렇지 않은 행위를 목도하고 있노라면 독자는 새삼스레 몇 가지 사자성어를 떠올리게 된다. 우공이산(愚公移山), 식자우환(識字憂患), 새옹지마(塞翁之馬), 전전반측(輾轉反側)과 같은 너무나도 간명해 사무치는 인생의 진담들 말이다. 희망 없는 삶에서의 화해, 이방인의 부표에서 건져올린 사자성어, 거기서 우리는 그의 이방이 여기 이곳에서의 삶과 별반 다르지 않음을 깨닫게 된다. 여행자로 출발했으나 추방자로 전락하고 만 인물들의 여정을 먼저 주목해야 하는 까닭은, 바로 이 때문이다.

2. 탈색된 낭만과 얼룩진 지도

여행자는 현실을 판단중지한 자, 고향이라는 현실을 잠시 괄호에 넣고 일부러 낯선 풍경을 찾아온 자를 뜻한다. 그러므로 여행자에게 낯선 풍경은 추억을 추동하는 노스탤지어이며 현실의 엄혹함을 지우는 탈출구이다. 그곳에서 생활세계의 팍팍함은 증류되고, 개인은 상징계적 억압으로부터 놓여난다. 해이수 소설에서 여행지는 호주로 구체화된다. 「캥거루가 있는 사막」「돌베개 위의 나날」「어느 서늘한 하오의 빈집털이」「우리 전통 무용단」 등 해이수의 소설 중 특히 주목을 끄는 작품들은 으레 호주를 배경으로 삼고 있다. 해이수의 스펙트럼 안에서 여행지는 세 가지 차원으로 분류된다. 여행자, 가이드, 원주민의 세계로 말이다. 그런데 생각해보면 그곳에는 또한 그 어떤 항목에도 포섭되지 않는 잉여적 존재가 배회하고 있다. 그들에게 있어 여행지는 탈출구가 아니라 은거지이며 어떻게든 버텨나가야 할 생존의 장이다. 그 환대받지 못한 자를 가리켜 해이수는 "불자(불법체류자)"(「돌베개 위의 나날」)라고 명명한다. 해이수는 호주라는 이방의 현실을 여행자의 정서와 추방자의 심리로 가름한다. 이 구분 안에서 추방자는 여행자들의 미래로 전도된다.

우선 호주는 현실이라는 지독한 감옥을 벗어난 풍경으로 제시된다. 말 그대로 여행지, 현실이라는 속박과 제약을 잠시나마 잊을 수 있는 일탈이자 도피처로 환원되는 것이다.

너, 혹시 사막 위에 뜬 일곱 색깔 무지개를 본 적이 있니?

참 선명하더라. 빨, 주, 노, 초, 파, 남, 보……

흙설탕빛 모래. 손에 쥐면 비스킷처럼 바스러지며 끈적이는 사막의 모래 위에 비가 내린다.

지금 편지를 쓰고 있는 곳은 '에어스록' 리조트야.

시드니에서 출발하여 캔버라, 멜버른, 애들레이드, 앨리스스프링스를 거쳐 이곳까지 오는 데 일 주일이 넘게 걸렸다. 어제와 그제는 달리는 버스 창 밖으로 모래만 보았어. 간혹 키 작은 관목 수풀 사이로 캥거루와 에뮤가 붉은 모래먼지를 일으키며 뛰어다니는 게 눈에 띄곤 해서 겨우 지루함을 달랠 수 있었어. 이틀 동안 꼬박 낮에는 모래를 보고 밤에는 별을 보았다. 이곳에는 별이 굉장히 크다. 또한 많다. 입 안에서 잘게 바스러지는 얼음 알갱이처럼 그렇게 시린 별이 하늘 가득 촘촘히 박혀 있어.

아영, 이곳과 그곳은 너무 멀다.(「캥거루가 있는 사막」, 215~216쪽)

해이수의 데뷔작인 「캥거루가 있는 사막」에서 '캥거루'와 '사막'은 서사적 자아가 발 딛고 있는 곳이 현실의 속박으로부터 놓여난 이방(異邦)임을 각인하는 상징이다. 자유로운 이방, 현실을 지워낸 여행지이기에 그에게 호주는 '무지개'나 '별빛'의 낭만적 풍광으로 묘사된다. 한국을 떠났다는 것만으로도 혹독한 사막이 '흙설탕빛' '비스킷'으로 채색되는 것이다. 호주로의 여행이 현실적 감금으로부터의 낭만적 탈주라는 사실은 "아영, 이곳과 그곳은 너무 멀다"라는 고백이나 여행이 끝난 후 어떻게 살아갈 것인가라는 질문에 "다시 여행을 떠나는 거야. 무엇을 해야 할지 알 때까지"라고 대답하는 상황에 충분히 암시되어 있다. 주목해야 할 것은 일탈과 탈주로서의 이방인의 정서를 섬세하게 살려내는 작가 해이수의 감각이다. 해이수는 여행지의 매력적 이질감을 상징계적 질서의 상징인 모국어의 부재로 서술한다. 고국이라는 현실로부터 벗어나고 싶은 '나'의 바람은 영어의 섬세한 뉘앙스를 살려 진행되는 외국 여행자들과의 대화나 길에서 만난 동양인이 한국인이 아니기를 바라는 간절함에 정박한다. 모국어로부터의 자유라는 그 갈망은 번역체의 대화에 스민 세련됨과 이채로움으로 증폭된다.

"걸프렌드?"

'걸프렌드'라는 단어에 나는 잠시 망설였다. 그냥 '프렌드?' 하고 물었다면 빨리 대답했을 것이다. 이 나라에서는 평범한 물음임에도 불구하고 '걸프렌드'에는 성관계의 의미가 포함되어 있어서 나는 자주 곤란함을 겪곤 했다. 우리말로 하면 이렇다. '너랑 한 적 있는 여자지?' (「캥거루가 있는 사막」, 217쪽)

'걸프렌드'라는 단어에 대한 나의 망설임과 유보감에는 '아영'이라는 현실을 외국어로 번역함으로써 갖게 되는 거리감과 안도감이 매복하고 있다. 떠나고 싶은 현실의 금제가 '아영'이라는 이름에 압축되어 있기 때문이다. '아영'은 동성동본 결혼 금지라는 법적 구속과 제약의 울타리 안에서 나를 옥죄는 상징계적 현실의 구체적 산물이다. 이쯤에서 밝히자면 주인공이 한국을 떠나야만 했던 원인은 바로 동성동본 결혼 금지 조항, 좀더 엄밀히 말하자면 근친상간 금지라는 상징계적 언어 질서의 규제이다. 이는 '나'처럼 호주를 떠돌고 있는 일본 여성의 비밀이 동생과의 근친상간이었다는 사실에서도 확인된다. 이방인 오이디푸스가 행한 범죄가 근친상간임을 생각한다면, 어쩌면 근친간의 사랑이라는 욕망은 체계로부터의 이반이라는 좀더 근원적인 문제를 포함한다고 할 수 있다. 결국, 「캥거루가 있는 사막」에서 '내'가 찾고자 하는 해답은 '운명'으로 수렴된다. 이국을 떠도는 자의 질문이 '운명'이라는 사실은 그곳이 낭만적 자아의 지향점이라는 점을 자명하게 한다. 이때 '나'에게 있어 여행지는 현실이 아니다.

문제는 질문에도 유효기간이 있다는 사실이다. 거듭된 질문에 해답이 없을 때, 즉 여행지에서의 삶이 해답 없이 지속될 때 외면했던 언어의 구속, 증발됐던 삶의 혹독한 열기가 들이차고 만다. 이방의 현실과 직면할 때 여행자의 익명성은 가이드, 홈클리너, 유학생과 같은 구체적 호명의 그물에 고착되는 것이다. 이때 '호주'는 더이상 기화된 현실의 낭만적 여행지로 채색될 수 없다. 이에 해이수의 수작이라고 할 수 있을 「돌베개 위의 나날」은 풍경이 소거되고 전장으로 전도된 여행지의 상황을 핍진하게 조감하고 있다. 들뢰즈가 말했던 '환대받지 못한 이방인의 삶'이 만져질 듯 가시적인 현실로 재현되는 것이다.

「돌베개 위의 나날」은 호주로 유학 온 젊은 부부가 겪는 일상을 삼 일의 시간으로 압축해 보여준다. 삼 일 후면 아내의 등록금 기한이 마감되는 처지에서 남편인 '사내'는 지불되지 않은 임금을 받기 위해 전전긍긍한다. 등록금을 내지 못하면 불법체류자로 축출되어야 하기 때문이다. 이러한 상황에서 '등록금'은 존재의 기반 자체를 위협하는 곤란으로 급진화된다. 이방에서 살아남기 위해 고군분투하는 삼 일의 여정을 통해 육박해오는 것은 이민자로 상징되는 이방인의 부박한 현실이다. '박사 학위'를 따거나 '근사한 잡지 하나' 만들 '소원'을 갖고 호주로 떠나왔지만 남은 것은 수년간의 청소부생활에서 남은 만성질환뿐인 이방인. 이곳보다 나은 현실, 감금과 구속을 벗어나기 위해 찾아간 호주라는 '먼 곳'은 고국에서조차 잃지 않았던 최소한의 인격과 자존심마저 앗아가는 전쟁이자 동물의 왕국으로 들이닥친다. 생계를 유지하기 위해 럭비 경기장을 청소하는 '사내'의 일화는 낭만이 몰수된 저열한 현실을 견뎌내야 하는 처참함을 생생하게 제시해준다.

"막혔다!"

사내는 소리내어 신음했다. 막혔어! 사내는 중얼거리며 잠시 주위를 두리번거렸다. 막힌 것을 뚫을 만한 기다란 뭔가가 필요했다. 그러나 아무리 눈을 씻고 찾아봐도 그 비슷한 것조차 띄지 않았다. 사내의 손에는 오직 분무기와 스펀지 수세미, 걸레 한 장이 들려 있을 뿐이었다. (……) 반팔 티셔츠의 오른 소매를 어깨 위까지 걷어올렸다. 시커먼 물속에 손을 집어넣는데 자꾸만 스스로도 알 수 없는 괴상한 소리가 목구멍을 타고 꾸역꾸역 밀려올라왔다.

깊은 곳에 손이 닿자 분명 뭔가가 막혀 있었다. 그것을 끄집어내려 하자 한꺼번에 쑥 빠지는 것이 아니라 불은 미역처럼 미끈거리며 귀퉁이만 자꾸 뜯겨나왔다. 사내는 왼손으로 변기 한쪽을 짚고는 거의 어깨가 잠길 지경으로 손을 넣어 그것을 단단히 틀어쥐고 있는 힘껏 끌어올렸다. 그러자 꾸르륵, 거리며 물이 빨려들어갔다. 사내는 팔뚝에 수만 마리의 거머리가 들러붙은 것처럼 진저리를 쳤다. 손아귀에 들린 것은 배설물과 뒤범벅된 생리대였다.(「돌베개 위의 나날」, 51쪽)

영어가 서툰 이민자에게 주어진 노동이라고는 택시운전이나 청소가 고작이다. '고무장갑'을 벗어던지고 변기에 손을 집어넣어야 하는 자의 현실에서 '흙설탕빛 모래'는 '배설물과 뒤범벅된 생리대'로 오염되고 만다. 남의 똥을 맨손으로 집어내는 이 과정에서 '사내'는 자신이 처한 현실적 위치와 비감을 비로소 깨닫는다. "스스로가 푹 젖은 쓰레기"가 될 수밖에 없는 곳, "백여 개의 변기를 닦고 문지르"느라 막상 자신은 "오줌 한 방울 싸"지 못하는 현실, 쓰레기를 줍던 엄지손가락이 굳어 "칫솔질도 못 하"게 되는 곳, 그곳이 바로 이방(異邦)인 셈이다. '낭만'과 '초월'을 찾아 '호주'라는 유토피아로 이민 온 그들은 이제 해묵은 희망을 "살아남기 위해 투쟁"하는 독기와 교환한다. 자신의 이권을 지키기 위해 남을 모략하고 그나마 생긴 이익을 독점하고자 사기치고 떼어먹는 이민사회는 그가 떠나온 한국보다 더 험난하고 위협적이다.

'무지개'와 '별빛'으로 휘황하던 여행자의 하늘은 '똥과 오줌'으로 얼룩진다. 이 절박한 상황에서 '사내'는 차가운 황야 가운데 '돌베개'를 베고 자던 야곱의 사다리를 떠올린다. 배덕을 저질렀으나 황금의 사다리로 구원받은 야곱처럼 지독한 현실이 하룻밤 꿈처럼 소거되기를, 혹독함을 견뎌나갈 어떤 계시가 내려지기를 간절히 기도하는 것이다. 그러나 결국 현실에는 계시도 희망도 해결도 없다. 황야에서의 잠이 깬 다음날, 구원 대신 '사내'에게 주어지는 것은 벗어날 길 없는, 진퇴양난의 현실뿐이다. 그래서 사내는 아내가 아침마다 내는 '퐁퐁' 소리가 다 쓴 샘플 화장품을 악착같이 쥐어짜는 소리라는 걸 깨닫고, 불교신자로 이해했던 '불자'가 불법체류자의 축어라는 사실과 직면하게 된다. 결국 '사내'는 아내의 등록금 기일을 맞추지 못하고 '불법체류자'로 추방되기 직전의 상태에 놓이고 만다. TV 테니스 경기를 보며 "볼잽이가 되면 얼마나 좋을까? 저건 시간당 얼마를 받을까"를 공상하는 자에게 매일 읽는 성경의 가르침은 너무도 요원한 거짓말에 불과하다. 배설조차 잊어야 할 만큼 최소한의 생존권이 박탈된 곳에서의 낭만이란 삭제된 기억이기에, 기도와 기억이 사라진 자리에서 노스탤지어도 함께 실종된다. 이민지, '호주'는 이제 뼈아픈 지옥이자 현실의 대명사로 전복되는 것이다.

"야, 여기도 이제 겨울이라고 밤엔 참 춥다. 그치?"

(……)

"넌 안 춥냐?"

선배가 어깨를 툭 치며 맥주병을 눈앞에 내밀자 사내는 병을 받아들며 고개를 가로저었다.

"아직 추위를 못 느낀다는 게 니가 여기 생활 초짜라는 증거야. 나도 첫해 겨울은 한국에서 묻어온 열기에 지나갔고, 두번째 겨울은 뭐 이것도 겨울인가 하면서 지나갔지. 기껏 추워봤자 영상 칠 도 안팎이니까. 그런데 이번 겨울은 그야말로 뼛속까지 시리다. 누구는 이게 '이민추위'라고 하더라만.(「돌베개 위의 나날」, 104~105쪽)

이제 '사내'에게 세상은 아무리 멀리 간다 해도 변하지 않는 무엇으로 다가온다. 여행지로 찾아간 이방에서 전쟁을 발견한 선배의 고백은 고국으로 돌아간다 해도 달라질 것이 별로 없다는 사실을 암시하기에 충분하다. 호주에서 변기만 닦다 결국 한국에 돌아가게 될 고학력 육체노동자. 선배와 '사내'가 주고받는 이 대화 안에서 현실은 핍진한 압력으로 둔중하게 울려온다. 항수가 마련한 부재의 공간에 현실적 논리의 삼엄함이 들어찰 때 기도는 무용지물이 된다. 환대받지 못한 자의 기도는 신조차도 거부하는 것이다.

3. 아버지에게서 환멸을, 형에게서 생존을 배우다

쫓겨난 자들이 '내'게 가르쳐주는 것은 결국 삼엄한 현실의 논리, 인생의 깊은 속내이다. 「어느 서늘한 하오의 빈집털이」는 먼 이방의 나라에 와서 아내와 직장 모두를 잃고 비참한 우울증 환자가 되고 만 선배를 통해 전개된다. 버림받는 처지임에도 불구하고 자신이 아내를 떠나는 척하느라 급급했던 선배의 마지막 몸부림은 초라한 현실 가운데 처한 한 남자의 비애를 구체화한다.

> 스스로조차 어찌할지 몰라 마냥 눈물을 흘리고 있는 선배의 얼굴 속에서 수줍게 웃던 결혼사진의 그 청년을 연상해내기란 불가능한 일이었다. 나는 이 무더위 속에서 엄습한 서늘한 기운을 어떻게 견뎌야 할지 알 수가 없었다. 그래서 도로 한가운데에서 차문을 열고 내려야 할지 계속 앉아 있어야 할지 끝없이 망설였다.(「어느 서늘한 하오의 빈집털이」, 211쪽)

한여름의 '무더위'를 순식간에 '서늘한 기운'으로 전복한 선배의 태도는 삶에 대한 파악을 수반한다. 결혼사진 속 청년을 불가해한 아저씨로 몰고 간 주체는 아내도, 일도, 자식도 아닌 이방에서 보낸 세월 그 자체이다. 선배의 이혼을 심상한 다반사로 치부하던 내게 선배의 돌변은 무더위를 서늘하게 만들 만큼의 충격으로 체화된다. 그리고 그 충격은 인생, 삶 자체에 대한 시각의 전환을 유도한다. 오염과 타락으로서의 현실을 새롭게 조감하게 되는 것이다.

여기서 '선배'는 사각지대에 은닉된 혼탁한 삶의 퍼즐을 완성해줄 매개이다. 중요한 것은 인생이 전쟁임을 가르쳐주는 자들이 모두 '선배' '형'으로 구체화된다는 사실이다. 「몽구 형의 한 계절」이나 「관수와 우유」 같은 작품에서도 선배, 형은 현실의 속악한 원리를 몸소 보여주는 존재로 형상화된다. 현실의 구체적 이미지로서의 형은 자신의 것을 뺏기고도 결국 낭패를 당하고 마는 친구 '관수'(「관수와 우유」)에도 투영되어 있다. 해이수에게 있어 '형'은 현실의 엄혹함이나 생존의 혹독함을 몸소 투영하는 지표로 구실한다. '형'이란 내일의 삶을 미리 보여주는 반영이자 그 미래에 내가 선택해야 할 생존의 지침이다. 「돌베개 위의 나날」의 선배 역시 마찬가지이다.

"내가 왜 너보다 빠른지 알아?"

사내는 숨을 몰아쉬며 겨우 대답했다.

"짬밥이 다르잖아요."

"그것도 그렇지만 너는 고무장갑을 끼고 있잖아. 그래서 쓰레기가 잘 안 집히는 거라구."(「돌베개 위의 나날」, 47쪽)

맨손으로 집는 쓰레기란 맨몸으로 직접 접촉해야 할 현실이다. 선배는 사람이 매일 여덟 시간씩 꼬박 할 수 있는 것이라곤 일뿐이라는 사실, 이민자의 현실에는 낭만이나 꿈 같은 것이 있을 수 없다는 사실을 직접 보여준다. "그렇게 두 달 동안 사내는 선배를 통해 '현실'에 대해" 배워나가고, 현실은 형을 통해 감각에 각인된다.

생존의 교사로서 형은 살아가는 방법이 아니라 살아남는 방법을 몸소 보여준다. 이는 한편 아버지가 가르쳐준 삶의 지표가 허위이자 위선이었다는 사실과 대조된다. 해이수의 소설에서 아버지는 어설픈 사기와 폭력으로 묘사된다. 「몽구 형의 한 계절」이나 「출악어기 出鰐魚記」

에서 아버지는 그릇된 상징계적 질서 혹은 기만적인 거짓이다. 이를테면, 「출악어기」에서 아버지는 출분을 낭만으로 호도하는 애처로운 거짓말쟁이이다. 소설의 서두, 아버지는 우선 고전적 아취와 품위를 지닌 존재로 등장한다.

> 눈을 떴다. 끊어질 듯 이어지는 그 쇠울림은 희미한 파장으로 귓속에 감지되었다. 젖빛 유리창의 어스름만으로도 벽시계의 바늘이 보였다. 어김없이 새벽 다섯시였다. 옷을 꿰어입고, 책상 위에 펼쳐진 『맹자』를 집어들고는 거실로 나갔다. 거실엔 불이 켜져 있지 않아서 익숙한 집기들이 어두운 윤곽을 드러낸 채 들짐승처럼 웅크리고 있는 듯했다.
>
> 당목(撞木)으로 쓰는 나무마치를 들고 서 있는 아버지의 모습이 희뿌윰한 여명 속에서 낯설게 다가왔다.(「출악어기」, 119쪽)

'범종' '맹자' '당목' 과 같은 고아한 어휘 가운데서 등장한 아버지는 아들에게 「이루장구」와 「연사만종」을 가르친다. 아버지는 아들에게 "담묵의 수면 위로 뽀얗게 피어나는 새벽 물안개"와 "쓸쓸하고도 청명한" 아우라로 다가온다. 함부로 손댈 수 없는 고요한 풍경 속에서 아버지는 아홉 번의 종소리를 울리며 출가하고 출분은 여러 번 반복된다. 아버지는 '길' 위의 유랑에서 '고래' 나 '폭포' 와 같은 낭만을 대면했다며, 아들에게 출분의 까닭을 설명한다. 아버지가 들려주는 유랑의 역사는 아들에게 환상을 심어준다. 지금은 비록 트럭 운전사지만 한때는 한문교사였다던 아버지는 아들에게 '길의 감식가' 요 낭만의 전도사로 부조된다. 윤대녕의 「말발굽 소리를 듣는다」를 연상시키는 이 소설에서 해이수는 90년대 소설이 그려놓은 시원적 삶의 전망, 길 위에 놓여 있을 낭만과 근원적 결락감을 윤색으로 부정한다. 아버지의 말이 모두 허위임이 발각되기 때문이다. 아버지는 실상 몰래 둔 시앗을 보기 위해 집을 비우는 것이었고, 아버지가 가르쳐준 고전은 곁방살이 시절 주워들은 문구에 불과했던 것이다.

"왜 있잖아요, 아버지 군대 가기 전에 일 년 동안 했다던 한문교사……"

엄마는 대번에 내 말을 끊어버렸다.

"쳇, 개뿔! 니 애비는 한문선생과 겨우 일 년 같이 자취했다. 그 냥반, 그 선생 노트 아직 안 버렸는가?"(「출악어기」, 134쪽)

현실적으로 드러난 아버지는 생계의 의무를 내팽겨둔 채 젊은 날을 방기한 거짓말쟁이이다. 방랑이라는 낭만은 아버지가 마련한 회피의 알리바이이자, 미사여구로 꾸며진 함정으로 판명된다. 아버지는 "낭만의 전도사"가 아니라 "속옷 밖으로 아예 빠져나온 엄마의 한쪽 젖가슴"에 빌붙어 사는 "늙다리 딜레탕트"(「몽구 형의 한 계절」)이자 "전당포족(族)"에 불과했던 것이다.

어떤 의미에서 「출악어기」의 아버지란 작가 해이수에게 작가로서의 낭만을 부추겼던 문학적 전범으로 읽힌다. 한편으로 문학은 현실적으로 무용한 방랑기이며, 생존이라는 짐을 아내에게 유기한 무책임한 남자의 선택이기도 하기 때문이다. 주목해야 할 것은 결국 허위로 판명되고 만 아버지의 낭만을 역설적이게도 아들인 '악어'가 다시 선택한다는 점이다. 이는 아버지 세대의 문학을 "설익은 관념어들이 남발된 한자어 투의 감상적인 글"로 비판하면서도 그것을 상속할 수밖에 없는 해이수의 반성적 자의식이기도 하다. 이러한 맥락에서, 「출악어기」는 환멸을 배워가는 한 남자의 성장기이자 도로(徒勞)임을 알면서도 또 길 위에 나설 수밖에 없는 소설가에 대한 알레고리로 받아들여진다. 무지개가 거짓임을 알면서도 "무지개를 쫓아" 길을 떠날 수밖에 없는 자, "길 위에서 돌아오지 않"는 아버지를 쫓아 또 길을 나서는 자, 그것은 어쩌면 언제나 예외자이자 이방인일 수밖에 없는 소설가의 메타포일지도 모른다. 소설가란 무릇 아버지의 허위를 극도로 혐오하면서도 그 완강한 현실을 재현할 수밖에 없는 이율배반적 존재이니 말이다. 허위에 불과한 아버지일지라도 오기(誤記)로 점철된 지도일지라도 아버지의 길을 따라가고자 하는 것, "아직은 방향을 잡지 못할 만큼" 어두운 사위에서 길을 찾는 것, 그래서 「출악어기」는 소설가 해이수의 비유적인 출사표이기도 하다.

아버지를 통해 낭만을 유전받고 형을 통해 현실의 논리를 배우는 해이수의 소설은 사실상 노스탤지어와 유토피아를 거부하면서도 화해를 갈망한다. 사막과 같은 현실에서 해이수가 결국 의도하는 것은 이 절박한 삶과의 화해이다. 그가 궁극적으로 허무주의나 염세주의가 아니라 화해를 꿈꾸는 낭만주의자라는 사실은 출사표 형식의 작품들이 소설집에서 큰 비중을 차지하고 있다는 점을 통해 짐작된다. '삐루 고뿌'를 깨서 진입한 문학의 세계를 '항아리'를 깨는 치명성으로 뒤흔들어놓겠다는 선언(「몽구 형의 한 계절」), '아버지'의 방랑이 초래할 현실의 곤핍을 알면서도, 그럼에도 '길' 떠나보겠다는 다짐은 아무리 대답 없는 모색일지라도 기도를 거듭하리라는 전언으로 받아들여 마땅하다. 소설집의 맨 마지막에 자리하고 있는 「환원기」를 주목해야 하는 까닭은 바로 이에서 유래한다.

4. 화해, 다시 쓰는 출사표

모두로 제시된 '줄탁'의 고사가 암시하듯 「환원기」는 진짜 작가가 되기 위해 벗어나야 할 자기 구속의 한계를 형상화된 출사표이다. 등단만이 작가의 전부가 아니라는 것, 진정한 작가의 차원은 좀더 깊고 먼 곳에 있다는 깨달음이 「환원기」인 셈이다. 이는 스승이 던진 화두를 풀지 못한 채 그의 작품을 훔쳐 등단했던 제자가 그의 주검 앞에서야 비로소 화두의 대답을 얻게 된다는 줄거리에 충분히 고지되어 있다. 유리병 속의 새를 어떻게 자유롭게 할 것인가라는 스승의 화두는 유리병 속에는 애초부터 새가 없었다는 대답으로 수렴된다. 스승이 던지고 제자가 고민했던 이 문제는 결국 해이수가 스스로에게 던지는 내면의 화두이자 작가적 고민이다. 유리병 속에는 새가 없었다는 것, "다른 사람의 칼을 빌릴 필요가 없어. 네 안의 칼로 충분히 죽일 수 있다"라는 대답이 작가 해이수가 첫번째 소설집을 엮어내면서 스스로에게 내린 해답인 셈이다.

해이수가 「환원기」에서 토로하고 있는 소설가로서의 고민은 상사(相似)가 아닌 유사(類似)가 되기 위해 겪을 수밖에 없는 소설가의 운명적 고뇌이기도 하다. 어떤 소설을 쓴다 할지라도 누군가의 상사(相似)가 될 수밖에 없는 현실, 누군가의 영향으로 해독될 수밖에 없는 상황에서 해이수가 선택한 것은 아예 갇혔다는 사실 자체를 부정하는 전위이다. 스스로를 "호랑이가 되어 포효할 줄 믿었는데 때가 지나도록 울타리 구석에서 '야옹' 하며 얼굴이나 할퀴는 놈"으로 폄하하는 자의식에서 독자는 자기 반성적 출사표가 담보할 가능성을 기대하게 된다.

"깨라!"

형이 울타리 밖으로 사라진 뒤에도 나는 한참을 그렇게 서서 뜰 하나 가득 고여 있는 봄볕을 바라보았다. 무슨 뜻일까? 항아리를 깨라는 것은. 맨발로 토방을 내려와 까치발을 하고 갸웃거려보니, 언덕 아래 촘촘히 모가 심어진 논두렁을 가로질러 죽부인네 집으로 가는 몽구 형이 보였다. (……)

나는 품에 안은 항아리를 여자의 엉덩이마냥 정성스레 손바닥으로 쓰다듬으며 수박처럼 두 쪽으로 쫙 갈라지는 상상을 해보았다. 어쩌면 삐루 고뿌보다 몇 배나 힘들지 모를 일이었다. 그리고 몽구 형의 목소리를 한번 흉내내보았다. 어쩌면 한국문단으로 하여금 또다른 죄를 짓게 만드는 시작의 순간일지도 몰랐다.

"깨라!" (「몽구 형의 한 계절」, 36쪽)

자홀의 기대에서 미끄러져가는 스스로에 대한 반성으로서, 줄탁 고사는 간절한 자기 증명의 서사로 다가온다. 그런 의미에서, '삐루 고뿌'가 아니라 '항아리를 깨라'는 '몽구 형'의 종용은 내면적 갈등과 소루한 세속적 욕망에 대한 폐기와 진정한 승부의 세계로의 입문으로 받아들여진다. 그것은 작가 스스로가 염려하듯 "삐루 고뿌보다 몇 배나 힘들지 모"르지만, "어쩌면 한국문단으로 하여금 또다른 죄를 짓게 만드는 시작"일 수도 있겠지만, 우리는 그 행보를 지켜봐야 할 것이다. 그가 줄탁한 '유리병' '항아리' 이후의 세계 말이다.

| 작가의 말 |

님 앞에 올리는 반 잔의 푸른 잉크

작품집 발간을 위해 퇴고를 하는 동안 내 무르팍은 자주 까졌다. 좀 쑥스러운 고백이 되겠지만, 나는 하루에도 수도 없이 무릎을 꿇고 기도를 드렸던 것이다. 단군 이래 최악이라는 현 문학출판시장에서 내 소설이 많이 팔리기를, 그래서 생계 따위는 걱정하지 않게 되기를 간구한 것이 아니다. 정말이지 나는 최선을 다해 진실해지고 싶었다. 만 삼십삼 년을 허랑방탕하게 살아왔기 때문에 작품집만큼은 건성으로 내고 싶지 않았다. 달리 말하자면, 내게도 최후까지 지키고 싶은, 허투루 대하고 싶지 않은 한 영역이 있음을 누구에겐가 간절히 호소하고 싶었다. 아마도 '뭔가를 진심으로 희구할 때 발생한다는 신비의 에너지' 라도 빌려서 최소한 내 이름이 적힌 책으로 얼어터지는 불상사만큼은 미연에 방지하고 싶었는지도 모른다.

어느 분야든 마찬가지겠지만, 특히 '저임금, 고효율' 에 시달리는 작가들에게 지상의 양식이란 밥과 국이 아니라 애정과 격려일 것이다. 절체절명의 순간마다 나를 번쩍 안아 창공으로 날았던 나의 슈퍼맨들께 이 순간 모자를 벗고 고개를 조아린다.

대학 은사 송하섭 선생님께서는 겨우 열아홉 '핏덩이' 에 불과한 시절부터 내 머리를 자주 쓰다듬어주셨다. 코흘리개의 졸문에도 환호하셨고 자주 엄지를 치켜세워주셨다. 겁에 질려 움츠러들 때마다 밝은 곳으로 불러내어 술과 고기를 베풀어주셨다. 이미 준 것은 잊어버리고 못다 준 것만 기억하시는 그분의 사랑을 나는 지금까지 맘껏 누렸다. 내가 할 수 있는 것이라곤 헤어지기 전 술에 취한 입술로 그분의 뺨에 '굿바이 키스' 를 해드리는 일 뿐이었다.

탕탕(蕩蕩)하고 외외(巍巍)하신 부아악의 큰어른은 항상 너그러우셨다. 미욱한 나는 열 달란트를 받으면 겨우 한 달란트만 돌려드렸고 오른쪽으로 뛰라고 조언을 들었음에도 왼쪽으로 기어가기 일쑤였다. 내가 저지른 실수란, 달란트를 불리지 못했거나 반대로 기었다는 점이 아니라 나의 행동에 아무런 신념이 없었다는 데에 있다. 정작 그분께 배운 것은 저 빛나는 성현의 가르침보다 사람이 성장하는 데 있어 관용이 얼마나 큰 미덕인가 하는 소박한 진실이다.

전직 때밀이 소설가, 심상대는 함께 목욕탕에 갈 적마다 빨간 때수건 속에 타월을 넣어 글러브를 만들어 끼곤 했다. 그리고 파이터처럼 글러브를 팡팡 두들기며, 욕탕 안이 울리도록 이렇게 소리쳤다. "해이쑤, 일루 와! 넌 인마, 관념의 때부터 벗겨야 돼!" 도망칠 때마다 천장에서 응결된 수증기가 등짝 위로 후드득 떨어졌다. 나는 무려 오 년이 지나서야 그 부위의 때를 타자의 도움 없이 혼자 닦는 것이 얼마나 힘든 일인지 겨우 깨달았다.

나처럼 얼렁뚱땅한 놈에게도 운 좋게 절친한 벗이 있다. 죽마고우인 '萬'은 내가 대강대강 지껄여도 모자란 부분은 채워넣고 넘치는 부분은 덜어내어 이해한다. 때로는 나의 의도보다 차원 높은 그의 이해가 눈물겹게 고마운 경우마저 있다. 어쩌면 '萬과 같은 一名의 독자'가 '萬名'이 되는 지점이 내 소설의 이상적 지향이 아닐까 상상한 적도 있다. 만 서른셋까지 한 명밖에 없는 것으로 보아 요원한 일로 보인다.

이 작품집에 수록된 여덟 편의 글은 모두 국외체류기간에 발표되었다. 스물넷 혈기방장하던 시절에 쓴 소설부터 서른둘의 심사숙고로 만든 작품까지 내 인생의 술잔이 반이나 채워져 있다. 이 반 잔의 술로 님을 취하게 할 수 있을까. 독하다면 가능할지도 모른다. 때가 되면 님을 혼몽시키는 독한 술이 되고 싶다.

2006년 6월

해이수

수록작품 발표지면

몽구 형의 한 계절 …… 『현대문학』 2001년 8월호

돌베개 위의 나날 …… 제8회 심훈문학상 수상작

출악어기出鰐魚記 …… 『현대문학』 2000년 11월호

우리 전통 무용단 …… 『현대문학』 2003년 12월호

어느 서늘한 하오의 빈집털이 …… 『현대문학』 2005년 2월호

캥거루가 있는 사막 …… 『현대문학』 2000년 6월호

관수와 우유 …… 『21세기문학』 2002년 겨울호

환원기還院記 …… 『문학동네』 2005년 봄호

문학동네 소설집
캥거루가 있는 사막

1판 1쇄 | 2006년 6월 26일
1판 3쇄 | 2011년 4월 8일

지은이 해이수
펴낸이 강병선
책임편집 조연주 이상술
마케팅 신정민 서유경 정소영 강병주 | 온라인 마케팅 이상혁 한민아 정진아
제작 안정숙 서동관 김애진 | 제작처 (주)상지사P&B

펴낸곳 (주)문학동네
출판등록 1993년 10월 22일 제406-2003-000045호
주소 413-756 경기도 파주시 교하읍 문발리 파주출판도시 513-8
전자우편 editor@munhak.com | 대표전화 031)955-8888 | 팩스 031)955-8855
문의전화 031) 955-8890(마케팅) 031) 955-8864(편집)
문학동네카페 http://cafe.naver.com/mhdn

ISBN 89-546-0167-7 03810

* 이 도서의 국립중앙도서관 출판시도서목록(CIP)은 e-CIP홈페이지(http://www.nl.go.kr/cip.php)에서
이용하실 수 있습니다. (CIP제어번호 : CIP2006001207)

www.munhak.com